클라라와 태양

KLARA AND THE SUN
by Kazuo Ishiguro

클라라와 태양

KLARA AND THE SUN

가즈오 이시구로 장편소설

홍한별 옮김

민음사

나의 어머니
시즈코 이시구로(1926~2019)를
기억하며

차례

1부

로사와 내가 세상에 나온 지 얼마 안 되었을 때 우리는 매장 중앙부 잡지 테이블 쪽에 있었는데, 그 자리에서도 창문이 절반 넘게 보였다. 그래서 바깥세상을 볼 수 있었다. 빠른 걸음으로 걷는 사무직 노동자, 택시, 조깅하는 사람, 관광객, 거지 아저씨와 개, RPO 빌딩 아랫부분이 보였다. 우리가 좀 적응이 된 다음에는 매니저가 매장 앞쪽 쇼윈도 바로 뒤까지 가도록 허락해 줘서 RPO 빌딩이 얼마나 높은지 보았다. 딱 적당한 시각에 그 자리에 가면 해가 우리 빌딩이 있는 쪽에서 RPO 빌딩이 있는 쪽으로 넘어가는 모습이 보였다.

이렇게 해가 움직이는 걸 볼 수 있는 운 좋은 날이면 나는 얼굴을 내밀어 해가 주는 자양분을 최대한 많이 받으려 했다. 로사가 곁에 있을 때는 로사에게도 그러라고 말했다. 1, 2분 정도 지난 뒤엔 원래 자리인 매장 중앙부로 돌아가야 했다. 그 자리에서는 해를 못 볼 때가 많아서 세상에 나온 지 아직 얼마 안 되었을 때는 우리가 점점 약해지진 않을지 걱정했었다. 그때 우리와 같이 있던 소년 에이에프(AF) 렉스가 걱정하지 말라고, 우리가 어디에 있든 해는 우리한테 올 수 있다고 했다. 렉스가 마룻바닥을 가리키며 말했다. "저기 저게 해의 무늬야. 걱정되면 저걸 만져 봐. 그러면 다시 튼튼해질 거야."

렉스가 이 말을 했을 때 매장엔 손님이 하나도 없었고 매니저는 빨간 선반 위의 물건을 정리하느라 바빴다. 나는 굳이 허락을 받느라 매니저를 방해하고 싶지 않았다. 그래서 로사를 흘긋 보았는데, 무표정하게 나를 마주 보길래 나는 두 걸음 걸어가 무릎을 꿇고 바닥 위에 생긴 해의 무늬에 두 손을 뻗었다. 그런데 손이 거기 닿는 순간 무늬가 흐릿해지더니 어떻게 해도 다시 돌아오지 않았다. 무늬가 있던 자리를 두들겨 보고 바닥을 손으로 문질러도 보았지만 소용이 없었다. 내가 다시 몸을 일으키자 소년 에이에프 렉스가 말했다.

"클라라, 너 정말 욕심 많다. 너희들 소녀 에이에프들은 다 욕심이 많아."

그때는 내가 세상에 나온 지 아직 얼마 안 되었을 때였는데도 바로 그게 내 잘못이 아닐 거라는 생각이 들었다. 내가 해의 무늬를 만진 그 순간에 우연히 해가 물러간 것뿐이라고. 하지만 소년 에이에프 렉스는 여전히 심각한 표정이었다.

"네가 자양분을 다 가져갔어. 봐, 클라라. 깜깜해졌잖아."

정말 매장 안이 어둑해져 있었다. 바깥쪽 인도 가로등에 붙은 견인 구역 표지판도 흐릿한 잿빛으로 보였다.

"미안해." 나는 렉스에게 이렇게 말하고, 로사에게도 사과했다. "미안해. 내가 다 가져가려던 건 아니었어."

"너 때문에 저녁때 되면 기운이 없어지겠다." 소년 에이에프 렉스가 말했다.

"너 농담하는 거지." 내가 렉스에게 말했다. "농담인 거 알아."

"농담 아냐. 지금 바로 아파질 수도 있어. 게다가 뒤쪽에 있는 에이에프들은 어떡하라고? 지금도 상태가 별론데. 이제 더 나빠질 거야. 넌 욕심이 많아, 클라라."

"진심 아닌 거 알아." 나는 이렇게 말했지만 아까만큼은 자신이 없었다. 로사를 다시 쳐다보았는데 로사는 여전히 무표정했다.

"벌써 아픈 것 같아." 소년 에이에프 렉스가 말했다. 그러더니 몸을 축 늘어뜨렸다.

"하지만 네가 그랬잖아. 우리가 어디에 있든 해가 우리한테 온다고. 농담하는 거지. 나도 다 알아."

나는 숙고 끝에 소년 에이에프 렉스가 나를 놀린 거라고 결론을 내렸다. 그렇지만 그날 내가, 그럴 의도는 없었지만 가게에 있는 에이에프들이 꺼리는 뭔가 불편한 주제를 렉스로 하여금 입에 올리게 만들었다는 느낌이 들었다. 그러고 얼마 지나지 않아 소년 에이에프 렉스에게 어떤 일이 일어났고, 그 일 때문에 나는 그날의 말은 농담이었더라도 렉스의 마음 한구석에 진짜 걱정이 있었다는 생각을 하게 되었다.

맑은 날 아침이었는데 렉스는 우리 옆에 없었다. 매니저가 렉스를 앞쪽 벽감으로 옮겼기 때문이었다. 매장 안 모든 위치를 고심해서 신중히 정했기 때문에 어디에 서 있든 선택될 가능성에 차이가 없다고 매니저는 늘 말했다. 그래도 우리는 매장에 들어오는 고객의 눈길이 앞쪽 벽감에 가장 먼저 닿는다는 걸 알았다. 당연히 렉스도 그 자리에 갈 차례가 되어 기뻐했다. 매장 중앙부에 있던 우리는 렉스가 턱을 치켜들고 온몸이 해의 무늬로 덮인 채 서 있는 모습을 보았다. 로사가 내 쪽으로 몸을 기울이며 말했다. "와, 렉스 정말 멋있어 보여! 곧 집을 찾겠다!"

렉스가 앞쪽 벽감에 서고 사흘째 되던 날, 여자아이가 어머니와 같이 들어왔다. 그때는 내가 아직 나이를 잘 못 맞힐 때였지만 여자아이가 13세 반 정도라고 추정했던 게 기억난다. 지금 생각해 봐도 타당한 추정이었다. 어머니는 사무직 노동자였는데 구두와 옷으로 보아 직위가 높음을 알 수 있었다. 여자아이는 바로 렉스한테로 가서 그 앞에 섰다. 어머니는 우리 쪽으로 다가와 우리를 흘긋 보더니 에이에프 둘이 유리 테이블 위에 앉아 매니저가 지시한 대로 자연스럽게 다리를 흔들고 있는 뒤쪽으로 갔다. 뒤쪽에서 어머니가 아이를 불렀지만 아이는 어머니 말을 무시하고 계속 렉스의 얼굴만 쳐다봤다. 그러더니 손을 뻗어 렉스의 팔을 쓰다듬었다. 렉스는 당연히 아무 말 없이 가만히 웃는 얼굴로 아이를 내려다보기만 했다. 고객이 특별한 관심을 보일 때 그러라고 지시받은 대로였다.

"봐!" 로사가 속삭였다. "저 아이 렉스를 선택할 건가 봐! 렉스를 좋아해. 렉스는 정말 좋겠다!" 나는 로사를 조용히 시키려고 얼른 쿡 찔렀다. 손님이 우리 말을 들을 수도 있기 때문이었다.

이번에는 아이가 어머니를 불렀고, 두 사람이 같이 소년 에이에프 렉스 앞에 서서 위아래로 훑어보았다. 여자아이가 가끔 손을 뻗어 렉스를 건드렸다. 두 사람이 작은 소리로 이야기를 나누는 도중에 여자아이의 말이 들렸다. "하지만 난 애가 좋은데. 예쁘잖아." 잠시 뒤에 또 이런 소리가 들렸다. "아, 엄마, 왜."

이즈음에 매니저가 조용히 두 사람 뒤로 다가가 섰다. 어머니가 마침내 매니저를 돌아보며 물었다.

"이거 어떤 모델이죠?"

"B2예요. 3세대죠. 잘 맞는 아이에게 렉스는 완벽한 친구가 될 겁니다. 렉스는 특히 아이의 성실성과 학구열을 북돋울 거라고 생각해요."

"우리 아이한테 꼭 필요한 거네요."

"아, 엄마, 얘가 좋다고."

그런데 어머니가 말했다. "B2 3세대가 태양광 흡수 문제가 있는 기종이죠?"

어머니는 렉스를 빤히 앞에 두고 얼굴에 미소를 띤 채로 말하고 있었다. 렉스는 계속 웃음을 지었지만, 아이는 이해가 안 간다는 듯 렉스에게서 고개를 돌려 어머니를 쳐다보았다.

"3세대가 초기에 사소한 문제가 있었던 것은 사실이지만 오류 보고가 크게 과장되었어요. 일반적인 환경에서는 아무 문제 없습니다."

"태양광 흡수가 부족하면 다른 문제를 일으킨다고 들었어요. 심지어 행동 문제까지." 어머니가 말했다.

"우려하실 만도 합니다만 그동안 3세대 모델은 수많은 아이들에게 엄청난 행복을 안겨 주었습니다. 알래스카나 광산 갱도 안에 살 게 아니라면 전혀 걱정할 필요가 없습니다."

어머니는 계속 렉스를 보고 있었다. 그러더니 고개를 가로저었다. "캐럴라인, 네가 왜 얘를 좋아하는지는 알겠어. 하지만 우리한테는 안 맞겠다. 너한테 딱 맞는 다른 에이에프를 찾아보자."

렉스는 손님들이 나가기 전까지 계속 웃음을 짓고 있었고 손님이 떠난 뒤에도 슬픈 기색은 드러내지 않았다. 그런데 그때 렉스가 했던 농담이 떠올랐고, 문득 해의 자양분을 우리가 얼마나 많이 받을 수 있느냐 하는 생각에 렉스가 전부터 골몰하고 있었구나 하는 생각이 들었다.

지금은 그런 생각을 하는 에이에프가 렉스만이 아니었으리라는 걸 안다. 사실 그건 공식적으로는 문제조차 아니었다. 우리 모두 실내 어디에 있든 문제가 되지 않는 사양을 갖추고 있었다. 그런데도 해에서 멀리 떨어진 곳에 몇 시간 있다 보면 피곤한 느낌이 들거나 뭔가 문제가 생긴 건 아닌가 불안해지기도 했다. 자신에게 고유한 어떤 문제가 있는데 그게 알려지면 영영 집을 찾지 못하는 게 아닐까 걱정하는 것이다.

그것이 우리가 쇼윈도 자리를 중요하게 생각한 이유 중

하나였다. 우리 모두에게 차례가 온다는 말을 들었기 때문에 다들 그날이 오기를 기다렸다. 그걸 중요하게 생각한 또 다른 이유는, 그 자리에 서는 것이 우리 매장을 대표하는 '특별한 영예'를 누리는 일이라고 매니저가 말했기 때문이기도 했다. 게다가, 물론 매니저는 아니라고 말하지만, 우리는 쇼윈도에 있을 때 선택될 가능성이 더 크다는 것도 알았다. 하지만 다들 속으로 가장 중요한 것은 해와 해가 주는 자양분이라고 생각했다. 로사도 그런 이야기를 꺼낸 적이 있다. 우리가 쇼윈도에 갈 차례가 오기 얼마 전에 로사가 이렇게 속삭였다.

"클라라, 우리가 쇼윈도에 가게 되면 양분을 아주 많이 받아서 다시는 부족해지지 않을까?"

그때는 내가 아직 얼마 안 되었을 때라 뭐라고 대답해야 할지 몰랐다. 나도 같은 생각을 하며 궁금해하고 있었는데도.

그러다 드디어 우리 차례가 됐다. 그날 아침 로사와 나는 지난주에 올라간 에이에프들처럼 전시된 물품을 쓰러뜨리지 않으려고 조심하면서 쇼윈도 안으로 들어갔다. 당연하지만 가게가 문을 열기 전이었으니 방범 셔터가 완전히 닫혀 있을 줄 알았다. 그런데 쇼윈도 안 줄무늬 소파에 앉아서 보니 셔터 아래쪽에 좁은 틈이 벌어져 있었다. 매니저가 오픈 준비를 하면서 셔터를 살짝 올려 놓은 모양이었다. 그 틈으로 햇빛이 들어와 쇼윈도 단 위에 놓인 우리 발 바로 앞쪽에 또렷한 선으로 밝은 직사각형 모양을 그렸다. 발을 살짝만 뻗으면 따뜻한 햇볕을 받을 수 있었다. 로사의 질문에 대한 답이 무엇일지는 모르지만 한동안은 우리에게 필요한 자양분을 얼마든지 얻을 수 있으리라는 건 분명했다. 매니저가 스위치를 눌러 셔터를 끝까지 올리자 우리는 쏟아지는 눈부신 빛에 뒤덮였다.

내가 쇼윈도에 가고 싶어 한 데는 햇빛이나 선택받을 가능성과 무관한 다른 이유가 하나 더 있었다는 사실을 털어놓아야겠다. 대부분의 에이에프나 로사와 다르게 나는 늘 바깥세상을 아주 세세하게 보고 싶었다. 그래서 셔터가 올라가고, 바깥쪽 인도와 나 사이에 유리 한 장밖에 없어서 지금까지는 가장자리나 귀퉁이밖에 못 봤던 수없이 많은 것들을 가까이에서 전체적으로 볼 수 있게 되자, 나는 순간 너무 들떠서 해와 해의 인자함조차 잊을 정도였다.

RPO 빌딩이 벽돌로 뒤덮여 있으며 내가 생각했던 것처럼 흰색이 아니라 연노란색이라는 사실을 처음으로 알게 됐다. 내가 상상했던 것보다 훨씬 높고(22층이었다.) 창문 아래마다 창턱이 있다는 사실도 알았다. 해가 RPO 빌딩 전면에 대각선으로 빛을 드리워 한쪽 면에는 거의 하얗게 빛나는 삼각형이 생기고 다른 면에는 아주 짙은 색 삼각형이 생기는 것도 보았다. 두 면 다 원래는 연노란색인데도. 또 건물 창문이 꼭대기 층까지 전부 보였고 가끔은 심지어 그 창문 안쪽에 서 있거나 앉아 있거나 돌아다니는 사람도 보였다. 또 인도 위로 지나가는 사람들도 보았다. 서로 다른 종류의 신발, 종이컵, 숄더백, 작은 개 등도 보았고, 마음만 먹으면 어떤 사람이 횡단보도를 건너 두 번째 견인 구역 표지판을 지나 인부 두 사람이 배수구 옆에 서서 손으로 가리키는 지점으로 갈 때까지 계속 시선으로 좇을 수도 있었다. 사람들이 횡단보도를 건너도록 택시가 멈춰 설 때는 택시 안도 보였다. 핸들을 두들기는 택시 기사의 손, 손님이 쓴 모자.

하루가 서서히 지나가고, 햇볕이 계속 따스하게 비추고, 로사가 매우 행복해하는 게 보였다. 그런데 나는 로사가 바로 앞의 첫 번째 견인 구역 표지판에 눈을 고정하고 다른 것은 거의 쳐다보지 않는다는 걸 알았다. 내가 무언가를 가리킬 때만 고개를 돌렸고, 그랬다가도 금세 흥미를 잃고 다시 인도 위 표지판으로 눈길을 돌렸다.

로사가 다른 쪽으로 눈을 돌리는 때는 지나가는 사람이 쇼윈도 앞에서 걸음을 멈출 때뿐이었다. 이런 상황이 오면 우리는 매니저에게 배운 대로 '중립적' 미소를 지으며 시선을 길 건너 RPO 빌딩 중간쯤에 고정했다. 가까이 다가온 행인을 지세히 보고 싶은 미음이 굴뚝같았으니 매니저는 이런 상황에서 사람과 눈을 맞추는 건 품위 없는 행동이라고 했다. 행인이 우리에게 분명하게 신호를 보내거나 말을 건다면 대꾸해도 되지만 그 전에는 절대 반응하면 안 되었다.

때로는 걸음을 멈춘 사람이 우리에게 아무 관심이 없을 때도 있었다. 그냥 운동화를 벗어서 뭔가 하려고 하려거나 혹은 오블롱을 들여다보려고 걸음을 멈출 때도 있었다. 하지만 유리창으로 다가와 안을 들여다보는 사람도 있었다. 주로 아이들, 우리와 가장 잘 맞는 나이대의 아이들이 많이 다가왔는데 우리를 보고 즐거워하는 것 같았다. 아이들은 혼자, 혹은 어른과 같이 와서 우리를 가리키며 웃고 괴상한 표정을 짓고 유리를 두들기고 손을 흔들었다.

가끔은 (나는 RPO 빌딩을 보는 척하면서 창으로 다가온 사람을 몰래 훔쳐보는 데 능숙해졌다.) 아이가 다가와 우리를 보는데, 우리가 마치 무슨 잘못이라도 한 듯 슬픔 혹은 분노가 어린 표정일 때도 있었다. 이런 아이도 금세 돌변해서 다른 아이들처럼 웃거나 손을 흔들기도 했지만, 창문 앞에 선 지 이틀째에 나는 그래도 여러 아이들 사이에 뭔가 다른 점이 있음을 느꼈다.

이런 아이를 세 번째인가 네 번째로 보았을 때 이 점에 대해 로사와 이야기를 해 보려 했는데, 로사는 그냥 웃으며 말했다. "너는 걱정이 너무 많아. 그 아이도 아주 행복할 거야. 이렇게 좋은 날 어떻게 행복하지 않을 수 있어? 오늘은 도시 전체가 행복한데."

하지만 나는 셋째 날이 끝나 갈 즈음에 매니저에게 그 이야기를 다시 꺼냈다. 그날은 매니저에게 우리가 쇼윈도에 "아름답고 기품 있게" 잘 있었다고 칭찬을 들었다. 매장 조명을 어둡게 낮춰 놓고 우리는 안쪽으로 들어와 벽에 기댔다. 몇몇은 잠들기 전에 재미있는 잡지를 훑어보고 있었다. 로사는 내 옆에 있었는데 어깨 모양으로 보아 벌써 반쯤 잠든 것 같았다. 매니저가 나한테 오늘 즐거웠냐고 묻길래 나는 그 기회를 놓치지 않고 창가로 다가왔던 슬픈 아이 이야기를 했다.

"클라라, 너는 정말 대단하구나." 매니저는 로사나 다른 에이에프들을 깨우지 않으려고 낮은 목소리로 말했다. "정말 많은 걸 알아차리고 받아들이네." 매니저는 놀랍다는 듯 고개를 흔들었다. 그러더니 말했다. "이걸 알아야 해. 우리 매장은 아주 특별한 곳이야. 세상엔 너나 로사나 여기 다른 누구를 친구로 갖고 싶어도 그럴 수 없는 아이들이 아주 많아. 그 아이들은 너를 가질 수가 없어. 그래서 창으로 다가와서 너를 가졌으면 하고 꿈을 꾸는 거야. 그러다 보면 슬퍼지지."

"매니저님, 그런 아이요. 그런 아이 집에도 에이에프가 있을까요?"

"아마 없을 거야. 너 같은 에이에프는 당연히 없고. 그러니까 아이가 속상하고 슬픈 듯 이상한 눈으로 쳐다보거나 유리창 밖에서 불쾌한 말을 하더라도 마음 쓰지 마. 이것만 알아 둬. 그런 아이는 불만에 차 있을 가능성이 크다는 것."

"그런 아이는, 에이에프가 없으니 틀림없이 외로울 거예요."

"그래, 그것도 맞아." 매니저가 조용히 말했다. "외롭겠지, 그래."

매니저가 눈을 내리깔고 아무 말도 하지 않길래 나는 잠자코 기다렸다. 그런데 매니저가 미소를 지으며 손을 뻗어 내가 보고 있던 재미있는 잡지를 거둬 갔다.

"잘 자, 클라라. 내일도 오늘처럼 멋지게 해 봐. 너랑 로사가 이 거리에서 우리를 대표한다는 것 잊지 말고."

◆

창가에 선 지 나흘째 되는 날 중간쯤, 택시 한 대가 속도를 늦추며 오른쪽으로 차선을 넘어 다른 택시들 앞으로 끼어들더니 우리 가게 앞에 멈춰 섰다. 조시가 나를 쳐다보면서 택시에서 내려 인도로 올라왔다. 조시는 얼굴이 창백하고 몸이 마르고 우리 쪽으로 걸어오는 걸음걸이가 지나가는 다른 사람들하고 달랐다. 걸음이 느리다거나 한 건 아닌데 한 걸음 한 걸음 디딜 때마다 발밑이 안전한지, 넘어지지는 않을지 확실히 하려는 것처럼 보였다. 나는 나이를 14세 반 정도로 추정했다.

조시는 행인들이 뒤쪽으로 다 지나갈 만큼 유리창에 가까이 다가온 다음 걸음을 멈추더니 나를 보고 웃었다.

"안녕." 조시가 창문 너머에서 말했다. "내 말 들려?"

로사는 지시받은 대로 앞쪽 RPO 빌딩을 계속 보고 있었다. 하지만 아이가 나에게 말을 걸었기 때문에 나는 아이를 돌아보고 마주 웃으며 고개를 끄덕일 수 있었다.

"정말?" 조시가 말했다. (물론 그때는 아이의 이름이 조시라는 건 몰랐다.) "시끄러워서 나도 내 목소리가 잘 안 들리는데. 정말 내 목소리가 들려?"

나는 고개를 끄덕였고 조시는 신기하다는 듯 고개를 흔들었다.

"와." 조시는 고개를 돌려 자기가 타고 온 택시를 돌아보았다. (이 동작도 조심스러웠다.) 택시 문이 그대로 인도 쪽으로 열려 있고 승객 두 사람이 뒷좌석에 앉은 채로 횡단보도 너머를 가리키며 이야기를 나누고 있었다. 조시는 어른들이 아직 차에서 내리지 않아 잘됐다는 듯 한 걸음 더 걸어 유리창에 거의 얼굴이 닿을 정도로 가까이 왔다.

"어제 너 봤어." 조시가 말했다.

나는 전날을 돌이켜 보았지만 기억이 없어서 놀란 얼굴로 쳐다보았다.

"아, 미안해할 필요 없어. 너는 나를 못 봤을 거야. 택시 타고 지나가면서 봤거든. 천천히 지나간 것도 아니고. 그래도 유리창 안에 네가 있는 걸 봤어. 그래서 오늘 엄마한테 여기에 차를 세워 달라고 한 거야." 조시는 다시 조심스럽게 뒤를 돌아보았다. "와, 제프리스 아줌마랑 아직도 얘기하고 있네. 비싼 대화 방식이지? 택시 미터기가 계속 돌아가는데."

그때 조시가 웃을 때 얼굴에 다정함이 가득 차는 걸 볼 수 있었다. 그러나 이상하게도 바로 그 순간에 나는 조시가 매니저가 말한 외로운 아이 가운데 하나가 아닐까 하는 생각을 했다.

조시는 (여전히 충실하게 RPO 빌딩만 보고 있는) 로사를 쓱 보았다. "네 친구 정말 귀엽다." 그러면서도 조시의 눈은 이미 나에게로 돌아와 있었다. 조시는 몇 초 동안 말없이 나를 보고만 있었다. 나는 조시가 뭐라고 더 말하기 전에 어른들이 차에서 내릴까 봐 걱정했다. 그런데 조시가 말했다.

"그거 알아? 네 친구는 다른 누군가한테는 완벽한 친구가 될 거야. 하지만 어제 차 타고 가면서 널 봤을 때 나는 이렇

25

게 생각했어. 바로 재야. 내가 찾던 에이에프가 저기 있어!"
조시가 다시 웃었다. "미안해. 기분 나쁘게 들릴 수도 있겠
다." 조시가 다시 택시 쪽을 돌아보았지만 뒷좌석에 앉은 어
른들은 내릴 기미가 없었다. "너 프랑스 사람이야? 약간 프
랑스 사람처럼 생겼어." 조시가 물었다.

　나는 웃으며 고개를 저었다.

　"프랑스 여자애 둘이 있어. 지난번 우리 모임에 왔었어. 둘
다 머리를 너처럼 짧고 단정하게 했어. 귀여워 보이더라." 조
시가 또 말없이 나를 봤는데, 나는 또 아주 조금 슬픔의 기
미를 본 것 같았다. 하지만 그때는 내가 아직 얼마 안 되었
을 때라 확실하게는 몰랐다. 그런데 조시는 다시 얼굴이 밝
아지더니 말했다.

　"근데 거기 그렇게 앉아 있으면 덥지 않아? 목마르거나 그
렇지 않아?"

　나는 고개를 젓고 손바닥을 위로 한 채 두 손을 들어 해
의 자양분이 우리한테 쏟아지는 게 좋다는 걸 표현했다.

　"아 그래. 생각을 못 했네. 너희는 햇빛 받는 걸 좋아하
지?"

　조시가 또 뒤를 돌아봤는데 이번에는 건물 꼭대기 쪽을
보았다. 그 순간 해가 건물 틈에서 빛을 발해 조시는 바로
눈을 찡그리고 다시 나를 돌아보았다.

"어떻게 그러는지 모르겠어. 햇빛을 똑바로 봐도 눈부시지 않나 봐. 나는 1초도 못 해."

조시는 이마에 손을 얹고 다시 몸을 돌렸는데, 이번에는 해가 아니라 RPO 빌딩 꼭대기 어딘가를 봤다. 5초 뒤에 조시는 다시 나를 돌아보았다.

"너희들 서 있는 자리에서는 해가 저 큰 건물 너머로 넘어가는 것처럼 보일 것 같아. 그렇지? 그러니까 해가 정말로 어디로 내려가는지는 안 보일 거야. 저 건물이 가리고 있으니까." 조시는 어른들이 아직 택시에 있는지 흘긋 돌아보고 나서 말을 이어 갔다. "우리 사는 데는 그 사이에 아무것도 없어. 내 방에서 보면 해가 내려가는 정확한 지점을 볼 수 있어. 밤에 해가 어디로 가는지가 보인다고."

내가 놀란 기색을 드러냈던 것 같다. 곁눈으로 보니 로사도 그 말에 놀라서 본분을 잊고 조시를 쳐다보고 있었다.

"그런데 아침에 어디에서 올라오는지는 안 보여." 조시가 말했다. "그쪽에는 언덕하고 나무가 있거든. 여기하고 좀 비슷해. 뭔가가 늘 시야를 가려. 그런데 저녁때는 달라. 내 방에서 보이는 쪽이 그냥 넓게 탁 트여 있거든. 네가 우리랑 같이 살러 오면 볼 수 있을 거야."

어른 한 사람, 그리고 또 한 사람이 택시에서 나와 인도에 올라섰다. 조시는 돌아보지 않았지만 소리를 들었는지 말이 빨라졌다.

"정말이야. 맹세해. 밤에 해가 가는 곳, 바로 거기를 볼 수 있어."

어른들은 여자였는데 두 사람 다 등급이 높은 사무직 옷을 입었다. 키가 더 큰 사람이 친구와 볼 키스를 하면서도 조시에게서 눈을 떼지 않는 걸로 보아 조시의 어머니인 것 같았다. 친구가 행인들 사이로 사라지자 어머니는 우리 쪽으로 몸을 돌렸다. 조시 어머니의 날카로운 시선이 조시의 등이 아니라 나에게 꽂히기에 나는 얼른 고개를 들어 RPO 건물을 응시했다. 조시가 창밖에서 다시 나에게 말을 걸었다. 목소리가 작아졌지만 그래도 잘 들렸다.

"이제 가야 해. 하지만 다시 올게. 그때 또 얘기하자." 그러더니 들릴락 말락 속삭이다시피 말했다. "다른 데로 가지 않을 거지?"

나는 웃으며 고개를 흔들었다.

"좋아. 그래. 이제 갈게. 금방 또 올게."

어머니가 조시 바로 뒤로 다가와 있었다. 어머니는 머리카락이 검고 몸이 말랐다. 조시나 조깅하는 사람들 중 일부처럼 마르지는 않았지만. 가까이 오자 얼굴이 더 잘 보여서 추정 나이를 45세로 올렸다. 앞서도 말했듯이 그때는 나이를 정확하게는 맞히지 못했지만 나중에 보니 이 추정치도 거의 맞았다. 멀리에서 봤을 때는 좀 더 젊은 여성이라고 생각했는데 가까이 오자 입가엔 깊은 주름이, 눈에선 분노와 피로의 기색이 보였다. 어머니가 뒤쪽에서 조시에게 손을 뻗었는데, 팔이 공중에서 잠시 머뭇거리다가 심지어 약간 물러서는 듯하더니 다시 앞으로 나와 딸의 어깨에 얹혔다.

두 사람은 지나가는 사람들 무리에 섞여 두 번째 견인 구역 표지판 방향으로 갔다. 조시는 조심스럽게 발을 내디뎠고 어머니는 조시의 어깨를 팔로 감쌌다. 조시는 시야에서 벗어나기 전에 마지막으로 한 번 더 나를 돌아보았고, 걷는 리듬을 깨뜨리면서까지 나에게 손을 흔들었다.

◆

같은 날 늦은 시간에 로사가 말했다. "클라라, 정말 이상하지 않아? 나는 우리가 창가에 오면 길에 지나다니는 에이에프들을 많이 보겠거니 생각했거든. 집을 찾은 에이에프들 말이야. 그런데 별로 보이질 않아. 다들 어디에 있을까?"

이게 로사의 놀라운 점 가운데 하나였다. 로사는 못 보고 지나치는 게 많았고, 때로는 내가 무언가를 가리켜 보여도 그게 왜 특별하거나 흥미로운지 이해 못 할 때가 많았다. 그런데 가끔 이런 점들을 알아차렸다. 로사의 말을 듣고 나니 나도 창밖에서 에이에프가 아이들과 같이 즐겁게 걸어가거나 볼일을 보러 다니는 모습을 당연히 자주 보리라고 기대했었다는 걸 깨달았다. 인정하지 않고 있었지만 사실 나도 에이에프가 좀처럼 보이지 않아 의아했고 조금 실망한 참이었다.

"네 말이 맞아." 거리를 오른쪽에서 왼쪽으로 훑어보며 내가 대답했다. "지금 여기 사람이 이렇게 많은데 에이에프는 하나도 없어."

"저기 저쪽 아니야? 소방 계단 있는 건물 앞에?"

우리는 같이 그쪽을 뚫어져라 보았다가 동시에 고개를 저었다.

바깥세상에 에이에프가 없다는 이야기를 스스로 꺼내 놓고도 로사는 로사답게 곧 흥미를 잃었다. 내가 드디어 RPO 건물 쪽 주스 판매대 앞을 지나는 에이에프와 십 대 소년을 발견했을 때도 로사는 관심 없다는 듯 쳐다보지 않았다.

하지만 나는 로사가 한 말을 곰곰이 생각했고, 에이에프가 지나갈 때마다 자세하게 관찰했다. 그러다 곧 이상한 점을 발견했다. 에이에프가 우리 쪽 길보다 RPO 건물 쪽 길에 훨씬 더 많았다. 에이에프가 이쪽 길을 따라오다가도 두 번째 견인 구역 표지판을 지난 다음 횡단보도를 건너가서 우리 가게 앞을 피할 때가 많았다. 에이에프가 드물게 우리 가게 앞을 지나갈 때면 여지없이 걸음이 빨라지고 고개를 반대쪽으로 돌리는 등 뭔가 이상하게 행동했다. 어쩌면 우리를, 우리 가게를 부끄러워하는 걸까 하는 생각이 들었다. 로사와 나도 언젠가 우리 집을 찾게 되면, 우리가 늘 아이들과 같이 산 게 아니라 처음에는 가게에 있었다는 사실을 떠올리고 불편한 마음일까? 그렇지만 아무리 애를 써 봐도 나나 로사가 이 가게나 매니저나 다른 에이에프들에게 그런 감정을 느끼리라고 상상하긴 어려웠다.

그런데 계속 창밖을 관찰하다 다른 가능성이 떠올랐다. 에이에프들이 부끄러워하는 게 아니라 걱정하는 거라고. 우리가 새 모델이기 때문에, 아이들이 이제 자기 에이에프를 처분하고 우리 같은 신형으로 교체할 때가 됐다고 생각할까 봐 걱정하는 거였다. 그래서 부자연스럽게 걸음을 재촉하고 일부러 우리 쪽을 쳐다보지 않으려고 하는 거였다. 우리 창문에서 에이에프를 거의 볼 수 없는 까닭도 그래서였다. 어쩌면 RPO 빌딩 뒤쪽 도로에는 에이에프가 바글거릴지도 모르는 일이었다. 에이에프들이 우리 가게 앞을 지나가는 경로 말고 다른 길로 가려고 온갖 애를 쓰는 듯했다. 자기 아이들이 우리를 보고 창으로 다가가는 일만은 막고 싶기 때문이었다.

이런 생각을 로사에게 들려주지는 않았다. 대신 밖에 에이에프가 보일 때마다 저 에이에프는 자기 집에서 아이와 같이 행복할까?라고 물었고 그러면 로사는 늘 기뻐하며 신나게 대꾸했다. 로사는 이걸 일종의 게임으로 여기고 에이에프를 가리키며 매번 말했다. "봐, 저기! 보여, 클라라? 저 아이 에이에프를 정말 사랑해! 둘이 같이 웃는 것 좀 봐!"

실제로 같이 있어서 행복해 보이는 짝이 많았다. 하지만 로사가 놓치는 신호도 많았다. 로사는 지나가는 아이와 에이에프를 보면 기쁜 듯이 소리를 쳤지만, 나는 아이가 에이에프를 보고 웃고 있어도 속으로는 화가 났고 어쩌면 그 순간 잔인한 생각을 하고 있을지도 모른다고 느낄 때도 있었다. 나는 이런 기미를 자주 알아차렸지만 아무 말도 하지 않고 로사가 그냥 모두 행복하다고 믿도록 내버려 두었다.

우리가 창가에 선 지 닷새째 되던 날, RPO 빌딩 쪽에서 택시 두 대가 바싹 붙어서 천천히 움직이는 걸 보았다. 얼마 안 된 에이에프라면 차 두 대가 하나로 연결돼 있다고 생각할 만큼 바짝 붙어 있었다. 그러다가 앞쪽 택시가 조금 더 빠르게 움직이자 둘 사이에 틈이 생겼고, 그 사이로 14세 여자아이가 만화가 그려진 티셔츠를 입고 인도 위에서 횡단보도 쪽으로 걸어가는 모습이 보였다. 여자아이는 어른이나 에이에프 없이 혼자인데도 당당해 보였고 조금 조급한 것 같기도 했다. 아이가 택시와 같은 속도로 걷고 있었기 때문에 택시 사이를 통해 아이를 계속 볼 수 있었다. 그런데 그때 틈이 더 벌어져서 아이가 실은 에이에프와 같이 있다는 걸 알게 되었다. 소년 에이에프였는데 세 걸음 뒤에서 아이를 따라가고 있었다. 짧은 순간이었지만 나는 소년 에이에프가 우연히 뒤처진 게 아님을 알았다. 아이가 늘 이런 식으로 걸으라고, 자기가 앞에 갈 테니 몇 걸음 뒤에 따라오라고 했고 소년 에이에프는 지시를 받아들인 거였다. 지나가는 사람들이 그 모습을 보면 소년 에이에프가 사랑받지 못한다는 걸 알 텐데도. 나는 소년 에이에프의 걸음걸이에서 고달픔을 느낄 수 있었다. 집을 찾았는데 나의 아이가 나를 원치 않는다는 걸 알게 되면 어떨까 궁금했다. 이 둘을 보기 전에는 에이에프가 자기를 멸시하고 싫어하는 아이와 같이 살아야 할 수도 있다는 생각은 한 번도 해 보지 않았다. 그때 앞쪽 택시가 횡단보도 앞에서 속도를 늦추고 뒤쪽 택시가 바짝 붙어 서는 바람에 더는 둘을 볼 수 없게 되었다. 횡단보도를 건너오지 않을까 싶어 계속 지켜보았는데, 횡단보도 위 인파 속에는 없었고 건너편 인도는 택시들 때문에 보이지 않았다.

◆

　그때 쇼윈도에 로사 말고 다른 누구와 함께 있고 싶은 생각은 전혀 없었지만, 쇼윈도에 같이 있는 동안 우리 태도가 서로 다르다는 걸 느끼기도 했다. 내가 로사보다 바깥세상에 대해 더 많이 알고 싶어 했다거나 그런 것만은 아니었다. 로사도 나름의 방식으로 들떠서 세상을 관찰했고, 나와 마찬가지로 최대한 친절하고 쓸모 있는 에이에프가 될 준비를 하려 애쓰고 있었다. 다만 나는 더 많이 볼수록 더 많이 알고 싶어졌고, 또 로사와 다르게 지나가는 사람들이 드러내는 신비스러운 감정에 매료되어 점점 거기에 사로잡혔다. 이 신비로운 감정을 일부라도 이해하지 못한다면, 때가 되었을 때 나의 아이를 잘 돕지 못할 것 같았다. 그래서 인도 위에서, 지나가는 택시 안에서, 횡단보도에서 기다리는 사람들 사이에서 내가 배워야 하는 행동들을 찾아냈다.

　처음에는 로사도 그러기를 바랐지만 곧 무의미한 일임을 알았다. 한번은 이런 일이 있었다. 창가에 선 지 사흘째 되던 날, 해가 RPO 빌딩 너머로 넘어가고 난 뒤에 택시 두 대가 우리 쪽에 멈춰 서더니 운전사들이 밖으로 나와 싸우기 시작했다. 싸움을 처음 본 건 아니었다. 우리가 아직 굉장히 조금밖에 안 되었을 때 창가에 모여서 경찰관 세 명이 거지 아저씨와 개와 싸우는 모습을 본 적이 있다. 하지만 화가 나서 싸우는 건 아니라고, 거지 아저씨가 술에 취해서 걱정을 한 경찰관이 도우려다가 실랑이하는 거라고 매니저가 설명해 주었다. 그렇지만 택시 운전사들은 경찰관하고 달랐다. 상대를 최대한 많이 다치게 하는 게 세상에서 가장 중요한 일인 양 서로 덤볐다. 얼굴이 끔찍한 모습으로 일그러져서, 얼마 안 된 에이에프라면 사람이 아니라고 인식했을 수도 있었을 것이다. 두 사람은 주먹질을 하며 잔인한 말을 외쳤다. 처음에는 사람들이 놀라서 뒤로 물러섰지만 곧 사무직 노동자들 몇 명과 조깅하는 사람 한 명이 싸우지 못하게 말렸다. 운전사 한 사람은 얼굴에 피가 났지만 그래도 어쨌든 각자 자기 택시로 갔고, 모든 게 원래대로 돌아갔다. 심지어 잠시 후에는 그렇게 싸웠던 택시 두 대가 신호가 바뀌기를 기다리며 한 차선에 앞뒤로 나란히 서 있는 모습도 보였다.

하지만 방금 본 것에 관해 로사와 이야기하려 하자 로사는 어리둥절한 표정을 지었다. "싸움? 나는 못 봤는데."

"로사, 못 봤다니 말도 안 돼. 방금 우리 앞에서 일어났잖아. 택시 운전사 둘이서."

"아, 택시 운전사들 말이야! 그 사람들 얘기인 줄 몰랐어. 응, 봤지. 당연히 봤어. 그런데 싸우는 것 같지 않았는데."

"당연히 싸운 거지."

"아냐, 싸우는 척한 거야. 그냥 논 거야."

"로사, 그 사람들 싸웠어."

"그런 소리 하지 마, 클라라! 넌 정말 이상한 생각을 해. 그냥 논 거였어. 택시 운전사들도 즐거웠고 지나가는 사람들도 그랬잖아."

결국 나는 그냥 이렇게 말했다. "그럴지도 모르지." 로사는 그 일에 대해 더 생각하지 않는 것 같았다.

하지만 나는 택시 운전사들을 쉽게 잊을 수가 없었다. 인도 위를 지나가는 사람을 눈으로 좇으면서 이 사람도 그 운전사들처럼 화를 낼 수 있을까 생각했다. 혹은 저 사람이 화가 나서 얼굴을 일그러뜨리면 어떤 모습일까 상상해 보기도 했다. 그리고 무엇보다도 나는 (이런 나의 행동을 로사는 아마 절대 이해할 수 없을 텐데) 내 마음속에서 그 운전사들이 느꼈을 분노를 느껴 보려고 했다. 나와 로사가 서로 엄청나게 화가 나서, 운전사들처럼 싸우고 서로의 몸에 상처를 입히는 상상을 해 보려 했다. 말도 안 되는 생각이었지만, 택시 운전사들이 그러는 걸 봤기 때문에 내 마음에서도 그런 감정의 씨앗을 찾아보려고 했다. 하지만 소용없었다. 그럴 때마다 매번 내 생각이 우스워서 웃고 말았다.

창문으로 다른 것들도 봤다. 다른 종류의 감정을 보았고, 처음에는 이해하지 못했는데 나중에는 내 안에서 그것과 비슷한 것을 찾을 수 있었다. 어쩌면 창문 셔터를 내린 뒤에 천장 조명이 바닥에 던지는 그림자 같은 것이었을 수도 있지만. 예를 들면 커피잔 아주머니에게 일어난 일이 그랬다.

조시를 처음 만나고 이틀 뒤의 일이었다. 오전에 비가 계속 내려 행인들이 눈을 가늘게 뜨고 우산을 받치거나 모자를 쓴 채 물방울을 떨구며 지나갔다. 빗속에서도 RPO 빌딩은 크게 다르지 않아 보였지만 저녁때처럼 창문마다 불이 환하게 켜져 있었다. RPO 빌딩 옆 소방 계단 건물은 전면 왼쪽에 크게 젖은 자국이 생겼다. 지붕 귀퉁이에서 주스가 흘러내리기라도 한 것 같은 모양새였다. 그런데 그때 갑자기 해가 구름을 비집고 나왔고, 비에 젖은 거리와 택시 지붕 위에서 빛이 반짝였다. 해가 나는 걸 보고 사람들이 길로 쏟아져 나와 거리가 북적거리는 와중에 레인코트를 입은 키 작은 남자가 눈에 들어왔다. RPO 빌딩 쪽에 있었는데 71세로 추정했다. 남자가 손을 흔들며 누군가를 소리쳐 부르면서 인도 가장자리로 바싹 다가가길래, 움직이는 택시 앞으로 내려설까 봐 걱정이 되었다. 그때 마침 매니저가 (우리가 앉은 소파 앞의 표지판을 똑바로 놓으려고) 우리와 같이 쇼윈도 안에 있다가 손을 흔드는 남자를 나와 함께 보았다. 남자는 갈색 레인코트를 입었는데 허리띠가 한쪽으로 늘어져 거의 발목에 닿을 지경인데도 모르는 것 같았다. 계속 손을 흔들며 우리 쪽을 향해 소리쳤다. 그때 우리 가게 앞쪽에는 사람들이 몰려 있었다. 우리를 보려고 몰려온 건 아니고 인도에 사람이 너무 많아 길이 막혀 움직이지 못하고 있었다. 그러다가 다시 사람들이 움직이기 시작하자, 앞쪽 인도 위에 조그만 여자가 우리에게 등을 돌린 채 서서 네 차선 건너에서 손을 흔드는 남자를 바라보는 게 보였다. 얼굴은 안 보였지만 형체와 자세를 보고 67세로 추정했다. 나는 속으로 여자에게 커피잔 아주머니라는 이름을 붙였다. 두꺼운 모직 코트를 입은 조그맣고 펑퍼짐하고 어깨가 둥근 모습이 뒤에서 보기에 빨간 선반 위에 뒤집힌 채로 놓인 도자기 커피잔하고 비슷했기 때문이다. 남자가 마구 손을 흔들며 부르고 있었고, 여자도 확실히 남자를 본 것 같았지만 대답하지도 손을 흔들지도 않았다. 그 자리에 꿈쩍도 안 하고 서 있었다. 조깅하는 사람 둘이 달려와 여자가 서 있는 자리에서 양옆으로 갈라졌다가 다시 모여 물을 튀기며 지나갔다.

그러다가 마침내 여자가 움직였다. 횡단보도 쪽으로 가는데(남자가 그러라고 손짓을 하고 있었다.) 처음에는 천천히 가다가 걸음이 빨라졌다. 그러나 신호를 기다리는 다른 사람들처럼 횡단보도 앞에서 걸음을 멈춰야 했다. 남자는 이제 손을 흔들지는 않았지만 초조하게 여자를 보고 있었다. 나는 남자가 택시 앞으로 튀어나오지 않을지 또 걱정되었다. 하지만 남자는 마음을 가라앉히고 횡단보도 건너편으로 다가가 여자가 건너오길 기다렸다. 택시들이 멈춰 서자 커피잔 아주머니가 길을 건너기 시작했다. 나는 남자가 주먹을 한쪽 눈에 갖다 대는 걸 보았다. 매장 안에서 아이들이 속상할 때 가끔 하는 행동이었다. 커피잔 아주머니가 RPO 빌딩 쪽에 다다르자 두 사람은 마치 한 몸인 것처럼 서로를 꼭 끌어안았다. 해도 그 모습을 보고는 두 사람 위에 자양분을 한껏 쏟아부었다. 커피잔 아주머니는 여전히 얼굴을 볼 수 없었지만 남자가 눈을 꼭 감은 게 보였다. 행복한지 속상한지는 잘 알 수가 없었다.

"저 사람들 만나서 무척 기쁜가 보다." 매니저의 말에 매니저도 나처럼 두 사람을 바라보고 있었다는 걸 알았다.

"네, 아주 행복해 보여요. 그런데 이상하게 속상한 것처럼 보이기도 해요."

"아, 클라라. 너는 놓치는 게 없구나." 매니저가 조용히 말했다.

그러더니 한참 말없이 표지판을 들고 길 건너를 응시했다. 두 사람은 이미 안 보이는 데로 가고 없었는데도. 마침내 매니저가 말했다.

"어쩌면 아주 오랫동안 서로 만나지 못했는지도 몰라. 아주, 아주 오랫동안. 어쩌면 마지막으로 저렇게 서로 끌어안 았을 때는 두 사람이 젊었을지도 몰라."

"그러면 두 사람이 서로를 잃어버렸다는 말인가요?"

매니저는 잠시 말이 없더니 말했다. "응. 그럴 거야. 잃어버 리고 살다가 방금 정말 우연히 다시 찾은 거지."

매니저의 목소리가 평소와 달랐다. 매니저의 눈은 바깥쪽 을 향하고 있었지만 딱히 뭔가를 보고 있는 것 같지는 않았 다. 매니저가 이렇게 오래 우리와 같이 있는 건 지나가는 사 람들이 보면 어떻게 생각할까 하는 생각도 들었다.

그때 매니저가 몸을 돌려 우리를 지나쳐 가면서 내 어깨 에 손을 얹었다.

"가끔, 이런 특별한 순간에 사람은 행복과 아픔을 동시에 느껴. 클라라, 이 모든 걸 주의 깊게 관찰하다니 장하다."

매니저가 가고 난 다음에 로사가 말했다. "정말 이상하다. 도대체 무슨 뜻으로 한 말일까?"

"별 얘기 아니야, 로사. 바깥세상 이야기를 한 거였어."

로사는 곧 다른 이야기를 꺼냈지만 나는 커피잔 아주머 니와 레인코트 아저씨, 그리고 매니저가 한 말을 계속 생각 했다. 만약 로사와 내가, 지금으로부터 한참 뒤에, 우리가 각 자 집을 찾고 오랜 시간이 지난 다음에 우연히 길에서 만나 면 어떤 감정일지 상상해 보려고 했다. 그때 나도, 매니저가 말한 것처럼 행복과 아픔을 동시에 느낄까.

◆

창가 자리에서 2주째가 된 날 아침, RPO 빌딩 쪽에서 일어나는 무언가에 대해 로사에게 이야기하고 있었는데, 갑자기 조시가 우리 앞쪽 인도에 서 있는 게 보여서 나는 말을 멈췄다. 조시 옆에 어머니가 있었다. 이번엔 뒤쪽에 택시가 없었지만, 물론 내가 모르는 새에 두 사람이 내린 다음가 버렸을 수도 있다. 우리 창문과 조시가 서 있는 곳 사이에 관광객 무리가 있었기 때문에 택시가 오가는 게 안 보였다. 관광객들이 다시 이동하자 나를 보며 행복한 듯 웃는 조시가 보였다. 조시가 웃을 때는 얼굴에 다정함이 가득 찬다는 생각이 다시 들었다. 하지만 조시는 어머니가 어깨에 손을 얹고 뭔가 말을 하고 있었기 때문에 내 쪽으로 올 수가 없었다. 어머니는 얇고 색이 진하고 등급이 높은 코트를 입고 있었는데, 바람을 타고 휘날리는 옷자락을 보니 바람이 몰아치는 날 신호등 꼭대기에 앉은 검은 새들이 떠올랐다. 조시와 어머니는 나를 똑바로 보면서 이야기하고 있었다. 조시가 나에게 오고 싶어 하는 것 같았지만 어머니는 손을 놔

주지 않고 계속 말을 했다. 나도 로사처럼 RPO 빌딩을 보고 있어야 한다는 건 알았지만 자꾸 두 사람 쪽을 흘긋흘긋 보지 않을 수가 없었다. 조시가 사람들 사이로 사라질까 봐 겁이 났다.

드디어 어머니가 몸을 일으켰다. 어머니는 지나는 사람이 시야를 가릴 때마다 고개를 기울이며 계속 나를 뚫어져라 봤지만, 조시의 어깨를 잡았던 손은 내려놓았다. 조시는 조심스러운 걸음으로 내 쪽으로 걸어왔다. 조시가 혼자 가도록 한 게 격려의 뜻이라고 생각했는데, 누그러지지도 흔들리지도 않는 어머니의 눈빛이나 팔짱을 끼고 손으로 코트를 꼭 쥔 자세를 보니, 내가 아직 이해하지 못하는 신호가 많다는 생각이 들었다. 그때 조시가 유리창 너머 바로 앞에 섰다.

"안녕! 잘 지냈어?"

나는 웃으며 고개를 끄덕이고 엄지를 치켜들었다. 재미있는 잡지에서 많이 본 손동작이었다.

"빨리 못 와서 미안해. 꽤 오래 걸렸지…… . 며칠 만이지?"

나는 손가락 세 개를 펴 들고 다른 손으로 반으로 접은 손가락 하나를 더했다.

"너무 오래 걸렸다. 미안해. 나 보고 싶었어?" 조시가 물었다.

나는 고개를 끄덕이고 슬픈 표정을 지었는데, 진심으로 속상했던 건 아님을 드러내도록 표정을 세심하게 조절했다.

"나도 보고 싶었어. 정말로 더 일찍 올 수 있을 줄 알았어. 내가 안 올 거라고 생각했겠다. 정말 미안해." 그러더니 조시는 얼굴에서 웃음기를 지우며 말했다. "다른 애들이 너 보러 많이 왔었지."

나는 고개를 저었지만 조시는 안 믿는 표정이었다. 조시는 어머니를 돌아보았는데, 도움을 받으려는 게 아니라 가까이 오지 않았는지 확인하려는 거였다. 그러더니 목소리를 낮추었다.

"엄마 이상해 보이지. 저렇게 빤히 보고 있으니. 내가 네가 마음에 든다고 말해서 그래. 내가 너 아니면 안 된다고 했더니 저렇게 뜯어보는 거야. 미안." 나는 지난번처럼 언뜻 슬픔의 기색을 본 것 같았다. 조시가 물었다. "너 올 거지? 만약에 엄마가 된다고 하면?"

나는 고개를 주억거렸다. 하지만 조시는 여전히 확신이 없는 표정이었다.

"네가 원하지 않는데 오는 건 싫어. 그러면 불공평하니까. 나는 네가 오면 정말 좋겠지만 네가 조시, 나는 싫어, 하고 말하면 어쩔 수 없지만 내가 엄마한테 안 된다고 말할게. 하지만 너도 오고 싶지? 응?"

나는 다시 고개를 끄덕였고 이번에는 조시도 안심하는 것 같았다.

"정말 잘됐다." 얼굴에 웃음이 다시 돌아왔다. "너도 좋아할 거야. 네가 좋아할 수 있도록 할게." 조시가 다시 뒤를 돌아보더니 이번에는 신이 난 듯이 외쳤다. "엄마! 애도 오고 싶대!"

어머니는 살짝 고개를 끄덕였지만 별 반응이 없었다. 여전히 손가락으로 코트 자락을 그러쥔 채로 나를 보고 있었다. 조시가 내 쪽으로 몸을 돌리자 어머니 얼굴이 다시 어두워졌다.

"있잖아." 조시가 말을 꺼내더니 몇 초 동안 말이 없었다. 그러더니 입을 열었다. "너도 오고 싶다니 정말 다행이야. 하지만 난 처음부터 확실한 게 좋으니까, 이 이야기도 하려고. 엄마는 못 들을 테니까 걱정 마. 너도 아마 우리 집이 마음에 들 거야. 내 방도 마음에 들 거고, 너는 내 방에서 지낼 거야. 벽장이나 그런 데가 아니라. 그리고 내가 어른이 될 때까지 재밌는 일 전부 같이 하자. 그런데 한 가지가 있는데, 가끔 어……." 조시는 얼른 뒤를 슬쩍 돌아보고 목소리를 더 낮추었다. "그게 말이야, 가끔 내가 좀 안 좋을 때가 있어. 몰라. 뭔가가 진행 중일 수도 있는데 뭔진 몰라. 사실 난 그게 좋은 건지 나쁜 건지도 몰라. 그런데 가끔, 어, 평소하고 다를 때가 있어. 오해는 하지 마. 보통은 아무렇지도 않아. 하지만 너한테는 터놓고 말하고 싶었어. 왜냐하면 모든 게 완벽할 거라고 했는데 알고 보니 사실 아니면 엄청 화나잖아. 그래서 지금 말하는 거야. 그래도 오고 싶다고 해 줘. 내 방 틀림없이 마음에 쏙 들 거야. 지난번에 말한 것처럼 해가 가는 곳을 볼 수 있어. 그래도 오고 싶은 거 맞지?"

나는 내가 할 수 있는 한 최선을 다해 진지하게 고개를 끄덕였다. 나는 또 조시의 집에서 무엇이든 힘들고 무서운 일이 일어난다면 우리 둘이 같이 맞설 거라고 말하고 싶었다. 하지만 이런 복잡한 내용을 말없이 유리 너머로 전달할 길을 몰라서 그냥 두 손을 맞잡고 들어 올려 살짝 흔들었다. 택시 운전사가 택시를 몰고 가다가 인도에서 손을 흔드는 사람에게 이런 동작을 하는 것을 본 적이 있었다. 그 동작을 하느라 핸들에서 두 손을 다 떼야 했는데도. 그 동작을 조시가 무슨 뜻으로 받아들였는지는 모르지만 기뻐하는 것 같았다.

"고마워. 오해하진 말고. 나쁜 게 아닐 수도 있어. 그냥 내 상상뿐일지도……."

그때 어머니가 조시를 부르며 우리 쪽으로 다가왔는데, 관광객들이 가로막고 있었기 때문에 조시는 얼른 한마디를 덧붙일 수 있었다. "금방 다시 올게. 약속해. 내일 올 수 있으면 올게. 이제 간다, 잘 있어."

◆

조시는 다음 날 오지 않았고 그다음 날도 안 왔다. 그러다가 둘째 주 중반쯤 우리가 쇼윈도에서 나올 차례가 되었다.

우리가 쇼윈도에 있는 동안 내내 매니저가 따뜻하게 격려해 주었다. 매일 아침 우리가 줄무늬 소파에 앉아 준비하고 셔터가 올라가기를 기다릴 때면 매니저는 이런 말을 했다. "너희 둘 다 어제 정말 잘했어. 오늘도 그럴 수 있는지 보자." 또 하루가 끝날 때는 웃으며 말했다. "너희들 정말 잘했어. 자랑스럽다." 그래서 우리가 잘 못한다는 생각은 전혀 안 했고, 마지막 날 셔터가 내려갔을 때도 매니저가 칭찬을 해 줄 줄 알고 기다렸다. 그런데 매니저가 셔터를 잠그더니 우리를 두고 그냥 가 버려서 놀랐다. 로사는 어리둥절한 표정을 지었고, 우리는 잠시 줄무늬 소파에 그대로 앉아 있었다. 하지만 셔터가 내려가 캄캄했기 때문에 곧 자리에서 일어나 단에서 내려왔다.

가게 안쪽을 향해 서자 뒤쪽 유리 테이블까지 보였다. 그런데 내 시야가 열 개의 상자로 분할돼 보여서 전체를 한꺼

번에 볼 수가 없었다. 앞쪽 벽감은 예상대로 오른쪽 끝 상자 안에 있었지만, 그 옆에 있는 잡지 테이블은 여러 상자로 나뉘어 있어서 테이블의 일부는 왼쪽 끝의 상자 안에서 보였다. 실내 조명이 어둑했고, 몇몇 상자의 뒷배경에 다른 에이에프들이 벽에 기대어 잘 준비를 하는 모습이 보였다. 하지만 나는 가운데 있는 세 개의 상자에 주목했다. 그 순간 우리를 향해 돌아서는 매니저의 여러 모습이 그 상자들 안에 담겨 있었다. 한 상자에서는 허리부터 목 위쪽이 보였고, 그 옆 상자는 매니저의 눈이 거의 가득 채우고 있었다. 우리에게 가까운 쪽 눈이 다른 쪽 눈보다 훨씬 커 보였으나 두 눈 모두에 다정함과 슬픔이 서려 있었다. 세 번째 상자에서는 매니저의 턱과 입 대부분이 보였는데 거기에선 분노와 좌절이 느껴졌다. 그때 매니저가 우리를 마주 보고 다가오기 시작했고, 다시 가게 전체가 한 장면으로 보였다.

"고마워." 매니저가 손을 뻗어 우리 둘을 차례로 어루만지며 말했다. "정말 고마워."

그럼에도 나는 무언가 달라졌음을 느꼈다. 왜인지 몰라도 우리가 매니저를 실망시킨 것이다.

◆

우리는 두 번째로 가게 중앙 자리에 있게 되었다. 로사와 내가 같이 있을 때가 많았지만 매니저가 가끔 우리 위치를 바꾸면서 내가 소년 에이에프 렉스나 소녀 에이에프 기쿠와 같이 서는 날도 있었다. 어쨌든 거의 언제나 창문 일부는 보였기 때문에 나는 계속 바깥세상을 배워 나갔다. 쿠팅스 머신이 나타났을 때 나는 잡지 테이블 쪽, 중앙 벽감 바로 앞에 있었는데, 거기에서도 창 앞에 있을 때만큼 밖이 잘 보였다.

며칠 전부터 뭔가 예사롭지 않은 일이 일어나리라는 걸 확실히 알았다. 처음에는 인부들이 와서 도로 위에 목책으로 특별 구역을 표시해 쿠팅스 머신의 등장을 준비했다. 택시 운전사들은 그게 마음에 안 드는 듯 경적을 자꾸 울려 댔다. 다음에 인부들이 드릴로 땅을 부수었는데, 인도까지도 일부 부서져 쇼윈도에 있던 에이에프들이 겁에 질렸다. 한번은 소리가 어찌나 시끄러운지 가게 안에 손님이 있는데도 로사가 두 손으로 귀를 막았다. 우리와 아무 상관이 없는 소음인데도 매니저는 매장에 들어오는 손님들에게 연신 사과했다. 한번은 손님이 공해가 심하다고 하면서 바깥쪽 인부들을 가리키며 공해가 사람들에게 얼마나 위험한지 모른다고 말했다. 그래서 쿠팅스 머신이 처음 왔을 때 나는 그게 공해를 물리치는 기계인 줄 알았다. 하지만 소년 에이에프 렉스가 아니라고, 실은 공해를 더 많이 만들기 위해 특별히 설계된 기계라고 했다. 나는 믿기지 않는다고 했지만 렉스는 이렇게 말했다. "좋아, 클라라. 두고 보면 알 거야."

렉스의 말이 과연 맞았다. 쿠팅스 머신은(옆면에 "쿠팅스"라고 큰 글씨로 적혀 있어서 내가 이렇게 이름을 붙였다.) 높은 음으로 윙 소리를 내며 가동을 시작했다. 드릴만큼 시끄러운 소리는 아니었고 매니저의 진공청소기 소리 정도였다. 그런데 지붕 위쪽으로 튀어나온 깔때기 모양 굴뚝 세 개에서 연기가 나오기 시작했다. 처음에는 연기가 흰 입김처럼 나오더니 점점 색이 진해졌고, 한 줄기씩이 아니라 짙은 덩어리로 엉켜서 뿜어져 나왔다.

그러고 나서 다시 보니 바깥 거리가 여러 개의 수직 패널로 나뉘어 보였다. 내 자리에서 몸을 숙이지 않고도 패널 세 개가 뚜렷이 보였다. 시커먼 연기의 양이 패널마다 달라 보여서, 마치 서로 다른 명도의 회색을 비교해 보고 고르라고 전시해 놓은 것처럼 보였다. 그런데 연기가 가장 짙은 칸에도 여기저기 뭔가가 언뜻 보였다. 어떤 칸에는 인부가 가져다 놓은 목책 일부와 택시 앞부분이 마치 거기 붙은 듯이 겹쳐진 게 보였다. 그 옆 칸에는 위쪽 모퉁이를 대각선으로 가로지르는 금속 막대가 보였는데 신호등의 일부라는 걸 알아볼 수 있었다. 더 자세히 보니 그 위에 앉은 새의 윤곽도 보였다. 조깅하는 사람이 한 패널에서 다음 패널로 이동하는 것도 보았는데 그러면서 몸의 크기도 궤적도 달라졌다. 그러다가 공해가 너무 심해져서 잡지 테이블 쪽에서도 빌딩 사이 하늘이 안 보일 정도였다. 유리 닦는 사람들이 얼룩 한 점 없이 뿌듯하게 닦아 놓은 창문이 검은 점으로 뒤덮였다.

창가에 설 차례를 오래 기다려 왔을 소년 에이에프 두 명이 안됐다는 생각이 들었다. 소년 에이에프들은 계속 좋은 자세로 소파에 앉아 있었지만 둘 중 하나는 창문을 통해 공해가 들어오기라도 하듯이 팔을 들어 얼굴을 가렸다. 그걸 보고 매니저가 단 위로 올라가서 안심시켜 주고는 다시 내려와서 유리 진열대 위에 있는 팔찌를 정리하기 시작했다. 나는 매니저도 기분이 좋지 않다는 걸 알 수 있었다. 매니저가 밖으로 나가 인부들에게 무어라고 할지도 모르겠다 싶었는데, 그때 매니저가 우리를 보더니 웃으며 말했다.

"다들 잘 들어 봐. 유감스러운 일이지만 걱정할 필요는 없어. 며칠만 참아 보자. 그러면 끝날 거야."

그러나 다음 날, 그다음 날도 쿠팅스 머신은 계속 연기를 뿜었고 낮인데도 창밖이 거의 한밤처럼 캄캄했다. 나는 바닥, 벽감, 벽에서 해의 무늬를 찾아보려 했지만 어디에서도 보이지 않았다. 해는 물론 최선을 다하고 있었고, 그래서 두 번째 날이 끝날 무렵에는 연기가 여전히 심각한데도 해의 무늬가 흐릿하게나마 다시 나타났다. 나는 걱정이 되어 매니저에게 우리가 자양분을 충분히 받을 수 있겠냐고 물었다. 매니저는 웃으며 말했다. "저 끔찍한 기계가 전에도 몇 번 왔었는데 아무도 그것 때문에 안 좋아지진 않았어. 그러니까 그건 걱정 안 해도 돼, 클라라."

그런데도 공해가 나흘째 계속되자 몸이 약해지는 것 같았다. 겉으로는 드러내지 않으려고 애썼다. 특히 손님이 있을 때는 조심했다. 그런데 쿠팅스 머신 때문인지 가게에 손님이 없을 때가 더 많아서 나는 가끔 몸을 축 늘어뜨렸고 그러면 소년 에이에프 렉스가 다시 똑바로 서라고 내 팔을 건드렸다.

그러다가 어느 날 셔터를 올렸는데 쿠팅스 머신이 없어진데다 특별 구역 자체가 사라지고 없었다. 공해도 사라졌고, 빌딩 틈 하늘도 다시 눈부신 파란색으로 보였고, 해가 가게 안으로 자양분을 쏟아부었다. 택시도 다시 술술 움직였고 운전자도 행복해 보였다. 조깅하는 사람들조차 웃고 있었다. 쿠팅스 머신이 여기에 있는 내내 나는 조시가 가게에 오려다가 공해 때문에 못 오는 건 아닐지 걱정했다. 하지만 이제 드디어 끝이 났고 가게 안팎에 활기가 돌고 있으니 조시가 다시 온다면 바로 오늘이 그날일 거라는 생각이 들었다. 그렇지만 오후가 깊어지자 그 생각에 아무 근거가 없다는 사실을 깨달았다. 나는 인도에 조시가 있는지 살피기를 그만두고 대신 바깥세상을 더 많이 배우는 데 집중했다.

◆

쿠팅스 머신이 사라지고 이틀이 지난 뒤에 짧고 뾰족뾰족한 머리를 한 여자아이가 가게에 들어왔다. 12세 반으로 추정했다. 조깅하는 듯한 차림새에 밝은 녹색 탱크톱을 입었다. 지나치게 마른 팔이 어깨까지 다 드러나 있었다. 아버지와 같이 왔는데 아버지는 상당히 등급이 높아 보이는 세미캐주얼 차림이었다. 두 사람 다 처음에는 별말 없이 둘러보기만 했다. 아이는 나를 흘긋 보고 바로 매장 앞쪽으로 돌아섰지만 나는 아이가 나에게 관심이 있다는 걸 바로 알아차렸다. 잠시 뒤에 아이가 돌아와서 내가 서 있는 곳 바로 앞 유리 진열대에서 팔찌를 구경하는 척했다. 그러더니 고개를 들어 아버지나 매니저가 보고 있지 않은지 얼른 확인하더니 바퀴가 달린 유리 진열대를 슬쩍 몸으로 밀어 앞으로 조금 움직였다. 그러면서 웃는 듯 마는 듯 하며 나를 쳐다보왔다. 진열대를 민 것이 우리 사이의 비밀이라는 듯이. 아이는 진열대를 원래 위치로 돌려놓고 다시 나를 보고 웃더니 아버지를 불렀다. "아빠?" 아버지가 대답하지 않자(아버지는 뒤쪽 유리 테이블 위에 앉은 에이에프들에 정신이 팔려 있었다.) 아이는 나를 마지막으로 한 번 더 돌아보고 아버지 쪽으로 갔다. 두 사람이 낮은 소리로 이야기를 나눴는데 자꾸 내 쪽을 쳐다보는 걸로 보아 내 이야기를 하는 게 분명했다. 매니저가 그걸 보고 책상에서 일어나 내 쪽으로 와서 두 손을 가지런히 모으고 섰다.

둘이 한참 더 속닥거리더니 여자아이가 걸어와 매니저를 지나쳐 바로 내 앞에서 나를 마주 보고 섰다. 아이는 내 팔꿈치 양쪽을 하나씩 건드리더니 내 왼손을 오른손으로 잡고 내 얼굴을 들여다보았다. 아이는 무표정한 얼굴이었지만 내 손을 잡은 손에 살짝 힘을 주었다. 이것도 우리 사이의 작은 비밀이라는 뜻으로 알아들었다. 하지만 나는 아이를 보고 미소 짓지 않았다. 아무 표정 없이 아이의 뾰족머리 뒤쪽 반대편 벽에 있는 빨간 선반에 시선을 주었다. 특히 세 번째 줄에 뒤집힌 채로 전시된 도자기 커피잔에 눈을 고정했다. 아이가 내 손을 두 번 더 쥐었고 마지막에는 좀 더 세게 잡았지만 그래도 나는 시선을 돌리거나 웃음을 짓지 않았다.

그러는 동안 아버지가 다가왔는데 특별한 순간을 방해하지 않으려는 듯 조심스러운 걸음걸이였다. 매니저도 더 가까이 다가와 아버지 바로 뒤쪽에 섰다. 나는 벌어지고 있는 일들을 모두 파악했으나 시선은 빨간 선반과 도자기 커피잔에 고정했고, 아이에게 잡힌 손에 힘을 빼고 있다가 아이가 손을 놓았을 때 아래로 툭 떨어뜨렸다.

나를 뚫어져라 보는 매니저의 시선이 점점 더 강하게 느껴졌다. 그때 매니저가 하는 말이 들렸다.

"클라라는 아주 대단해요. 가장 뛰어난 쪽에 속합니다. 하지만 새로 들어온 B3 모델도 한번 살펴보시겠어요?"

"B3요?" 아버지는 흥분한 목소리였다. "벌써 들어왔어요?"

"저희는 제조사에서 독점 공급을 받거든요. 지금 막 들어와서 아직 미세 조정이 안 된 상태이긴 한데, 그래도 보여 드릴 순 있어요."

뾰족머리 여자아이가 내 손을 다시 잡았다. "하지만 아빠, 난 얘가 좋은데. 딱 좋다고."

"하지만 새로 나온 B3가 들어왔대. 한번 보고 싶지 않니? 네 친구 중에 B3가 있는 애들은 아무도 없을걸."

아이는 한참 그대로 있더니 마침내 내 손을 놓았다. 나는 손을 툭 떨어뜨렸고 눈은 빨간 선반에서 떼지 않았다.

"그래, B3가 뭐가 좋은 건데?" 아이가 말하며 아버지 쪽으로 갔다.

아이가 내 손을 잡고 있는 동안에는 의식하지 않았는데, 이제 내 옆에서 놀라서 나를 빤히 보는 로사가 눈에 들어왔다. 나는 로사에게 쳐다보지 말라고 하고 싶었지만 아이와 아버지, 매니저가 매장 뒤쪽으로 갈 때까지 그냥 빨간 선반만 계속 보고 있었다. 매니저가 한 말에 아버지가 웃는 소리가 들려와 그쪽을 돌아보니 매니저가 매장 가장 안쪽에 있는 관계자 외 출입 금지 문을 열고 있었다.

"여기 정리가 안 돼서 좀 복잡한데 양해해 주세요." 매니저가 말했다.

그러자 아버지가 대답했다. "이 안에 들어와 볼 수 있다니 특별 대우네요. 그렇지, 딸?"

사람들이 안으로 들어간 뒤에 문이 닫혀서 무슨 이야기가 오가는지는 들리지 않았지만 뾰족머리 아이의 웃음이 터지는 소리는 들렸다.

그날 오전은 분주했다. 매니저가 여자아이 아버지와 함께 새로 들어온 B3 배송 양식을 작성하는 동안 다른 손님들이 계속 들어왔다. 그래서 오후에 드디어 한적한 짬이 났을 때야 매니저가 나에게 다가왔다.

"오늘 오전에 너한테 정말 놀랐어. 다른 사람도 아닌 네가.” 매니저가 말했다.

“죄송합니다.”

“대체 어떻게 된 거니? 정말 너답지 않았어.”

“정말 죄송합니다. 매니저님을 난처하게 만들 생각은 아니었어요. 그냥 그 아이에게는 제가 가장 적합한 선택이 아닐 것 같다는 생각이 들었어요.”

매니저는 나를 한참 빤히 보았다. “어쩌면 네 말이 맞을지도 모르겠다.” 매니저가 마침내 수긍했다. “그 아이는 소년 B3에 만족할 거야. 그렇다고 하더라도, 정말 당황스럽다.”

“정말 죄송합니다, 매니저님.”

“이번에는 내가 네 뜻을 맞춰 줬지만 다음에는 그런 일은 없을 거야. 고객이 에이에프를 선택하는 거지, 절대 그 반대가 아니야.”

“알겠습니다. 매니저님.” 그러고 나서 나는 조용히 덧붙였다. “오늘 도와주셔서 고맙습니다.”

“그건 별거 아냐, 클라라. 하지만 잊지 마. 이번이 마지막이야.”

매니저는 자리를 뜨려다 말고 다시 몸을 돌렸다.

“그건 아니지, 클라라? 너 누구랑 약속했다고 생각하는 건 아니지?”

나는 매니저가 창문에서 거지 아저씨를 보고 비웃은 소

년 에이에프 둘을 꾸지람했을 때처럼 나한테도 꾸지람을 할 거라고 생각했다. 하지만 매니저는 내 어깨에 손을 얹고는 아까보다도 더 낮은 목소리로 말했다.

"내 말 잘 들어 봐. 아이들은 툭하면 약속을 해. 창가로 와서 온갖 약속을 다 하지. 다시 오겠다고 하고 다른 사람을 따라가지 말라고 해. 그런 일이 수시로 일어나. 그런데 그래 놓고 다시 안 오는 아이가 훨씬 많아. 더 심한 경우는, 아이가 다시 오긴 했는데 딱하게도 기다렸던 에이에프를 외면하고 다른 에이에프를 고르기도 해. 아이들은 원래 그래. 너는 늘 세상을 관찰하면서 많은 걸 배웠지. 이것도 잘 명심해 두렴. 알겠니?"

"네."

"좋아. 그럼 이제 이 이야기는 끝난 걸로 하자." 매니저가 내 팔을 쓰다듬고 돌아섰다.

◆

새로 온 B3들은 셋 다 소년 에이에프였는데 곧 미세 조정을 끝내고 가게 안에 자리를 잡았다. 둘은 바로 쇼윈도로 갔고 커다란 표지판이 새로 놓였다. 나머지 하나는 앞쪽 벽감에 섰다. B3가 하나 더 있었지만 뾰족머리 여자아이에게 팔려서 이미 배송되었기 때문에 우리와는 만나지 못했다.

로사와 나는 계속 매장 중앙부에 있긴 했지만 새로 B3들이 오면서 빨간 선반 쪽으로 자리를 옮겼다. 우리가 창가에 서는 기간이 끝난 뒤에 로사는 매니저가 했던 말을 자주 되풀이했다. 매장 안 어디에 있든 다 좋은 거라고, 매장 중앙부에 있더라도 선택받을 가능성은 창가나 앞쪽 벽감에 있을 때와 마찬가지라고. 그게 로사의 경우에는 사실로 드러났다.

그날이 시작될 때는 굉장한 일이 일어나리라는 낌새가 전혀 없었다. 택시도, 지나가는 사람도, 셔터가 올라갈 때의 모습도, 매니저가 우리에게 건네는 인사도 평소와 다를 바가 없었다. 그런데 저녁때가 되었을 때 로사가 팔렸고 로사는 배송 준비를 하기 위해 관계자 외 출입 금지 문 뒤로 사라졌다. 나는 우리 둘 중 하나가 가게를 떠나게 될 때 당연히 서로 이야기를 나눌 시간이 충분할 거라고 생각했었다. 그런데 모든 일이 순식간에 일어났다. 나는 로사를 구입한 남자아이와 어머니를 자세히 보지도 못했다. 그런데 두 사람이 나가자마자 매니저가 로사가 팔렸다고 말했고, 그러자 로사가 너무 흥분해서 진지한 대화를 나눌 수가 없었다. 나는 좋은 에이에프가 되려면 명심해야 할 일들을 짚어 주고 싶었다. 매니저에게 배운 것들을 다시 상기시켜 주고 내가 바깥세상에 대해 배운 것도 전부 일러 주고 싶었다. 하지만 로사는 이 얘기 저 얘기를 두서없이 계속 이어 갔다. 그 아이 방 천장이 높을까? 그 집 차는 무슨 색일까? 나도 바다를 보게 될까? 소풍 갈 때 나한테 소풍 바구니에 먹을 것을 싸라고 시킬까? 나는 로사에게 해의 자양분이 얼마나 중요한지 일깨워 주려 했고 로사의 방에 햇빛이 잘 들지 궁금하다고 말했으나 로사는 그 점에는 관심이 없었다. 그러다가 어느새 로사가 안쪽 방으로 가야 할 때가 되었다. 로사는 마지막으로 나를 돌아보고 웃음을 짓고는 문 뒤로 사라졌다.

◆

로사가 떠난 뒤에도 나는 매장 중앙부에 있었다. 창가에 있던 B3 둘은 하루 차이로 팔렸고 소년 에이에프 렉스도 그 무렵 집을 찾았다. 곧 B3가 셋 더 왔다. 셋 다 소년 에이에프였다. 매니저는 새로 온 B3들을 내 맞은편 잡지 테이블 쪽에 이전 버전의 소년 에이에프 둘과 나란히 배치했다. 이들과 나 사이에 유리 진열대가 있어서 나는 그들과 대화를 많이 나누지는 않았다. 하지만 이들을 계속 관찰할 수 있었고 오래된 소년 에이에프들이 새로 온 B3들을 무척 반기며 온 갖 종류의 유용한 조언을 들려주는 걸 보았다. 그래서 서로 사이좋게 지내겠거니 생각했다. 그런데 뭔가 이상한 게 눈에 띄었다. 오전 동안에 B3 셋이 오래된 에이에프들로부터 아주 조금씩 멀어졌다. 옆으로 한 발을 살짝 움직일 때도 있었고, 아니면 창밖에 있는 무언가를 구경하러 갔다가 다시 돌아올 때 매니저가 정해 준 자리에서 조금 비켜서기도 했다. 그렇게 나흘이 지나고 나자 새로 온 B3들이 오래된 에이에프들에게서 일부러 떨어져 선다는 사실이 의심의 여지 없이 명백해졌다. 손님들이 왔을 때 자기들이 다른 그룹에 속한다는 걸 보여 주려는 의도였다. 처음에는 믿고 싶지 않았다. 에이에프가, 그것도 매니저가 엄선한 에이에프가 이런 식으로 행동한다는 사실이 믿기지 않았다. 오래된 에이에프들이 안됐다는 생각이 들었는데, 보니까 그들은 아무것도 모르는 것 같았다. 오래된 에이에프들은 자기들이 애써 무언가를 설명해 주려 할 때 B3들이 서로 슬쩍 눈짓과 신호를 주고받는다는 사실도 알아차리지 못했다. 새로운 B3 시리즈는 여러 가지 점이 개선되었다고 했다. 그렇지만 이런 생각을 하는 에이에프가 어떻게 아이들에게 좋은 친구가 될 수 있을까? 로사가 곁에 있었다면 내가 본 것을 로사에게 이야기했겠지만, 그때 로사는 이미 떠나고 없었다.

◆

　　어느 날 오후, 해가 가게 안쪽 깊은 곳까지 들여다보고 있을 때, 매니저가 내가 있는 곳으로 와서 말했다.

　　"클라라, 너를 쇼윈도 자리에 한 번 더 보내기로 했어. 이번에는 혼자 있을 테지만 괜찮겠지. 너는 바깥세상에 관심이 많으니까."

　　나는 너무 놀라서 말없이 매니저를 쳐다보기만 했다.

　　"우리 클라라. 사실 내가 늘 걱정한 건 로사였는데. 너는 걱정 안 하지? 걱정하지 마. 내가 너한테도 꼭 집을 찾아 줄 거야."

　　"걱정 안 해요, 매니저님." 나는 조시 이야기를 꺼내려다가 얼른 말을 멈추었다. 뾰족머리 아이가 가게에 왔던 날 매니저가 했던 이야기가 생각났기 때문이다.

　　"그러면 내일부터, 딱 6일 동안만. 너한테 특별 할인가도 붙여 줄 거야. 잊지 마, 클라라. 네가 다시 우리 가게를 대표하는 거야. 그러니까 최선을 다하렴."

　　두 번째로 창가에 섰을 때는 처음과는 달랐다. 로사가 곁에 없었기 때문만은 아니었다. 창밖 거리는 예전과 다를 바 없이 분주했지만 바깥 구경을 하면서 전처럼 마냥 즐거워하기는 쉽지 않았다. 어쩌다 택시가 속도를 늦추면 지나가는 사람이 몸을 숙이고 운전자에게 말을 걸었고, 그러면 나는 이들이 친구일까 적일까 생각해 보았다. 때로는 RPO 빌딩 창문 안에 돌아다니는 작은 사람들을 보면서 저 동작이 무슨 뜻일까, 저 직사각형 안에 나타나기 직전에 저 사람이 무얼 하고 있었으며 이다음에는 무얼 할까 상상해 보았다.

두 번째로 창가에 있는 동안 내가 본 가장 중요한 일은 거지 아저씨와 개에게 일어난 일이었다. 넷째 날이었는데 날이 아주 흐려 약하게 등을 켜고 달리는 택시들도 있었다. 그런데 거지 아저씨가 평소처럼 RPO 빌딩과 소방 계단 건물 사이 뚫린 문 앞에서 행인들에게 인사를 하고 있지 않다는 사실을 깨달았다. 거지 아저씨가 다른 데로 갈 때도 있고 한참 동안 안 올 때도 있었기 때문에 처음에는 별일 아니라고 생각했다. 그런데 그때 건너편을 보다가 거지 아저씨와 개가 다른 데로 간 게 아니라 그 자리에 있다는 사실을 알았다. 바닥에 누워 있어서 안 보인 거였다. 둘은 보행자들을 피해 문간에 바싹 붙어 있었는데, 우리 쪽에서 보면 인부들이 가끔 길에 놓고 가는 마대처럼 보이기도 했다. 나는 행인들 사이로 거지 아저씨를 계속 지켜보았는데, 아저씨도 품속의 개도 꿈쩍도 하지 않았다. 가끔 지나가는 사람도 거지 아저씨가 움직이지 않는 걸 알아차리고 걸음을 멈추고 돌아보다가 다시 걸어가기도 했다. 마침내 해가 RPO 빌딩 뒤로 거의 넘어갔는데도 거지 아저씨와 개는 여전히 그 자리에 움직이지 않고 그대로 있었다. 죽었는데 행인들이 알아차리지 못하는 게 분명했다. 나는 슬픔을 느꼈다. 둘이 끌어안고 서로에게 위안을 주며 같이 죽어서 그래도 다행이라고는 생각했지만. 나는 누군가가 알아차리고 이들을 어딘가 더 편안하고 조용한 곳으로 데려가기를 바랐다. 매니저에게 말할까 하는 생각도 했다. 그러나 밤이 되어 내가 창가에서 내려갈 때가 되었을 때 매니저가 너무 피곤하고 심각해 보이길래 그냥 아무 말도 하지 않기로 했다.

다음 날 아침 셔터가 올라가자 정말 눈부신 날이 펼쳐졌다. 해가 거리와 건물 안에 자양분을 쏟아부었다. 나는 건너편 거지 아저씨와 개가 죽어 있던 자리를 보고는, 그들이 죽지 않았다는 사실을 알았다. 해의 특별한 자양분이 그들을 구한 것이다. 거지 아저씨는 아직 일어서지는 않았지만 한쪽 다리는 뻗고 한쪽 다리는 구부려 무릎 위에 한 팔을 얹고서 문간에 기대앉아 웃고 있었다. 나머지 한 손으로는 개의 목을 쓰다듬었다. 개도 살아나서 고개를 이쪽저쪽으로 돌리며 지나가는 사람을 구경했다. 둘은 굶주린 듯 해의 자양분을 빨아들이며 시시각각 튼튼해졌다. 조금만 지나면, 어쩌면 그날 오후만 되면 거지 아저씨가 다시 일어서서 평소처럼 지나가는 사람들과 쾌활하게 인사를 나눌 것 같았다.

◆

　열흘 뒤에 나는 뒤쪽 벽감으로 가게 됐다. 매니저는 내가 바깥 구경하기를 얼마나 좋아하는지 알기 때문에 며칠 동안만 거기 있을 거라고, 곧 중앙부로 돌아갈 수 있을 거라고 나를 달랬다. 그리고 어쨌든 뒤쪽 벽감도 아주 좋은 자리라고 했다. 매니저 말대로 나는 그곳이 싫지 않았다. 나는 뒤쪽 벽 유리 테이블에 앉아 있는 에이에프 둘을 좋아했는데, 손님이 없을 때는 이들과 대화를 나눌 수 있을 정도로 가까운 자리였다. 다만 뒤쪽 벽감은 아치문 안쪽이라 바깥쪽 거리가 안 보일 뿐 아니라 매장 앞쪽도 잘 안 보였다. 문으로 들어오는 손님을 보려면 몸을 최대한 앞으로 숙여서 아치문 너머를 들여다봐야 했고 그러더라도, 아니, 내 자리에서 몇 발 앞으로 걸어 나가더라도 잡지 테이블 위에 있는 은색 화병과 중앙에 서 있는 B3들에 가려 입구 쪽은 거의 안 보였다. 그런 한편, 거리에서 멀리 떨어진 자리이기 때문인지 혹은 가게 뒤쪽으로 갈수록 천장이 낮아지는 구조이기 때문인지 몰라도 소리는 더 또렷이 들렸다. 그래서 발소리만 듣고도, 입을 열기 한참 전부터도, 조시가 가게에 들어왔다는 사실을 알았다.

　"왜 그렇게 향수를 진하게 뿌려 놓는 거야? 토하는 줄 알

앉어.”

“비누야, 조시.” 어머니 목소리가 들렸다. “향수가 아니라. 잘라서 파는 수제 비누고 아주 고급 제품이었어.”

“어쨌든 거기가 아니야. 여기야. 말했잖아, 엄마.” 조시가 조심스럽게 걷는 소리가 들렸다. 그러더니 조시는 말했다. “틀림없이 여기가 맞아. 그런데 걔가 없네.”

나는 세 걸음 앞으로 살짝 나가서 은색 화병과 B3들 사이로 어머니가 무언가를 보는 모습을 보았다. 옆얼굴만 보였지만 지난번 거리에서 바람을 맞고 기둥 위에 앉아 있는 새처럼 보였을 때보다도 더 지쳐 보였다. 내 생각에 어머니는 조시를 보고 있는 것 같았다. 조시는 앞쪽 벽감에 있는 새로 온 B3 여자아이를 보고 있는 듯했다.

꽤 오랜 시간 동안 아무 일도 일어나지 않았다. 그러다가 어머니가 말했다. “어떠니, 조시?”

조시는 대답하지 않았다. 매니저가 그쪽으로 다가가는 소리가 들렸다. 가게 안에 있는 모든 에이에프들이 구매가 이뤄질지 궁금해하며 귀를 기울이고 있을 때 느껴지는 특유의 정적이 흘렀다.

“성이는 B3예요. 제가 본 가장 완벽한 에이에프 중 하나예요.” 매니저가 말했다.

이제는 매니저의 어깨가 보였지만 여전히 조시는 보이지

않았다. 그때 조시의 목소리가 들렸다.

"성이 너 정말 멋있어. 그러니까 기분 나쁘게 듣지 마. 그런데 그냥……." 조시가 말끝을 흐렸다. 다시 조시의 조심스러운 걸음 소리가 들렸고 드디어 내 눈에 조시가 보였다. 조시는 가게 안 사방을 둘러보고 있었다.

그때 어머니가 말했다. "새로 나온 B3가 인지 기억 능력이 아주 뛰어나다고 들었어요. 그런데 공감력이 좀 부족한 경우가 있다고 하던데요."

매니저는 한숨 같기도 하고 웃음 같기도 한 소리를 냈다. "초기에는 좀 고집 센 B3가 한둘 있다고 알려졌었죠. 하지만 성이는 그런 문제가 전혀 없어요."

어머니가 매니저에게 물었다. "성이에게 직접 말을 걸어 봐도 될까요? 몇 가지 물어보고 싶은 게 있어서요."

"하지만 엄마." 다시 내 시야에서 사라진 조시가 어머니의 말에 끼어들었다. "그럴 필요가 있어? 성이가 대단한 건 아는데, 내가 원하는 애는 아니야."

"계속 찾아다니기만 할 수는 없잖아."

"이 가게 맞다니까. 진짜야. 여기 있었어. 우리가 너무 늦게 왔나 봐."

내가 가게 뒤쪽에 있을 때 조시가 오다니 정말 안타까웠다. 그렇긴 해도 나는 조시가 언젠가는 이쪽으로 와서 나를 찾아낼 거라고 생각했다. 그게 내가 그 자리에 그대로 잠자코 있었던 이유였다. 그런데 그것 말고 다른 이유도 있었다. 조시가 가게에 온 걸 알고 내 마음속에서는 기쁨과 동시에 두려움도 솟았다. 저번 날에 매니저가 아이들이 약속을 하고는 다시 오지 않거나 다시 오고도 약속했던 에이에프 대신 다른 에이에프를 고르곤 할 때가 많다고 했던 말이 떠올랐기 때문이다. 그래서 나는 말없이 그냥 기다리고 있었다.

그때 매니저가 다시 입을 열었는데 말투가 조금 달라진 게 느껴졌다.

"그러면 어떤 특정한 에이에프를 찾는 건가요? 전에 여기에서 봤던?"

"네. 그때는 저기 창문에 있었어요. 정말 귀엽고 똑똑한 애요. 약간 프랑스 사람처럼 보이고요. 머리가 짧고 색이 짙고 옷도 진한 색이고 눈빛이 정말 친절하고 아주 똑똑했어요."

"누구 얘기하는지 알 것 같아요." 매니저가 말했다. "이쪽으로 오면 찾을 수 있을 거예요."

그제야 나는 내가 보일 수 있게 걸음을 옮겼다. 오전 내내 해의 무늬가 닿지 않는 곳에 있다가 빛나는 직사각형 무늬 두 개가 겹쳐진 자리로 나가서 섰고, 그때 매니저와 조시가 차례로 아치문을 통과해 들어왔다. 나를 보더니 조시의 얼굴에 기쁨이 번졌고 걸음걸이가 빨라졌다.

"아직 있었구나!"

조시는 더 여윈 것 같았다. 조시는 불안한 걸음걸이로 계속 내 쪽으로 다가왔다. 조시가 나를 껴안을 것 같다고 생각했는데 조시는 그러기 직전에 멈춰 내 얼굴을 올려다보았다.

"네가 가 버린 줄 알았어!"

"왜 가겠어요? 약속을 했는데." 내가 작은 소리로 말했다.

"응." 조시가 말했다. "맞아, 약속했지. 내가 약속을 못 지켰어. 너무 오래 걸렸지."

나는 조시에게 웃음을 지어 보였고 조시는 뒤를 돌아보며 어머니를 불렀다. "엄마! 여기 있어! 내가 찾던 애!"

어머니가 천천히 아치를 향해 걸어오더니 걸음을 멈췄다. 한순간 세 사람이 다 나를 보고 있었다. 가장 앞에서 조시가 행복하게 웃고 있고 그 뒤에서 매니저도 웃고 있었지만 조심스러운 웃음이었다. 나에게 중요한 신호를 보내는 것 같았다. 그리고 어머니는 인도 위의 행인이 택시에 승객이 있는지 없는지 살펴볼 때처럼 눈을 가늘게 뜨고 있었다. 어머니의 이런 시선을 보는 순간, 조시가 "아직 있었구나!"라고 외쳤을 때 싹 사라졌던 두려움이 다시 마음에 드리웠다.

"이렇게 늦게 오려던 건 아닌데, 좀 아팠어. 그런데 이젠 괜찮아." 그러더니 조시는 다시 어머니를 불렀다. "엄마? 바로 사면 안 돼? 다른 사람이 와서 사 가면 안 되잖아."

잠시 침묵이 흐르다가, 어머니가 조용히 입을 열었다. "이 모델은 B3가 아니죠, 그러니까."

"클라라는 B2예요. 4세대에 속하죠. 지금까지 나온 최고의 버전이라고 말하는 사람도 있어요."

"그런데 B3가 아니라서."

"B3 모델의 혁신은 정말 대단합니다. 하지만 어떤 특정 성향의 아이에게는 최고급형 B2가 가장 적합한 짝이라고 느끼는 고객도 많습니다."

"그렇군요."

"엄마, 나는 클라라가 좋아요. 다른 애 말고요."

"기다려 봐, 조시." 어머니는 매니저에게 물었다. "아티피셜 프렌드(Artificial Friend, AF)는 하나하나 다 다르다죠?"

"그렇습니다. 특히 이 수준에 다다르면 개성이 확연합니다."

"그래서 여기 이건 어떤 특징이 있죠? 이…… 클라라요?"

"클라라한테는 특별한 면이 정말 많아요. 종일이라도 이야기할 수 있을 정도네요. 한 가지만 딱 집어서 말하라면, 관찰하고 배우려 하는 욕구라고 해야 할 것 같아요. 주위에서 보는 것들을 전부 흡수하고 합치는 능력이 정말 대단합니다. 그래서 현재 클라라는 저희 매장에 있는 어떤 에이에프보다도 더 정교한 이해를 발달시켰습니다. B3도 물론 포함해서요."

"그런가요."

어머니는 다시 눈을 가늘게 뜨고 나를 보고 있었다. 그러더니 내 쪽으로 세 걸음 다가왔다.

"클라라한테 몇 가지 물어봐도 될까요?"

"그럼요."

"엄마, 제발……."

"조시, 잠깐만. 내가 클라라랑 이야기하는 동안 조금만 있어 봐."

그래서 어머니와 내가 둘이 마주하게 되었다. 나는 얼굴에 미소를 유지하려고 했는데 쉽지 않았다. 어쩌면 두려움이 겉으로 내비칠 것도 같았다.

"클라라. 조시를 보지 말고 대답해 봐. 조시 눈이 무슨 색이지?"

"회색입니다."

"좋아. 조시, 넌 아무 말도 하지 말고 가만히 있어. 자, 클라라. 우리 딸 목소리. 방금 걔가 말하는 거 들었지? 조시 목소리 높이가 어느 정도야?"

"대화할 때의 목소리는 가온 다 위의 A 플랫과 C 옥타브 사이입니다."

"그래?" 잠시 또 침묵이 흐르더니 어머니가 말했다. "마지막 질문이야. 우리 딸이 걷는 모습에서 어떤 걸 알아차렸니?"

"왼쪽 고관절이 조금 약할 수 있을 것 같습니다. 또 오른쪽 어깨도 통증을 유발할 가능성이 있어서 급작스럽게 움직여 불필요한 충격을 가하지 않으려고 조심스럽게 걷습니다."

어머니는 곰곰 생각하는 것 같았다. 그러더니 말했다. "그래, 클라라. 아주 잘 아는 것 같으니까, 조시의 걸음걸이를 그대로 따라 해 볼 수 있겠어? 해 줄 수 있겠니? 지금? 우리 딸이 걷는 것처럼?"

어머니의 어깨 너머로 매니저가 무슨 말을 하려는 듯 입을 벌리는 게 보였다. 그러나 매니저는 아무 말도 하지 않았고 대신 나와 눈이 마주치자 보일 듯 말 듯 살짝 고개를 끄덕였다.

그래서 나는 걷기 시작했다. 어머니와 조시뿐 아니라 에이에프들까지 모두 집중해서 나를 지켜보는 시선이 느껴졌다. 나는 아치문을 지나 바닥 위에 뻗은 해의 무늬 위로 발을 디뎠다. 그러고는 중앙부에 있는 B3들과 유리 진열대 방향을 향해 걸었다. 나는 내가 본 조시의 걸음걸이를 최대한 되살리려고 애를 썼다. 처음에, 내가 로사와 창가에 있을 때 택시에서 내려 걸어오던 모습, 그리고 나흘 뒤에 어머니가 어깨에서 손을 뗐을 때 창문으로 다가오던 모습, 그리고 방금 안도감과 행복이 담긴 눈빛으로 나를 향해 서둘러 걸어오던 모습.

유리 진열대에 다다라 나는 그 주위로 돌았다. 진열대 옆에 서 있는 소년 B3에게 부딪히지 않으려고 조심하면서도 조시 걸음걸이의 특징을 잃지 않으려고 신경 썼다.

그러나 방향을 돌려 돌아오면서 고개를 들어 어머니의 모습을 보았을 때 그 표정의 무언가 때문에 나는 그 자리에 우뚝 멈출 수밖에 없었다. 어머니는 계속 나를 찬찬히 보고 있었지만 시선의 초점이 내가 아니라 내 뒤쪽 어딘가에 맞춰져 있는 것 같았다. 내가 마치 유리창이고 그 너머 멀리 무언가를 보듯이. 나는 유리 진열대 옆에 한쪽 발꿈치를 뗀 채로 멈춰 섰고 가게 안에는 기이한 정적이 흘렀다. 그때 매니저가 말했다.

"보셨다시피 클라라는 관찰력이 아주 뛰어나요. 이런 아이는 본 적이 없어요."

"엄마." 조시의 목소리는 낮게 가라앉아 있었다. "제발, 엄마."

"좋아. 이 애로 할게요."

조시가 얼른 내 옆으로 다가와 팔로 나를 감싸 안았다.

나는 아이의 머리 너머로 매니저가 기쁘게 웃는 모습과 어머니가 수척하고 심각한 얼굴로 숄더백 안을 들여다보는 모습을 보았다.

라부

부엌에서 돌아다니기가 특히 힘들었다. 부엌의 구성 요소들이 시시각각 위치를 바꿀 때가 많았기 때문이다. 이제는 매장에서 매니저가 우리를 배려해서 모든 물건을, 팔찌나 은귀걸이 상자 같은 작은 것조차도 늘 정확히 같은 위치에 두었다는 사실을 알았고 고마운 생각이 들었다. 하지만 조시의 집에서는, 특히 부엌에서는 가정부 멜라니아가 계속 물건을 옮겨 놓아서 매번 새로 학습을 해야만 했다. 예를 들자면 어느 날 아침에는 가정부 멜라니아가 믹서기 위치를 몇 분 사이에 네 번이나 바꾸었다. 그렇지만 일단 중요한 역할을 하는 아일랜드 식탁을 기준으로 삼자 훨씬 쉬워졌다.

아일랜드 식탁은 부엌 한가운데에 있었는데 고정되어 있

다는 성질을 강조하기 위해서인지 건물 벽돌과 비슷한 연한 갈색 타일로 덮여 있었다. 한가운데 움푹 들어간 반짝이는 개수대가 있고 가장 긴 면을 따라 거주자들이 앉을 수 있는 높은 의자 세 개가 있었다. 초기에 꽤 튼튼했을 때 조시는 아일랜드 식탁에서 수업을 듣거나 연필로 스케치북에 그림을 그리면서 쉬기도 했다. 나는 처음에는 아일랜드 식탁의 높은 의자에 앉는 데 애를 먹었다. 발이 땅에 닿지 않았고, 다리를 흔들면 의자 다리 가로대에 부딪혔다. 하지만 조시가 하는 방식을 따라 아일랜드 식탁 위에 팔꿈치를 단단히 붙이고 앉자 훨씬 안정감이 느껴졌다. 그래도 가정부 멜라니아가 뒤에서 느닷없이 나타나 수도꼭지를 틀어서 물이 엄청난 수압으로 쏟아져 나올 가능성이 늘 있었다. 처음 이런 일이 일어났을 때 나는 너무 놀라 균형을 잃을 뻔했는데 내 옆에 있던 조시는 꿈쩍도 안 했다. 나도 곧 물이 조금 튀더라도 겁낼 필요 없다는 걸 알게 되었다.

부엌은 해가 들여다보기에 아주 좋은 곳이었다. 넓은 하늘과 자동차나 지나가는 사람이 없는 바깥 공간이 보이는 큰 창문이 있었다. 큰 창문에서 보면 도로가 저 멀리 나무들 너머 언덕 위로 올라가는 게 보였다. 부엌은 해의 자양분으로 가득 찰 때가 많았다. 큰 창문이 있는 데다가 높은 천장에 리모컨으로 여닫을 수 있는 천창도 있었다. 처음에는 해가 천창으로 자양분을 내려보내려고 하면 가정부 멜라니아가 블라인드를 닫는 걸 보고 걱정했다. 하지만 조시가 햇볕을 쬐면 금세 더워한다는 사실을 알게 되어 그다음에는 해의 무늬가 조시 위에 너무 또렷하게 비치면 나 스스로 리모컨을 조정하게 되었다.

처음에는 주위에 자동차나 행인이 없을 뿐 아니라 다른 에이에프도 없어서 이상했다. 물론 집 안에 다른 에이에프가 있으리라고 예상한 건 아니었고 나 혼자라서 내가 조시에게만 집중할 수 있어 다행이라고 생각했다. 하지만 나는 관찰하고 추정한 것을 주위 다른 에이에프와 비교하는 것에 익숙해져 있었던 모양이었다. 그래서 그 부분에도 새로이 적응해야 했다. 초기에, 호젓한 순간이 되면 나는 큰 창문을 통해 언덕 위로 올라가는 도로를 보거나 침실 뒤쪽 창문으로 풀밭을 내다보면서 어디 멀리에 에이에프가 보이지 않는지 찾기도 했다. 하지만 곧 도시나 다른 건물에서 아주 멀리 떨어진 이곳에선 가망성이 없다는 걸 알았다.

집에 처음 온 날에는 어리석게도 가정부 멜라니아가 매니저 같은 사람이라고 생각해서 몇 가지 착오를 일으켰다. 예를 들면 나에게 새로운 삶을 소개해 주는 게 가정부 멜라니아의 임무라고 잘못 생각했는데, 가정부 멜라니아는 당연히 내가 자꾸 자기 옆에 와 있는 걸 이상하게 생각하고 짜증을 냈다. 결국에는 더 못 참고 나를 보며 이렇게 말했다. "졸졸 따라다니지 말고 꺼져!" 나는 놀랐지만 곧 집 안에서 가정부 멜라니아의 역할은 매니저의 역할과 다른 것이며 내가 잘못 생각했음을 알게 되었다.

　내가 이런 오해를 하긴 했지만, 가정부 멜라니아가 내 존재를 처음부터 못마땅해하지 않았다고 생각하기는 힘들다. 나는 시종일관 예의 바르게 굴었고 특히 처음 며칠 동안은 가정부 멜라니아를 기쁘게 할 만한 사소한 노력을 몇 가지 하기도 했지만, 가정부 멜라니아는 한 번도 나를 보고 웃지 않았고 지시를 내리거나 야단칠 때를 빼면 아예 말을 걸지 않았다. 지금 그 기억들을 모아 맞추어 보면 가정부 멜라니아의 적대감은 조시에게 일어날 수 있는 일에 대한 우려에서 나온 것임을 알 수 있다. 하지만 그때 나는 멜라니아의 차가운 태도를 쉽게 이해할 수가 없었다. 멜라니아는 내가 조시와 같이 있는 시간을 줄이고 싶어 했고(말할 것도 없이 나의 임무와 충돌하는 바람이었다.) 처음에는 어머니가 잠깐 커피를 마시고 조시가 아침을 먹는 시간 동안에 내가 부엌에 들어오는 것도 막으려 했다. 조시가 나도 같이 있어야 한다고 강력하게 주장하고 어머니가 마침내 그러라고 한 다음에야 나도 매일 아침의 중대한 순간에 부엌에 있을 수 있게 되었다. 그랬어도 가정부 멜라니아는 내가 조시와 어머니와 같이 아일랜드 식탁에 앉는 대신 냉장고 옆에 서 있어야 한다고 주장했는데, 조시가 고집을 부려 결국 나도 같이 아일랜드 식탁에 앉게 되었다.

어머니가 커피를 마시는 짧은 시간이 아침의 중요한 순간이었기 때문에 그 시간에 맞춰 조시를 깨우는 일이 내 임무 중 하나였다. 내가 계속 깨우는데도 조시가 마지막 순간까지 일어나지 않을 때가 많았다. 조시는 늦게 일어나서는 방에 딸린 화장실 안에서 소리를 쳤다. "서둘러, 클라라! 늦겠어!" 나는 이미 방 밖으로 나가 계단 꼭대기에 서서 초조하게 기다리고 있었는데도.

내려가 보면 어머니가 아일랜드 식탁에 앉아 커피를 마시며 오블롱을 들여다보고 있고, 가정부 멜라니아는 커피잔을 다시 채워 주려고 옆에서 대기하고 있었다. 시간이 없어서 조시와 어머니가 거의 이야기를 못 나눌 때도 많았지만, 그럼에도 이 짧은 커피 타임 동안 조시가 어머니와 같이 앉는 게 얼마나 중요한 일인지 나도 곧 알게 되었다. 한번은 조시가 몸이 아파서 밤에 잠을 잘 자지 못했을 때, 나는 조시가 조금 더 쉬는 게 좋을 것 같다고 생각해서 조시를 깨우다 말고 그냥 다시 잠들게 내버려 두었다. 조시는 잠에서 깨어 나에게 화를 냈고 기운이 없는데도 불구하고 늦기 전에 내려가려고 서둘렀다. 그러나 조시가 화장실에서 나오는 순간 어머니의 차가 자갈길 위에서 굴러가는 소리가 들렸다. 우리는 앞쪽 창문으로 가서 어머니의 차가 언덕을 향해 달려가는 걸 보았다. 조시는 다시 나에게 소리를 지르지는 않았지만 부엌에 내려가서 아침을 먹는 동안 한 번도 웃지 않았다. 그때 나는 조시가 어머니와 커피 타임을 같이하지 못하면 그날 조시의 하루에 외로움이 스며들 위험이 있다는 사실을 알게 되었다.

가끔은 어머니가 서두르지 않아도 되는 날이 있었다. 어머니가 등급이 높은 옷을 입고 있고 냉장고에 가방을 기대 놓았음에도 천천히 커피를 마시고 심지어 의자에서 내려와 손에 커피잔과 잔 받침을 들고 부엌을 돌아다닐 때도 있었다. 큰 창문 앞에 서서 해의 아침 무늬를 몸에 덮어쓴 채로 이렇게 말하기도 했다.

"조시, 너 이제 색연필 그림은 안 그리는 것 같더라. 네가 그리는 흑백 그림도 좋지만, 채색화도 보고 싶어."

"내가 그린 채색화는 망신거리라는 결론을 내렸어."

"망신거리라고? 말도 안 돼!"

"엄마. 내가 그린 채색화는 엄마 첼로 연주하고 비슷해. 사실 그것보다 더 심해."

조시가 이렇게 말하자 어머니 얼굴에 웃음이 번졌다. 어머니는 자주 웃지 않는데 이렇게 가끔 웃을 때 보면 웃음이 놀라울 정도로 조시와 비슷했다. 얼굴 전체에 다정함이 넘쳤고 경직된 표정을 만들던 주름이 유머와 온화함을 드러내는 표정으로 재배열되었다.

"인정하지 않을 수가 없네. 내 첼로 소리는 그나마 제일 잘 켰을 때도 드라큘라 할머니 소리처럼 들렸어. 하지만 네가 쓰는 색은 뭐랄까, 여름 저녁 연못 같아. 그런 비슷한 느낌이야. 너는 색을 아주 아름답게 써. 아무도 생각하지 못했을 방식으로."

"엄마, 원래 자기 애가 그린 그림은 다 그렇게 보이는 거야. 진화 과정 때문에 그런 거라고."

"그거 아니? 나는 이게 네가 만든 멋진 전단을 모임에 가져갔던 일하고 상관있다고 생각하는데. 지난번 말고 그 전모임. 그 리처즈네 애가 뭐라고 비꼬는 말을 했잖아. 전에도 말했지만, 다시 말할게. 개는 네 재능이 샘이 난 거야. 그래서 그런 소리를 한 거야."

"알았어. 정 그렇다면 다시 색연필을 써 볼게. 그러면 대신에 엄마도 첼로를 켜."

"아, 안 돼. 너무 오래 안 했어. 누군가가 집에서 좀비 영화를 만드는 데 쓸 사운드트랙이 필요하다면 모를까."

그렇지만, 커피를 빨리 마실 필요가 없는데도 어머니가 웃지 않고 경직되어 있는 날도 있었다. 조시가 최대한 재미

있게 말하려고 애쓰면서 오블롱 가정 교사들 이야기를 하면 어머니는 심각한 표정으로 듣다가 이렇게 말했다.

"바꾸면 돼. 그 사람, 마음에 안 들면 언제든 바꿀 수 있어."

"아냐, 엄마, 그런 거 아냐. 그냥 하는 말이야. 사실 이 선생님이 지난번 선생님보다 훨씬 나아. 웃기기도 하고."

"그래." 어머니는 여전히 심각한 표정으로 고개를 끄덕였다. "네가 누구한테든 한 번은 기회를 주려고 하는 거 말이야. 좋은 성격이야."

그때는 조시 건강이 꽤 좋아서 조시는 어머니가 일을 마치고 집에 돌아온 다음에 같이 저녁을 먹고 싶어 했다. 그래서 우리는 조시의 방에서 어머니가 돌아오기를 기다리며 해가 휴식 장소로 향하는 광경을 구경했다.

조시 말대로 침실 뒤쪽 창문으로 보면 탁 트인 풀밭이 지평선 끝까지 펼쳐져 있어서 해가 하루를 마치고 땅 아래로 들어가는 모습을 볼 수 있었다. 조시는 그냥 풀밭이라고 불렀지만 사실은 풀밭 세 개가 합해진 것이었다. 자세히 보면 경계를 표시하는 말뚝이 보였다. 세 밭 모두 풀이 길게 자라서 바람이 불면 마치 눈에 보이지 않는 행인이 밭 사이로 달려가듯이 풀이 일렁였다.

뒤쪽 창문에서 본 하늘은 가게에서 보던 빌딩 틈새 하늘보다 훨씬 컸고 놀라울 정도로 다양한 모습으로 변했다. 과일 바구니에 담긴 레몬색일 때도 있었고 그러다가 점판암 도마처럼 잿빛으로 바뀌기도 했다. 조시가 아플 때는 하늘이 조시의 토사물이나 묽은 대변 색깔로 변하거나 피가 한가닥 비치기도 했다. 가끔은 여러 개의 정사각형으로 나뉘고 각각 조금씩 다른 색조의 보라색을 띠었다.

침실 창문 옆에 부드러운 크림색 소파가 있어서 마음속으로 '단추 소파'라고 이름을 붙였다. 소파는 방 안쪽을 향해 놓여 있었지만 조시와 나는 그 위에 무릎으로 올라가 등받이 위에 팔을 얹고 하늘과 풀밭을 구경했다. 조시는 내가 해의 여행이 끝나는 장면을 보기를 좋아한다는 걸 알았고, 그래서 우리는 가능할 때마다 단추 소파에서 해가 쉬러 가는 모습을 보았다. 한번은, 어머니가 평소보다 집에 일찍 와서 아일랜드 식탁 높은 의자에 앉아 조시와 이야기를 나눈 날이 있었다. 나는 두 사람의 프라이버시를 침해하지 않으려고 떨어져서 냉장고 옆에 서 있었다. 그날 저녁 어머니는 기운이 넘치는 듯 빠른 속도로 사무실 사람들에 관련된 우스운 이야기를 들려주었다. 이따금 말을 멈추고 웃었는데 어떤 때는 숨이 넘어갈 정도로 웃기도 했다. 어머니가 계속 이야기를 하면서 또 웃음을 터뜨릴 듯했는데 조시가 말을 끊었다.

"엄마 정말 웃겨. 그런데 클라라랑 같이 잠깐 방에 올라갔다 와도 돼? 클라라가 해 지는 걸 보기를 좋아하는데 지금 안 가면 놓칠 것 같아서."

조시의 말을 듣고 돌아보니 어느덧 부엌 안이 해의 저녁 빛으로 가득 차 있었다. 어머니는 조시를 가만히 응시했는데 나는 어머니가 화를 낼 것 같다고 생각했다. 그러나 어머니 얼굴이 곧 다정한 웃음으로 풀어졌다. "그래, 그러렴. 어서 가 봐. 가서 해 지는 거 봐. 그리고 저녁 먹자."

침실 창문으로 풀밭과 하늘 말고 호기심을 끄는 다른 무언가가 또 보였다. 가장 먼 풀밭 끄트머리에 있는 상자 모양의 짙은 색 물체였다. 주위에서 풀이 일렁일 때도 상자는 움직이지 않았고, 해가 거의 풀에 닿을 정도로 낮게 내려왔을 때도 햇빛 앞에 검은 형체 그대로 버티고 있었다. 조시가 나 때문에 어머니를 화나게 할 위험을 무릅쓴 그날, 나는 조시에게 그걸 가리켜 보였다. 그러자 조시는 단추 소파 위에서 몸을 세우고 손을 눈가에 가져다 대 그늘을 만들었다.

"아, 맥베인 씨 헛간 말이구나."

"헛간이요?"

"양면이 뚫려 있으니까 헛간이라고 할 수 없을지도 모르겠다. 그늘집이라고 해야 하나. 맥베인 씨가 그 안에 물건을 넣어 놔. 릭하고 같이 한 번 가 봤어."

"왜 해가 그런 곳으로 쉬러 가는지 궁금해요."

"그러게." 조시가 말했다. "해라면 적어도 궁전 같은 데로 갈 것 같은데. 어쩌면 내가 갔다 온 뒤에 맥베인 씨가 대대적으로 보수를 했을지도 모르지."

"조시가 언제 거기에 갔는지 궁금해요."

"아, 아주 오래전이야. 릭이랑 내가 어렸을 때. 내가 아프기 전에."

"근처에 뭐 특별한 게 있었어요? 입구 같은 것? 땅 아래로 내려가는 계단이라든가?"

"으응. 그런 건 없었어. 그냥 헛간뿐이었어. 우리가 아직 어릴 때라 거기까지 걸어가느라 엄청 힘들었는데, 그런 게 있어 무지 반가웠지. 그런데 해가 지려면 아직 멀었을 때였어. 궁전으로 가는 입구가 있다면 아마 숨겨져 있을 거야. 해가 막 도착한 순간에 문이 열리지 않을까? 그런 영화 본 적 있어. 악당 본부가 화산 안에 있어서, 악당들이 헬리콥터를 타고 가까이 가면 산꼭대기 용암 호수인 줄 알았던 게 문처럼 열리는 거야. 해의 궁전도 그런 식일지 모르지. 어쨌든 릭하고 나는 그걸 찾으려고 간 게 아니었으니까. 아무 이유도 없이 괜히 그냥 거기까지 갔는데 너무 더워서 그늘에서 쉬고 싶었어. 그래서 맥베인 씨 헛간에 잠깐 앉아 있다가 돌아왔어." 조시가 내 팔을 살짝 건드렸다. "더 자세히 볼 걸 그랬다."

그때 해가 짧은 선처럼 줄어들어 풀 사이를 비췄다.

"이제 가려나 보다." 조시가 말했다. "좋은 꿈 꾸길."

"그 소년이 누구인지 궁금해요. 릭이라는 아이."

"릭? 나랑 제일 친한 친구야."

"어, 그렇군요."

"왜, 클라라, 내가 무슨 말 잘못했어?"

"아니요. 그런데…… 조시의 가장 친한 친구가 되는 게 내 임무예요."

"너는 내 에이에프잖아. 그건 다른 거야. 하지만 릭은, 어, 우리는 평생 같이하기로 했어."

이제 해는 풀 위에 분홍색 흔적으로만 남았다.

"릭은 날 위해서 뭐든 할 거야. 그런데 릭은 걱정이 너무 많아. 무슨 일이 일어나 우리 사이를 방해할 거라고 만날 걱정해."

"어떤 일이요?"

"아, 그런 거 있잖아. 사랑이니 연애니 하는 거. 그리고 다른 것들도 또 있고."

"다른 것들?"

"하지만 쓸데없는 걱정이야. 릭하고 나는 아주 오래전에 마음을 정했거든. 바뀌지 않을 거야."

"지금 릭은 어디에 있어요? 가까운 데 살아요?"

"옆집에 살아. 소개해 줄게. 어서 너희 둘이 만났으면 좋겠다!"

◆

그다음 주, 내가 처음으로 조시의 집을 바깥쪽에서 본 날에 릭을 만났다.

조시와 나는 집 안 어떤 부분이 다른 부분과 어떻게 연결돼 있느냐는 문제로 여러 차례 논쟁을 했다. 예를 들면, 진공청소기를 넣어 두는 곳이 큰 침실 바로 아래에 있다는 걸 조시는 인정하지 않았다. 그러다가 어느 날 오전 또 이 주제로 옥신각신하다가 조시가 말했다.

"클라라, 너 때문에 돌겠다. 헬름 교수님 수업 끝나면 너 데리고 밖으로 나갈게. 밖에서 보면 확실히 알겠지."

조시 말에 나는 들떴다. 하지만 먼저 조시가 수업을 들어야 했다. 나는 조시가 아일랜드 식탁 위에 종이를 펼쳐 놓고 오블롱을 켜는 모습을 보았다.

나는 프라이버시를 침해하지 않으려고 우리 사이에 의자 하나를 비워 놓고 떨어져 앉았다. 수업이 원활하게 진행되지 않는다는 걸 알 수 있었다. 조시의 헤드셋에서 새어 나오는 가정 교사 목소리가 야단치는 것처럼 들릴 때가 많았다. 조시는 연습 문제지에 뜻 없는 낙서를 끼적이고 문제지가 물에 젖을 정도로 싱크에 가까이 밀어 놓기도 했다. 그러다가는 큰 창문으로 보이는 무언가에 정신이 완전히 팔려 교수님이 하는 말에는 귀를 기울이지 않는 것 같았다. 잠시 뒤에 조시는 화면을 보고 화난 듯 말했다. "네, 했어요. 정말요. 왜 안 믿으시는데요? 선생님이 시킨 대로 했다고요!"

수업이 평소보다 더 오래 진행되었다. 그래도 결국 끝이 났고 조시가 이렇게 말했다. "네, 헬름 교수님. 감사합니다. 네. 그럴게요. 안녕히 계세요. 오늘 수업 감사합니다."

조시는 한숨을 내쉬며 오블롱을 끄고 헤드셋을 벗었다. 그러다 나를 보더니 바로 얼굴을 환하게 밝혔다.

"나 안 잊어버렸어. 밖에 나가자. 잠깐 정신만 좀 차리고. 헬름 교수님 정말, 이제 그 얼굴 그만 봐도 돼서 다행이야! 어딘가 엄청 더운 곳에 사나 봐. 땀이 송골송골 맺혔더라고." 조시는 높은 의자에서 내려와 팔을 죽 뻗었다. "엄마가 밖에 나갈 때는 멜라니아한테 말하라고 했어. 나 외투 입는 동안 네가 가서 좀 말할래?"

조시도 신이 나 있는 게 보였다. 수업 도중에 큰 창문으로 본 무언가 때문에 신이 난 것 같다는 생각이 들긴 했다. 어쨌든 나는 가정부 멜라니아를 찾으러 개방 공간으로 갔다.

개방 공간은 집에서 가장 큰 방이었다. 소파 두 개가 있고 거주자들이 앉을 수 있는 푹신한 직육면체가 몇 개 있고 쿠션, 램프, 화분이 있었으며 구석에 책상도 있었다. 그날 미닫이문을 열자 방 안 가구들이 격자들이 이어지고 교차하는 모양으로 보여 그 복잡한 패턴 가운데에서 가정부 멜라니아의 모습을 식별하기가 어려웠다. 그래도 가정부 멜라니아가 푹신한 직육면체 가장자리에 꼿꼿이 앉아 오블롱으로 무언가를 분주히 하는 모습을 찾아냈다. 멜라니아는 무뚝뚝한 눈빛으로 나를 보았고 내가 조시가 밖에 나가고 싶어 한다고 말하자 오블롱을 놓고 나를 지나쳐 방 밖으로 나갔다.

조시는 현관에서 갈색 패딩 재킷을 걸치고 있었다. 조시가 가장 좋아하는 옷인데 가끔 몸이 안 좋을 때는 실내에서도 입었다.

"클라라, 있잖아. 네가 우리 집에 이렇게 오래 있었는데 집 밖에 한 번도 안 나갔다니 이상하지."

"네. 나는 한 번도 밖에 나가 본 적이 없어요."

조시는 잠시 나를 쳐다보더니 말했다. "그러니까 밖에 나간 적이 한 번도 없다고? 우리 집에서만이 아니라 다른 데서도?"

"맞아요. 나는 가게에 있었어요. 다음에는 여기로 왔고요.”

“와. 그럼 너한테 정말 대단한 일이 되겠다! 겁낼 건 하나도 없어. 알지? 야생동물 같은 건 없어. 그러니까 어서 나가자.”

가정부 멜라니아가 현관문을 열자 새로운 공기와 해의 자양분이 현관 안으로 들어오는 게 느껴졌다. 조시는 나를 보며 얼굴에 다정함을 가득 담아 웃어 보였다. 그런데 그때 가정부 멜라니아가 우리 사이로 들어오더니 내가 미처 알아차리기 전에 조시의 팔을 잡아 자기 팔 아래에 끼웠다. 조시도 놀란 것 같았지만 팔을 빼지는 않았다. 나는 가정부 멜라니아가 내가 야외에 익숙하지 않으니 조시를 잘 보호하지 못할 수 있다는 결론을 내렸음을 알았다. 두 사람이 같이 먼저 밖으로 나가고 나는 뒤를 따랐다.

우리는 자갈돌 구역으로 걸어 나갔다. 차가 지나다니도록 일부러 자갈을 깔아 놓은 것 같았다. 바람이 살살 부드럽게 부는데 왜 언덕 위의 키 큰 나무들이 출렁이고 구부러지는지 궁금했다. 하지만 얼른 내 발에 집중해야 했다. 자갈돌 구역 표면에 자동차 바퀴 때문에 생긴 듯 보이는 파인 자국이 많았기 때문이다.

앞쪽에 보이는 풍경은 침실 앞쪽 창문으로 익숙하게 보던 것이었다. 나는 조시와 가정부 멜라니아를 따라 마룻바닥처럼 매끈하고 단단한 길 위로 올라갔다. 그 길을 따라 걷자 양쪽에 깎인 풀밭이 나왔다. 나는 집을 돌아보고 내가 추측한 것이 맞는지 확인하고 싶었지만 조시와 가정부 멜라니아가 팔짱을 낀 채로 계속 걷고 있어서 나만 걸음을 멈출 수는 없었다.

조금 지나자 이제 발밑을 조심하지 않아도 될 것 같기에 우리 왼쪽에 솟은 언덕을 올려다보았다. 그 꼭대기 언저리에서 움직이는 소년의 모습이 보였다. 소년의 나이를 15세로 추정했는데, 흐린 하늘을 등진 어두운 실루엣으로만 보여서 확실하지는 않았다. 조시가 언덕을 향해 가자 가정부 멜라니아가 무어라고 말했다. 집 안에 있었다면 나도 들을 수 있었을 테지만 밖에서는 소리의 움직임이 달랐다. 그래도 두 사람 의견이 일치하지 않는다는 걸 알 수 있었다. 조시가 말했다.

"하지만 클라라한테 쟤를 소개해 주고 싶어."

들리지 않는 말 몇 마디가 더 오간 다음 가정부 멜라니아가 말했다. "좋아, 대신 아주 잠깐이야." 그러더니 조시의 팔을 놓았다.

"가자, 클라라." 조시가 나를 보며 말했다. "저 위에 릭이 있어."

녹색 언덕을 올라가는 동안 조시의 숨이 가빠졌고 조시

는 내 팔을 꽉 붙들었다. 그래서 나는 아주 잠깐밖에는 뒤를 볼 수 없었는데 그때 우리 뒤쪽에 조시의 집만 있는 게 아니라 먼 쪽에 집이 한 채 더 있다는 사실을 발견했다. 조시 방 창문에서는 보이지 않는 이웃집이 있었던 것이다. 나는 두 집의 형체를 자세히 관찰하고 싶었지만 지금은 조시가 다치지 않게 하는 데 집중해야 했다. 언덕 꼭대기에 오르자 조시가 걸음을 멈추고 숨을 골랐지만 남자아이는 우리에게 인사를 하지도 우리를 돌아보지도 않았다. 남자아이는 손에 둥근 모양의 장치를 들고 두 집 사이 하늘을 보고 있었는데, 거기에 새 한 무리가 대형을 이루며 날고 있었다. 나는 기계 새들이라는 사실을 바로 알아차렸다. 남자아이가 새를 똑바로 보면서 조종 장치를 건드리자 새들이 대형을 바꾸었다.

"와, 멋지다." 조시는 여전히 숨을 조금 가쁘게 쉬면서 말했다. "새거야?"

릭은 새들한테서 눈을 떼지 않은 채로 말했다.

"끝의 두 개는 새거야. 조금 다르게 생겼잖아."

새들이 급강하해서 우리 머리 바로 위를 선회했다.

"그러네. 하지만 진짜 새도 다 다르게 생겼잖아."

"그렇겠지. 그래도 명령을 내리면 다 같이 움직이게 만들었어. 자, 조시, 이거 봐."

기계 새들이 내려와 우리 앞 잔디에 한 마리씩 차례로 착지했다. 그런데 두 마리는 아직 공중에 남아 있었다. 릭은 얼굴을 찡그리며 리모컨을 다시 눌렀다.

"이런. 아직도 그러네."

"그래도 멋있어, 리키."

조시는 릭에게 놀라울 정도로 가까이 다가갔다. 릭하고 몸을 접촉하지는 않았지만 릭의 등과 왼쪽 어깨 바로 뒤로 손을 올렸다.

"이거 두 개는 초기화하고 재설정해야겠다."

"문제없을 거야. 참, 리키, 화요일 잊지 않았지?"

"안 잊었어. 하지만 가겠다고 한 적은 없는데."

"아 왜 그래! 오겠다고 했잖아!"

"내가 언제. 게다가 네 손님들도 싫어할걸."

"우리 집이니까 누구를 초대할지는 내 마음이야. 엄마도 좋다고 할 거고. 릭, 그동안 이런 거 많이 겪었잖아. 우리 계획대로 하려면 이런 것도 같이 해야 해. 너도 나만큼 익숙해져야 한다고. 왜 나 혼자 걔들을 감당해야 해?"

"혼자 아니잖아. 이제 에이에프가 있잖아."

나머지 새 둘도 내려앉았다. 릭이 리모컨을 건드리자 전부 풀 위에서 정지 모드로 들어갔다.

"이런! 인사도 안 시켰네! 릭, 애는 클라라야."

릭은 계속 리모컨만 들여다보고 내 쪽은 쳐다보지 않았다. "에이에프는 안 가질 거라고 했었잖아." 릭이 말했다.

"그건 옛날에 한 이야기잖아."

"절대 안 가질 거라고 했었어."

"그래, 그런데 마음이 바뀌었어. 됐어? 어쨌든 클라라는 그냥 에이에프가 아냐. 클라라, 릭한테 무슨 말 좀 해."

"절대 안 가질 거라고 하더니."

"왜 그래, 릭! 어릴 때 한 말을 다 지키는 사람이 어디 있어. 왜 나는 에이에프를 가지면 안 되는데?"

이제 조시는 양손을 릭의 왼쪽 어깨에 얹고 릭의 키를 줄여 자기와 비슷하게 만들려는 듯 힘을 주었다. 릭이 신체 접촉을 개의치 않는 것 같아서(그걸 당연한 일로 여기는 듯했다.) 그걸 보고 나는 어쩌면 이 소년이 조시에게 어머니만큼 중요한 존재일지도 모르겠다고 생각했다. 그래서 소년의 목표와 나의 목표가 어떤 면에서 일치할 테니, 따라서 소년을 면밀히 관찰해서 조시의 삶에서 어떤 역할을 하는지 이해해야겠다는 생각이 들었다.

"릭을 만나게 돼서 기뻐요." 내가 말했다. "릭이 저 집에 사는지 궁금해요. 이상하지만 전에는 옆집이 있는 줄 몰랐어요."

"어." 릭은 여전히 나를 쳐다보지 않고 말했다. "거기가 우리 집이야. 엄마랑 둘이 살아."

우리는 다 같이 몸을 돌려 집을 보았다. 나는 처음으로 조시 집의 외관을 제대로 볼 수 있었다. 생각보다 조금 더 작고 지붕 가장자리는 좀 더 날카로워 보였지만 대체로 집 안에서 예측한 것과 같았다. 벽은 널빤지를 살짝씩 겹치게 차곡차곡 이어 붙여 만들었고 전체를 흰색에 가까운 색으로 칠했다. 전체적으로 세 개의 상자가 이어져 하나의 복잡한 형태를 이루는 듯한 모양새였다. 릭의 집은 더 작아 보였는데 멀리 있어서 작아 보이는 것만은 아니었다. 릭의 집도 나무판으로 지어져 있지만 구조는 더 간단했다. 폭보다 높이가 더 긴 상자 하나로 돼 있고 풀밭 위에 있었다.

"릭과 조시가 나란히 자랐을 거라고 생각해요. 두 사람의 집처럼." 나는 릭에게 말했다.

릭이 어깨를 으쓱했다. "응. 나란히 자랐지."

"릭의 억양이 영국식이라고 생각해요."

"아주 조금 그럴지도."

"조시에게 좋은 친구가 있어서 기뻐요. 내가 두 사람 우정에 방해가 되지 않았으면 좋겠어요."

"그래야지. 하지만 우정을 방해하는 게 한두 가지가 아니야."

"이제 가요!" 가정부 멜라니아가 언덕 아래에서 소리치는 소리가 들렸다.

"가요!" 소시도 소리쳤다. 그러더니 릭에게 이렇게 말했다. "리키, 나도 그 모임 싫어. 네가 있어 줬으면 좋겠어. 꼭 와야 해."

릭은 다시 리모컨을 보고 있었고 새들이 다시 공중으로 떠올랐다. 조시는 릭의 어깨에 손을 얹은 채로 새들을 지켜보았다. 두 사람이 하늘을 배경으로 한 덩어리처럼 보였다.

"빨리 와!" 가정부 멜라니아가 소리쳤다. "바람이 너무 세! 그 위에서 죽고 싶은 거야?"

"알았어요! 간다고!" 그러더니 조시는 릭에게 얼른 한마디를 덧붙였다. "화요일 점심, 알았지?"

"알았어."

"착한 녀석. 약속한 거다. 클라라가 증인이야."

조시는 릭의 어깨에서 손을 떼고 물러섰다. 그러더니 내 팔을 잡고 언덕을 내려가기 시작했다.

우리는 올라간 길과 다른 길로 내려갔다. 조시의 집 현관으로 바로 이어지는 길이었다. 이쪽 경사가 더 가팔랐다. 가정부 멜라니아가 아래에서 뭐라고 하더니 포기하고 언덕으로 올라와 조시를 붙들었다. 잔디밭으로 내려온 다음 나는 다시 하늘을 배경으로 실루엣만 보이는 릭을 돌아보았다. 릭은 우리 쪽 말고 회색 하늘 위에 떠 있는 새들을 보고 있었다.

집으로 들어와 조시는 패딩 재킷을 벗었고 가정부 멜라니아는 조시에게 요거트 음료를 만들어 주었다. 우리는 아일랜드 식탁에 앉았고 조시는 빨대로 음료를 마셨다.

"밖에 나간 게 처음이라니! 그래서 어땠어?" 조시가 물었다.

"아주 좋았어요. 바람, 소리, 모든 게 흥미로웠어요." 그러고 나서 덧붙였다. "릭을 만나서 무척 좋았고요."

조시는 음료에 꽂힌 빨대를 손가락으로 집었다.

"첫인상이 별로였을 것 같아. 걔가 가끔 그렇게 이상할 때가 있어. 하지만 정말 특별한 애야. 나는 아플 때는 좋은 생각을 하려고 하는데 그럴 때면 우리가 앞으로 같이 무얼 할지를 생각해. 릭은 모임에 꼭 올 거야."

◆

그날 저녁에도 평소처럼 아일랜드 식탁 바로 위의 조명만 빼고 다른 불은 모두 *끄고* 저녁 식사를 했다. 조시가 내가 곁에 있기를 바라서 나도 부엌에 있긴 했지만 어머니와 조시의 프라이버시를 침해하지 않으려고 어두운 구석에서 냉장고를 바라보며 서 있었다. 몇 분 동안 조시와 어머니가 저녁 식사를 하며 나누는 가벼운 대화가 이어졌다. 그러다가 조시가 가벼운 말투로 물었다.

"엄마, 나 성적 좋은데 교류 모임 꼭 해야 해?"

"당연히 해야지. 머리 좋은 게 다가 아니야. 다른 사람들하고 잘 지낼 줄도 알아야 해."

"다른 사람들하고 잘 지낼 줄 알아. 그냥 그 애들하고 안 맞는 것뿐이야."

"그 애들이 네 또래 집단이잖아. 대학에 가면 온갖 종류의 사람을 다 만날 거야. 나는 몇 년 동안 날마다 다른 아이들하고 어울려 지내다가 대학에 갔어. 하지만 너희 세대 아이들은 따로 준비하지 않으면 아주 힘들게 됐지. 대학에 적응을 잘 못하는 애들을 보면 모임을 별로 안 한 애들이야."

"대학 가려면 아직 멀었잖아."

"네가 생각하는 만큼 많이 남진 않았어." 그러더니 어머니가 더 다정하게 덧붙였다. "걱정하지 마. 친구들한테 클라라를 소개해 줄 수 있잖아. 다들 클라라를 보고 싶어 할 거야."

"걔들은 내 친구 아냐. 꼭 이 모임을 우리 집에서 해야 한다면 릭도 부르고 싶어."

내 뒤쪽이 잠시 조용했다. 그러다가 어머니가 말했다. "그래. 그럴 수도 있겠지."

"엄마는 좋은 생각이 아니라고 생각하는 거야?"

"아니. 전혀 아냐. 릭은 아주 좋은 애야. 우리 이웃이고."

"그럼 릭을 불러도 되는 거지?"

"릭이 오고 싶다고 하면. 릭이 오겠다는지 먼저 물어보고."

"엄마는 다른 애들이 릭한테 무례하게 굴 거라고 생각하는 거지?"

어머니가 대답하기까지 잠시 시간이 걸렸다. "애들이 릭한테 무례하게 굴 이유를 나는 모르겠다. 만약 부적절한 행동을 하는 아이가 있다면 그 아이가 뒤떨어진 아이라는 뜻이겠지."

"그러니 릭이 오면 안 될 이유가 없네."

"릭이 안 내킨다고 하지만 않는다면."

그날 밤 침실에 우리 둘만 있을 때, 잠잘 준비를 하고 침대에 누운 조시가 조용한 목소리로 말했다.

"끔찍한 파티라서 릭이라도 꼭 와 줬으면 좋겠어."

늦은 시간이었지만 나는 조시가 교류 모임 이야기를 꺼낸 게 반가웠다. 이 모임에 대해 내가 확실히 잘 모르는 부분이 많았기 때문이다.

"정말 그랬으면 좋겠어요." 내가 말했다. "다른 청소년들도 에이에프를 데려올까요?"

"어, 그런 일은 없었어. 하지만 그 집에 사는 에이에프는 보통 참석해. 너처럼 새로 온 경우에는 보통 그래. 다들 너를 살펴보고 싶어 할 거야."

"그러니까 조시는 내가 참석하기를 바라는군요."

"당연히 그러길 바라지. 너한테 즐거운 일은 아닐 수도 있겠다. 이 모임 진짜 구리거든. 사실이 그래."

◆

교류 모임 날 아침에 조시는 안절부절못했다. 아침을 먹고 방으로 올라가 이 옷 저 옷 바꿔 가며 입어 보더니, 손님들이 도착하는 소리가 들리고 가정부 멜라니아가 세 번이나 조시를 불렀는데도 계속 머리에 빗질을 하고 있었다. 아래층에서 들리는 사람들 목소리가 커지길래 결국 내가 조시에게 말했다. "이제 손님들을 만나러 가야 할 시간인 것 같아요."

그제야 조시는 빗을 화장대 위에 올려놓고 일어섰다. "네 말이 맞아. 벌을 받을 시간이 됐지."

계단으로 내려가자 현관에 낯선 사람들이 모여 유쾌한 목소리로 떠드는 게 보였다. 아이들을 데려온 어른들이었는데 전부 여성이었다. 개방 공간 쪽에서는 청소년들의 목소리가 들려왔는데 미닫이문이 닫혀 있어서 조시 손님들의 모습은 보이지 않았다.

내 앞에서 계단을 내려가던 조시가 계단 네 칸을 남겨 두고 멈췄다. 어른 중 하나가 부르지 않았으면 몸을 돌려 다시 올라갈 기세였다. "아, 조시! 잘 있었니?"

조시가 손을 흔들었다. 그러자 어머니가 현관에 있는 어른들 사이를 빠져나오며 개방 공간 쪽으로 손짓을 했다. "들어가 봐." 어머니가 말했다. "친구들이 기다린다."

어머니가 부추기는 말 한마디를 더 하려는 것 같았는데 다른 어른들이 무어라 말하고 웃으며 다가와서 어머니는 몸을 돌려야 했다. 조시는 용기가 솟았는지 계단을 마저 내려가 사람들 사이로 갔다. 나는 조시가 개방 공간으로 가리라고 생각하고 따라갔는데, 조시는 어른들 사이를 뚫고 현관문으로 갔다. 문이 열려 있어 신선한 바람이 들어왔다. 조시는 확고한 목표가 있는 사람처럼 걸었다. 모르는 사람이 보았다면 손님들을 위한 중대한 임무를 띠었다고 생각했을 것 같다. 어쨌든 아무도 조시를 막아 세우지 않았고, 나는 계속 따라갔다. 주위에서 여러 목소리가 들렸다. 어떤 목소리는 이렇게 말했다. "콴 교수가 수리 물리학을 잘 가르치는지는 몰라도 그런다고 우리한테 무례하게 해도 되는 건 아니죠." 다른 사람 목소리도 들렸다. "유럽이요. 유럽 출신 가정부가 최고예요." 조시가 지나가는 동안 조시에게 인사를 하는 목소리도 여럿 있었다. 우리는 현관 문간에 서서 바깥 공기를 몸에 맞았다.

조시는 한 발을 문턱에 얹고 밖을 내다보며 소리쳤다. "빨리 와! 뭐 해?" 그러더니 문틀을 잡고 몸을 앞으로 기울였다. "어서! 벌써 다들 왔어!"

릭이 문간에 나타나자 조시는 릭의 팔을 잡고 안으로 데려왔다.

릭은 언덕 위에 있을 때처럼 평범한 청바지와 스웨터 차림이었지만 금세 어른들의 눈길을 끌었다. 어른들이 말을 멈추지는 않았지만 수런거리는 소리가 낮아졌다. 그때 어머니가 앞으로 나왔다.

"릭, 왔구나! 잘 왔다. 어서 와." 어머니는 릭의 등에 손을 얹고 어른들 쪽으로 데리고 갔다. "이 아이는 릭이에요. 우리 좋은 친구이자 이웃이죠. 이미 아는 분들도 있죠?"

"안녕, 릭." 옆에 있던 여자가 말했다. "네가 어떻게 다 왔니."

그러자 다른 어른들도 다같이 릭에게 인사를 하며 다정한 말을 했다. 하지만 나는 어른들 목소리에서 묘한 조심스러움을 느꼈다. 어머니가 목소리를 높여 물었다.

"그래 릭, 엄마는 잘 계시니? 엄마가 놀러 오신 지 한참 됐네."

"잘 지내세요. 고맙습니다."

릭이 입을 열자 방 안이 고요해졌다. 내 뒤쪽에서 키 큰 여자가 물었다. "릭, 여기서 가까운 데 산다고?"

릭의 시선이 움직여 말을 한 사람을 찾았다.

"네. 사실 여기서 밖으로 나가면 보이는 유일한 집이 저희 집이에요." 그러더니 가볍게 웃고 덧붙였다. "물론 이 집은 빼고요."

릭의 말에 모두 같이 소리 내어 웃었다. 조시는 옆에서 마치 자기가 한 말인 양 쑥스러운 웃음을 지었다. 다른 목소리가 들렸다.

"여긴 공기가 참 좋아. 어린 시절을 보내기에 좋은 곳 같구나."

"네, 좋아요, 감사합니다. 피자 배달이 빨리 오기를 기다릴 때만 아니면 괜찮죠."

사람들은 더 큰 소리로 웃음을 터뜨렸고 이번에는 조시도 환한 얼굴로 같이 웃었다.

"들어가 봐, 조시." 어머니가 말했다. "릭하고 같이. 다른 손님들도 맞아야지. 이제 들어가."

어른들이 물러섰고 조시는 릭의 팔을 붙잡고 개방 공간으로 갔다. 두 사람 다 내 쪽을 쳐다보지 않아서 나는 들어가야 할지 말아야 할지 확실히 알 수가 없었다. 그러다가 릭과 조시는 가 버렸고, 어른들이 현관을 차지하고 있어서 나는 현관문 근처 벽에 붙어 섰다. 가까이에서 새로운 목소리가 들렸다.

"괜찮은 애네. 옆집에 산다고 했어요? 잘 못 들었어요."

"네. 옆집에 살아요. 아주 어릴 때부터 조시랑 친구였어요." 어머니가 말했다.

"멋지네요."

그러자 몸의 형태가 믹서기와 비슷한 덩치 큰 여자가 말했다. "똑똑해 보이는데요. 저런 애가 기회를 놓치다니 정말 안됐네요."

"그냥 봤으면 몰랐을 것 같아요." 다른 목소리가 말했다. "태도가 아주 반듯하네요. 영국 억양이 있지 않았어요?"

믹서기 여자가 말했다. "나는 이 세대 아이들이 모든 종류의 사람과 두루 편하게 지내는 법을 익히는 게 아주 중요하다고 생각해요. 피터도 언제나 그렇게 말하죠." 다른 사람들도 동의한다는 듯한 소리를 냈다. 믹서기 여자가 어머니에게 물었다. "저 아이 가족은 그냥…… 안 하기로 결정한 거예요? 잘못될까봐 겁이 났나?"

어머니의 친절한 웃음이 싹 사라졌고 대화를 듣던 사람들도 갑자기 조용해졌다. 믹서기 여자는 놀란 듯 움직임을 멈췄다. 그러더니 손을 뻗어 어머니를 잡았다.

"아, 크리시. 내가 무슨 말을 한 거지? 그런 뜻이 아니었……."

"괜찮아요. 신경 쓰지 마요." 어머니가 말했다.

"아, 크리시, 정말 미안해요. 내가 이렇게 가끔 바보 같아요. 내 말은 그냥……."

"우리가 가장 두려워하는 거죠." 근처에서 단호한 목소리가 말했다. "우리 모두 다요."

"괜찮아요. 됐어요." 어머니가 말했다.

"크리시, 내 말은 그저 저렇게 괜찮은 애가……." 믹서기 여자가 말했다.

"우리 중에 운이 좋은 사람도 있고 아닌 사람도 있는 거예요." 피부색이 진한 여자가 이렇게 말하며 앞으로 나와 어머니의 어깨를 다정하게 두드렸다.

"하지만 조시는 이제 괜찮죠? 그렇잖아요?" 다른 목소리가 물었다. "아주 좋아 보여요."

"좋을 때도 있고 안 좋을 때도 있고 그래요." 어머니가 말했다.

"전보다 훨씬 좋아 보여요."

믹서기 여자가 말했다. "조시는 좋아질 거예요. 자기, 정말 용감했어요. 그런 일이 있었는데. 나중에는 조시가 자기한테 정말 고마워할 거예요."

"팸, 이리 와요." 피부색이 짙은 여자가 손을 뻗어 믹서기 여자를 데리고 다른 곳으로 가려고 했다. 그런데 어머니가 믹서기 여자를 향해 조용히 말했다.

"샐도 나한테 고맙다고 할까요?"

이 말에 믹서기 여자가 울음을 터뜨렸다. "아니, 정말 미안해요, 미안해. 바보같이 괜히 이 주둥아리를 열어서……." 여자는 울먹이며 큰 소리로 말했다. "이제 다들 알겠네요, 내가 얼마나 바보인지! 그냥 저 멀쩡한 아이가, 너무 안됐다 싶어서……. 크리시, 너무 미안해요."

"됐어요. 정말 그만해요." 어머니는 한층 더 노력해서 손을 뻗어 믹서기 여자를 가볍게 안는 성의를 보였다. 믹서기 여자는 바로 어머니를 꼭 끌어안으며 어머니의 어깨에 턱을 대고 계속 울었다.

방 안이 어색하게 숙연했는데 짙은 피부의 여자가 활기찬 목소리로 가라앉은 분위기를 깼다. "애들은 잘하고 있는 것 같네요. 아직 한판 벌이는 소리가 안 들리는 걸로 봐서."

이 말에 다들 소리 내어 웃었고 어머니는 달라진 목소리로 말했다.

"아니, 여기서 뭐 하고 있죠? 다들 부엌으로 갑시다. 멜라니아가 고향에서 먹던 끝내주는 페이스트리를 만들었어요."

누군가가 속삭이는 목소리를 흉내 내며 말했다. "우리 엿

들으려고 여기 있었던 거 아녜요?"

그러자 또 한차례 폭소가 터졌고 어머니도 웃었다.

"우리가 필요하면 누가 부르러 오겠죠. 자 들어가요." 어머니가 말했다.

어른들이 부엌으로 가자 개방 공간에서 들리는 목소리가 더 또렷해졌지만 알아들을 수 있는 말은 없었다. 어떤 어른이 옆으로 지나가며 말했다. "우리 제니는 지난번 모임 끝나고 엄청나게 속상해했어요. 주말 내내 네가 오해한 거다, 그런 게 아니다 설명하느라 어찌나 진을 뺐는지."

"클라라, 너 아직 여기 있구나."

어머니가 내 앞에 서 있었다.

"네."

"왜 안 들어갔어? 조시랑 같이?"

"그게…… 조시가 데리고 가지 않았어요."

"들어가. 조시한테 네가 필요해. 다른 애들도 널 보고 싶어 할 거고."

"네. 알았습니다. 그러면 가 보겠습니다."

해가 아이들이 한자리에 모였다는 사실을 알고는 개방 공간의 넓은 창으로 자양분을 쏟아붓고 있었다. 개방 공간에는 원래 소파, 부드러운 직육면체 의자, 낮은 테이블, 화분, 사진첩 등이 복잡하게 배치되어 있어 내가 방을 파악하기까지 시간이 꽤 오래 걸렸었다. 그런데 지금은 새로운 장소나 다름없을 정도로 크게 달라져 있었다. 청소년들이 사방에 있고 가방, 재킷, 오블롱이 여기저기 널려 있었다. 게다가 뒤쪽 벽까지 방 전체 공간이 두 줄로 늘어선 스물네 개의 상자로 나뉘어 보였다. 이렇게 나뉜 상태에서는 눈앞의 장면을 전체적으로 파악하기가 어려웠지만 그래도 서서히 방 안 모습이 머리에 들어왔다. 조시는 방 가운데에서 손님으로 온 여자아이 세 명과 이야기를 나누고 있었다. 머리를 서로 거의 맞대고 있는데 눈을 포함한 얼굴 윗부분은 위쪽 줄 상자안에 들어가고 입과 턱은 전부 아래쪽 상자 안에 있었다. 아이들 대부분이 서 있었고 상자에서 상자로 이동하는 아이도 있었다. 뒤쪽 벽 근처 모듈식 소파에는 남자아이 셋이 앉아 있었는데, 셋이 떨어져 앉아 있는데도 머리는 한 상자 안에 모여 있는 반면 창문 가까운 쪽에 앉은 남자아이의 다리는 그 옆 상자뿐 아니라 그다음 상자까지 뻗어 있었다. 소파에 앉은 남자아이들이 차지한 상자 세 개에 불쾌한 누런빛이 감돌아서 마음속에 불안이 일었다. 그때 다른 사람들이 그 앞으로 지나가길래 나는 대신 주위에서 들리는 목소리에 귀를 기울였다.

내가 들어올 때 누군가가 "아, 새 에이에프가 왔어. 귀엽다!"라고 말하긴 했으나 내 귀에 들리는 목소리들은 거의 전부 릭에 대한 이야기를 하고 있었다. 조시는 방금까지는 릭 옆에 있었을 테지만 다른 여자아이들과 이야기를 나누느라 릭에게서 몸을 돌려야 했다. 지금 릭은 아무하고도 이야기 하지 않고 혼자 서 있었다.

"조시 친구래. 근처에 살고." 내 뒤쪽에서 어떤 여자아이 가 말했다.

"친절하게 대해야 해." 다른 아이가 말했다. "여기에 우리 랑 같이 있는 게 불편할 테니까."

"조시는 저 애를 왜 불렀지? 엄청 어색할 것 같은데."

"우리가 뭘 좀 주는 게 어때. 환영한다는 뜻으로."

그 말을 한 여자아이, 마르고 팔이 특이하게 긴 아이가 초콜릿이 가득 담긴 금속제 접시를 들고 릭 쪽으로 갔다. 나 도 방 가운데로 더 들어가서 여자아이가 릭에게 하는 말을 들었다.

"저기, 봉봉 먹을래?"

릭은 조시가 다른 여자아이 셋과 이야기를 하는 걸 보고 있다가 이 말을 듣고 팔이 긴 여자아이 쪽을 돌아보았다.

"먹어." 여자아이가 접시를 들어 올리며 말했다. "맛있어."

"고마워." 릭이 접시를 들여다보더니 녹색 반짝이 종이로 포장된 초콜릿 하나를 골랐다.

방 안 여기저기에서 숙덕대는 소리는 계속 이어졌지만, 이제 (조시와 여자아이 셋을 포함해서) 모두 릭을 보고 있었다.

"우리 다 네가 잘 왔다고 생각해." 팔이 긴 여자아이가 말했다. "조시의 이웃이라며, 맞아?"

"맞아. 옆집에 살아."

"옆집에? 좋겠다! 너희 집하고 이 집하고 사방 수 마일에 딱 두 집뿐이잖아!"

조시와 이야기하고 있던 여자아이 셋도 미소를 지으며 팔이 긴 여자아이 옆에 와서 릭을 마주 보고 섰다. 조시는 원래 자리에 그대로 서서 불안한 눈으로 지켜보았다.

"뭐 그렇지." 릭이 짤막하게 웃었다. "아무튼 그래도 옆집은 옆집이지."

"그렇긴 하지! 이런 곳에 사니 좋겠다. 엄청 평화로울 것 같아."

"평화롭다는 말은 맞아. 영화 보러 가고 싶을 때만 아니면 괜찮아."

나는 릭이 피자 배달 이야기를 했을 때 어른들이 웃었던 것처럼 사람들이 웃기를 기대했다는 걸 알았다. 하지만 여자아이 넷은 친절한 표정으로 계속 쳐다보기만 했다.

"영화를 DS로 안 봐?" 한 아이가 물었다.

"가끔 봐. 하지만 진짜 영화관에 가는 것도 좋아해. 화면도 크고, 아이스크림도 있고. 엄마도 나도 좋아하는데 너무 멀어서 문제지."

"우리 집 근처에 영화관 있는데." 팔이 긴 여자아이가 말했다. "하지만 거의 간 적 없어."

"와! 쟤가 영화를 좋아한대!"

"미시, 그만해. 미안, 내 동생이 좀 버릇이 없어. 그래, 영화를 좋아하는구나. 긴장을 풀어 주니까?"

"액션 영화를 좋아할 것 같아." 미시라고 불린 여자아이가 말했다.

릭이 미시를 쳐다보았다. 그러더니 웃음 띤 얼굴로 말했다. "액션 영화도 재밌지. 그런데 엄마랑 나는 옛날 영화를 좋아해. 그때는 모든 게 다 너무 달랐어. 옛날 영화를 보면 전에는 식당이 어떤 모습이었는지 볼 수 있어. 사람들이 어떤 옷을 입었는지도."

"하지만 액션을 좋아할 것 같은데. 아니야?" 팔이 긴 여자아이가 말했다. "자동차 추격이니 그런 거."

"야, 쟤는 엄마랑 영화관 가는 걸 좋아한대. 좀 귀엽다." 내 뒤에 있던 다른 아이가 말했다.

"엄마가 친구들하고 같이 가라고 하지 않아?"

"꼭 그런 건 아니야. 그게 그냥…… 엄마랑 나랑 같이 좋아하는 거라서."

"너 『골드 스탠다드』 봤어?"

"쟤네 엄마가 그런 걸 좋아할 리가 없잖아!"

조시가 걸어와 릭 앞에 섰다.

"릭, 뭐 해." 조시는 화난 듯한 목소리였다. "그냥 너 무슨 영화 좋아하는지 말해. 쟤들이 물어보는 게 그거잖아. 어떤 걸 좋아하냐고."

이제 손님들 몇 명이 릭 주위에 더 모여들어 내 자리에서는 릭의 전체 모습이 보이지 않았다. 하지만 나는 그 순간 릭이 뭔가 조금 달라지는 것을 느꼈다.

"그거 알아?" 릭은 조시가 아니라 다른 아이들에게 말했다. "나는 끔찍한 일이 일어나는 영화를 좋아해. 사람 입에서 벌레가 나오고 뭐 그런 거."

"정말?"

"내가 무슨 영화를 좋아하는지 대체 왜 이렇게 알고 싶어 하는지 물어도 될까?" 릭이 말했다.

"그냥 대화를 하자는 거잖아." 팔이 긴 여자아이가 말했다.

"저 애는 왜 초콜릿을 안 먹지?" 미시가 말했다. "그냥 들고만 있네."

릭이 미시를 돌아보며 포장을 벗기지 않은 초콜릿을 내밀었다. "자. 먹고 싶으면 네가 먹어."

미시는 웃음을 터뜨렸지만 뒤로 물러섰다.

"아니, 지금 잘 지내 보자고 하는 거잖아. 아니야?" 팔이 긴 여자아이가 말했다.

릭은 얼른 조시를 흘긋 보았는데 조시는 분노가 서린 눈으로 릭을 노려보고 있었다. 다음 순간 릭은 다시 손님으로 온 여자아이들 쪽을 보며 말했다.

"잘 지내자고, 당연하지. 그런데 내가 벌레 영화를 좋아한다고 하면 너희들이 좋아할지 모르겠다."

"벌레 영화?" 누군가 다른 사람이 말했다. "그런 장르가 있어?"

"놀리지 마." 팔이 긴 여자아이가 말했다. "친절하게 대하라고. 잘하고 있잖아."

어떤 목소리가 들렸다. "맞아, 잘하고 있어." 그러자 몇몇 아이들이 낄낄거렸다. 릭이 그 아이들 쪽으로 고개를 획 돌리자 조시가 손을 뻗어 릭의 손에서 초콜릿을 가져갔다.

"애들아, 너희들한테 클라라를 소개할게. 얘가 클라라야!" 조시가 큰 소리로 말했다.

조시가 나에게 가까이 오라고 신호를 보냈다. 내가 다가가자 다들 나를 쳐다보았다. 릭도 나를 쳐다보았으나 바로 몸을 돌려 구석 책상 옆 빈자리로 갔다. 다들 나를 보느라 이제 릭에게 신경을 쓰는 사람은 없는 것 같았다. 팔이 긴 여자아이도 릭 대신 나에게 주목했다.

"아주 똑똑해 보이는 에이에프구나." 팔이 긴 아이가 이렇게 말하고는 비밀 이야기를 하려는 듯 조시에게 몸을 기울이길래 나는 나에 대해 무슨 말을 하는 줄 알았다. 그런데 이런 말을 속삭였다.

"저기 대니 있잖아. 여기 들어오자마자 경찰에 잡혀갔었다고 말하더라고. 인사말도 하기 전에 다짜고짜 그 말부터 하더라니까. 우리가 인사 먼저 해야 한다고 했는데 들은 척도 안 하고 경찰이 어쩌고저쩌고 계속 떠벌리는 거야."

"와." 조시는 모듈형 소파에 앉은 남자아이들을 쳐다보았다. "쟤는 범죄자가 되는 게 멋있다고 생각하는 거야?"

팔이 긴 아이가 웃음을 터뜨렸고 조시는 다른 네 여자아이들과 한 덩어리로 뭉쳤다.

"그런데 저쪽에 있는 대니 동생이 까발렸어. 맥주를 너무 많이 마셔서 그랬던 거래."

"쉿. 우리가 자기 얘기 하는 줄 알아." 누군가가 말했다.

"상관없어. 술 먹고 벤치에 쓰러져 있는데 경찰이 발견해서 집으로 데려왔대. 그런데 자기가 체포되기라도 한 것처럼 말한다니까."

"인사도 안 했다고."

"야, 그러고 보니 미시 너도 조시한테 인사 안 했잖아. 너도 대니만큼 나쁘다."

"했어. 조시한테 인사했어."

"조시, 아까 너 들어올 때 내 동생이 인사하는 거 들었어?"

미시는 확연하게 속상한 얼굴이었다. "인사했어. 조시가 못 들은 거야."

"야, 조시!" 대니라고 불린 아이, 다리를 쿠션 위로 뻗고 있던 아이가 방 뒤쪽에서 조시를 불렀다. "야, 조시, 그거 네 새 에이에프야? 이쪽으로 보내 봐."

"가 봐, 클라라." 조시가 말했다. "가서 쟤들한테 인사해."

나는 말을 듣고도 바로 움직이지 않았는데, 조시의 목소리에 좀 놀라서이기도 했다. 조시가 가끔 가정부 멜라니아에게 쓰던 목소리와 좀 비슷했는데 나한테는 지금까지 한 번도 그런 목소리로 말한 적이 없었기 때문이다.

"어떻게 된 거야?" 대니가 소파에서 일어섰다. "네 명령을 안 듣니?"

조시가 나에게 단호한 눈빛을 쏘아 보내길래 나는 소파에 있는 남자아이들을 향해 갔다. 그런데 내가 절반도 가기 전에 대니가(방 안에 있는 누구보다 키가 컸다.) 순식간에 다른 사람들을 헤치고 내 앞으로 와서 양쪽 팔꿈치를 잡는 바람에 더 움직일 수가 없었다. 대니는 나를 위아래로 훑어 보더니 말했다.

"그래, 적응 잘해?"

"네. 고맙습니다."

뒤쪽 소파에 있던 아이 하나가 소리를 쳤다. "와! 말을 하네! 축하해!"

"닥쳐, 스크럽." 대니가 소리쳤다. 그러더니 나한테 물었다. "그래서 네 이름이 뭐라고?"

"이름은 클라라야." 조시가 뒤쪽에서 말했다. "대니, 클라라 놔 줘. 그런 식으로 잡으면 싫어해."

"야, 대니." 스크럽이 다시 불렀다. "걔 이쪽으로 던져 봐."

"보고 싶으면 네가 일어나서 이쪽으로 와." 대니가 말했다.

"그냥 던져. 신체 조절 테스트를 해 보자."

"네 에이에프도 아니잖아." 대니는 여전히 내 팔꿈치를 꽉 잡고 있었다. "그런 걸 하려면 조시한테 물어봐야지."

"야, 조시." 스크럽이 불렀다. "괜찮지? 내 B3는 공중으로 빙빙 돌리다 던져도 늘 발로 착지해. 빨리, 대니. 소파로 던져 봐. 안 망가질 거야."

"진짜 상스럽다." 팔이 긴 아이가 작은 소리로 말했고 여자애들 몇몇이, 조시까지도 웃었다.

"내 B3는 공중제비를 돌아서 양발로 깔끔하게 착지한다고. 허리를 꼿꼿이 세우고 완벽하게. 이것도 되는지 보자." 스크럽이 말했다.

"너는 B3 아니지?" 대니가 물었다.

나는 대답하지 않았지만 뒤에서 조시가 말했다. "아니지만 최고야."

"그래? 그럼 스크럽이 말한 것도 할 수 있어?"

"나도 이제 B3 있어." 어떤 여자아이가 말했다. "다음 모임에서 너희들도 볼 수 있을 거야."

그러자 다른 아이가 물었다. "조시, 넌 왜 B3 안 샀어?"

"그냥…… 이 애가 마음에 들어서." 조시의 말에는 자신이 없었다. 그러다가 조시는 다시 힘주어 말했다. "B3가 할 수 있는 일 중에 클라라가 못 하는 건 하나도 없어."

내 뒤쪽에서 움직임이 느껴지더니 팔이 긴 여자아이가 대니 옆에 와서 섰다. 대니는 여자아이가 옆에 와서 신도 나고 겁도 나는 것 같았다. 대니가 내 팔꿈치를 놓아주었다. 그런데 이번에는 팔이 긴 여자아이가 내 왼쪽 손목을 잡았다. 대니처럼 거칠게 잡지는 않았지만.

"안녕, 클라라." 팔이 긴 여자아이가 나를 자세히 뜯어보았다. "자, 보자. 클라라. 나한테 화성단음계를 불러 줄 수 있어?"

나는 조시가 내가 대답하기를 바라는지 아닌지 알 수가 없어 조시의 말을 기다렸다. 그러나 조시는 아무 말이 없었다.

"응? 노래 안 해?"

"빨리." 스크럽이라는 아이가 외쳤다. "이쪽으로 던져. 조절이 안 되는 것 같으면 내가 받을게."

"말이 별로 없네." 팔이 긴 아이가 가까이 다가와 내 눈을 들여다보았다. "태양광이 떨어졌나 봐."

"클라라한테는 아무 문제 없어." 조시가 아주 조용한 목소리로 말했다. 나 말고는 아무도 못 들었을 수도 있었다.

"클라라." 팔이 긴 아이가 말했다. "나한테 인사해 봐."

나는 조시가 무어라 말을 하기를 기다리며 가만히 있었다.

"안 해? 아무것도?"

"조시, B3를 살 수도 있었지 않아? 왜 안 샀어?" 내 뒤쪽에서 누군가가 말했다.

조시가 웃으며 말했다. "이제 그럴 걸 그랬다는 생각이 들기 시작하는데."

그러자 다른 아이들도 웃었고 새로운 목소리가 이렇게 말하는 게 들렸다. "B3는 진짜 대단해."

"자, 클라라." 팔이 긴 아이가 말했다. "인사라도 좀 해 봐."

나는 얼굴에 밝은 표정을 짓고 팔이 긴 아이 뒤쪽 어딘가에 시선을 고정했다. 가게에서 매니저가 이런 상황이 되면 이렇게 하라고 가르쳐 주었었다.

"인사하기를 거부하는 에이에프라. 조시, 네가 클라라한테 무슨 말 좀 해 보라고 해."

"이쪽으로 던져. 그러면 살아날 거야."

"클라라는 기억력이 아주 좋아." 내 뒤쪽에서 조시가 말했다. "어떤 에이에프보다도 좋아."

"아, 정말?" 팔이 긴 아이가 말했다.

"단순한 기억력이 아니야. 아무도 알아차리지 못하는 것을 보고 기억해."

"좋아." 팔이 긴 아이는 여전히 내 손목을 잡고 있었다. "좋아, 클라라. 이렇게 해 보자. 돌아보지 말고. 내 동생이 무슨 옷을 입었는지 말해 봐."

나는 계속해서 팔이 긴 아이 너머 벽의 벽돌을 보고 있었다.

"멈춰 버린 것 같은데. 어쨌든 귀엽게 생기긴 했다. 그건 인정."

"다시 물어봐." 조시가 말했다. "어서, 마샤, 다시 물어봐."

"좋아. 자, 클라라, 네가 할 수 있다는 거 알아. 미시가 뭘 입고 있는지 말해 봐."

"죄송합니다." 나는 시선을 돌리지 않고 말했다.

"죄송하다고?" 그러자 팔이 긴 아이가 다른 아이들을 돌아보며 말했다. "대체 이게 무슨 뜻이야?" 아이들이 웃었다. 팔이 긴 아이가 나를 쏘아보며 물었다. "무슨 뜻으로 한 말이지, 클라라? 죄송하다니 무슨 말이야?"

"도와 드릴 수 없어 죄송합니다."

"도와주지 않겠다네." 팔이 긴 아이가 표정을 누그러뜨리며 마침내 내 손목을 놓았다. "좋아, 클라라. 이제 돌아봐도 돼. 미시가 뭘 입었는지 한번 봐 봐."

무례하게 보일 가능성이 있었지만 나는 돌아보지 않았다. 그렇게 하면 미시도 보이겠지만(물론 나는 미시가 어떤 차림인지 정확히 알았다. 보라색 팔찌와 조그만 곰 모양 펜던트까지.) 조시도 보일 테고 그러면 조시와 눈빛을 주고받아야 하기 때문이었다.

"포기할래." 팔이 긴 아이가 말했다.

"좋아." 대니가 말했다. "그러면 스크럽이 하자는 테스트를 하자. 저렇게 원하니. 필, 이리 와서 나하고 같이 던지자. 스크럽, 넌 그 자리에서 받을 준비 하고 있어. 조시, 괜찮지?"

내 뒤에서 조시는 아무 말이 없었지만 어떤 여자아이가 말했다. "에이에프를 던지다니. 나쁜 짓이야."

"그게 뭐가 나쁜데? 에이에프는 이런 것쯤은 대처하게 설계되어 있어."

"그게 문제가 아냐. 못된 짓이라고."

"넌 너무 마음이 약해." 대니가 말했다. "필, 팔을 잡아. 내가 다리를 잡을게."

"네 주머니에 그거 뭐야?" 릭이 입을 열었고 갑자기 방 안이 조용해졌다.

"뭐라고 했어, 친구?"

릭이 손님들 사이로 걸어와 내 오른편에 조금 못 미쳐서 걸음을 멈췄다. 릭은 거리낌 없이 대니의 셔츠 가슴팍 주머니를 가리켰다. 나도 아까 그 물체를 보아 두었다. 주머니에 들어갈 정도로 조그마한 강아지 인형이었다. 일곱 살이나 여덟 살 아이가 가게에 올 때 이런 장난감을 주머니에 넣고 있는 것을 본 적이 있었다.

릭이 가리키는 것을 보려고 다들 몸을 돌리자 대니는 양손으로 주머니를 가렸다.

"애착 물건인가 봐." 릭이 말했다.

"애착 물건 아니야." 대니가 말했다.

"애착 물건 맞지. 이런 모임 같은 데 갈 때 마음을 안정시켜 주는 물건이잖아."

"뭔 개소리야? 누가 너한테 물어봤어?"

"특별히 아끼는 물건이 아니라면 나한테 보여 줄 수도 있겠네." 릭이 손을 내밀었다. "걱정하지 마. 잘 보고 돌려줄게."

"특별하건 아니건 너는 신경 꺼."

"왜, 나 좀 빌려줘. 잠깐이면 돼."

"아무 뜻도 없는 물건이지만 너한테는 안 줄 거야."

"안 돼? 잠깐 보기만 할 건데?"

"너한테는 아무것도 안 빌려줄 거야. 내가 왜 그래야 되는데? 게다가 넌 원래 여기 있으면 안 되잖아."

릭은 여전히 손을 앞으로 내민 채였고 방 안은 쥐 죽은 듯 조용했다.

"어쩌면 너도 조금은 마음이 약한 거 아냐, 대니?" 릭이 말했다. "주머니에 조그맣고 귀여운 물건을 넣고 다니는 걸 보니 좀 그럴 수도 있을 것 같아서."

"그만해! 대니 괴롭히지 마!"

어른 목소리였다. 그 말을 한 여자가 방으로 성큼성큼 들어오자 내 주위에 있던 아이들이 뒤로 물러섰다. "그리고 대니 말이 맞아. 너는 여기 있으면 안 돼." 여자가 말했다.

그때 어머니가 서둘러 뒤따라 들어왔고 다른 어른들도 문가에 모여 개방 공간 안을 들여다보았다.

"가요, 세라." 어머니가 말했다. "방해하지 않기로 했잖아요."

어머니가 세라라는 사람에게 팔을 둘렀지만 세라는 계속 릭을 노려보았다.

"세라, 규칙이잖아요. 아이들끼리 해결하게 해요."

세라는 여전히 화난 얼굴이었지만 어머니를 따라 밖으로 나가 현관에서 웅성거리는 어른들한테로 갔다. 이런 말이 들렸다. "그래야만 애들이 배울 수 있어요." 이윽고 어른들의 목소리가 멀어지더니 개방 공간에는 다시 정적이 흘렀다.

대니는 장난감 때문이 아니라 자기 어머니가 개입한 것 때문에 더 창피한 것 같았다. 두 손으로 주머니를 가린 채로 등을 돌려 소파로 돌아갔다. 대니의 어깨가 아까보다 살짝 처져 보였다.

"그럼 우리 잠깐 밖에 나갔다 오는 거 어때? 바깥 날씨 정말 좋다. 봐!" 팔이 긴 여자아이가 밝은 목소리로 말했다.

아이들이 다 같이 좋다고 동의했고 그 가운데 조시의 목소리도 들렸다. "좋은 생각이야! 나가자!"

아이들은 조시와 팔이 긴 아이를 따라 밖으로 나갔다. 대니와 스크럼도 나갔고 개방 공간에는 릭과 나만 남았다.

릭은 내팽개쳐진 재킷, 땅에 떨어진 방석, 접시, 탄산음료 캔, 감자칩 봉지, 잡지 등을 둘러보면서도 내 쪽은 보지 않았다. 나는 아이들이 나갔으니 어른이 들어와 방을 치우지 않을까 생각했는데 아무도 들어오지 않았고 계속 부엌 쪽에서 말소리가 들렸다.

"릭이 나를 도와주려고 그 아이에게 시비를 걸었다고 생각해요." 마침내 내가 입을 열었다. "고마워요."

릭이 어깨를 으쓱했다. "너무 짜증 나게 굴길래. 사실 다른 애들도 다 그랬지만." 그러더니 릭이 여전히 다른 데를 보면서 나에게 말했다. "너도 즐겁지는 않았겠다."

"불편해지고 있었는데 릭이 구해 주어서 고마웠어요. 하지만 한편 무척 흥미롭기도 했어요."

"흥미로워?"

"나는 여러 상황에서 조시의 모습이 어떤지 잘 관찰해야 하거든요. 그리고 또, 예를 들면 아이들이 어떤 그룹에서 다른 그룹으로 이동할 때 형태가 달라지는 걸 관찰하는 것도 흥미로웠어요." 릭이 아무 말도 없이 다른 쪽만 보고 있길래 나는 말했다. "어쩌면 릭이 밖으로 나가 다른 아이들 있는 데로 가는 게 좋을지도 모르겠네요. 아이들과 화해하고요."

릭이 고개를 저었다. 그러더니 해의 무늬 속으로 걸어가 (나는 개방 공간이 이제 부분으로 나뉘어 보이지 않는다는 사실을 알아차렸다.) 모듈형 소파에 앉더니 다리를 바닥 위로 죽 뻗었다.

"그 말이 맞는 것 같아. 여기는 내가 있을 곳이 아니라는 거. 향상된 애들 모임이니까."

"조시가 릭이 오기를 간절히 바랐기 때문에 릭은 왔어요."

"조시가 꼭 오라고 고집을 부렸지. 그런데 지금은 내가 파티를 즐기고 있는지 어쩐지 들여다볼 겨를도 없나 보네." 릭이 소파에 몸을 기대자 해의 무늬가 얼굴 위를 덮어 릭은 눈을 감아야 했다. "문제는, 조시가 달라진다는 거야. 나는 오늘 오면서, 바보 같은 생각이지만, 조시가 달라지지 않을지도 모른다고 생각했어. 조시는 그냥 조시일 거라고.”

릭의 이 말에 교류 모임 동안 여러 상황에서 조시의 손 모양이 떠올랐다. 환영하는 손, 제안하는 손, 긴장한 손, 그리고 조시의 얼굴, 누군가가 왜 B3를 고르지 않았느냐고 물었을 때 조시가 웃으며 말하던 목소리도 떠올랐다. “이제 그럴 걸 그랬다는 생각이 들기 시작하는데.” 그러자 매니저가 한 말이 생각났다. 아이들이 창가로 와서 약속을 하고는 다시 오지 않거나 심지어는 다시 왔는데 다른 에이에프를 데려간다던 말. 나는 느리게 이동하는 택시 사이 틈으로 본 소년 에이에프를 생각했다. RPO 빌딩 쪽 인도에서 아이보다 세 걸음 뒤에서 풀이 죽은 모습으로 따라가던 모습. 조시와 나도 그런 식으로 걷게 될지 궁금했다.

“아마 이제 너도 알겠지.” 해의 무늬가 드리워 있는데도 릭은 눈을 떴다. “이 무리로부터 조시를 구해야 한다는 거.”

“조시가 다른 아이들과 비슷해질까 봐 릭이 걱정한다는 걸 알겠어요. 하지만 방금은 조시가 이상하게 행동했더라도 조시 마음 깊은 곳은 친절하다고 생각해요. 다른 아이들도요. 거칠게 굴더라도 그렇게 심술궂은 아이가 아닐 수 있어요. 외로움이 두려워서 그렇게 행동하는 것일지도요. 조시도 마찬가지고요.”

“조시가 쟤들하고 더 많이 어울리면 금세 다른 애가 돼

버릴 거야. 조시도 그렇다는 걸 아는지 계속 우리 계획을 입에 올려. 한동안은 그런 약속을 했었는지도 잊고 있었는데 이제는 그 얘기밖에 안 해."

"전에 조시가 이 계획에 대해 말하는 것을 들었어요. 릭과 조시가 미래를 함께하는 계획인가요?"

릭이 내 뒤쪽 창문을 쳐다보길래 나는 릭이 다시 나에게 적대감을 느끼게 되었나 생각했다. 그런데 릭이 이렇게 말했다.

"우리가 아주 어릴 때 생각한 거야. 앞으로 무슨 일이 있을지 몰랐을 때. 이 모든 일이 걸림돌이 되리란 생각을 못 했을 때. 그런데도 조시는 여전히 그렇게 될 수 있다고 믿어."

"릭도 여전히 그렇게 될 수 있다고 믿나요?"

그러자 릭이 나를 똑바로 쳐다봤다. "말했잖아. 그 계획마저 없으면 조시는 저 애들하고 똑같아질 거야. 가야겠다." 릭이 벌떡 일어났다. "저 애들이 다시 오기 전에. 아니면 그 미친 아줌마나."

"곧 다시 이 문제에 대해 이야기 나눌 수 있었으면 좋겠어요. 왜냐하면 여러 면에서 릭과 내가 비슷한 목표를 갖고 있다고 생각하거든요."

"저, 저번 날에, 조시한테 에이에프가 있어서 못마땅하다고 했잖아. 기분 나쁘게 받아들이지 마. 그냥 그게…… 어, 그때는 우리 계획에 방해가 될 거라고 생각했어."

"방해가 되지 않기를 바라요. 사실 이제 나도 좀 더 잘 알게 되었으니 릭과 조시의 계획을 돕기 위해 최선을 다하고 싶어요. 릭이 말한 걸림돌들을 제거하는 일을 할 수 있을지도 모르겠네요."

"가야겠다. 엄마가 괜찮은지 봐야 해."

"알겠어요."

릭은 내 옆을 지나 개방 공간에서 나갔다. 나는 몇 걸음 앞으로 걸어가 릭이 현관문으로 나가 햇빛 속으로 들어가는 모습을 지켜보았다.

◆

그날 릭에게도 말했지만 교류 모임에서 나는 몇 가지 새롭고 중요한 사실을 알게 되었다. 예를 들면 조시의 '달라지는'(릭의 표현이다.) 능력을 알게 되었으므로 조시가 또 그렇게 되려는 조짐이 보이는지 면밀히 지켜보았다. 또 B3를 택할 걸 그랬다는 조시의 말이 어느 정도 진심일지도 가늠해보고 고민해 보았다. 그때 조시가 한 말은 모임에서 불화가 일어날 위기를 벗어나려고 농담으로 던진 말일 가능성이 컸다. 그렇지만 B3에게 내가 갖추지 못한 능력이 있는 것은 사실이기 때문에, 조시가 다시 그런 생각을 할 가능성도 배제할 수는 없었다.

모임 직후 며칠 동안 나는 내가 팔이 긴 아이의 질문에 응답하지 않은 것을 조시가 어떻게 생각할지도 염려했다. 조시한테서 뚜렷한 신호를 받지 못했으므로 그때 상황의 추이를 고려해서 내가 최선이라고 생각한 방법을 택했다. 그렇지만 나중에 생각하니 조시가 그 일을 곰곰이 생각해 보고 나한테 화가 날 수도 있겠다는 생각이 들었다.

이런 이유들 때문에 나는 교류 모임이 우리 사이에 그림자를 드리우지 않을까 겁이 났다. 그러나 며칠이 지났어도 조시는 나에게 전과 다를 바 없이 밝고 다정하게 대했다. 나는 조시가 교류 모임 이야기를 꺼내기를 기다렸으나 그런 일은 없었다.

말했듯이 나에게는 무척 유용한 교훈을 준 일이었다. 나는 조시에게 '달라지는' 면이 있다는 것, 내가 그것에 적응할 준비를 하고 있어야 한다는 걸 알게 되었을 뿐 아니라, 이런 특성이 조시에게만 있는 게 아님도 알게 되었다. 매장 쇼윈도에 디스플레이를 하는 것처럼 사람들도 다른 사람에게 보여 주기 위한 면을 마련해 놓으려 한다는 것, 또 그 순간이 지난 다음에 그런 일시적 모습에 중대한 의미를 부여할 필요는 없다는 것도 조금씩 이해하게 되었다.

나는 모임에서 있었던 일 때문에 우리 사이가 달라지지 않아서 기뻤다. 그렇지만 그로부터 얼마 지나지 않아 다른 어떤 일이 일어났고 그래서 우리 사이가 한동안 서먹해졌다. 모건 폭포 여행이 그 계기였는데, 나는 그 일이 왜 우리 사이를 냉랭하게 만들었는지, 그런 일을 피하려면 내가 어떻게 해야 했는지를 아주 오랫동안 알 수가 없어서 괴로웠다.

◆

교류 모임이 있고 3주가 지난 어느 날 아침에 나는 조시의 자세와 숨소리를 보고 조시가 평소처럼 자고 있지 않다는 걸 알았다. 나는 비상 버튼을 눌렀고 어머니가 바로 올라왔다. 어머니는 라이언 박사에게 전화를 했다. 잠시 뒤에 가정부 멜라니아가 다시 라이언 박사에게 전화를 걸어 서두르라고 다그치는 소리가 들렸다. 라이언 박사가 도착해서 조시를 조심스레 진찰하고는 걱정할 일은 아니라고 말했다. 어머니는 안심했고 의사가 가고 난 다음에는 한층 활기차게 움직였다. 조시의 침대 가장자리에 앉아 이렇게 말했다. "그 에너지 드링크 끊어야 해. 너한테 안 좋다고 내가 늘 말했잖아."

조시는 베개에 머리를 대고 누운 채로 말했다. "나는 아픈 거 아닌 줄 알았어. 그냥 너무 피곤해서 그래. 걱정 안 해도 돼. 엄마 회사 늦겠다."

"너 걱정하는 게 내 일이야." 어머니는 그러더니 이 말을 덧붙였다. "클라라의 일이기도 하고. 클라라가 알려 줘서 다행이야."

"그냥 좀 더 자면 돼. 그러면 나을 거야. 걱정하지 마, 엄마."

"조시, 들어 봐." 어머니는 몸을 숙여 조시의 귀에 대고 말했다. "잘 들어. 엄마를 위해서 좋아져야 해. 엄마 말 듣고 있어?"

"듣고 있어, 엄마."

"그래. 네가 듣는지 아닌지 몰라서."

"듣고 있어. 그냥 눈만 감고 있는 거야."

"그래. 이렇게 하자. 주말까지 좋아지면 모건 폭포에 가자. 너 거기 좋아하지, 아직도 좋아?"

"응, 아직도 좋아."

"잘됐다. 그럼 그렇게 하자. 일요일, 모건 폭포. 네가 몸이 좋아지면."

한참 동안 아무 말이 없다가, 조시가 베개에 대고 말하는 것처럼 웅얼거리는 목소리가 들렸다.

"엄마. 내가 좋아지면, 클라라도 데리고 가도 돼? 모건 폭포 보여 주게. 클라라는 밖에 나가 본 적이 한 번밖에 없어. 바로 이 앞에밖에 못 가 봤어."

"당연히 클라라도 갈 수 있지. 하지만 네가 좋아져야 가지 아니면 못 가. 알겠지, 조시?"

"알았어, 엄마. 이제 좀 더 잘래."

◆

조시는 점심때가 되기 조금 전에 깼다. 지시받은 대로 바로 가정부 멜라니아에게 알리려고 했는데 조시가 지친 듯한 목소리로 말했다.

"클라라? 내가 자는 동안 내내 여기 있었던 거야?"

"그럼요."

"엄마가 모건 폭포 가자고 하는 말 들었어?"

"네. 갈 수 있으면 참 좋겠어요. 하지만 어머니가 조시가 좋아져야만 갈 거라고 말했어요."

"좋아질 거야. 가려면 오늘 오후에라도 갈 수 있어. 그냥 피곤해서 그래."

"모건 폭포가 무엇인가요?"

"정말 아름다운 거야. 너도 보면 감탄할 거야. 나중에 사진 보여 줄게."

조시는 그날 거의 내내 피곤했다. 그런데 늦은 오후에 내가 침실 블라인드를 올려 해의 무늬가 조시 위에 떨어지게 하자 조시가 눈에 띄게 튼튼해졌다. 가정부 멜라니아가 조시를 보러 올라와서는 남은 하루를 얌전히 보내겠다고 약속한다면 일어나 옷을 입어도 된다고 했다. 그래서 우리는 저녁이 될 때까지도 계속 침실에 있었다. 조시가 침대 밑에서 상자 하나를 꺼냈다.

"보여 줄게." 조시가 말하고 상자의 내용물을 쏟았다. 다양한 크기의 사진이 러그 위에 쏟아졌다. 앞면이 보이는 것도 있고 뒤집힌 것도 있었다. 나는 이게 조시의 지난날에서 조시가 가장 좋아하는 장면들이라는 걸 알았다. 보고 싶으면 언제라도 꺼내 보고 기운을 북돋으려고 침대 가까이에 두었을 것이다. 이미지들이 서로 겹쳐 있었지만 대부분 조시 어릴 때의 모습이라는 걸 알 수 있었다. 어떤 사진에서는 조시가 어머니와 같이 있었고 가정부 멜라니아와 같이 있는 것도 있고 내가 모르는 사람들과 같이 있는 것도 있었다. 조시는 러그 위에 사진을 펼치다가 하나를 집어 들고 웃었다.

"모건 폭포야. 일요일에 우리 여기 갈 거야. 언제?"

조시가 옆에 앉아 있는 나에게 사진을 건넸다. 어린 조시가 거친 나무판자로 만든 야외 테이블에 앉아 있는 모습이 보였다. 의자도 판자로 되어 있었다. 조시 옆에는 어머니가 있었는데 지금보다 덜 여위었고 머리카락은 더 짧았다. 테이블에 또 다른 한 사람이 있어서 관심이 갔다. 11세 정도로 추정되는 여자아이이고 얇은 면으로 지은 짧은 재킷을 입었다. 모르는 여자아이는 사진을 찍은 사람에게 등을 돌리고 있어서 얼굴이 보이지 않았다. 해의 무늬가 세 사람과 테이블 위에 드리운 것도 보였다. 조시와 어머니 뒤에는 뭉개진 흰색과 검은색 패턴 같은 것이 있었다. 나는 그것을 자세히 살펴본 다음에 말했다.

"이것은 폭포군요."

"응. 폭포 본 적 있어?"

"네. 가게에 있을 때 잡지에서 보았어요. 여기 봐요! 폭포 바로 앞에서 밥을 먹고 있네요."

"모건 폭포에 가면 그럴 수 있어. 물방울을 맞으면서 점심을 먹는 거야. 먹다 보면 어느새 셔츠 등판이 젖어 있어."

"조시한테는 좋지 않을 것 같아요."

"따뜻한 날에는 괜찮아. 근데 그 말이 맞아. 추운 날에는 멀리 떨어져 앉아야 해. 사람들이 여기를 잘 몰라서 앉을 자리는 많아." 조시가 손을 내밀길래 나는 사진을 조시에게 돌려주었다. 조시는 사진을 다시 보더니 말했다. "여기가 특별하다고 생각하는 사람은 나랑 엄마밖에 없는지도 몰라. 그래서 사람이 별로 없어. 하지만 거기 가면 늘 아주 좋았어."

"조시가 주말에 갈 수 있을 만큼 좋아졌으면 좋겠어요."

"모건 폭포는 일요일에 가는 게 가장 좋아. 일요일에는 분위기가 좋거든. 폭포도 일요일이 안식의 날이라는 걸 아는 것 같아."

"조시. 이 사진에서 같이 있는 사람은 누구예요? 조시와 어머니와 같이 있는 여자아이요?"

"어……." 조시의 얼굴이 심각해지더니 이렇게 말했다. "샐이야. 우리 언니."

조시는 사진을 다른 사진 위에 올려놓더니 두 손을 움직여 러그 위의 사진들을 흩트렸다. 아이들의 이미지들이 보였다. 들판, 놀이터, 건물을 배경으로 한 사진들.

"응. 우리 언니." 한참 뒤에 조시가 다시 말했다.

"지금 샐은 어디에 있어요?"

"죽었어."

"정말 슬픈 일이네요."

조시가 어깨를 으쓱했다. "사실 잘 기억이 안 나. 내가 어렸을 때 일이라. 언니가 보고 싶다거나 그렇진 않아."

"정말 슬퍼요. 어떻게 그렇게 되었는지 알아요?"

"병에 걸려서. 나처럼 아픈 건 아니고. 훨씬 심하게 아파서 죽었어."

나는 조시가 언니가 나온 다른 사진을 찾는 줄 알았는데, 조시는 갑자기 사진을 모두 그러모아 종이 상자에 다시 담았다.

"너도 거기 정말 좋아할 거야. 밖에 나가 본 적이 한 번밖에 없는 네가 짜잔, 모건 폭포에 가게 되다니!"

◆

조시는 날마다 튼튼해져서, 주말이 가까워지면서 우리가 폭포에 못 갈 이유가 없을 것 같다는 생각이 들었다. 금요일 저녁, 조시가 저녁을 먹고 한참 지난 뒤에 어머니가 집에 돌아와서 나를 부엌으로 불렀다. 그때 조시는 자기 방으로 올라가 있었고, 현관에만 불이 켜져 있어 부엌이 어두컴컴했다. 어머니는 큰 창문 앞에 서서 밤 풍경을 보며 와인을 마시고 있었는데 기분이 좋아 보였다. 나는 냉장고 돌아가는 소리가 들리는 냉장고 근처 자리에 섰다.

"클라라." 잠시 뒤에 어머니가 말했다. "조시가 네가 일요일에 같이 가고 싶어 한다고 하네. 모건 폭포에."

"제가 방해가 되지 않는다면 가고 싶습니다. 조시도 제가 가기를 바란다고 생각합니다."

"네 말이 맞아. 조시는 너를 아주 좋아해. 그리고 나도 그렇다고 말하고 싶구나."

"감사합니다."

"솔직히 말하면 처음에는 어떻게 생각해야 할지 잘 모르겠더라고. 너하고 같이 살고 네가 종일 집에서 왔다 갔다 하고 하는 걸. 그렇지만 네가 온 뒤로 조시가 훨씬 더 차분하고 밝아졌어."

"저도 기쁘네요."

"너는 아주 잘하고 있어, 클라라. 그걸 알았으면 좋겠다."

"정말 감사합니다."

"네가 모건 폭포에 가도 괜찮을 거야. 에이에프를 데려오는 애들도 많아. 그렇긴 하지만, 당연한 이야기지만 조심해서 잘 봐야 해. 너 자신도, 조시도. 지형이 울퉁불퉁하거든. 그리고 조시는 그런 곳에 가면 지나치게 흥분할 때가 있어."

"알겠습니다. 조심하겠습니다."

"클라라, 너는 여기에서 행복하니?"

"네, 그럼요."

"에이에프한테 하기에는 이상한 질문을 했네. 사실 질문이 말이 되는지 어쩐지도 모르겠다. 그 가게가 그립니?"

어머니는 와인을 한 모금 더 마시고 내 쪽으로 걸어왔다. 그래서 현관에서 비치는 불빛을 받은 어머니 얼굴의 한쪽 면이 보였지만 코 대부분을 포함해 다른 쪽 면은 그늘에 가려져 보이지 않았다. 보이는 한쪽 눈은 피곤해 보였다.

"가끔 그곳 생각을 해요." 내가 말했다. "창문 밖으로 보이는 풍경. 다른 에이에프들. 하지만 자주 생각하는 건 아니고요. 여기에서 지내는 게 무척 좋아요."

어머니는 잠시 나를 보더니 말했다. "그거 참 좋겠다. 지나간 것을 그리워하지 않는 거. 돌아가고 싶어 하지 않는 거. 자꾸 지난 일을 돌아보게 되지 않는 거. 그러면 모든 게 훨씬 더……." 어머니는 잠시 멈추었다가 말했다. "좋아, 클라라. 그럼 일요일에 같이 가는 거야. 하지만 내 말 명심해. 거기에서 사고가 생기면 안 돼."

◆

틀림없이 어떤 기미가 있었을 것이다. 일요일 아침에 일어난 일이 이후에 나에게 슬픔을 주었고 내가 아직도 모르는 게 얼마나 많은지를 일깨워 주었지만, 놀라운 일은 아니었기 때문이다.

금요일 즈음 조시는 꽤 좋아져서 당연히 나들이를 갈 수 있을 거라고 생각하고 이 옷 저 옷 입어 보고 옷장 문 안에 붙은 긴 거울에 자기 모습을 비춰 보면서 시간을 보냈다. 가끔은 나에게 의견을 묻기도 했는데 그러면 나는 웃으며 최대한 긍정적으로 반응하려고 애썼다. 하지만 나는 그때부터도 기미를 인식하고 있었던 것 같다. 조시의 옷차림을 칭찬하면서도 속마음을 겉으로 드러내지 않으려고 조심했다.

일요일 아침에 자칫하면 분위기가 경직될 수 있다는 사실을 나는 알았다. 다른 날 아침에는, 어머니가 짧은 커피 타임을 마치고도 조금 더 머물러 있는 날이라도, 지금 이 시간이 지나면 그날 저녁까지 두 사람이 다시 못 본다는 생각 때문인지 조시와 어머니는 때로 서로에게 날카롭게 말하긴 해도 중요하고 암시적인 말을 꺼내지는 않았다. 그렇지만 어머니가 아무 데도 가지 않는 일요일 아침에는 어머니가 던지는 질문이 불편한 대화로 이어질 듯한 느낌이 있었다. 내가 이 집에 온 지 얼마 안 되었을 때는 조시가 특별히 예민하게 생각하는 주제가 있고 어머니가 이 주제로 대화를 이어 가는 일만 막으면 일요일 아침이 편안할 수 있다고 생각했다. 그러나 좀 더 관찰해 보니 이 위험한 주제(조시의 숙제라든가 사회 활동 점수 같은 주제)를 피한다 하더라도 여전히 불편한 감정이 흐를 수 있었다. 왜냐하면 불편한 감정이 사실은 이 주제 이면에 있는 무언가와 관련돼 있으며, 위험 주제들은 어머니가 조시의 마음에 어떤 감정이 생겨나게 하려고 쓰는 방법이었기 때문이다.

그래서 모건 폭포에 가기로 한 일요일 아침에 어머니가 조시에게 왜 오블롱으로 캐릭터들이 줄곧 자동차 사고로 죽는 게임을 하냐고 물었을 때 걱정이 되었다. 조시는 처음에는 가볍게 대답했다. "게임이 그렇게 만들어져 있으니까. 슈퍼버스에 사람을 계속 태우면서 가는데, 길을 모르면 사고가 나서 좋은 사람을 전부 잃을 수 있어."

"왜 그런 게임을 하니, 조시? 왜 그렇게 끔찍한 일이 일어나는 게임을 해?"

조시는 한동안 참을성 있게 어머니 말에 대답했지만 곧 목소리에서 웃음기가 사라졌다. 결국 조시는 그냥 재밌어서 하는 거라는 말만 되풀이했고 어머니는 계속 꼬치꼬치 따지며 점점 화가 솟는 듯 보였다.

그러다가 한순간 어머니의 분노가 싹 사라지는 듯했다. 그렇다고 환하게 밝아지지는 않았지만, 어머니는 조시를 다정한 눈으로 바라보았고 얼굴 전체에 부드러운 미소가 번졌다.

"미안. 하필 오늘 이런 이야기를 꺼내다니. 내가 너무했

네."

그러더니 어머니는 의자에서 내려와 조시가 앉아 있는 의자로 다가가 조시를 끌어안았다. 아주 오래오래 그러고 있다가 어머니는 얼마나 오래 안고 있었는지 감추려는 듯 몸을 살살 흔드는 동작을 했다. 포옹이 오래 이어지는데도 조시가 전혀 불편해하지 않는다는 것을 알 수 있었다. 두 사람이 마침내 서로 몸을 뗐을 때는(나는 포옹이 끝났다고 확신하기 전까지는 계속 냉장고 쪽으로 고개를 돌리고 있었다.) 둘 사이의 벌어진 틈이 다시 메워져 있었다.

모건 폭포에 가는 데 마지막 걸림돌이 될지 모른다고 걱정했던 아침 식사도 이렇게 화기애애하게 끝이 났고 나는 기대로 마음이 들떴다. 나는 마지막 순간에야, 그러니까 어머니와 가정부 멜라니아가 차를 타러 집 밖으로 나간 다음에야 조시가 패딩 재킷 소매에 팔을 끼워 넣다가 잠시 멈추며 얼굴에 피로한 기색을 띠는 걸 보았다. 조시는 재킷을 다 입은 다음 내가 자기를 보고 있는 것을 알고 환하게 웃었다. 그때 밖에서 자동차 소리, 자갈길 위로 바퀴가 구르는 소리가 들렸다. 가정부 멜라니아가 열쇠를 들고 다시 집으로 와서 우리에게 나오라고 손짓을 했다. 그러나, 내가 이제 알고 보기 때문인지 몰라도, 내 앞에서 서둘러 자갈돌 구역으로 걸어가는 조시의 모습에서 또 다른 작은 징후를 느낄 수 있었다.

어머니는 운전석에 앉아 앞 유리로 우리를 보고 있었다. 나는 두려움이 솟는 걸 느꼈다. 하지만 조시는 낌새를 더는 드러내지 않고(자갈밭 위에서 행복한 듯 깡충 뛰어 보이기까지 했다.) 자동차 앞좌석 문을 열었다.

나는 전에는 한 번도 차에 타 본 적이 없지만 로사와 같이 사람들이 차에 타고 내리는 모습, 사람들의 자세나 동작, 자동차가 움직일 때 어떻게 앉아 있는지 등을 아주 많이 보아서 뒷좌석으로 들어가 앉으면서 별로 놀라지 않았다. 의자 쿠션이 내가 생각했던 것보다 더 푹신했고 조시가 앉은 앞쪽 의자가 무척 가까이에 있어서 앞쪽이 거의 보이지 않았지만 나는 머뭇거리지 않았다. 자동차 실내를 자세히 인식할 시간은 없었다. 불편한 분위기가 다시 돌아왔다는 걸 느꼈기 때문이다. 앞쪽에서 조시는 말없이 어머니에게서 고개를 돌리고 집 쪽에서 조시의 비상약 등의 물건을 넣은 부정형의 가방을 들고 자갈돌 구역을 가로질러 오는 가정부 멜라니아를 보고 있었다. 어머니는 두 손은 당장이라도 떠나고 싶은 것처럼 운전대 위에 올리고 고개는 조시와 같은 방향으로 돌리고 있었지만, 나는 어머니가 가정부 멜라니아나 집 쪽을 보고 있는 게 아니라 조시를 보고 있다는 걸 알았다. 어머니의 눈이 커졌는데 얼굴이 워낙 야위고 수척해서 더더욱 커 보였다. 가정부 멜라니아는 부정형의 가방을 트렁크에 넣고 뚜껑을 쿵 닫았다. 그러고 뒷문을 열고 내 옆자리에 앉더니 나에게 말했다.

"에이에프. 벨트 매. 안 그러면 망가져."

차에 탄 사람들이 벨트를 조작하는 것을 수차례 본 기억을 토대로 내가 벨트 장치를 파악하려 하고 있을 때 어머니가 말했다.

"너 날 속일 수 있다고 생각하지? 안 그래?"

침묵이 흐르더니 조시가 말했다. "무슨 소리야, 엄마?"

"다 보여. 너 또 아프잖아."

"나 안 아파 엄마. 멀쩡해."

"너 나한테 왜 그러니? 매번 왜 그래. 왜 이래야 하는 거야?"

"대체 무슨 말 하는지 모르겠어."

"나는 이렇게 놀러 가는 거 기대 안 하는 줄 알아? 딱 하루 딸하고 같이 보낼 수 있는 날인데. 그런데 내가 간절히 사랑하는 딸이 나한테 아프면서 안 아프다고 하네?"

"아니야, 엄마. 정말 괜찮아."

하지만 나는 조시의 목소리가 달라졌음을 느낄 수 있었다. 지금까지 버티려고 애쓰고 있었던 것을 놓아 버린 듯 갑자기 지친 기색이 느껴졌다.

"왜 아닌 척해, 조시? 나는 속상하지 않은 줄 알아?"

"엄마, 정말 괜찮다고. 맹세해. 이제 가자. 클라라는 한 번도 폭포에 가 본 적이 없어서 엄청 기대한다고."

"클라라가 기대한다고?"

"엄마, 제발."

"멜라니아." 어머니가 말했다. "조시 부축 좀 해 줘. 차에서 내려요. 조시 옆으로 가서 좀 도와줘요. 혼자 차에서 내리다가 넘어질 수도 있어."

다시 차 안이 조용했다.

"멜라니아? 뭐 하고 있어? 당신도 아파?"

"조시가 갈 수도 있을 것 같아요."

"무슨 말이죠?"

"제가 부축하고, 에이에프도요. 조시는 괜찮을지도요."

"다시 한번 물어볼게. 당신이 그렇게 판단한다는 거야? 우리 딸이 야외에서 하루를 보내도 될 만큼 상태가 괜찮다고? 폭포 옆에서? 이러면 내가 당신에 대해 걱정할 수밖에 없는데?"

가정부 멜라니아는 아무 말도 하지 않았지만 움직이지도 않았다.

"멜라니아? 지금 조시가 차에서 내리는 거 거들기를 거부한다는 뜻이야?"

가정부 멜라니아는 앞좌석 사이로 앞쪽 길을 내다보고 있었다. 저 앞쪽 언덕 위에 알아볼 수 없는 무언가가 있기라도 한 듯 혼란스러운 얼굴이었다. 그러더니 불쑥 문을 열고 나갔다.

"엄마. 그냥 가면 안 돼? 이러지 마." 조시가 말했다.

"내가 이러고 싶어서 이러는 거니? 이러는 게 좋아서? 그래, 너는 아파. 그건 네 잘못이 아니야. 하지만 말을 안 하는 거, 이렇게 숨겨서 우리 전부 기대하면서 차에 타게 만드는 건 나빠. 조시."

"나 갈 수 있을 만큼 충분히 튼튼한데 나한테 아프다고 하는 것도 나빠……."

가정부 멜라니아가 차 바깥쪽에서 조시 옆의 문을 열었다. 조시는 입을 다물더니 슬픔이 가득한 얼굴을 돌려 나를 쳐다보았다.

"미안해, 클라라. 다음에 가자. 약속해. 정말 미안해."

"괜찮아요." 내가 말했다. "우리는 조시를 최우선으로 해야 해요."

나도 차에서 내리려고 했는데 그때 어머니가 말했다.

"잠깐, 클라라. 조시 말대로, 너 폭포 가는 걸 기대했지. 그러면 그냥 그대로 있지 그러니?"

"죄송합니다. 무슨 말씀인지 잘 모르겠어요."

"어려울 것 없어. 조시는 아파서 못 가. 미리 우리한테 말해 줬으면 좋았을 텐데 그러지 않았어. 좋아, 그러면 조시는 집에 남고. 멜라니아도. 하지만 클라라, 너하고 내가 못 갈 이유는 없는 것 같구나."

시트 등받이가 높아서 어머니의 얼굴은 보이지 않았다. 하지만 의자 가장자리로 고개를 돌리고 나를 바라보고 있던 조시의 얼굴은 보였다. 조시의 눈은 이제 무얼 보든 아무 의미가 없다는 듯 흐릿해졌다.

"좋아, 멜라니아." 어머니가 목소리를 높여 말했다. "조시 차에서 내리게 도와줘. 조심해요. 조시가 아프다는 거 잊지 말고."

"클라라?" 조시가 불렀다. "정말 엄마랑 폭포에 갈 거야?"

"어머니가 매우 친절한 제안을 해 주셨지만 아무래도 이번에는 가지 않는……."

"잠깐, 클라라." 어머니가 말을 끊더니 이렇게 말했다. "왜 그래, 조시? 방금 전에는 클라라가 실망할까 걱정된다고, 한 번도 폭포를 본 적이 없다고 걱정하더니. 이제는 못 가게 막으려는 거야?"

조시는 계속 나를 보고 있었고 가정부 멜라니아는 여전히 차 밖에 서서 조시더러 잡으라고 한 손을 내민 채였다. 마침내 조시가 말했다.

"알았어. 가려면 가, 클라라. 너랑 엄마랑. 나 때문에 하루를 망칠 필요는 없으니까……. 미안해. 만날 아파서 미안해. 나는 대체 왜……." 눈물이 흘러나올 줄 알았는데 조시는 눈물을 삼키며 말을 이었다. "미안해, 엄마. 정말. 나 정말 실망 덩어리지. 클라라, 너는 가. 폭포 아주 좋을 거야." 그러더니 조시의 얼굴이 사라졌다.

한순간 나는 어떻게 해야 할지 마음을 정하지 못했다. 어머니와 조시 두 사람 다 내가 차에 남아서 나들이를 떠나야 한다는 견해를 표했다. 그리고 또 나는 그렇게 하면 조시의 상황이나 내가 조시에게 줄 수 있는 도움에 관련된 새롭고 어쩌면 중대한 통찰을 얻을 가능성이 높다는 것도 알았다. 그런 한편 조시가 자갈돌 구역을 걸어 돌아가는 모습에서 조시의 슬픔이 확연하게 느껴졌다. 이제 아무것도 숨길 필요가 없어진 조시는 위태한 걸음으로 걸었고 가정부 멜라니아의 부축도 순순히 받아들였다.

우리는 가정부 멜라니아가 열쇠로 현관문을 열고 두 사람이 안으로 들어가는 모습을 보았다. 다음에 어머니는 차에 시동을 걸었고 차가 움직이기 시작했다.

◆

　나는 차를 타 본 적이 없어서 우리가 달리는 속도를 정확히 가늠할 수가 없었다. 어머니가 평소보다 빠르게 달린다는 생각이 들었고 한순간 두려웠으나, 어머니가 같은 언덕을 매일 달리니 위험을 초래할 가능성이 적다는 사실이 떠올랐다. 나는 옆으로 지나가는 나무들과 이쪽저쪽에 갑자기 나타나는 넓은 빈틈에 집중했다. 나무 사이 빈틈을 통해 아래쪽에 있는 나무 우듬지를 볼 수 있었다. 그러다가 오르막길이 끝났고 차는 넓고 텅 빈 들판을 가로질러 달렸다. 조시 방 창문에서 보이는 헛간과 비슷하게 생긴 건물 하나만 멀찍이 보일 뿐 아무것도 없었다.

　그때 어머니가 처음으로 입을 열었다. 어머니는 운전 중이었으므로 나를 돌아보지 않았다. 차 안에 나 말고 다른 사람도 있었다면 나한테 하는 말인 줄도 몰랐을 것이다.

　"항상 저런 식이야. 감정을 가지고 놀지." 그러다가 잠시 뒤에 이렇게 말했다. "내가 너무 심하다고 생각할 수도 있을 거야. 하지만 안 그러면 어떻게 배우겠어? 우리한테도 감정이 있다는 걸 배워야 해." 한참 뒤에는 이랬다. "나라고 걔 두고 나가고 싶겠어? 날이면 날마다?"

　이제 다른 차들도 보였다. 가게 앞 도로와 달리 여기에서는 차들이 양방향으로 달렸다. 저 멀리에서 차 한 대가 나타나더니 우리 쪽을 향해 달려왔지만, 운전자가 실수를 해서 우리와 부딪히는 일이 일어나지는 않았다. 이내 주변 풍경이 너무 급격하게 바뀌어 머릿속에 정렬하기가 어려웠다. 어떤 상자에 다른 차들이 잔뜩 들어가고 그 옆에 있는 상자에는 도로와 주위 들판이 들어가기도 했다. 나는 도로가 매끈한 선을 유지하며 한 상자에서 다음 상자로 넘어가게 하려고 애썼지만, 보이는 장면이 계속 바뀌는 상황에서는 불가능한 일이라는 결론을 내리고 도로가 경계를 넘어갈 때마다 부서졌다가 다시 새로이 정렬되게 내버려 뒀다. 이런 문제는 있었어도 시야의 넓이나 하늘의 크기가 어마어마하다는 것에 정말 놀랐다. 해가 구름 뒤로 들어갈 때가 많았지만 해의 무늬가 골짜기나 너른 들판 위에 드리울 때도 있었다.

어머니가 다음번에 입을 열었을 때는 나에게 하는 말이라는 게 더 분명했다.

"아무 감정이 없는 게 가끔은 좋을 거야. 네가 부럽다."

나는 이 말을 잠시 생각해 보고 말했다. "저에게도 여러 감정이 있다고 생각해요. 더 많이 관찰할수록 더 다양한 감정이 생겨요."

어머니가 느닷없이 웃음을 터뜨려서 나는 놀랐다. "만약 그렇다면, 너무 열심히 관찰하지 않는 게 좋겠다." 어머니는 이렇게 말하더니 이어 덧붙였다. "미안해. 실례했네. 너도 분명히 온갖 종류의 감정을 느낄 거야."

"조금 전에 조시가 우리와 같이 오지 못하게 되었을 때 슬픔을 느꼈어요."

"슬픔을 느꼈다. 알겠어." 어머니는 말이 없었다. 반대편에서 오는 차에 주의하며 운전에 집중하는 것 같았다. 잠시 뒤에 어머니가 이렇게 말했다. "한때는, 그렇게 오래되지 않은 일인데, 내 감정이 점점 무디어진다고 생각한 때가 있었어. 날마다 조금씩 감정이 사라졌지. 그때는 그게 좋은 건지 싫은 건지 몰랐어. 그런데 요새는 모든 것에 대해 지나치게 예민해지는 것 같아. 클라라, 왼쪽을 봐. 거기서 보이니? 왼쪽을 보고 뭐가 보이는지 말해 줘."

우리는 오르막도 내리막도 아닌 완만한 땅 위를 달리고 있었고 하늘은 계속 드넓었다. 헛간도 트랙터도 없이 평평한 들판만 멀리까지 뻗어 있었다. 그런데 지평선 근처에 금속 상자로 이뤄진 마을 같은 것이 보였다.

"보여?" 어머니는 도로에서 눈을 떼지 않고 물었다.

"멀리 있긴 한데 마을 비슷한 게 보여요. 자동차나 그런 물건을 만드는 곳일지도 모르겠어요."

"비슷하게 맞혔어. 사실은 화학 공장인데 아주 최첨단 공장이야. 킴벌 냉장이라는 회사. 냉장고 관련된 거는 안 만든지 벌써 수십 년 됐지만. 우리가 처음 여기 이사 온 게 저 회사 때문이었어. 조시 아버지가 저기에서 일했거든."

금속 상자 마을은 여전히 멀리 있었지만 건물과 건물을 연결하는 관과 하늘 높이 뻗은 관들이 보였다. 그걸 보니 어째서인지 끔찍한 쿠팅스 머신이 떠올라 공해를 발생시키지는 않을까 하는 걱정이 솟았다. 그런데 마침 어머니가 말했다.

"좋은 곳이야. 청정에너지를 쓰고 청정에너지를 내놓고. 조시 아버지가 한때는 저기에서 떠오르는 별이었지."

이제 금속 상자 마을이 더 보이지 않길래 나는 다시 몸을 세워 내 자리에 똑바로 앉았다.

"이제 잘 지내. 거의 친구처럼 지낸다고도 할 수 있겠지. 그게 조시한테는 좋은 일이고." 어머니가 말했다.

"아버지가 지금도 냉장 마을에서 일하시나요?"

"뭐? 아, 아니야. 그 사람은…… '대체'됐어. 모두 다 그렇게 됐지. 아주 능력이 뛰어난 사람이었는데. 물론 지금도 그렇고. 이제 더 잘 지내. 조시한테 그게 중요하니까."

우리는 그 뒤 한동안 말없이 달렸다. 이제 도로 경사가 가팔라졌다. 그러다가 어머니가 속도를 늦추어 좁은 길로 들어갔다. 앞좌석 사이로 내다보았는데 새로 접어든 길은 자동차 폭보다 살짝 더 넓을 정도로 좁은 길이었다. 우리 앞쪽 도로 위에 먼저 간 자동차들이 남긴 흙 자국이 평행선 두 개로 뻗어 있었고, 길 양옆 나무가 도시 거리에 있는 건물들처럼 도로에 바짝 다가와 있었다. 어머니는 차를 좁은 길로 계속 몰았다. 아까보다 느린 속도였지만 반대편에서 다른 차가 나타나면 어떻게 될까 궁금했다. 그러다가 다시 한번 모퉁이를 돌고 어머니가 차를 세웠다.

"여기야, 클라라. 여기서부터는 걸어가야 해. 할 수 있겠어?"

차 밖으로 나오자 찬 바람이 느껴지고 새소리가 들렸다. 우리는 바위와 흙으로 된 길을 올라갔는데 주위에 야생 나무가 많았다. 나는 조심해서 걸어야 했지만 그래도 뒤처지지 않고 어머니를 따라갔다. 잠시 뒤 나무 기둥 두 개 사이 틈을 통과해 다른 길로 갔다. 이 길은 오르막길이었고 어머니가 내가 뒤따라올 수 있게 여러 번 걸음을 멈춰야 했다. 이 여행이 조시에게는 너무 힘들 거라는 어머니 생각이 옳을 것 같다는 생각이 들었다.

그때 우연히 왼쪽 울타리 너머 들판을 보았는데 황소가 우리를 보고 있었다. 잡지에서 황소 사진을 본 적은 있지만 실제로 본 것은 처음이었다. 황소가 우리한테서 꽤 멀리 떨어져 있는 데다 울타리를 넘을 수도 없다는 건 알았지만, 황소의 외양에 너무 놀라서 나는 소리를 지르며 걸음을 멈추고 말았다. 분노와 파괴욕의 신호를 동시에 이처럼 과도하게 발하는 무언가를 본 적이 없었다. 얼굴, 뿔, 나를 응시하는 차가운 눈 등이 내 마음에 두려움을 불러일으켰고 그뿐 아니라 무언지 알 수 없는 낯설고 깊은 어떤 감정도 일으켰다. 그 순간 저 짐승이 해의 무늬 안에 서 있는 게 큰 잘못인 것 같다는 느낌이 들었다. 땅 밑 어딘가에 흙과 어둠으로 덮여 있어야 마땅할 것 같은데 풀밭에 나와 있다니 뭔가 끔찍한 결과를 초래할 오류가 벌어진 것 같았다.

"괜찮아." 어머니가 말했다. "이쪽으로 못 와. 자, 가자. 커피 마셔야겠다."

나는 겨우 황소에게서 눈을 돌려 어머니를 따라갔다. 곧 오르막길이 끝나고 내가 조시의 사진에서 본 거친 목재 테이블이 나타났다. 나는 테이블 열네 개를 헤아렸다. 테이블마다 양옆에 나무판으로 만든 긴 의자가 붙어 있었다. 어른, 아이, 에이에프, 개 들이 앉거나 달리거나 걷거나 서 있었다. 테이블 뒤쪽에 폭포가 있었다. 잡지에서 본 것보다 더 크고 맹렬해 보였고 폭포만으로 시야의 상자 여덟 개가 가득 찼다. 나는 해를 찾아보았지만 하늘은 회색이고 해를 찾을 수가 없었다.

"여기 앉자." 어머니가 말했다. "자, 앉아. 커피 사 올 테니 기다려."

나는 어머니가 스무 걸음 정도를 걸어 테이블처럼 거친 목재로 만든 오두막으로 걸어가는 모습을 보았다. 오두막 앞쪽에 판매대가 열려 있어 거기에서 물건을 팔았고 사람들이 그 앞에 줄 서 있었다.

내가 자리에 앉아 주위를 파악할 여유가 생겨 다행이었다. 나무 테이블에 앉아 어머니가 돌아오길 기다리는 동안 서서히 주위가 정렬되었다. 이제는 폭포가 아까만큼 여러 상자를 차지하지 않았다. 나는 아이들과 에이에프들이 한 상자에서 다른 상자로 움직이는 것을 편안하게 관찰했다.

에이에프들 전부 자기 아이에게만 집중하는 것 같았고 내 쪽으로는 관심이나 눈길을 주지 않았지만 그래도 다른 에이에프를 보게 되어 기뻤다. 한동안 그들을 시선으로 좇으며 즐겁게 구경했다. 그때 어머니가 돌아와 내 앞에 앉길래 나는 몸을 돌려 어머니를 마주 보았다. 어머니 뒤쪽에서 폭포가 맹렬한 기세로 떨어졌다. 어머니는 종이컵에 든 커피를 입으로 가져갔다. 나는 조시가 폭포에 가까이 앉으면 자기도 모르는 사이에 등이 젖는다고 말했던 것을 떠올렸고 어머니에게 그 말을 할까 말까 망설였다. 그런데 어머니의 태도가 어쩐지 내가 입을 열기를 바라지 않는 것처럼 느껴졌다.

어머니는 내 얼굴을 똑바로 보고 있었다. 로사와 내가 창가에 서 있을 때 어머니가 인도에서 나를 바라보던 눈빛과 비슷했다. 어머니는 계속 나를 보면서 커피를 마셨고 그러다 보니 어머니의 얼굴이 상자 여섯 개를 채웠다. 가늘게 뜬 눈이 상자 세 개에 조금씩 다른 각도로 나타났다. 마침내 어머니가 입을 열었다.

"그래, 여기 마음에 들어?"

"정말 멋있어요."

"이제 진짜 폭포를 봤구나."

"여기 데려와 주셔서 감사합니다."

"이상하네. 방금 네가 별로 행복해 보이지 않는다고 생각했는데. 평소 같은 웃음이 없어."

"죄송합니다. 고마워하지 않는 것처럼 보였다면요. 폭포를 보게 되어 매우 기뻐요. 하지만 조시가 같이 올 수 없어서 안타깝기도 한 것 같아요."

"나도 그래. 속상하다. 하지만 네가 있으니 좀 낫다."

"고맙습니다."

"멜라니아 말이 맞을지도. 조시가 왔어도 괜찮았을지도 모르지."

나는 아무 말도 하지 않았다. 어머니는 계속 나한테서 눈을 떼지 않고 커피를 마셨다.

"조시가 여기에 대해 뭐라고 하던?"

"조시는 이곳이 아름답고 올 때마다 항상 즐거웠다고 말했어요.”

“그렇게 말했어? 여기 늘 샐하고 같이 왔다는 말도 했니? 샐이 여기를 얼마나 좋아했는지?”

“조시가 언니 이야기를 했어요.” 나는 다시 덧붙여 말했다. “조시의 언니를 사진으로 봤어요.”

어머니가 하도 나를 뚫어져라 봐서 나는 내가 무슨 실수를 했나 하고 생각했다. 그런데 그때 어머니가 말했다. “무슨 사진 봤는지 알겠다. 우리 셋이 여기 앉아 있는 사진이지? 멜라니아가 사진 찍던 것 생각나. 저기 저 의자에 앉았지. 나하고 샐하고 조시하고. 무슨 문제 있니, 클라라?”

“샐이 죽었다는 말을 듣고 무척 슬펐어요.”

“슬펐다고, 그래.”

“죄송합니다. 그런 말을 하지 말았어야…….”

“괜찮아. 샐이 우리를 떠난 지도 이제 꽤 됐어. 네가 샐을 만나 봤으면 좋았을 텐데. 조시하고는 달라. 조시는 그냥 떠오르는 대로 말하지. 맞는 말이건 틀린 말이건 상관 안 해. 그래서 가끔 화날 때도 있지만 그런 면 때문에 조시가 좋아. 샐은 달랐어. 모든 걸 심사숙고한 다음에야 입 밖으로 꺼냈지. 훨씬 예민한 아이였어. 어쩌면 아픈 걸 조시처럼 잘 견뎌 내지 못했던 것도 같아.”

“샐이 왜…… 세상을 떴나요?”

어머니의 눈빛이 변했고 입가에 잔인한 기색이 어렸다.

"그런 걸 왜 물어?"

"죄송합니다. 그냥 궁금해서……."

"꼬치꼬치 캐묻는 건 네 일이 아냐."

"정말 죄송합니다."

"너랑 무슨 상관이라고? 그냥 그런 일이 있었어. 그게 전부야."

그러고 나서 한참 뒤에 어머니의 얼굴이 누그러졌다.

"오늘 조시를 데려오지 않은 건 잘한 것 같다. 몸 상태가 안 좋았으니까. 하지만 여기 이렇게 앉아 있으니 조시가 보고 싶네." 어머니는 주위를 둘러보고 몸을 돌려 폭포를 보았다. 그러다가 다시 몸을 돌려 내 뒤쪽으로 지나가는 사람들, 개, 에이에프에 눈길을 주었다. "좋아, 클라라. 조시가 없으니까, 네가 조시가 되어 주면 좋겠어. 아주 잠깐만. 이왕 여기까지 왔으니까."

"죄송합니다. 무슨 말씀인지 잘 모르겠어요."

"전에 한 번 했었잖아. 가게에서 우리가 널 데려온 날. 잊지 않았지?"

"물론 기억합니다."

"내 말은, 어떻게 하는지 잊지 않았냐고. 조시처럼 걷는 것."

"조시처럼 걸을 수 있습니다. 사실 이제 조시를 더 잘 알게 되었고 더 많은 상황에서 보았기 때문에 더욱 정교하게 모방할 수 있을 거예요. 하지만……."

"하지만 뭐?"

"죄송합니다. 이의를 제기하려던 것은 아니었습니다."

어머니가 나를 빤히 보더니 이렇게 말했다. "좋아. 어쨌든 걸음걸이를 흉내 내 보라고 할 생각은 아니었어. 우리가 여기 있으니까. 좋은 장소에 좋은 날이지. 조시하고 같이 오고 싶었는데. 그래서 클라라 너한테 부탁하는 거야. 너는 똑똑하니까. 지금 이 자리에 너 말고 조시가 앉아 있었다면 조시는 어떻게 앉았을까? 네가 앉은 자세처럼 앉진 않을 것 같은데."

"네. 조시는 좀 더…… 이렇게 앉을 거예요."

어머니가 테이블 위로 몸을 숙이며 눈을 가늘게 떴고 어머니 얼굴이 폭포를 담은 가장자리 상자만 빼고 상자 여덟 칸을 채웠다. 한순간 상자마다 어머니 얼굴 표정이 다르게 느껴졌다. 어떤 상자에서는 눈이 잔인하게 웃는데 바로 옆 상자에서는 눈에 슬픔이 어려 있었다. 폭포 물소리, 아이들과 개의 소리가 줄어들었고 나는 고요한 가운데에서 어머니가 하려는 말을 기다렸다.

"잘한다. 정말 잘해. 그러면 이제 움직여 보렴. 뭔가 해. 계속 조시인 것처럼. 움직이는 모습 좀 보여 줘."

나는 조시처럼 웃으며 구부정하고 편안한 자세를 했다.

"잘한다. 이제 무슨 말을 해 봐. 말 좀 들어 보자."

"죄송합니다. 그게 무슨……."

"아니. 그건 클라라잖아. 조시처럼."

"안녕, 엄마. 나 조시야."

"좋아. 더 해 봐. 어서."

"안녕, 엄마. 걱정할 필요 없다니까, 맞지? 나 여기 왔는데 괜찮잖아."

어머니는 테이블 위로 몸을 더 숙였고 나는 상자 안에서 기쁨, 두려움, 슬픔, 웃음을 보았다. 나머지 소리는 모두 묵음이 되었기 때문에 나는 어머니가 속삭이듯 작은 목소리로 되풀이하는 것도 들을 수 있었다. "잘한다, 잘한다, 잘해."

"괜찮을 거라고 했잖아. 멜라니아 말이 맞아. 나 하나도 안 아파. 그냥 좀 피곤한 거야."

"미안해, 조시." 어머니가 말했다. "오늘 여기 안 데려와서 미안해."

"괜찮아. 내가 걱정돼서 그런 거 알아. 괜찮아."

"네가 여기 있으면 좋겠어. 하지만 없지. 네가 이제 더 아프지 않았으면 좋겠어."

"걱정 마, 엄마. 이제 좋아질 거야."

"너는 어떻게 그렇게 말하니? 네가 뭘 안다고? 너는 어린 애잖아. 삶을 사랑하고 뭐든 좋아질 수 있다고 믿는 애잖아. 네가 뭘 안다고?"

"괜찮아, 엄마, 걱정 마. 곧 좋아질 거야. 어떻게 그렇게 될지도 알아."

"뭐? 무슨 말이야? 네가 의사들보다 더 잘 안다고? 나보다 더? 네 언니도 약속을 했어. 그런데 지키지 못했지. 너는 그러면 안 돼."

"하지만 엄마. 샐은 다른 것 때문에 아팠잖아. 나는 좋아질 거야."

"그래, 조시. 그러면 어떻게 좋아질지 말 좀 해 줘."

"특별한 도움이 찾아올 거야. 아직 아무도 생각 못 한 것. 그러고 나면 나는 다시 좋아져."

"이게 무슨 말이야? 누가 하는 말이야?"

이제 여러 상자에서 어머니 얼굴 피부 아래의 광대뼈가 매우 두드러져 보였다.

"정말이야, 엄마. 좋아질 거야."

"이제 됐어. 그만해!"

어머니가 벌떡 일어나서 다른 데로 갔다. 다시 폭포가 보였고 폭포 소리와 내 뒤에 있는 사람들 소리가 전보다 더 크게 들리기 시작했다.

어머니는 땅이 끝나고 폭포가 시작되는 지점의 나무 울타리 근처에 멈춰 섰다. 어머니 앞에 물보라가 피어오르는 게 보였다. 금세 몸이 젖을 것 같은데도 어머니는 나한테 등을 돌린 채로 계속 그렇게 서 있었다. 그러다 마침내 나를 돌아보며 손짓을 했다.

"클라라. 이리 와 봐. 와서 한번 봐."

나는 벤치에서 일어나 어머니에게로 갔다. 어머니가 나를 '클라라'라고 불렀기 때문에 나는 이제부터는 조시 흉내를 내면 안 된다는 걸 알았다. 어머니는 더 가까이 오라고 손짓을 했다.

"봐. 전에 폭포 본 적 없지. 자세히 봐 봐. 어떠니?"

"정말 멋있어요. 잡지에서 본 것보다 훨씬 웅장해요."

"정말 특별하지? 네가 이걸 봐서 기쁘다. 이제 집에 가자. 조시가 걱정돼."

차로 걸어가는 길 내내 어머니는 한마디도 하지 않았다. 어머니는 빠른 걸음으로 네 걸음 정도 앞서 걸어갔고 나는 가파른 내리막길에서 오류를 일으키지 않으려고 조심했다. 황소를 봤던 지점에 도달했을 때 오른쪽 들판을 내다보았지만 그 무시무시한 짐승은 어디에도 보이지 않았다. 땅 밑으로 다시 끌려간 걸까 하는 생각이 들었다.

◆

차에 도착해 내가 앉았던 자리에 앉으려고 했는데 어머니가 말했다.

"앞에 타. 그럼 더 잘 보여."

그래서 나는 어머니 옆자리에 탔는데, 그랬더니 매장 중앙부에 있을 때와 쇼윈도에 있을 때만큼 큰 차이가 있었다. 들판으로 내려오자 구름 사이로 해가 보였고, 나는 지평선 근처에 키 큰 나무가 일곱 혹은 여덟 그루씩 모여 있고 그 주위는 텅 비어 있는 것을 관찰했다. 우리가 탄 차는 가늘고 긴 선을 따라 들판을 가로지르며 달렸다. 처음에는 멀리 들판의 무늬인 줄 알았던 것은 다가가며 보니 양 떼였다. 양이 마흔 마리 이상 있는 풀밭을 지나쳤는데, 아주 빨리 달리고 있었는데도 양들 한 마리 한 마리에 상냥함이 가득한 것을 볼 수 있었다. 아까 본 무시무시한 황소와 정반대였다. 특히 온순해 보이는 양 네 마리에 시선이 갔다. 네 마리는 마치 여행이라도 가는 듯 풀밭 위에 한 줄로 서 있었지만, 풀을 뜯어 먹으며 입만 오물거릴 뿐 꿈쩍하지 않는다는 것을 빨리 지나가면서도 알 수 있었다.

"고마워, 클라라. 너하고 같이 와서 그래도 좀 괜찮다."

"저도 기뻐요."

"가끔 또 이렇게 할 수도 있겠지. 조시가 너무 아파서 어디 못 가는 날에."

내가 아무 말도 하지 않자 어머니가 물었다. "클라라 너는 싫지 않지? 다시 또 이렇게 하는 거?"

"네, 싫지 않아요. 만약 조시가 갈 수 없다면요."

"있잖아, 이 이야기는 조시한테 안 하는 게 좋겠다. 저 위에서 네가 뭘 했는지. 조시 흉내 낸 거. 조시가 오해할 수도 있어서." 그러다가 잠시 후에 다시 물었다. "그럼 합의한 거지? 아까 일은 조시한테 말하지 않기로."

"말씀하신 대로 하겠습니다."

멀리에 금속 상자 마을이 다시 보였다. 이번에는 오른편에 나타났다. 어머니가 그 마을이나 아버지에 대해 무슨 말을 더 하지 않을까 생각했는데 어머니는 말없이 운전만 했고 금속 상자 마을은 곧 사라졌다. 그제야 불쑥 어머니가 입을 열었다.

"애들이 상처를 줄 때가 있어. 애들은 어른한테는 어떻게 해도 된다고, 어른은 상처받지 않는다고 생각하지. 그래도 네가 온 뒤로 철이 많이 들었어. 훨씬 사려 깊어졌어."

"다행이에요."

"눈에 띄게 달라졌어. 요새는 훨씬 배려를 잘해."

나는 나무 세 그루가 서로 뒤엉켜서 마치 한 그루처럼 자라는 것을 발견했다. 그 나무를 더 오래 보려고 좌석에서 몸을 돌려 가며 자세히 관찰했다.

"아까 네가 한 말 말이야." 어머니가 말했다. "조시가 좋아질 거라고. 특별한 도움이 찾아올 거라고. 그냥 하는 말인 거지?"

"죄송해요. 어머니, 의사 선생님, 가정부 멜라니아 모두 조시의 상태를 신중하게 살피고 있다는 거 알아요. 매우 우려할 만한 상태라는 것도요. 그렇지만 저는 조시가 곧 좋아질 거라고 기대해요."

"그냥 희망이야? 아니면 네가 기대하는 뭔가 구체적인 게 있는 거야? 우리가 아직 모르는 거?"

"제 생각에는…… 그냥 희망인 것 같아요. 하지만 진짜 희망이에요. 저는 조시가 곧 좋아질 거라고 믿어요."

그 뒤로 한동안 어머니는 말없이 창밖을 멍한 눈빛으로 응시했다. 나는 어머니가 우리 앞에 있는 도로를 과연 볼 수 있을까 의문이었다. 그러다가 어머니가 조용히 말했다.

"너는 똑똑한 에이에프야. 어쩌면 우리가 못 보는 걸 보는지도 모르지. 네가 희망을 갖는 게 맞는 일일 수도 있지. 네가 옳을지도."

◆

집에 돌아왔을 때 조시는 부엌에도 개방 공간에도 없었
다. 어머니와 가정부 멜라니아는 부엌 문간에 서서 낮은 목
소리로 말을 주고받았다. 가정부 멜라니아가 우리가 없는
동안 조시가 잘 지냈다고 보고하는 것이었다. 어머니는 그냥
고개만 끄덕이더니 계단 아래로 걸어가서 조시를 불렀다. 조
시가 "알았어."라고 한마디로 대꾸하자 어머니는 계단 아래
한동안 움직이지 않고 서 있었다. 그러더니 어깨를 으쓱하고
개방 공간 쪽으로 갔다. 현관에 혼자 남겨진 나는 계단을
올라가 조시한테 갔다.

조시는 러그 위에, 침대에 기댄 채 무릎을 세우고 그 위
에 스케치북을 올리고 앉아 있었다. 연필로 그림 그리는 데
집중하느라 내가 인사를 했을 때도 고개를 들지 않았다. 조
시 주위에는 스케치북에서 뜯어낸 종이 몇 장이 흩어져 있
었다. 선 몇 개를 그리고 내버린 것도 있고 빼곡하게 면을 채
운 것도 있었다.

"조시가 안 아팠다니 정말 다행이에요." 내가 말했다.

"응. 괜찮아." 조시는 계속 스케치북을 보며 말했다. "여행
어땠어?"

"아주 좋았어요. 조시가 같이 가지 못해서 안타까워요."

"어. 실망스러웠지. 폭포 봤어?"

"네. 멋있었어요."

"엄마도 즐거운 시간 보냈고?"

"그렇다고 생각해요. 물론 조시가 같이 못 와서 무척 아쉬워하셨지만요."

그제야 조시는 나를 쳐다보았다. 스케치북 위쪽으로 나를 흘깃 봤는데 나는 조시의 눈에서 전에 본 적이 없는 감정을 보았다. 그때 교류 모임에서 조시에게 왜 B3를 고르지 않았냐고 누군가 묻자 조시가 웃으며 대답하던 것이 떠올랐다. "이제 그럴 걸 그랬다는 생각이 들기 시작하는데." 조시는 곧 눈을 돌려 다시 그림을 그리기 시작했다. 나는 방안에 처음 들어와서 선 자리에 한참 동안 그대로 서 있었다. 이윽고 나는 말했다.

"내가 조시를 속상하게 했다면 정말 미안해요."

"속상하지 않아. 왜 그렇게 생각해?"

"그럼 우린 여전히 좋은 친구인가요?"

"넌 내 에이에프잖아. 그러니 좋은 친구겠지, 아냐?"

그렇지만 조시의 목소리에는 웃음이 없었다. 조시가 혼자 그림을 그리고 싶은 게 분명했기 때문에 나는 방에서 나와 층계 꼭대기에 가서 섰다.

3부

다음 날 아침이 되면 모건 폭포 여행의 그림자가 씻겨 가리라고 기대했던 나는 실망할 수밖에 없었다. 조시의 냉랭한 태도는 그 뒤로도 한참 동안 사라지지 않았다.

모건 폭포를 다녀온 이후에 어머니의 태도도 달라져서 더욱 혼란스러웠다. 나는 여행이 잘 진행되었다고 생각했고 이제 우리 사이가 더 따스해지리라고 기대했다. 그러나 조시처럼 어머니도 냉랭해졌고 현관이나 계단참에서 나를 마주쳐도 전처럼 인사를 건네지 않았다.

그래서 그 뒤 며칠 동안 나는 교류 모임 이후에는 그림자가 드리우지 않았는데 왜 모건 폭포 때는 내가 조시와 어머니가 바라는 대로 했는데도 이런 결과가 되었는지 곰곰이 생각했다. 그러다 보니 B3와 비교했을 때 나의 부족한 점이 그날 어쩌다 확연히 드러났고 그래서 조시와 어머니가 나를 선택한 것을 후회하게 되었을 가능성을 다시 생각했다. 만약 그렇다면 나로서는 그림자가 걷힐 때까지 좋은 에이에프가 되기 위해 이전보다 더욱 열심히 노력하는 게 상책이었다. 그런 한편 사람들이 외로움에서 벗어나기 위해 매우 복잡하고 헤아리기 어려운 행동을 한다는 사실을 명확히 알게 되었고, 모건 폭포 이후에 벌어진 상황을 회복할 기회가 나에게는 아예 없었을지 모른다는 생각도 들었다.

그렇지만 사실 모건 폭포가 드리운 그림자에 대해 더 깊이 생각할 시간은 없었다. 며칠 뒤에 조시의 건강이 악화되었기 때문이다.

◆

조시가 너무 쇠약해져서 어머니의 아침 커피 타임에 아래층으로 내려갈 수가 없었다. 그래서 대신 어머니가 조시 방으로 올라와 누워 있는 조시 옆에서 커피를 마셨다. 어머니는 커피를 마시고 침대를 내려다보면서도 허리를 꼿꼿이 세우고 있었다.

어머니가 출근하고 나면 가정부 멜라니아가 올라와서 교대했다. 가정부 멜라니아는 편한 의자를 침대 옆으로 끌어와 무릎에 오블롱을 올려놓고 앉아서 화면과 잠자는 조시를 번갈아 보았다. 그러던 어느 날, 언제라도 내가 필요해지면 도우려고 방문 바로 앞에 서 있었는데 가정부 멜라니아가 나를 돌아보며 말했다.

"에이에프. 항상 내 등 뒤에 있으니 소름 끼쳐. 야외로 나가."

가정부 멜라니아가 '야외'라고 말했다. 나는 문 쪽으로 몸을 돌리고 조용히 물었다. "죄송합니다만 집 밖을 말씀하신 건가요?"

"방 밖이든 집 밖이든 맘대로 해. 신호 보내면 빨리 돌아와."

나는 혼자 집 밖에 나가 본 적이 한 번도 없었다. 하지만 가정부 멜라니아는 내가 그러면 안 될 이유가 없다고 보는 게 명백했다. 나는 조심조심 계단을 내려갔다. 조시 때문에 걱정하면서도 나도 모르게 마음이 들떴다.

집 밖 자갈돌 구역으로 나와 해를 올려다보았는데, 해는 하늘 꼭대기에 있었지만 피로해 보였다. 나는 현관문을 닫을지 말지 망설였는데, 지나다니는 사람도 없고 돌아오는 길에 초인종을 울리면 조시의 휴식에 방해가 될 수 있으므로 문이 잠기지 않을 정도로만 닫기로 했다. 그리고 나서 밖으로 더 걸어 나왔다.

왼쪽으로 릭이 새를 날리던 언덕이 보였다. 언덕 너머에는 어머니가 매일 아침 지나가는 도로가 있었다. 내가 모건 폭포에 갈 때도 그 길로 갔다. 하지만 나는 반대 방향으로 돌아서 걷기 시작했다. 자갈돌 구역을 가로질러 집 뒤 풀밭이 잘 보이는 곳으로 갔다.

하늘은 흐릿하고 넓었다. 가면 갈수록 땅 모양이 약간 올라가는 형세라, 아래층 위치로 내려와 있는데도 맥베인 씨네 헛간이 보였다. 풀잎은 침실 창문에서 볼 때보다 더 뚜렷했고, 특히 다른 점은 창문에서는 안 보이던 릭의 집이 보인다는 것이었다. 침실 뒤쪽 창문이 아주 조금만 왼쪽에 있었다면 방에서도 릭의 집을 볼 수 있었을 것이다.

하지만 나는 릭의 집에 대해서는 더 생각하지 않았다. 내 머릿속이 조시에 대한 걱정, 특히 왜 해가 거지 아저씨와 개에게 그랬던 것처럼 조시에게도 특별한 도움을 주지 않는지에 대한 의문으로 다시 가득 찼기 때문이다. 모건 폭포에 가기 전에도 조시가 아플 때면 나는 해가 조시를 도와주기를 바랐지만, 그때는 어쩌면 해가 지금은 좀 더 두고 보겠다 하는지도 모르겠다고 이해하고 받아들였다. 하지만 지금은 조시가 훨씬 약해졌고 앞날의 많은 것들이 불분명해졌는데도 왜 해가 마냥 꾸물거리는지 알 수가 없었다.

이 문제에 대해 이미 많이 생각해 보았지만 혼자 집 밖에 나와 해를 머리 위에 두고 풀밭 옆에 서 있으니 몇 가지 생각이 더 떠올랐다. 해가 매우 인자하기는 하지만 한편 매우 바쁘리라는 생각이 들었다. 조시 말고도 해의 관심을 갈구하는 사람이 많을 테니, 아무리 해라고 해도 조시처럼 어머니, 가정부, 에이에프에게 돌봄을 잘 받는 듯 보이는 아이까지는 미처 챙기지 못할 수도 있을 것이다. 그때, 조시가 해의 특별한 도움을 받으려면 해가 조시의 상황에 관심을 갖도록 특별한 방법으로 주의를 끌어야 할 것 같다는 생각이 들었다.

나는 흙길을 걸어 첫 번째 풀밭 옆 울타리까지 갔다. 울타리에 액자와 비슷한 모양의 나무문이 있었는데, 기둥에 걸어 놓은 노끈 고리만 들어 올리면 열 수 있는 구조여서 나도 풀밭으로 들어갈 수 있다는 걸 알았다. 풀밭에 풀이 길게 자라 있긴 했지만 조시와 릭은 아직 어린아이일 때 이 풀밭을 지나 맥베인 씨네 헛간까지 갔다고 했다. 행인들의 발걸음이 만든 비공식 오솔길이 보였다. 과연 나도 저 길을 따라갈 수 있을까 생각해 봤다. 또 해가 거지 아저씨와 개에게 특별한 자양분을 쏟아부었던 때를 생각하고 거지 아저씨의 상황과 조시의 상황에 어떤 중대한 차이가 있는지도 고민했다. 일단, 지나가는 사람 중에 거지 아저씨를 아는 사람이 많았고, 또 거지 아저씨는 택시 운전사나 조깅하는 사람들이 볼 수 있는 길 위에서 아팠다. 이 사람들 가운데 누구라도 거지 아저씨와 개의 상태에 대해 해의 주의를 끌었을 수 있다. 그리고 해가 거지 아저씨에게 특별한 자양분을 쏟기 직전에 중요한 일이 있었다는 사실도 떠올랐다. 쿠팅스 머신이 끔찍한 공해를 생산해서 해가 한동안 물러가게 만들었는데, 그 끔찍한 기계가 사라지고 새로이 상쾌한 시기가 시작되자 해가 안도하고 행복해하면서 거지 아저씨에게 특별한 도움을 주었던 것이다.

나는 액자 모양 문 앞에 한참을 서서 풀이 이쪽으로 또 저쪽으로 눕는 것을 보며 저 너머엔 또 어떤 길이 감춰져 있을까, 내가 어떻게 하면 조시의 병이 낫게 도울 수 있을까 고민했다. 하지만 아직 야외에 있는 데 완전히 익숙하지 않았기 때문에 혼란스러움이 움트는 느낌이 들었다. 그래서 몸을 돌려 집으로 돌아갔다.

◆

이 기간에는 라이언 박사가 자주 왔고 조시는 하루 중 많은 시간을 자면서 보냈다. 해는 날마다 보통 자양분을 쏟아부었고 해의 무늬가 조시의 자는 몸 위에 떨어질 때도 많았지만 특별한 도움은 여전히 오지 않았다. 하지만 이번에도 더 두고 보겠다는 해의 판단이 옳은 것이었는지, 조시는 조금씩 건강을 되찾았고 마침내 침대에 일어나 앉을 수 있게 되었다.

라이언 박사가 오블롱 수업은 아직 다시 하지 말라고 했기 때문에 조시는 베개에 기대앉아 샤프펜슬로 스케치북에 그림을 많이 그렸다. 조시는 그림을 완성하거나 아니면 버려야겠다고 마음먹을 때마다 스케치북에서 뜯어내어 공중으로 던졌고 그러면 그림이 날아가 러그 위에 떨어졌다. 나는 이 종이들을 모아 가지런히 정리했다.

라이언 박사가 오는 일이 뜸해지자 릭이 더 자주 왔다. 가정부 멜라니아는 늘 릭을 경계했지만 그래도 릭이 오면 조시의 기분이 좋아진다는 것은 알았기 때문에 방문을 허락했다. 그래도 30분을 넘기면 안 된다고 했다. 릭이 처음 온 날 나는 프라이버시를 침해하지 않으려고 나가려 했는데 가정부 멜라니아가 나를 막아서며 속삭였다. "아냐, 에이에프! 방에 있어. 수작질 못 하게 감시해."

그래서, 릭이 가끔 나에게 나가라는 듯한 눈빛을 보내는 데다가 나에게 말도 걸지 않고 인사말조차 하지 않았지만, 그래도 나는 릭이 와 있는 동안 방에 머물러 있었다. 조시가 나에게 나가라는 신호를 보냈다면 가정부 멜라니아의 지시가 있었어도 방에서 나갔을 것이다. 하지만 조시는 내가 곁에 있는 데 불만이 없어 보였고 내가 있어서 안정감을 느끼는 것 같기도 했다. 나를 대화에 끼워 준 적은 한 번도 없었지만.

나는 두 사람을 방해하지 않기 위해 내내 단추 소파에서 창밖 풀밭에 시선을 고정하고 있었지만, 뒤에서 오가는 대화를 듣지 않을 수가 없었다. 듣지 말아야 한다는 생각도 들었지만 조시에 대해 최대한 많이 아는 게 나의 의무이고 이렇게 들으면서 다른 방법으로는 입수할 수 없는 새로운 사실을 알 수 있다는 점을 상기했다.

이 시기의 릭의 방문은 세 단계로 나눌 수 있다. 첫 번째 단계에서는 릭이 방에 들어와서 어색한 듯 사방을 둘러보았고 부주의하게 움직였다가 가구를 망가뜨리기라도 할까 봐 내내 초조해하는 것처럼 보였다. 이 단계 동안에 릭이 현대적인 옷장 문에 등을 기대고 바닥에 앉는 습관이 생겼다. 단추 소파에서 뒤를 보고 있던 나는 창문에 비친 방 안 모습을 볼 수 있었는데, 옷장 앞에 앉은 릭과 침대 위에 앉은 조시가 마치 나란히 앉아 있는 것처럼 보였다. 조시가 더 높은 위치에 있기는 했지만.

첫 번째 단계 동안에는 30분간 우호적인 분위기에서 별 의미 없는 말들만 오갔다. 어릴 때의 기억을 나누거나 어릴 때 일을 가지고 농담을 했다. 어떤 한 단어나 한마디만 꺼내도 기억이 떠오르는지 두 아이는 곧 기억에 빠져들었다. 이런 때에는 마치 암호 같은 말로 대화를 하길래 내가 있어서 그런 걸까 의심하기도 했지만, 곧 두 아이가 어릴 때부터 서로 잘 알고 지냈기 때문에 자세한 말이 필요 없을 뿐 내가 못 알아듣게 하려는 의도는 전혀 없다는 걸 알게 되었다.

처음에 릭이 와 있을 때 조시는 그림을 그리지 않았다. 하지만 좀 더 편안해지자 30분 내내 그림을 그리며 종이를 찢어 내어 릭이 앉아 있는 쪽으로 날리기도 했다. 이렇게 해서 (처음에는 아무 뜻 없이) 말풍선 게임이 시작되었다.

말풍선 게임이 시작되면서부터가 방문의 두 번째 단계다. 말풍선 게임은 아이들이 어렸을 때 만들어 낸 놀이였을 수도 있다. 어떻게 하라는 설명이나 논의 없이 바로 게임이 시작된 걸로 보아 그럴 가능성이 크다. 조시가 릭과 계속 이런저런 이야기를 나누는 도중에 그림을 그려서 릭에게 던졌다. 그러다가 릭이 그림 하나를 들여다보고 말했다.

"그래, 이제 말풍선 게임을 하는 거야?"

"네가 하고 싶으면."

"연필이 없어. 진한 색 하나 던져 줘."

"나 진한 색 다 필요한데. 지금 그림 그리는 사람이 누군데?"

"연필도 안 빌려주면서 어떻게 말풍선을 채우라는 거야?"

나는 두 아이에게서 등을 돌리고 있었지만 어떤 게임인지는 짐작할 수 있었다. 반시간이 지나고 릭이 간 다음에 나는 바닥에 떨어진 종이를 모으며 그림을 봤다. 이 게임이 둘에게 점점 중요한 의미를 띠게 되었다는 것도 서서히 알게 되었다.

조시는 능숙한 솜씨로 사람 한 명, 두 명 혹은 세 명이 같이 있는 그림을 그렸다. 일부러 머리를 몸통에 비해 크게 그렸다. 초기에 그린 그림은 보통 얼굴이 친절해 보였고, 얼굴은 검은 샤프펜슬로, 어깨와 몸, 배경은 색연필로 그렸다. 조시는 그림 속 사람 머리 위에 텅 빈 말풍선을 그렸다. 두 사람 머리 위에 각각 말풍선을 그릴 때도 있었다. 그러면 릭이 그 안을 글로 채웠다. 나는 그림 속 사람 얼굴이 릭이나 조시와 닮지 않았어도 이 게임에서 그림 속 여자아이는 조시를, 남자아이는 릭을 뜻하는 것임을 금세 알아차렸다. 마찬가지로 다른 인물들도 조시 삶 속의 다른 인물들을 뜻하는 것일 수 있었다. 어머니, 교류 모임의 아이들, 혹은 내가 아직 만나지 못한 사람들. 나는 이 얼굴들이 누구를 뜻하는지 쉽게 알 수 없었지만 릭은 그런 문제가 전혀 없는 듯했다. 자기에게 펄럭펄럭 날아온 그림이 누구를 뜻하는지 한 번도 묻지 않고 망설임 없이 말풍선을 채웠다.

나는 릭이 말풍선 안에 쓰는 글이 그림 속 인물의 생각이나 말을 뜻한다는 걸 곧 알게 되었다. 그러니 릭이 하는 일에 위험성이 있었다. 나는 처음부터 조시가 그린 그림이나 릭이 쓴 글이 갈등을 불러일으키지 않을까 걱정했다. 그렇지만 이 단계에는 말풍선 게임이 즐거움과 좋은 기억만 불러일으키는 듯했고, 두 아이가 웃으며 서로 손가락질을 하는 모습이 유리창에 종종 비쳤다. 이들이 처음처럼만 이 게임을 했다면, 그림에 대해서만 이야기를 나누었다면 갈등이 번지지 않았을지도 모른다. 하지만 조시가 계속 그림을 그리고 릭이 말풍선을 채우면서 그림과 무관한 주제들에 대해서도 이야기하기 시작했다.

어느 따스한 오후, 해의 무늬가 현대적 옷장에 기대어 앉은 릭의 발을 건드릴 때 조시가 말했다.

"아무래도 리키 너, 질투하는 것 같아. 초상화에 대해 자꾸 꼬치꼬치 묻는 걸 보니까 말이야."

"뭐라는 거야. 너 정말 거기서 나 초상화 그리는 거야?"

"아니, 그게 아니고. 내 초상화 얘기를 계속 꺼내잖아. 내가 시내에 가서 그리는 거 말이야."

"아 그거. 그래, 그 이야기 한 적 있지. 계속 꺼내는 것하고는 거리가 멀지만."

"계속하잖아. 어제만 두 번 했어."

릭은 글을 쓰던 손을 멈췄지만 조시를 쳐다보지는 않았다. "어쩐지 궁금해서. 하지만 초상화 그리는 것에 대해 어떻게 질투를 할 수 있어?"

"바보 같은 소리지. 하지만 확실히 질투하는 것처럼 들렸어."

그리고 둘은 한동안 말없이 각자 그리고 썼다. 그러다 릭이 말했다.

"질투하는 건 아니야. 그런데 걱정이 돼. 그 사람, 그 화가라는 사람 말이야. 그 사람에 대해 네가 한 말이 전부 이상하게 들려서."

"그냥 초상화 그리는 사람인데. 항상 예의도 지키고 내가 피곤해지지 않게 하려고 조심하고 그래."

"너무 이상하게 들려. 내가 계속 그 이야기를 꺼낸다고 했지. 그게, 네가 하는 소리를 들으면 그럴 때마다 으아, 이거 정말 소름 끼친다 싶어서 그러는 거야."

"뭐가 소름 끼치는데?"

"일단, 그 화실에 너 뭐냐, 네 번 갔나? 그런데 한 번도 그림을 안 보여 줬다고 했지. 스케치 같은 것도 없고. 그리고 매번 갈 때마다 세세하게 사진을 찍는다며. 몸의 이 부분 저 부분. 화가들이 정말 그런 식으로 해?"

"옛날 방식으로 몇 시간씩 앉아 있으면 내가 힘드니까 사진을 찍는 거야. 그러면 갈 때마다 길어야 20분 정도만 있으면 돼. 그 사람은 필요한 사진을 단계별로 찍는 거고. 그리고 엄마가 항상 같이 가. 우리 엄마가 내 초상화를 변태한테 맡기겠어?"

릭은 대답하지 않았다. 그러자 조시가 말했다.

"일종의 질투 같은데, 리키. 하지만 그거 알아? 난 싫지 않아. 네가 제대로 된 자세를 갖추고 있다는 걸 보여 주니까. 나를 보호하려고 하는 거잖아. 네가 우리 계획을 염두에 두고 있다는 뜻이지. 그러니 걱정 마."

"걱정 안 해. 말도 안 되는 모험이야."

"모험이 아니야. 그게 뭐 성적인 의미가 있다든가 그런 얘기가 아니고. 내 말은 이 초상화가 저 바깥세상의 일부니까, 그게 우리 앞길을 막아설까 봐 네가 걱정한다는 뜻이야. 질투한다고 한 말은 그런 의미에서 한 말이고."

"그래, 알았어."

두 아이는 '계획'을 자주 입에 올리긴 했지만 그게 어떤 것인지 구체적으로 이야기하지는 않았다. 그렇지만 이 단계 동안, 아직 우호적인 분위기가 유지되는 동안에 나는 두 아이가 계획과 관련해서 한 말들을 짜 맞추기 시작했다. 이 계획이라는 것은 정교하게 수립한 무엇이라기보다는 앞날과 관련된 모호한 소망에 가깝다는 것을 알았다. 또 나 자신의 목표에 이 계획이 얼마나 중요한지도 알게 되었다. 앞날에 어머니, 가정부 멜라니아, 그리고 내가 조시 곁에 영원히 있다 하더라도, 그 계획대로 되지 않으면 조시는 외로움에서 벗어날 수 없을 것이기 때문이었다.

◆

그러다가 어느 순간부터 말풍선 게임이 웃음이 아니라 걱정과 불안을 가져오기 시작했다. 나는 이때부터를 릭이 찾아오던 기간의 세 번째 단계로 생각한다.

두 사람 중 누가 먼저 분위기를 바꾸었는지는 잘 모르겠다. 초기에는 조시가 과거에 둘이 함께한 즐겁고 행복한 일들을 떠올리게 하는 그림을 자주 그렸다. 그래서 릭이 말풍선을 망설이지 않고 금세 채울 수 있었을 것이다. 그러나 이제는 날아온 종이를 보고 릭이 보이는 반응이 이전과 달랐다. 종이를 한참 들여다보며 한숨을 쉬거나 얼굴을 찌푸렸다. 글을 쓸 때도 천천히 더 집중해서 썼고 다 마치기 전에는 조시가 묻는 말에 대답하지 않을 때도 있었다. 그리고 릭이 종이를 다시 돌려주었을 때 조시의 반응도 더 예측하기 어려워졌다. 조시는 멍한 눈으로 종이를 들여다보다가 아무 말 없이 이불 위에 올려놓았다. 아니면 릭의 손이 닿지 않는 쪽 바닥으로 휙 날리기도 했다.

때로 이전 분위기가 돌아와 둘이 같이 웃거나 화기애애하게 티격태격하기도 했다. 하지만 조시의 그림이나 릭의 글이 날 선 대화를 유발하는 일이 점점 늘었다. 그래도 가정부 멜라니아가 30분이 지났다고 부를 때 즈음이 되면 보통 다시 편안한 분위기가 회복되곤 했다.

◆

한번은 릭이 손을 뻗어 종이를 집어서 들여다보더니 샤프 펜슬을 손에서 놓았다. 릭이 계속 보고만 있는 걸 알아차리고 조시가 그림 그리던 손을 멈췄다.

"무슨 일 있어, 리키?"

"어어. 이게 뭔가 생각하고 있어."

"어떻게 보이는데?"

"사람들이 여자애를 둘러싸고 있어. 외계인인가? 머리 대신 거대한 안구 같은 게 달려 있는 것 같은데. 내가 잘못 본 거라면 미안."

"잘못 본 거 아냐." 조시의 목소리에는 냉정함과 그리고 두려움도 약간 섞여 있었다. "어, 아주 잘못 본 건 아니라고. 외계인은 아니야. 그 사람들은 그냥…… 그런 사람이야."

"알겠어. 이 사람들은 안구족(族)이라는 거지. 그런데 전부 여자애를 쳐다보고 있는 게 거슬려."

"그게 왜 거슬려?"

내 등 뒤에서 침묵이 흘렀다. 창문에 비친 모습을 보니 릭이 계속 종이를 들여다보고 있었다.

"그래 그게 뭐가 거슬리는데?" 조시가 다시 물었다.

"모르겠어. 여자애한테 아주 커다란 말풍선을 만들어 줬네. 뭐라고 써야 할지 모르겠어."

"걔가 무슨 생각을 하고 있을지 생각나는 대로 써. 다른 그림하고 마찬가지로."

다시 방 안이 조용해졌다. 해가 창에 빛을 비추어 반사된 방 안 모습이 보이지 않았다. 나는 그러면 프라이버시 침해가 되리라는 걸 알면서도 뒤를 돌아보고 싶었다. 그런데 그 전에 릭이 입을 열었다.

"눈이 정말 소름 끼쳐. 그리고 더 소름 끼치는 거는, 여자애가 눈들이 계속 자기를 봐 주길 원하는 것처럼 보인다는 거야."

"변태 같다. 여자애가 왜 그런 걸 원하는데?"

"몰라. 네가 말해 봐."

"내가 어떻게 말해?" 조시의 목소리에 이제 화난 기색이 역력했다. "말풍선 채우는 건 네 일이잖아."

"여자애가 반쯤 웃고 있어. 속으로는 기분이 좋은 것 같아."

"아냐, 리키, 잘못 봤어. 정신병자 같은 소리야."

"미안. 내가 잘못 해석했나 보다."

"잘못 해석했어. 그러니까 빨리 말풍선이나 채워. 다음 거 벌써 다 끝나가. 릭? 내 말 들었어?"

"이건 그냥 패스할까 봐."

"아, 왜 그래!"

해가 다시 물러가서 이제 유리창으로 릭이 종이를 조시의 침대 근처에 쌓인 종이 더미로 슬쩍 던지는 모습이 보였다.

"나 실망했어, 릭."

"그럼 그런 그림 그리지 마."

다시 침묵이 흘렀다. 조시가 침대 위에서 다음 그림에 몰두한 척하는 모습이 보였다. 릭의 모습은 잘 보이지 않았지만 현대적인 옷장에 가만히 기대앉아 내 뒤쪽 창밖을 보고 있다는 건 알 수 있었다.

◆

릭이 왔다 가고 나면 조시는 보통 지쳐서 샤프펜슬, 스케 치북, 뜯어낸 종이를 바닥에 던지고 엎드려 누워 쉬었다. 이 럴 때 나는 단추 소파에서 내려와 바닥에 흩어진 물건들을 정리하면서 릭이 와 있던 동안에 둘이 무얼 가지고 그런 이 야기를 나누었는지 볼 기회가 있었다.

조시는 베개에 얼굴을 묻고 있었지만 잠든 건 아니었고 눈을 감은 채 말을 걸기도 했다. 그러니 조시는 내가 그림을 모으면서 보기도 한다는 것을 알았고 그걸 못마땅해하지 않는 게 분명했다. 조시가 내가 그림을 유심히 보기를 바란 것 같기도 하다.

한번은 이렇게 그림을 정리하면서 종이 한 장을 집어 들 었는데, 스치듯 보고도 그림 중심에 있는 인물 두 명이 교류 모임에 왔던 팔이 긴 여자아이와 미시 자매라는 걸 알았다. 물론 여러 가지 일치하지 않는 부분도 많았지만 조시가 누 구를 염두에 두고 그렸는지는 분명했다. 그림 앞쪽에서 자 매가 심술궂은 표정을 하고 있고 대강 그린 다른 얼굴들이 그 주위에 있었다. 가구 같은 것은 그리지 않았지만 배경이 개방 공간임을 알았다. 자매 사이 빈틈에 조그맣고 형체가 없는 어떤 생명체가 있었는데, 그 위에 커다란 말풍선이 없었다면 그런 게 있는지조차 알아차리지 못했을 것이다. 팔이 긴 여자아이와 미시와 대조적으로 이 생명체는 얼굴, 어깨, 팔 같은 일반적 인간의 특징이 없었고 아일랜드 식탁 위개수대 근처에 생기는 물 얼룩에 가까워 보였다. 말풍선이 달려 있지 않았다면 이 형체가 사람을 나타낸다고 생각하지는 못했을 듯했다. 자매들은 물 얼룩 사람이 바로 옆에 있는데도 완전히 무시하고 있었다. 말풍선 안에 릭이 이렇게 적어 놓았다.

"향상된 애들은 나한테 형체가 없다고 생각하지. 하지만 있어. 그냥 감춰 놓을 뿐이야. 왜냐하면 보여 주고 싶지 않으니까."

내가 그림을 스치듯 보면서도 내용을 파악했다는 사실을 조시는 알았다. 그래서 침대에서 졸린 듯한 목소리로 말했다.

"릭이 쓴 거 이상하다고 생각하지 않아?"

내가 살짝 웃음소리를 내고 계속 방을 치우자 조시가 또 이렇게 말했다.

"릭은 내가 자기를 그렸다고 생각하는 걸까? 못된 애들 사이에 있는 사람 말이야. 그래서 말풍선에 그렇게 썼을까?"

"그랬을 수도 있죠."

"하지만 넌 그렇게 생각 안 하지. 아냐, 클라라?" 그러더니 또 물었다. "클라라, 듣고 있어? 어서. 뭐라고 말 좀 해 봐."

"어쩌면 릭이 작은 사람이 조시라고 생각했을 가능성이 더 클지도 모르겠어요."

내가 종이를 한 묶음으로 정리해 화장대 아래 공간에 이전에 그린 그림들과 같이 넣는 동안 조시는 아무 말도 하지 않았다. 잠이 들었나 생각하는데 갑자기 조시가 입을 열었다.

"왜 그런 생각을 했어?"

"그냥 추측이에요. 릭이 작은 사람이 조시라고 생각했을 것 같아요. 또 릭이 친절한 마음으로 썼다고 생각해요."

"친절해? 그게 왜 친절한 거야?"

"저는 릭이 조시를 걱정한다고 생각해요. 조시가 가끔 다른 상황이 되면 바뀐다는 점을요. 하지만 이 그림을 보면 릭이 친절하게 생각하는 것 같아요. 조시가 자신을 보호하기 위해 영리하게 구는 것일 뿐 실제로 바뀌는 것은 아니라고 말하고 있으니까요."

"가끔 내가 다르게 행동하고 싶은 게 뭐 어때서? 왜 항상 똑같아야 하는데? 릭의 문제는, 내가 자기가 좋아하지 않는 식으로 행동하면 항상 그걸 가지고 뭐라고 한다는 거야. 내가 어린아이였을 때하고 똑같기를 바라니까 문제야."

"릭이 그걸 바라는 것은 아니라고 생각해요."

"그럼 이게 대체 뭔데? 형체가 없다느니, 감춰 놓는다느니? 이게 뭐가 친절하다는 건지 모르겠어. 이게 릭의 문제야. 내가 성장하기를 바라지 않아. 아니, 적어도 릭네 엄마는 릭이 자라기를 바라지 않고 릭도 거기 불만이 없어. 평생 그렇게 어머니하고 같이 살겠다는 거야. 그러는 게 우리 계획에 어떻게 도움이 된다는 건데? 내가 성장하려는 기미를 보이면 릭은 삐진다고."

나는 아무 말도 하지 않았고 조시는 눈을 감은 채로 계속 누워 있었다. 그러다 결국 잠이 들었지만 잠들기 직전에 작은 소리로 이렇게 말했다.

"그럴 수도 있겠다. 친절한 걸 수도."

나는 릭이 다음번에 왔을 때 조시가 이 그림과 말풍선에 쓰인 글에 대한 이야기를 꺼내지 않을까 생각했지만 그런 일은 없었다. 나는 그림을 일단 완성하고 나면 그림이나 말풍선에 대해 직접적으로 말하지 않는 게 둘 사이의 규칙이라는 걸 깨달았다. 그렇게 해야 더 자유롭게 쓰고 그릴 수 있을 것도 같았다. 그렇지만 말했듯이 나는 처음부터 말풍선 게임에 위험성이 있다고 생각했다. 릭의 30분짜리 방문이 급작스럽게 끝나게 된 것도 말풍선 게임 때문이었다.

비가 오락가락하는 오후였지만 그래도 방 안에 해의 무늬가 흐릿하게 생겼다. 그 무렵에는 주로 편안한 분위기에서 릭의 방문이 이루어졌고 그날 분위기도 느긋한 편이었다. 그런데 릭이 오고 12분이 지난 뒤에(둘이 또 말풍선 게임을 하고 있었다.) 조시가 침대에서 말했다.

"거기 뭐 하는 거야? 아직도 안 끝났어?"

"아직 생각 중이야."

"리키, 생각을 안 하는 게 규칙이잖아. 가장 먼저 떠오른 걸 써야지."

"알았어. 하지만 이건 생각을 안 할 수가 없는데."

"왜? 뭐가 다르다고? 빨리 해. 다음 거 거의 다 그렸어."

창문에 비친 그림자에서 릭이 평소 앉는 자리에 무릎을 세우고 앉아 그 위에 그림을 올려놓고는 두 손은 바닥에 내려놓은 모습이 보였다. 릭은 당혹스러운 표정으로 자기 앞에 놓인 그림을 보고 있었다. 조시가 손으로는 계속 그림을 그리면서 말했다.

"저기, 전부터 물어보려고 했는데. 너희 엄마 왜 운전을 안 하셔? 그 차 아직 있지?"

"몇 년 동안 한 번도 안 썼는데 차고에 아직 있긴 있어. 나중에 내가 면허를 따면 굴러가나 한번 봐야지."

"사고 날까 봐 무서워하시는 거야?"

"조시, 이 얘기는 전에 했잖아."

"응. 그런데 기억이 안 나. 너무 겁이 나서 안 하신다고 그랬나?"

"비슷해."

"우리 엄마는 반댄데. 차를 너무 빨리 몰아." 릭이 대답하지 않자 조시가 또 물었다. "리키, 아직도 그거 안 썼어?"

"할 거야. 조금만 기다려."

"운전 안 하는 건 그렇다 치고. 친구가 없는 건 아무렇지도 않으시대?"

"친구 있어. 리버스 아주머니도 자주 오고. 또 너희 엄마랑 우리 엄마랑 친구잖아, 아냐?"

"내 말은 그 뜻이 아니야. 친구 한두 명이야 누구나 있지. 하지만 너희 어머니는 사회가 없잖아. 우리 엄마도 친구는 별로 없어. 하지만 사회는 있어."

"사회? 옛날 말처럼 들린다. 무슨 뜻이야?"

"네가 어디 상점에 들어가거나 택시에 타면 사람들이 중요하게 취급한다는 뜻이야. 제대로 대접한다고. 사회가 있는 건 그래서 중요해. 알겠니?"

"조시, 우리 어머니 건강이 좋지 않은 거 알잖아. 어머니가 그러고 싶어서 그러는 것도 아니고."

"하지만 어머니가 그러고 싶어서 그런 것도 있잖아? 예를 들면 너에 대해서 어머니가 결정을 내리셨지. 오래전에."

"지금 왜 이 이야기를 하는지 모르겠네. 그게 무슨 상관인데? 그 사회라는 게 대체 왜 있어야 해? 그런 게 문제가 되는 이유를 난 모르겠다."

"전부 문제가 돼, 리키. 일단 우리 계획에 걸림돌이 된다고."

"아니, 난 최선을 다하고 있는데……."

"최선을 다하고 있지 않아. 우리 계획에 대해서도 말만 하지 실제로 뭘 하는데? 하루하루 지나면서 나이를 먹고 자꾸 일이 생기잖아. 나는 최선을 다하고 있지만 넌 아니야."

"내가 해야 하는데 안 하는 게 뭔데? 그 교류 모임에 더 가야 한다고?"

"최소한 더 노력할 수는 있잖아. 우리가 말한 것처럼 할 수 있어. 공부를 더 열심히 해서 애틀러스 브루킹스에 지원해."

"애틀러스 브루킹스 이야기는 왜 하는 거야? 나는 거기 들어갈 수도 없는데."

"들어갈 수 있어, 리키. 너 똑똑하잖아. 우리 엄마도 가능성 있다고 했어."

"이론적인 가능성이지. 애틀러스 브루킹스에서는 엄청나게 대단한 것처럼 말하지만 실제로는 2퍼센트도 안 돼. 그게 전부라고. 입학생 전체에서 향상 안 된 학생은 2퍼센트 미만이야."

"하지만 너는 다른 향상 안 된 아이들보다 훨씬 똑똑하잖아. 그런데 왜 시도를 안 해? 내가 말해 볼까? 너희 엄마가 네가 영원히 자기랑 같이 살기를 바라기 때문이지. 네가 밖으로 나가 진짜 어른이 되기를 바라지 않으셔. 거기 아직도 안 끝났어? 다음 거 다 그렸는데."

릭은 말없이 그림을 보고 있었다. 조시는 다 그렸다고 하면서도 여전히 무언가를 덧그렸다. 조시가 또 말했다.

"아무튼, 어떻게 할 거야? 우리 계획 말이야. 나는 사회가 있고 너는 없으니 어떻게 하냐고. 우리 엄마는 차를 너무 빨리 몰지. 하지만 적어도 용기는 있어. 샐이 잘못되었지만, 어머니는 그런 일이 있었는데도 나하고 다시 그걸 할 용기가 있었다고. 엄청난 용기 아냐?"

릭이 갑자기 몸을 숙이고 그림에 글을 써넣기 시작했다. 보통 잡지를 받치고 글을 쓰는데 이때는 종이를 허벅지 위에 바로 올려놓고 써서 종이가 우그러지는 게 보였다. 릭은 빠르게 글을 쓰고 샤프펜슬을 바닥에 떨어뜨리며 자리에서 일어섰다. 릭은 그림을 조시에게 건네주는 대신 침대로 던져 조시 앞쪽 이불 위에 떨어지게 했다. 그러더니 크게 뜬 눈에 분노와 두려움 둘 다를 담고 조시를 보며 뒷걸음질로 문 쪽으로 갔다.

조시는 놀라서 릭을 쳐다보았다. 그러더니 샤프펜슬을 내려놓고 종이를 집었다. 조시는 한참 멍한 눈으로 그림을 보았고 릭은 문가에서 그 모습을 보고 있었다.

"어떻게 이런 걸 쓸 수 있어." 마침내 조시가 입을 열었다. "왜 그런 거야?"

나는 더 두고 볼 수 없을 정도로 긴장이 극심해졌다고 판단하고 단추 소파에서 몸을 돌렸다. 릭은 나의 존재를 잊고 있었는지, 내가 몸을 돌리자 놀라는 것 같았다. 릭은 여전히 두려움과 분노가 담긴 눈으로 잠시 나를 보더니 아무 말 없이 방에서 나갔다. 릭이 계단을 내려가는 소리가 들렸다.

현관문 닫히는 소리가 나자 조시는 하품을 하고 침대 위에 있는 것을 전부 바닥으로 던지고는 엎드려 누웠다. 릭의 방문이 평소와 다를 바 없이 끝났다는 듯한 태도였다.

"쟤는 가끔 정말 피곤할 때가 있어." 조시가 베개에 대고 말했다.

나는 단추 소파에서 내려와 방을 정리하기 시작했다. 조시는 눈을 감았고 더는 아무 말도 하지 않았지만 아직 잠들지 않았다는 걸 나는 알았다. 나는 방을 정리하며 자연스럽게 긴장감을 일으킨 종이에 눈길을 주었다.

예상했던 대로 그림에는 조시와 릭의 모습이 그려져 있었다. 일치하지 않는 부분도 많았지만 닮은 점도 많아서 누구를 뜻하는지에는 의문의 여지가 없었다. 그림 속 조시와 릭은 하늘에 떠 있는 것 같았다. 나무, 도로, 집은 저 아래에 아주 작은 크기로 줄어 있었다. 조시와 릭 뒤쪽 하늘에서는 새 일곱 마리가 대형을 이루며 날았다. 그림 속의 조시는 두 손에 더 큰 새를 들고 그걸 그림 속의 릭에게 특별한 선물로 주고 있었다. 조시는 활짝 웃고 있고 릭은 신나고 놀란 표정이었다.

그림 속의 릭에게는 말풍선이 없었다. 그림엔 조시의 생각을 뜻하는 말풍선 한 개만 있었는데 그 안에 릭은 이렇게 썼다.

"밖에 나가 걷고 뛰고 스케이트보드 타고 호수에서 수영하고 싶어. 하지만 우리 엄마한테 〔용기〕가 있기 때문에 난 그럴 수가 없어. 그래서 침대 밖으로 못 나가고 아파야 해. 이렇게 되어서 기뻐. 진심이야."

나는 이 그림을 손에 모은 종이 뭉치에 합하면서 일부러 아래쪽으로 밀어 넣었다. 조시는 조용히 눈을 감은 채로 움직이지 않았지만 자고 있지는 않다. 모건 폭포 이전이었다면 아마 내가 이 시점에서 무슨 말을 했을 것이고 조시도 솔직히 대답했을 것이다. 하지만 이제 우리 둘 사이가 전과 달라졌기 때문에 아무 말도 하지 않기로 했다. 나는 화장대로 가서 새로 생긴 그림 묶음을 그 아래 공간에 다른 그림들과 같이 두었다.

◆

다음 날에 릭은 오지 않았고 그다음 날도 마찬가지였다. 가정부 멜라니아가 "남자애 어디 갔어? 아파?"라고 물었지만 조시는 그냥 어깨만 으쓱하고 아무 말도 하지 않았다.

며칠이 지나고도 여전히 릭이 오지 않자 조시는 점점 조용해졌고 나에게 방해하지 말라는 신호를 보낼 때가 많았다. 침대에서 그림은 계속 그렸지만 릭도 말풍선 게임도 없으니 금방 흥미를 잃고는 그리다 만 그림을 바닥에 집어 던지고 누워서 천장만 보곤 했다.

어느 날 오후 조시가 천장을 보고 있길래 내가 말했다. "조시, 혹시 하고 싶으면 말풍선 게임 해요. 조시가 그림을 그리면 내가 적당한 말을 열심히 생각해 볼게요."

조시는 허공만 보고 있었다. 그러더니 나를 돌아보며 말했다. "아니, 그건 아냐. 네가 우리 얘기 듣는 건 상관없어.

하지만 네가 릭 대신 그걸 할 수는 없어. 절대로 안 돼."

"알겠어요. 미안해요. 그런 말은 하지 말았어야……."

"응. 하지 말았어야 해."

릭이 오지 않는 나날이 이어지자 조시는 점점 맥이 빠져 보였고 나는 조시가 다시 약해질까 걱정이 되었다. 지금이 해가 특별한 도움을 주기에 적당한 때라는 생각이 들어서 나는 방 안에서 해의 무늬가 갑작스레 바뀌거나 구름 낀 날 이 계속되다가 갑자기 하늘이 눈부시게 빛날 때마다 기대를 품고 지켜보았다. 그러나 해는 보통의 자양분은 꾸준히 뿌려 주었으나 특별한 도움은 영 내주지 않았다.

◆

어느 날 조시의 아침 식사 쟁반을 아래층에 내려놓고 침 실로 돌아왔는데 조시가 베개에 기대어 전처럼 열심히 스케 치북에 그림을 그리고 있었다. 조시는 전에 그림 그릴 때와 는 다르게 심각한 표정이었고 말을 걸어도 대답하지 않았 다. 내가 방 안 정리를 하면서 조시의 침대 가까이 다가가자 내가 그림을 보지 못하게 하려고 자세를 바꾸기도 했다.

잠시 뒤 조시는 종이를 찢어 단단히 뭉쳐서 이불과 벽 사이 틈에 떨어뜨렸다. 그러고는 눈을 크게 뜨고 힘을 주고는 새 종이에 다시 그림을 그리기 시작했다. 나는 단추 의자에 조시 쪽을 보고 앉았다. 조시가 원하면 언제라도 대화할 준비가 되어 있다는 걸 알려 주고 싶었다.

거의 한 시간 가까이 지나자 조시가 샤프펜슬을 내려놓고 자기가 그린 그림을 바라보았다.

"클라라, 거기 아래 왼쪽 서랍 보여? 봉투 하나 가져다줄 수 있어? 에어캡 봉투 큰 거."

서랍 옆에 무릎을 꿇고 앉으면서 나는 조시가 샤프펜슬을 다시 들어 올리는 것을 보았다. 손의 움직임으로 보아 그림을 그리는 게 아니라 글을 쓰고 있다는 걸 알았다. 그러더니 조시는 종이를 반으로 접고, 연필 가루가 묻지 않게 그 사이에 흰 종이 한 장을 끼우고 나한테 에어캡 봉투를 받아 그림을 봉투에 넣었다. 가는 종이테이프를 떼어 내고 봉투를 봉한 다음 가장자리를 꾹 눌렀다.

"다 끝났다." 조시는 손으로 봉투를 만지작거리면서 마음을 가라앉히는 것처럼 보였다. 그런데 내가 다른 쪽으로 가려 하자 조시가 나에게 불쑥 봉투를 내밀었다. "이거 봉투 있던 서랍에 넣어 줄래? 아래 왼쪽 서랍에?"

"알겠어요." 나는 봉투를 받아 들었지만 바로 서랍으로 가지는 않았다. 방 한가운데에 봉투를 들고 서서 조시를 바라보았다. "이 그림이 조시가 릭에게 주는 특별한 선물인지 궁금해요."

"왜 그런 생각을 했어?"

"그냥 추측이었어요."

"흠, 추측은 맞았어. 릭한테 주려고 그렸어. 릭이 다음에 오면 주려고."

조시가 말없이 나를 보고 있었다. 시킨 대로 내가 봉투를 서랍에 넣기를 기다리는지, 아니면 내가 릭에 관해 더 무슨 말을 하기를 기다리는지 확실히 알 수 없었다. 결국 내가 말했다.

"어쩌면 곧 올지도 모르죠."

"어쩌면 오겠지. 그런 낌새는 전혀 안 보이지만."

"그림을 보면 릭이 기뻐할 거라고 생각해요. 릭도 조시가 특별히 공을 들였다는 걸 알 거예요."

"특별히 공들이지 않았어." 조시가 나를 무섭게 노려봤다. "따분해서 새로운 걸 그려 본 것뿐이야. 어쨌든 네 말은 맞아. 릭한테 주려고 그린 건데, 문제는 릭이 와야만 줄 수 있다는 거지. 그런데 이제 릭이 우리 집에 오지를 않으니."

조시는 여전히 나를 빤히 보고 있었다. 나는 방 가운데에 계속 서 있었다. 잠시 뒤에 내가 말했다.

"조시, 원한다면 내가 그림을 릭에게 가져갈 수 있어요."

조시는 놀라움과 흥분이 담긴 눈으로 나를 보았다. "그러니까 이걸 릭한테 배달해 주겠다고? 집으로?"

"네. 바로 옆집이니까요."

"네가 이걸 가지고 가도 아주 이상하지는 않을 것 같다. 다른 사람 에이에프도 심부름 많이 하잖아?"

"기꺼이 하겠어요. 릭의 집으로 가는 길을 찾을 수 있을 거라고 생각해요."

"그러면 오늘 갈 거야? 점심 전에?"

"조시가 원하는 때 아무 때나요. 원한다면 지금 갈 수 있어요. 지금 바로."

"그게 잘하는 일일까?"

나는 에어캡 봉투를 살짝 들어 올렸다. "조시의 그림을 릭에게 가지고 가고 싶어요. 나는 집 밖을 탐험해서 좋고요. 또 릭이 특별한 그림을 받으면 조시를 용서하고 다시 가장 친한 친구가 될 것 같아요."

"'용서'라니 무슨 말이야? 용서를 할 사람은 걔가 아니라 나야. 클라라, 정말 바보 같은 소리다. 지금 그거 릭한테 가져가지 마."

"미안해요. 실수였어요. 나는 아직 용서에 관한 규칙을 잘 모르는 것 같아요. 그래도 그림을 릭한테 가져가는 게 최선이라고 생각해요. 릭이 좋아할 거예요."

조시의 얼굴에서 분노가 사라졌다. "알았어. 가 봐. 가지고 가." 내가 몸을 돌리자 조시가 조용한 목소리로 말했다. "아마 네 말이 맞을 거야. 릭이 나를 용서해야 하는 게 맞는 것 같아."

"그림을 가지고 가면 릭이 어떻게 하는지 볼 수 있을 거예요."

"알았어." 그러더니 조시가 웃으며 말했다. "만약 릭이 무례하게 굴면 그 앞에서 그냥 찢어 버려, 알았지?" 조시의 웃음이 모건 폭포에 가기 이전의 웃음과 거의 비슷해졌다. 나도 웃으면서 말했다. "그럴 일이 없기를 바라요."

조시는 장난스럽게 베개에 몸을 던지며 말했다. "좋아, 가봐. 난 이제 쉬어야겠다."

그런데 내가 에어캡 봉투를 품고 방에서 나가려는 순간 조시가 문득 나를 다시 불렀다. "저기, 클라라?"

"네?"

"따분할 거야. 그렇지? 아픈 애하고 같이 사는 거."

조시는 여전히 웃고 있었지만 웃음 아래에서 두려움이 보였다.

"조시랑 같이 있는 건 전혀 따분하지 않아요."

"그 가게에서 날 기다렸잖아. 지금은 다른 애하고 같이 갔으면 좋았을 거라고 생각할 것 같아."

"그런 생각은 한 번도 한 적 없어요. 조시의 에이에프가 되는 게 내 소망이었어요. 그리고 그 소망이 이루어졌어요."

"그래, 하지만……." 조시는 슬픔이 가득한 짤막한 웃음소리를 냈다. "그건 네가 여기 와 보기 전이니까. 내가 아주 즐거울 거라고 약속했었으니까."

"나는 여기에서 행복해요. 조시의 에이에프가 되는 것 말고 다른 소망은 없어요."

"내 몸이 좋아지면 날마다 같이 나갈 수 있을 거야. 시내에 가서 아빠도 만나고. 아빠가 우릴 다른 도시에 데려갈 수도 있을 거야."

"앞으로 그럴 수도 있겠죠. 하지만 조시는 알아야 해요. 내가 여기보다 더 좋은 집을 가질 수는 없을 거예요. 조시보다 더 좋은 아이를 가질 수도 없고요. 기다리기를 아주 잘했다고 생각해요. 매니저가 내가 기다릴 수 있게 허락해 줘서 정말 다행이라고 생각해요."

조시는 생각을 하는 것 같았다. 그러더니 다시 웃었는데 두려움이 모두 사라진 다정한 웃음이었다. "그럼 우린 친구인 거지? 가장 좋은 친구."

"네. 그럼요."

"그래. 좋아. 그러니까 명심해. 릭이 개떡같이 굴면 봐주지마."

그래서 나도 웃으며 에어캡 봉투를 살짝 들어 소중하게 다루겠다는 뜻을 보여 주었다.

◆

가정부 멜라니아는 내가 혼자 릭의 집으로 심부름 가는 데 아무런 이의도 제기하지 않았다. 그랬어도 멜라니아는 내가 자갈돌 구역을 지나 액자 문 쪽으로 가는 내내 현관문가에 서서 나를 지켜보고 있었다. 내가 첫 번째 풀밭으로 들어선 다음에야 집 안으로 들어갔다.

나는 비공식 오솔길을 따라갔는데 곧 땅이 예측하기 어려워졌다. 땅은 물러졌다가 단단했다가 했다. 풀이 어깨 높이까지 자라 있어서 방향 감각을 잃는 게 아닐까 두려움이 솟았다. 그렇지만 풀밭이 가지런한 상자로 나뉘어 있어서 한 상자에서 다음 상자로 넘어가면서 앞쪽에 줄줄이 있는 것들을 또렷이 볼 수 있었다. 풀이 출렁이며 한쪽에서 다른 쪽으로 넘어와서 좀 곤란하긴 했지만 곧 한 팔을 내밀어 막는 법을 익힐 수 있었다. 양팔 모두 자유로웠다면 더 빨리 앞으로 나아갈 수 있었을 테지만 한 손으로는 조시의 봉투를 들어야 했고 조시의 봉투를 망가뜨릴 위험을 무릅쓸 수는 없었다. 그러다 주변의 키 큰 풀이 사라지고 앞쪽에 릭의 집이 나타났다.

나는 멀리에서 보고 이미 릭의 집이 조시의 집만큼 등급이 높지 않으리라 짐작했었다. 지금 가까이에서 보니 하얀 페인트로 칠한 널판이 회색으로 변한 게 보였고(일부는 갈색으로 변한 곳도 있었다.) 창문 세 개는 안쪽에 커튼도 블라인드도 없는 컴컴한 직사각형이었다. 나는 널판으로 된 계단으로 올라갔다. 한 칸 한 칸 발을 디딜 때마다 널판이 휘어졌고, 역시 널판으로 된 계단 위 단에 올라서자 널판 사이 빈틈으로 아래에 있는 흙바닥이 보였다. 집 현관문 옆에 한쪽으로 밀어 놓은 냉장고가 있었다. 냉장고 뒤쪽이 보이게 놓여 있었는데 복잡한 금속 코일에 거미가 집을 지어 놓았다. 내가 멈춰 서서 정교한 거미집을 구경하는데 (아무 버튼도 누르지 않았는데도) 현관문이 열리고 릭이 나왔다.

"실례합니다." 내가 재빨리 말했다. "프라이버시를 침해하려던 것은 아니에요. 중요한 심부름을 왔어요."

릭은 화난 것처럼 보이지는 않았지만 아무 말 없이 빤히 보기만 했다.

"에이에프는 가끔 중요한 심부름을 하기도 해요. 조시가 이걸 전하라고 보냈어요." 내가 봉투를 들어 보였다.

릭의 얼굴에 순간 반가움이 나타났다가 곧 사라졌다. "그렇다면 잘 왔어." 릭이 말했다.

릭은 내가 봉투를 주고 그냥 가기를 기대한 것 같았다. 하지만 나는 그럴 가능성을 예상했기 때문에 일부러 봉투를 내밀지 않았다. 우리는 널판 위에 그렇게 마주 서 있었고 바람이 널판 틈으로 불어왔다.

"그렇다면, 들어오는 게 좋겠다. 비까번쩍하진 않아. 경고했다."

현관에는 짙은 색 마루가 깔려 있고 한쪽에 뚜껑이 열린 궤가 있는데, 안에 망가진 램프와 신발 한 짝 따위 물건이 들어 있었다. 릭이 앞장서서 풀밭이 내다보이는 넓은 창이 있는 큰 방으로 갔다. 가구는 현대적이지 않고 개방 공간에 있는 가구처럼 서로 연결되지도 않았다. 짙은 색의 묵직한 옷장, 무늬가 흐릿해진 바닥 러그, 모양과 크기가 저마다 다른 딱딱하거나 푹신한 의자가 있었다. 벽에 작은 그림이 많이 걸려 있었는데 어떤 것은 사진이고 어떤 것은 샤프펜슬로 그린 것이었고 액자 가장자리에도 거미집이 쳐져 있었다. 책, 동그란 시계, 야트막한 테이블도 있었다. 돌아다니기가 쉽지 않겠다는 생각이 들어 상대적으로 비어 있는 공간 하나를 선택해 거기로 걸어가 넓은 창을 등지고 섰다.

"자, 여기가 우리가 사는 곳이야." 릭이 말했다. "우리 어머니하고 나."

"들어오게 해 줘서 고마워요."

"위층에서 네가 오는 걸 봤어. 곧 다시 올라가야 해." 릭은 눈으로 천장 쪽을 가리켰다. 그러더니 슬픈 듯 말했다. "냄새나지."

"나는 냄새를 못 맡아요."

"아 미안, 몰랐어. 후각도 중요한 기능일 것 같은데. 안전에 말이야. 화재나 그런 것."

"B3에 제한적인 후각을 탑재한 까닭이 아마 그런 이유 때문일 거예요. 하지만 나한테는 없어요."

"지금은 그래서 다행이다. 집에서 냄새가 나거든. 오늘 아침에 내가 현관을 청소했는데도. 닦고 또 닦고 또 닦았지." 릭의 눈가에 눈물이 비쳤지만 릭은 눈을 돌리지 않고 나를 봤다.

"릭의 어머니는 몸이 안 좋으세요?"

"그렇다고 할 수 있지. 조시가 아픈 것처럼 아픈 건 아니지만. 괜찮다면 엄마 이야기는 안 하고 싶어. 요새 조시는 어때?"

"안타깝지만 더 좋아진 것 같진 않아요."

"더 나빠졌어?"

"그렇지는 않은 것 같아요. 하지만 조시의 상태가 심각한 것일 수도 있다고 생각해요."

"나도 그런 생각 했어." 릭이 한숨을 내쉬며 소파에 나를 마주 보고 앉았다. "그래, 조시가 네게 심부름을 보냈다고."

"네. 이걸 릭에게 주라고 했어요. 특별히 공을 들여서 작업했어요."

나는 릭이 소파에 앉은 채로 받을 수 있게 봉투를 내밀었지만 릭은 방금 앉았으면서도 다시 일어나 봉투를 받아 조심스럽게 뜯었다.

릭이 잠시 동안 그림을 보았다. 얼굴에 웃음이 번질 듯 말 듯 했다. "릭과 조시 영원히." 드디어 릭이 입을 열었다.

"그렇게 쓰여 있어요? 말풍선 안에?"

"어, 너도 본 줄 알았는데."

"조시가 나한테 보여 주지 않고 봉투에 넣었어요."

릭은 그림을 잠시 더 보고 있다가 내가 볼 수 있게 돌려서 들었다.

말풍선 게임을 하는 동안에 그린 그림들과는 전혀 다른 그림이었다. 지면이 거의 대부분 날카롭게 보이는 물건으로 채워져 있었다. 끝이 성난 듯 뾰족하게 튀어나온 것들이 서로 얽히고설켜 뚫을 수 없는 그물망 같은 것을 이루었다. 조시는 여러 색 색연필을 써서 그물망을 그렸지만 전체적인 느낌은 어둡고 험악했다. 하지만 왼쪽 아래 구석에는 깨끗하고 고요한 공간이 남아 있고 그 안에 작은 사람 둘의 형체가 보였다. 다른 사람들에게서 등을 돌리고 손을 잡고 걸어가는 모습이었다. 막대기처럼 그려져서 남자아이와 여자아이라는 사실 말고 다른 것은 알기 어려웠지만, 그래도 행복하고 평온해 보였다. 두 사람 바로 위에 말풍선이 있었는데 보통 말풍선처럼 꼬리나 물방울이 달려 있지 않아 그 안에 쓰인 글이 그림 속 인물의 생각이라기보다는 포스터에 적힌 슬로건이나 택시 문에 붙은 광고 문구처럼 보였다.

"어떻게 생각해?" 릭이 물었다.

"아주 마음에 들어요. 친절한 그림이라고 생각해요."

"응. 그런 것 같아. 친절한 메시지고."

위층에서 갑자기 음악 소리와 전자 음성이 큰 소리로 들려오자 릭의 얼굴에 짜증이 서렸다. 릭은 조시의 그림을 든 채로 방 밖으로 뛰어나갔다.

"엄마!" 릭이 현관에서 소리쳤다. "엄마! 제발 소리 좀 줄여요!"

위층에서 어떤 목소리가 뭐라고 말하자 릭이 더 부드러운 목소리로 말했다. "금방 올라갈게. 제발. 소리 좀 줄여."

전자음이 조용해졌다. 릭은 큰 방으로 돌아와 다시 조시의 그림을 보았다.

"그래. 친절한 그림이야. 조시한테 고맙다고 전해 줘."

"내 생각에는 조시가 릭이 직접 와서 말해 주길 바랄 것 같아요."

릭의 얼굴에서 웃음기가 사라졌다. "그게 그렇게 단순한 일이 아니잖아? 너도 거기에서 늘 다 보고 듣고 하니까 잘 알 거야. 조시가 어떻게 내 화를 돋우는지. 그걸 다 참아야 할 이유가 있어? 그렇게 선을 넘어 놓고 그림 한 장 그려서 없던 일로 만들 수 있다고 생각하는 거잖아. 에이에프한테 그림을 들려 보내면 된다고. 조시도 알아야 해. 그렇게 쉽게 모든 게 해결되는 게 아니야."

"릭이 한 번 더 와 준다면 조시가 사과하려고 할 것 같아요."

"정말? 아니, 나 조시를 아는데 조시는 사과해야 할 사람은 나라고 생각할걸."

"그 점에 대해서 조시와 이미 이야기를 나누었어요. 조시가 릭에게 사과하고 싶어 한다고 생각해요."

"나도 좀 심하긴 했던 것 같아. 하지만 우리 엄마에 대해 그런 식으로 말할 수는 없어. 너무하잖아. 엄마는 최선을 다하고 있고 점점 좋아지고 있는데."

현관문을 열고 나를 마주 보았던 릭은 조시를 보러 오는 내내 나를 무시했던 릭과 비슷했지만, 흥미롭게도 지금은 교류 모임에서 다른 아이들이 밖에 나간 뒤의 모습과 훨씬 비슷했다. 마치 그날 오후 이후에 처음으로 릭을 다시 만나 그때 시작한 대화를 이어 나가는 듯한 느낌이었다.

"나도 조시가 가끔 친절하지 않은 말을 할 때가 있다고 생각해요. 하지만 그건 조시가 릭의 어머니가 릭을 너무 가까이 붙들어 둔다고 생각하기 때문일 거예요. 미래에 릭과 조시의 계획이 실현되기 어려울 정도로 붙든다고요."

"그러더라도 왜 조시는 자꾸 엄마 얘기를 꺼내고 다 엄마 탓이라고 하냐고. 부당하게."

"조시는 계획이 이루어지지 않을까 봐 걱정해요. 조시는 릭의 어머니가 자신이 외로워질까 봐 릭을 보내 주지 않으려고 한다고 생각하는 것 같아요."

"이봐, 네가 아주 똑똑한 에이에프일지 몰라도 네가 모르는 게 많아. 너는 조시 쪽 이야기만 들으니 전체 그림을 못 본다고. 조시는 엄마만 가지고 그러는 것도 아냐. 항상 날 함정에 빠뜨리려고 해."

"함정에 빠뜨린다고요?"

"알잖아. 항상 그래. 나한테 그걸 너무 많이 생각한다고 뭐라고 그러거나 아니면 내가 자기에 대해 그런 식으로 생각하지 않는다고 섭섭해하지. 내가 뭐라고 하든 잘못하는 거야. 내가 DS에서 여자들을 보면서 욕구를 느낀다고 주장하다가 다음번에 자기가 그 얘기를 꺼냈는데 내가 대꾸를 안 하면 나한테 문제가 있다고, 정상이 아니라고 그래. 그러면서 우리는 어릴 때부터 너무 잘 알고 지내서 우리 사이에는 성적인 게 전혀 불가능하다고 입버릇처럼 말하지. 내가 뭐라고 말하든, 어떻게 하든 잘못된 거고 나는 함정에 빠지는 거야. 그리고 엄마에 대해 하는 말도 그래. 너무 심하다고. 계획이고 뭐고 그건 부당한 거야."

릭은 다시 소파에 앉았고 해의 무늬가 릭 위에 드리웠다. 릭은 소파 위 옆자리에 조시의 그림을 올려놓고는 그림이 뒤집힌 상태인데도 눈을 떼지 않고 보았다. 릭이 조용히 입을 열었다.

"어쨌건. 조시는 지금 아프니까. 이런 거 다, 우리 계획이고 뭐고 조시가 낫지 않으면 의미가 없어. 그런데 상황을 보면…… 요새는 무슨 생각을 해야 할지 모르겠다." 릭이 나를 올려다보았다. "있잖아, 클라라. 너는 초지능이 있잖아. 그러니까, 뭐랄까, 네 추정치는 어때? 조시가 얼마나 많이 아픈 거야?"

"말했듯이 조시의 병이 심각하다고 생각해요. 조시가 세상을 떠나게 될 만큼 약해질 가능성도 있어요. 조시의 언니가 그랬던 것처럼요. 하지만 나는 아직 어른들이 고려해 보지 않은, 조시가 좋아질 방법이 있다고 믿어요. 또 지금 상황이 다급하니 계속 기다릴 수는 없다고 생각해요. 무례하게 보이거나 프라이버시를 침해할 위험이 있더라도 이제 행동에 나서야 할 시간일 것 같아요. 오늘 내가 여기 온 것은 물론 중요한 심부름 때문이지만, 릭한테서 유용한 조언을 얻기를 기대하기도 했어요."

"너는 초지능이 있고 나는 향상도 안 된 바보인데. 어쨌든 좋아. 원한다면 조언을 해 주지. 물어봐."

"풀밭을 가로질러 맥베인 씨의 헛간에 가고 싶어요. 릭이 적어도 한 번은 그곳에 가 봤다고 생각해요. 조시가 말해 줬어요."

"저쪽에 있는 헛간 말이야? 우리가 어릴 때 같이 한 번 갔지. 조시가 아프기 전에. 나 혼자서도 한두 번 더 갔었어. 거기 별거 없어. 걷다가 어쩌다 거기까지 가게 되면 그 안에서 쉴 수 있다 정도지. 그게 어떻게 조시한테 도움이 되는데?"

"지금은 말할 수가 없어요. 비밀일 가능성도 있어서요. 어쩌면 맥베인 씨의 헛간에 가는 게 지나친 행동일 수도 있다는 생각도 들어요. 하지만 그래도 한번 시도해 보아야 한다고 생각해요."

"맥베인 씨한테 말하려고? 조시의 병에 대해? 거기에서 맥베인 씨를 만나기는 힘들 텐데. 여기서 5마일 떨어진 곳에 살거든. 요새는 이쪽으로 잘 오지도 않아."

"맥베인 씨를 만나고 싶은 게 아니에요. 하지만 누설했다가 조시가 받을 수 있을 특별한 도움을 못 받을까 걱정이 돼요. 더 묻지 말고 릭이 유용한 조언을 해 주면 좋겠어요." 나는 몸을 돌려 넓은 창밖을 쳐다보았다. "알고 싶어요. 내가 릭의 집에 올 때 걸어온 풀밭 위 비공식 오솔길이 헛간까지 이어져 있나요?"

릭이 일어서서 창문으로 걸어갔다. "길 비슷한 게 있긴 해. 걸을 만할 때도 있고 아닐 때도 있어. 네 말처럼 비공식 길이니까. 아무도 길을 관리하거나 그러지 않거든. 풀이 웃자라서 길을 막고 있을 때도 있어. 하지만 길이 막히거나 물에 잠기거나 해도 보통 돌아가는 다른 길이 있어. 어떻게든 갈 수는 있을 거야. 심지어 겨울에도." 릭이 갑자기 처음으로 나를 제대로 보듯이 위아래로 훑어보았다. "에이에프는 잘 모르겠다. 네가 가기에 얼마나 힘들지는 모르겠어. 원한다면 같이 가 줄게. 그게 정말 조시를 돕는 일이라면, 지금 우리가 말도 안 하는 사이이긴 하지만 그래도 돕고 싶어."

"정말 고마워요. 하지만 혼자 가는 게 좋을 것 같아요. 말했듯이 비밀일 가능성이……."

"아 참……." 릭이 불쑥 몸을 돌려 문 쪽으로 갔다.

나는 아까부터 집 위에서 들리는 발소리를 의식하고 있었는데 이제 발소리가 현관에서 들렸다. 그때 헬렌 씨가(그때는 아직 이름은 몰랐지만) 방으로 들어왔다. 헬렌 씨는 여기저기를 둘러보았지만 나의 존재를 알아차린 것 같지 않았다. 어깨에 얇은 코트를 걸쳤는데(사무 노동자들이 실외에서 입는 것과 비슷한 종류였다.) 소매에 팔을 끼우지 않은 상태라 흘러내리지 않도록 앞섶을 움켜쥐고 창턱 아래에 있는 나무 궤 쪽으로 갔다.

"어디에 있을까? 바보 같기는." 헬렌 씨는 나무 궤 뚜껑을 열고 안을 뒤적였다.

"뭐 찾는데?"

릭은 엄마가 어떤 규칙을 깨뜨리기라도 한 듯 짜증 난 목소리로 말했다. 릭이 내 옆으로 와서 섰고 우리는 헬렌 씨가 궤 위에서 수그린 모습을 보았다.

"알아, 손님 온 거 알아. 금방 끝나."

헬렌 씨가 몸을 일으켜 우리를 쳐다보았는데 손에 신발 한 짝이 들려 있었다. 나머지 한 짝은 거기에 구두끈으로 연결되어 달랑달랑 매달려 있었다.

"미안해." 헬렌 씨가 나를 똑바로 보며 말했다. "매너가 형편없지. 반갑다."

"감사합니다."

"이런 손님은 어떻게 맞아야 할지 모르겠어서. 그런데 손님이 맞긴 하나? 아니면 진공청소기 같은 것처럼 대해야 하나? 아이고, 방금 그렇게 한 것 같네. 미안해."

"엄마." 릭이 조용히 말했다.

"재촉하지 마. 새로 온 손님을 나도 내 방식대로 좀 알아보게."

매달려 있던 신발 한 짝이 풀려서 궤 안으로 다시 떨어졌다. 헬렌 씨는 나머지 한 짝을 손에 든 채로 그걸 보고 있었다. 릭이 점점 불편해하는 게 보여서 나는 더 방해하지 않고 가고 싶었으나 헬렌 씨가 계속 나에게 말을 걸었다.

"너 누군지 알아. 조시의 작은 친구지. 네가 아주 잘하고 있다며! 크리시한테 다 들었어. 여기 자주 오거든. 그렇지, 릭? 앉지 그러니?"

"감사합니다. 하지만 돌아가 봐야 해요."

"나 때문에 가는 건 아니겠지. 이야기 나눠 보고 싶어서 내려왔는데."

"엄마, 클라라는 할 일이 있어. 그리고 엄마는 아직 피곤하잖아."

"고맙지만 나는 괜찮아." 그러더니 나에게 이렇게 말했다. "어젯밤에 내 상태가 최상은 아니었나 보네. 자, 클라라. 내가 누군지 궁금하지? 크리시는 네가 호기심이 아주 많다고 하던데. 만약 그렇다면 내가 영국인이라는 걸 알아차렸을 거야. 억양을 파악하는 능력이 있니? 아니면 혹시 몸 안에 있는 유전자를 바로 볼 수 있나?"

"엄마, 좀."

"영국인들이 종종 매장에 왔어요." 내가 웃으면서 말했다. "그래서 에이에프들도 영국인이 말하는 방식에 익숙해요. 우리는 모두 듣기 좋다고 생각했고 우리를 돌봐 주는 여성 매니저가 늘 우리한테 잘 듣고 배우라고 했어요."

"너희들 로봇들이 말하기 수업을 받고 있었다니! 정말 재미있구나!"

"엄마……."

"수업 이야기가 나와서 말인데. 클라라. 네 이름이 클라라 맞지? 수업 이야기가 나와서 말인데 우리가 얼마 전부터 생각하던 게 있어."

"엄마, 절대 안 돼. 클라라는 관심 없어……."

"내가 말 좀 하자. 여기 클라라가 직접 왔으니 기회를 놓치지 말아야지. 요즘 네가 이 집의 우두머리인 것처럼 구는 경향이 있어. 그거 상당히 거슬린다. 클라라, 우리 생각 한번 들어 볼래?"

"네, 말씀하세요."

릭은 더는 못 참겠어서 나간다는 듯한 기세로 문가까지 갔지만 곧 걸음을 멈추었다. 내 자리에서 릭의 등 일부와 팔꿈치 뒤쪽이 보였다.

"나는 하지 말라고 했어." 릭이 현관에 있는 누군가에게 말하듯 외쳤다.

헬렌 씨는 나를 보고 웃으며 릭이 아까 앉았던 소파에 앉았다. 한 손에는 여전히 신발 한 짝을 쥔 채로 다른 손으로 얇은 코트를 잡아당겼다.

"릭이 전에는 학교에 갔었어. 진짜 학교, 옛날식 학교 말이야. 좀 제멋대로인 학교이긴 하지만 거기서 괜찮은 친구들도 사귀었지. 그랬지, 릭?"

"난 대화에 끼우지 마."

"그럼 왜 거기 그러고 있니? 그러니까 좀 이상하다. 나가든지 아니면 들어오든지 해."

릭은 움직이지 않았다. 우리한테 등을 돌린 채로 문틀에 어깨를 대고 있었다.

"그게, 간단히 말하자면 릭이 학교를 그만두고 다른 향상된 애들처럼 가정 학습을 시작했어. 그런데 그때, 너도 알겠지만 사정이 복잡해졌지."

헬렌 씨는 갑자기 말을 멈추고 내 어깨 너머를 응시했다. 헬렌 씨가 내 뒤쪽 넓은 창에서 무언가를 본 것 같아서 나도 돌아보려 하는데 헬렌 씨가 말했다.

"거긴 아무것도 없어, 클라라. 그냥 느닷없이 뭐가 생각이 나서. 어떤 사건이 떠올랐어. 나는 가끔 이럴 때가 있어. 릭은 잘 알지. 그렇게 되면 누군가가 쿡 찔러야 다시 제정신을 차려."

"엄마, 제발……."

"어디까지 했더라? 아 그래. 애초의 계획은 릭이 향상된 애들처럼 화면으로 가정 학습을 하는 거였지. 그런데 너도 알겠지만 문제가 생겼어. 그래서 이렇게 된 거야. 릭, 네가 거기에서 얘기 좀 해 줄래? 싫어? 좋아, 간단히 말하자면, 릭은 향상이 안 됐지만 그래도 기회가 있어. 애틀러스 브루킹스에서 향상 안 된 아이들도 일부 받거든. 제대로 된 학교 중에서 아직까지 그렇게 하는 데는 거기 하나뿐이야. 원칙이 있는 곳이고 그래서 정말 다행이지. 해마다 몇 자리 안 나기 때문에 당연히 경쟁이 극심해. 하지만 릭은 똑똑하니까 만약 지원하면, 그리고 전문적으로 도움을, 나는 줄 수 없는 그런 도움을 약간 받는다면 충분히 승산이 있어. 그렇다니까, 릭! 그렇게 머리 흔들지 마. 그런데 간단히 말하자면 이제 온라인 가정 교사를 구할 수가 없게 됐어. TWE 소속 교사들은 향상 안 된 아이를 받을 수가 없게 되어 있어. 그게 아니면 터무니없는 수업료를 요구하는 날강도들밖에 없지. 당연히 우리는 그런 여유가 없고. 그런데 네가 옆집에 왔다는 말을 듣고 아주 좋은 생각이 떠올랐단다."

"엄마! 진심이야. 이제 그만해." 릭이 다시 방 안으로 들어와 어머니를 안아 데리고 나가기라도 할 기세로 성큼성큼 다가왔다.

"알았어, 네가 그렇게 싫다면 그만하자."

릭이 소파 바로 앞으로 와서 헬렌 씨를 노려보고 있었다. 헬렌 씨는 릭 너머 나를 볼 수 있게 자세를 살짝 고쳐 앉았다.

"클라라, 방금 내가 얼빠진 것처럼 보였을 때 말이야. 그냥 아무 생각에 빠진 게 아니었어. 저 밖을 보는데," 헬렌 씨가 내 뒤쪽에 있는 신발을 가리켰다. "기억이 났어. 돌아보려면 봐. 지금은 아무것도 안 보이지만. 그런데 전에, 몇 년 전에 저기를 내다보는데 뭔가가 있었어."

"엄마." 릭이 다시 말했지만 헬렌 씨가 대화 주제를 바꾸었기 때문인지 아까처럼 절박한 목소리는 아니었다. 릭은 나를 반쯤 돌아보며 엄마 시선을 막아서지 않게 한 걸음 물러섰다.

"맑은 날이었어. 오후 4시쯤. 내가 릭을 불러서 릭도 내려와서 봤어. 그랬지? 릭은 너무 늦게 와서 잘 못 봤다고 하지만."

"그게 뭐였는지는 몰라. 잘못 봤을 수도 있다고." 릭이 말했다.

"내가 본 건 크리시, 조시 엄마였어. 크리시가 풀밭에서, 바로 저기에서 팔로 누군가를 붙들고 나오는 걸 봤어. 잘 설명이 안 되는데, 내 말은, 마치 애가 도망치려고 해서 크리시가 붙잡은 것처럼 보였다는 거야. 붙들기는 했는데 완전히 제압하지는 못한 것 같았지. 그래서 둘이서 구르듯이 나왔어. 바로 저기에, 풀밭에서 우리 마당으로."

"엄마가 그날 몸이 안 좋아서 잘못 봤을 수도 있어."

"아주 또렷하게 봤어. 릭은 이 이야기를 싫어해서 어떻게든 부인하려고 하지."

"그러니까 조시 어머니가 아이를 데리고 풀밭에서 나오는 걸 봤다는 말씀인가요? 조시 말고 다른 아이를요?" 내가 물었다.

"크리시가 애가 움직이지 못하게 하려고 힘을 썼고 그래서 어느 정도 억누른 상태였어. 바로 저기에서. 크리시가 두 팔로 여자아이를 꼭 안았지. 릭이 그때 내려와서 봤어. 그다음에 두 사람이 풀밭으로 다시 사라졌어."

"다른 사람이었을 수도 있어." 릭이 이제 좀 긴장이 풀린 모습으로 어머니 옆에 앉아 내 뒤쪽 창밖을 쳐다보았다. "그래, 한 명은 조시 엄마였어. 그건 인정해. 하지만 다른 사람은……."

"다른 사람은 샐처럼 보였어." 헬렌 씨가 말했다. "조시 언니. 그래서 내가 릭을 부른 거야. 그때가 샐이 죽은 지 2년은 지났을 때였거든."

릭이 웃으며 어머니 어깨에 팔을 두르고 다정하게 안자 얇은 코트가 살짝 젖혀졌다. "엄마는 늘 이상한 이론을 펼친

다니까. 샐이 아직 살아서 저 집 어딘가 벽장에 숨어 있다든
가."

"나 그런 말 한 적 없어. 진심으로 그렇게 말한 적은 없다
고. 샐이 세상을 뜬 건 정말 가슴 아픈 일이었어. 허튼소리
로 샐의 기억을 더럽혀서는 안 돼. 내 말은, 내가 본 사람이,
크리시한테서 달아나려고 하던 사람이 샐을 닮았다는 거야.
나는 그렇게만 말했어."

"정말 이상한 이야기네요." 내가 말했다.

"클라라, 내 생각에는 조시가 네가 어떻게 됐나 걱정할 것
같아." 릭이 말했다.

"아, 하지만 우리 작은 친구는 아직 가면 안 돼." 헬렌 씨
가 말했다. "우리가 무슨 이야기 하고 있었는지 기억났거든.
릭의 교육에 관한 이야기였지."

"아니, 엄마, 그만하라고!"

"하지만 릭, 클라라가 왔으니 이 이야기는 꼭 해야겠어. 그
런데 이건 뭐지?" 헬렌 씨가 릭이 소파 위 봉투 위에 뒤집어
올려놓은 조시의 그림에 눈길을 주었다.

"이제 그만해!" 헬렌 씨가 잡기 전에 릭이 그림을 집어서
벌떡 일어섰다.

"또 그런다. 대장 노릇 하려고 하지. 그러지 마라."

릭은 헬렌 씨가 보지 못하게 등을 돌린 채로 조시의 그림

을 조심스레 다시 봉투에 넣었다. 그러고는 이번에는 문간에서 멈추지 않고 방 밖으로 나갔다. 현관에서 릭의 발소리가 들리더니 현관문이 열렸다가 쾅 닫히는 소리가 났다.

"바람 좀 쐬는 게 쟤한테는 좋지." 헬렌 씨가 말했다. "늘 틀어박혀 지내니까. 게다가 이제 조시한테도 안 가고."

헬렌 씨는 다시 내 뒤쪽 넓은 창을 바라보았다. 내가 돌아보았더니 릭이 널판 계단이 시작되는 곳에서 난간에 기대 있는 모습이 보였다. 릭은 멀리 들판을 내다보고 있었고 해의 무늬가 릭 위에 내려앉았다. 바람이 릭의 머리카락을 흩어 놓았지만 릭은 꿈쩍하지 않았다.

헬렌 씨가 소파에서 일어나 몇 걸음 내 쪽으로 다가와 나와 같이 창문 앞에 나란히 섰다. 헬렌 씨는 어머니보다 5센티미터 더 컸다. 그렇지만 서 있을 때 어머니처럼 몸을 꼿꼿이 펴지 않고 바람에 쓸린 키 큰 풀처럼 몸을 살짝 앞으로 숙이고 있었다. 그때는 헬렌 씨가 여러 상자로 나뉘어 보이지 않았고, 창문에서 들어오는 햇빛에 헬렌 씨 턱 위에 있는 아주 가는 흰 솜털이 보였다.

"인사를 제대로 안 했지. 헬렌이라고 불러. 내 매너가 아주 형편없었구나."

"아니에요. 무척 친절하게 대해 주셨어요. 하지만 저 때문에 불화가 일어난 건 아닌지 걱정이에요."

"아, 불화는 늘 있어. 그건 그렇고, 네가 묻기 전에 대답하자면 맞아. 영국이 그리워. 특히 산울타리가 그리워. 영국에는, 적어도 내가 살던 고장에서는 어디든 녹색이 보이고 그게 전부 산울타리로 나뉘어 있어. 여기도 산울타리, 저기도 산울타리. 아주 깔끔하지. 그런데 여기를 봐. 그냥 끝도 없이 이어지잖아. 저 안 어딘가에 울타리가 있겠지만 보이지도 않잖아?"

헬렌 씨가 말이 없길래 내가 말했다. "실제로 울타리가 있다고 생각해요. 울타리로 나뉘어 있어서 사실은 풀밭이 세 개예요."

"울타리는 마음만 먹으면 순식간에 없앨 수 있지. 다른 데에 다시 세울 수도 있고. 하루 이틀 만에 지형 전체를 바꿀 수 있어. 울타리로 구획된 땅은 일시적이야. 무대 장치처럼 손쉽게 바꿀 수 있어. 나 전에 연극 했었단다, 알지. 가끔 꽤 괜찮은 극장에서도 했어. 삼류 극장에서도 했고. 울타리가 대체 뭐냐. 무대 장치지. 그게 영국의 좋은 점이야. 산울타리는 땅에 역사가 새겨져 있다는 느낌을 줘. 연극을 할 때 나는 한 번도 대사를 잊은 적이 없어. 다른 배우들은 매번 까먹는데. 전체적으로 영 별로였지. 하지만 난 절대 안 잊어버렸어. 단 한 줄도. 그동안 크리시한테 내가 본 게 뭐였는지 물어볼까 하는 생각을 종종 했어. 가끔 크리시가 건너오면

늘 편하게 이야기하거든. 물어볼까도 했다가, 그냥 접었어. 아냐, 안 묻는 게 좋겠어, 하는 생각이 들어서. 내가 간섭할 일은 아니잖아?"

"릭의 어머니가 릭의 교육에 대해 이야기하고 싶어 한다고 생각했어요."

"헬렌이라고 불러. 그래, 맞아. 너도 봤지만 릭은 그 이야기를 꺼내는 것도 싫어해. 너한테 도움을 받는 거 말이야. 크리시한테 먼저 묻는 게 맞을 것도 같다. 아니면 조시한테. 잘 모르겠네. 어떤 게 예의에 맞는지 확실히 모르겠어. 만약 진공청소기를 빌리고 싶다면……. 하지만 이건 그런 게 아니지, 알아. 용서해 주렴. 정말 무례했네. 릭이 조금만 도움을 받으면 되는데. 교과서도 가장 좋은 걸로 다 샀어. 아이들이 향상되기 전 시대에 나온 것이니 릭한테 딱 맞지. 하지만 다 교사가 있다는 걸 전제로 쓴 책이잖아. 릭은 정말 뛰어난 능력이 있어. 특히 물리, 공학 그런 걸 잘하는데, 뭔가 이해가 안 되는 걸 맞닥뜨리면, 설명해 줄 사람이 없으니까 좌절하는 거야. 나는 계속 조시한테 물어보라고 하지만 그러면 릭은 엄청 화를 내."

"그러니까 헬렌 씨는 제가 릭이 교과서 공부를 하는 걸 돕기를 바라는 건가요?"

"그런 생각을 해 봤어. 그 교과서 정도는 너한테는 식은

죽 먹기일 거야. 그냥 시험에 대비하기 위한 정도니까. 알겠지, 릭은 꼭 애틀러스 브루킹스에 들어가야 해. 그게 릭의 유일한 기회야. 잠깐 동안만 준비하면 될 거야. 아마 크리시에게 먼저 물어봐야겠지."

"릭이 애틀러스 브루킹스 대학에 갈 수 있다면 좋은 일일 거예요. 그렇다면 저도 릭을 돕고 싶어요. 조시를 돌보는 일을 방해하지 않는 선에서요. 만약 릭이 다시 조시를 만나러 온다면, 가끔 교과서를 가지고 올 수도 있겠지요."

내 응답이 헬렌 씨에게 썩 만족스럽지 않다는 걸 알 수 있었다. 헬렌 씨는 널빤지 단 위에 서 있는 릭을 바라보았다. 릭은 움직이지 않고 그 자리에 그대로 있었다.

"솔직히 말하면, 그게 진짜 문제는 아닌 것 같아. 그래, 도와주는 사람이 있으면 확실히 도움이 되겠지. 하지만 지금 가장 큰 장애물은, 릭이 하려고 들질 않는다는 거야. 릭이 전력을 다하기만 하면 분명히 가능성이 있는데. 게다가 나한테 릭을 도울 비밀 무기가 있거든. 애틀러스 브루킹스에 들어가도록 릭을 밀어줄 수 있어. 그런데 릭이 하려고를 안 해. 나 때문에 그런 거야."

"어머니 때문에요?"

"나만 여기 남겨 두고 떠날 수 없다고 생각해. 당연히 나는 아무 문제 없이 혼자 지낼 수 있는데. 그런데 릭은 내가 혼자서는 아무것도 못 한다고, 자기가 없으면 온갖 말썽을 일으킬 거라고 생각하길 좋아해."

"애틀러스 브루킹스 대학이 여기에서 먼가요?"

"차로 하루 거리야. 아무튼 거리가 문제가 아니야. 릭은 나를 혼자 둘 수 있는 시간이 최대 한 시간이라고 생각하니까. 나를 한 시간 이상 혼자 둘 수 없다고 생각하니 어떻게 자라서 세상 밖으로 나가겠니?"

집 밖에서 릭이 널판 계단을 내려가 풀밭으로 가는 모습이 보였다. 릭은 몽상에 잠긴 듯 아주아주 느린 속도로 걸었다. 한쪽 팔을 뻣뻣하게 가슴에 대고 있는 걸로 보아 조시의 그림을 아직 들고 있는 것 같았다. 릭이 계속 내려가 머리와 어깨까지도 안 보이게 되자 헬렌 씨가 말했다.

"내가 너한테 정말 바라는 건 말이야, 클라라. 진짜, 간절히 부탁하고 싶은데, 조시한테 릭을 설득해 달라고 말해 줄 수 있니? 릭의 태도를 바꿀 수 있는 사람은 조시뿐일 거야. 저 녀석 아주 고집이 세거든. 그리고 내 생각에는 조금 겁도 난 것 같아. 그게 릭의 탓은 아니겠지. 바깥세상이 쉽지 않을 테니까. 릭의 생각을 바꿔 놓을 사람은 조시밖에 없어. 조시한테 말해 보겠니? 네가 조시한테 영향력이 크다는 거 알아. 나를 위해서 해 주겠어? 한 번만 말하지 말고, 말하고 또 말해서 조시가 릭에게 제대로 압력을 넣을 수 있게?"

"당연히 기꺼이 그렇게 하겠어요. 하지만 그런 이야기를 조시가 릭에게 이미 했다고 생각해요. 지금 둘 사이가 벌어진 까닭이 사실 조시가 그 문제에 대해 너무 강하게 주장했기 때문이기도 해요."

"그거 재미있는 사실이네. 네 말이 맞는다면 더더욱 너한테 꼭 이 부탁을 해야겠구나. 조시가 릭과 화해하려면 자기 뜻을 굽혀야 한다고 생각할지도 모르니까. 릭한테 그랬던 게 잘못이라고 생각하고 있을 수도 있겠네. 그러니까 네가 말을 해야 해. 조시한테 고집을 부리라고. 릭이 아무리 성질을 내더라도 무시하라고 해. 무슨 문제라도 있니?"

"죄송합니다. 그냥 제가 좀 놀랐어요."

"음? 왜 놀랐는데?"

"그게, 저는…… 솔직히 말해서 릭과 관련한 헬렌 씨의 요청에 강한 진심이 담겨 있는 것 같아서 놀랐어요. 사람이 자신에게 외로움을 가져올 방법을 원한다는 사실에 놀랐어요."

"그게 놀라운 일이야?"

"네. 전에는 사람이 자발적으로 외로움을 선택할 수 있다고는 생각하지 않았어요. 외로움을 피하려는 소망보다 더 강력한 힘이 있을 수 있다는 걸 몰랐어요."

헬렌 씨가 웃었다. "너 정말 귀엽구나. 네가 말은 안 해도 무슨 생각을 하는지 알겠다. 아들에 대한 엄마의 사랑이 숭고해서 외로움에 대한 두려움을 누를 정도라는 거지. 틀린 말은 아닐 거야. 하지만 나 같은 사람이 삶에서 차라리 외로움을 택할 이유는 그것 말고도 많아. 과거에도 그런 선택을 종종 했지. 예를 들면 나는 릭의 아버지와 같이 살기보다 외로움을 택했어. 그 사람은 안타깝게도 지금은 세상을 떴어. 릭은 아버지에 대한 기억이 전혀 없지만. 그렇긴 해도 그 사람이 한동안은 내 남편이었고 아주 형편없는 남편도 아니었어. 우리가 부유하게 살진 못해도 그럭저럭 먹고사는 것도 그 사람 덕이지. 릭이 돌아오는구나. 아, 아니네. 계속 밖에서 삐져 있을 모양이네."

릭은 널빤지 계단을 올라와 집 쪽을 흘긋 보더니 우리한테 등을 돌리고 꼭대기 계단에 걸터앉았다.

"조시에게 가 봐야 해요." 내가 말했다. "저한테 개인적 이야기를 들려주셔서 감사합니다. 말씀하신 대로 조시와 이야기해 보겠어요."

"한 번으로 그치지 말고 여러 번. 이게 릭의 유일한 기회야. 그리고 말했듯이 나한테 비밀 무기가 있어. 인맥이 있지. 어쩌면 크리시가 조시를 시내에 데려갈 때, 다음 초상화 그리러 갈 때라든가 그럴 때 릭과 나도 얹어 타고 가야겠어. 그러면 릭이 내 비밀 무기를 만나서 그 사람에게 눈도장을 받을 수도 있겠지. 크리시하고는 이미 이야기했어. 하지만 릭이 태도를 바꾸지 않으면 다 헛일이야."

"알겠어요. 그럼 안녕히 계세요. 이만 가 볼게요."

집 밖으로 나와 단 위에 올라섰는데 널판 틈새로 부는 바람이 아까보다 더 강하게 느껴졌다. 풀밭이 이제 상자로 나뉘어 있지 않아 지평선 끝까지 한 장의 뚜렷한 그림으로 볼 수 있었다. 각도가 달라졌어도 맥베인 씨의 헛간은 내가 예상한 위치에 그대로 있었다. 조시 방 뒤쪽 창문으로 볼 때하고 모양은 조금 다르게 보였지만.

나는 거미줄이 쳐진 냉장고를 지나 릭이 앉아 있는 맨 위 계단까지 갔다. 릭이 아직 화가 난 상태라 나를 무시할 줄 알았는데, 뜻밖에 다정한 눈으로 나를 돌아보았다.

"내가 와서 불화가 일어났다면 미안해요." 내가 말했다.

"네 잘못 아니야. 종종 그래."

우리는 같이 앞쪽 들판을 내다보았고 잠시 뒤에 릭도 나처럼 맥베인 씨의 헛간을 보고 있다는 사실을 알았다.

"엄마가 내려오기 전에 무슨 이야기 하고 있었지. 무슨 이유인지는 몰라도 저 헛간에 가고 싶다고 했잖아."

"네. 저녁때 가야 해요. 정확한 시간을 맞추는 게 중요해요."

"그런데 나하고 같이 가고 싶지는 않다고?"

"같이 가 주겠다고 하니 정말 고마워요. 하지만 맥베인 씨의 헛간으로 가는 비공식 오솔길이 있기만 하다면 나 혼자가는 게 가장 좋을 것 같아요. 뭐든 당연한 일로 여기지 않는 게 중요하니까요."

"알았어. 정 그렇다면." 릭은 눈을 가늘게 뜨고 나를 쳐다보았다. 얼굴에 해의 무늬가 드리워 있어서이기도 했지만 내가 과연 그곳까지 갈 수 있을지 내 능력을 다시 가늠해 보려는 것 같았다. "있잖아." 마침내 릭이 입을 열었다. "네가 뭘하려는 건지는 전혀 이해가 안 돼. 하지만 그게 조시가 좋아지게 할 방법이라면, 그럼 잘되길 빌게."

"고마워요. 이제 집으로 돌아가야겠어요."

"그게, 생각해 봤는데. 조시한테 내가 그 그림 아주 좋아했다고 말해도 돼. 고마워했다고. 그리고 조시만 좋다면 곧가서 직접 말하겠다고."

"이 말을 들으면 조시가 아주 기뻐할 거예요."

"내일이라도 갈 수 있을지 몰라."

"네, 그럼요. 그럼 잘 있어요. 아주 재미있는 나들이였어요. 유용한 조언 해 주어서 고마워요."

"나중에 봐, 클라라. 조심해서 가."

◆

릭한테 말했듯이 맥베인 씨의 헛간에 언제 가느냐가 매우 중요했는데, 그날 두 번째로 자갈돌 구역을 가로질러 액자 모양 문을 향해 가는 도중에 내가 계산을 잘못했을 수도 있겠다는 우려가 불쑥 솟았다. 앞쪽에 해가 벌써 나지막하게 기울어 있었는데 두 번째와 세 번째 풀밭이 과연 첫 번째 풀밭만큼 이동하기 쉬울지 확실치 않았기 때문이다.

처음에는 릭의 집으로 가는 비공식 오솔길이 오전하고 다르지 않아서 좀 마음이 놓였다. 이번에는 두 손을 다 써서 풀을 밀어낼 수 있었는데, 풀을 헤치자 저녁에 나오는 벌레들이 날아올랐다. 내 앞쪽 허공에 더 많은 벌레들이 떠 있는 게 보였다. 벌레들은 불안한 듯 위치를 바꾸면서도 무리에서 떨어지기 싫은 듯 같은 자리를 맴돌았다.

맥베인 씨 헛간에 제때 도착하지 못할까 봐 불안했기 때문에 릭의 집을 지나가면서도 한 번만 흘깃 쳐다보고 계속 비공식 오솔길을 따라 걸음을 재촉했다. 지금까지 한 번도 와 보지 못한 곳이 나왔다. 다른 액자 모양 문을 하나 또 통과하자 풀의 키가 더 커져서 이제 눈앞에 헛간이 보이지 않았다. 풀밭이 상자로 나뉘어 보였는데 상자 크기가 저마다 달랐다. 나는 상자마다 분위기가 아주 다르다는 걸 의식하며 계속 걸었다. 어떤 때에는 풀이 부드럽고 유순하고 땅 표면도 걷기 편했다. 그러다 어떤 경계를 넘어서면 분위기가 험악해지고 풀이 밀어내는 내 손길에 저항하는 데다 주위에서 기이한 소리가 들려와 내가 심각한 계산 오류를 범한 게 아닐까 걱정이 되었다. 또 내가 지금 마음먹은 것처럼 해의 프라이버시를 침해하는 게 과연 정당한 일인지, 내가 하는 행동이 조시에게 심각하게 부정적인 영향을 미치지나 않을지 두려움이 솟았다. 특히 적대적인 상자를 가로지르는 동안에는 어딘가에서 고통스러워하는 짐승 울음소리가 들렸고 머릿속에 로사의 모습이 떠올랐다. 로사가 집 밖 거친 땅 위에 앉아 있고 주위에는 금속 조각이 흩어져 있는데, 로사가 두 손을 앞으로 내밀어 뻣뻣하게 앞으로 뻗은 자기 다리를 잡으려 하고 있었다. 이 이미지는 머릿속에 한순간 떠올랐다 사라졌지만 짐승 울음소리는 계속 들렸고 내 앞쪽 땅이 무너져 내리는 느낌이 들었다. 나는 모건 폭포에 갈 때 본 무시무시한 황소를 떠올렸고, 그게 땅 밑에서 다시 솟아올라 왔다고 생각했고, 또 아주 짧은 순간이지만 해가 실은 인자하지 않고 그렇기 때문에 조시의 상태가 점점 나빠지는 거라는 생각마저 들었다. 이렇게 혼란스러운 상태였지만 나는 더 친절한 상자 안으로 들어갈 수만 있으면 안전해질 거라고 믿었다. 그때 나를 부르는 목소리가 들리기 시작했고 어떤 물체도 보였다. 공사장 인부가 사용하는 도로 표지용 고깔처럼 생긴 것이 앞쪽 풀밭에 있었다. 목소리는 고깔 뒤쪽에서 들렸는데, 그쪽으로 가려고 보니 고깔이 하나가 아니라 두 개가 포개져 있었고 위쪽 고깔이 지나가는 사람의 주의를 끌려는 듯 흔들리고 있었다.

"클라라! 이리 와! 여기야!"

가까이 가자 그게 고깔이 아니라 릭이라는 걸 알게 됐다. 릭이 한 팔로 풀을 누르고 다른 팔을 나에게 뻗고 있었다. 릭을 알아보고 나니 더더욱 그쪽으로 가고 싶었지만 발이 흙 속으로 더 깊이 빠져들었다. 한 걸음 더 내디디면 균형을 잃고 땅속 깊은 곳으로 떨어질 지경이었다. 릭이 손을 뻗으면 닿을 거리에 있는 것처럼 보이긴 해도 무시무시한 경계가 릭이 있는 상자와 내가 있는 상자를 나누고 있으니 실제로는 그다지 가깝지 않다는 걸 알았다. 릭은 계속 손을 뻗으며 다가왔고, 릭의 팔이 내가 있는 상자 안으로 들어오자 팔이 늘어나고 구부러진 것처럼 보였다.

"클라라, 이리 와!"

하지만 나는 내가 곧 땅에 쓰러질 것이고, 해가 나에게 화가 났으며, 실은 인자하지 않을 수도 있고, 조시가 나에게 실망했으리라는 사실을 이미 받아들인 상태였다. 나는 방향 감각을 잃기 시작했고 그때 릭의 팔이 더 길어지고 더 심하게 구부러지더니 나를 붙잡았다. 덕분에 나는 쓰러지지 않았고 발도 조금 더 잘 가눌 수 있게 되었다.

"좋아, 클라라. 이쪽으로 와."

릭이 나를 거의 들다시피 끌고 친절한 상자 안으로 가자 해의 온화한 무늬가 내 위에 드리웠고 생각도 다시 정돈되었다.

"고마워요. 도와주러 와 줘서 고마워요."

"창문에서 너 지나가는 거 봤어. 괜찮아?"

"네. 이제 다시 괜찮아졌어요. 풀밭에 예상했던 것보다 더 많은 문제가 있었어요."

"군데군데 물길이 있어 쉽지 않을 거야. 위에서 보니까 네가 유리창에 갇혀서 어쩔 줄 모르고 왱왱거리는 파리처럼 보이더라. 말이 심했나, 미안."

나는 웃으며 말했다. "내가 한심하게 느껴져요." 그러고는 문득 생각이 나서 고개를 들어 해의 위치를 확인했다. 다시 릭을 보고 말했다. "아주 중요한 여행인데 예측을 잘못해서 제때 도착 못 하게 됐어요."

이 위치에서도 풀 높이 때문에 맥베인 씨의 헛간은 보이지 않았다. 하지만 릭이 한 손을 눈 위에 가져다 대고 그쪽 방향을 보는 것으로 보아 릭의 눈높이에서는 헛간이 보이는 것 같았다.

"집에서 더 일찍 나와야 했는데. 그랬다면 돌아왔을 때 곤란한 상황이 벌어졌겠지만요. 조시가 잠들 때까지 기다렸다가 가정부 멜라니아가 내가 또 릭의 집에 심부름을 간다고 생각하게 했어요. 시간이 충분할 줄 알았는데 내가 생각했던 것보다 풀밭이 훨씬 복잡해요."

릭은 아직도 맥베인 씨의 헛간 쪽을 보고 있었다. "자꾸 제때 도착 못 할 거라고 하는데, 정확히 언제 거기 가려는 건데?"

"해가 맥베인 씨의 헛간에 도착할 때요. 해가 휴식을 취하러 사라지기 전에요."

"있잖아, 네가 뭘 하려는지는 전혀 모르겠지만 어떤 이유 때문에 네가 나한테 속 시원히 말 못 한다는 건 알겠어. 그래도 원한다면 내가 데려가 줄 수 있어."

"정말 고마워요. 하지만 릭이 같이 가 준다고 해도 너무 늦을 것 같아요."

"같이 가는 게 아니고. 업고 간다고. 등에. 꽤 멀긴 하지만 서두르면 늦지 않을 것 같아."

"정말 그렇게 해 준다고요?"

"중요하다며. 조시에게 중요하다고 했잖아. 그래, 그러니까 돕고 싶어. 무슨 속인지는 이해가 안 가지만 나한테는 워낙 그런 일이 많아서 그러려니 해. 가려면 빨리 가야 해."

릭이 등을 돌리고 다리를 구부려 웅크리며 몸을 낮췄다. 나는 올라타라는 뜻임을 알아차리고 등에 올라가 팔과 다리로 릭의 몸을 감쌌고, 그러자 릭이 걷기 시작했다.

◆

이제 몸이 더 높아져서 앞쪽에 보이는 저녁 하늘과 맥베인 씨 헛간의 지붕이 더 잘 보였다. 릭은 몸으로 풀을 헤치며 씩씩하게 걸었다. 두 팔로 나를 받치고 있었기 때문에 머리와 어깨로 풀을 받아야 했다. 미안한 생각이 들었지만 내가 풀을 치워 줄 방법이 없었다.

그때 릭의 머리 위쪽 하늘이 부정형의 조각들로 나뉜 것이 보였다. 어떤 조각은 오렌지색이나 분홍색으로 빛났고 어떤 조각은 밤하늘처럼 구석이나 가장자리에 달의 일부가 있었다. 릭이 앞으로 나아가면서 조각들이 서로 겹쳐지고 자리를 바꾸었고 그러다가 액자 모양 문을 하나 더 통과했다. 그 이후에는 풀이 부드럽게 흔들리는 대신 거리 광고판 같은 데 쓰이는 묵직한 판자처럼 판판한 모양으로 우리에게 다가왔다. 릭이 판자로 돌진하다가 다치지나 않을까 겁이 났다. 이윽고 하늘과 들판이 이제 조각으로 보이지 않고 널찍한 한 장의 그림처럼 보였고, 그때 맥베인 씨의 헛간이 앞쪽에 나타났다.

마음속에서 점점 커지던 불안한 생각을 이제는 더 밀어 놓을 수가 없었다. 릭이 나를 도와주러 오기 전에, 정말 그 헛간 안에서 해가 쉬는 게 맞을까 하는 의문이 들기 시작했었다. 사실 조시와 내가 방 창문에서 같이 헛간을 보며 이야기를 할 때 해가 쉬는 곳이 거기일 거라고 처음 말한 사람은 조시가 아니라 나였다. 그러니 그게 착각이었다면 그건 전적으로 내 탓이었다. 조시가 그런 오해를 불러일으켰을 가능성은 없다. 어쨌거나 해가 내가 가려고 이렇게 애쓰는 그곳이 아니라 그보다 더 먼 어딘가로 쉬러 가는 것일지 모른다는 생각이 들자 용기가 크게 꺾였다.

지금 내 눈앞에 보이는 것이 걱정에 부채질을 했다. 맥베인 씨의 헛간은 내가 본 어떤 건물과도 달랐다. 아직 짓다 만 집의 겉껍데기처럼 보였다. 앞쪽이 삼각형 모양인 회색 지붕의 왼쪽과 오른쪽을 짙은 색의 벽이 받치고 있었다. 건물 앞면과 뒷면에는 지붕을 떠받치는 구조물만 있고 벽이 없었다. 그래서 바람이 막힘없이 헛간을 그대로 통과했다. 그리고 해는 헛간 건물 뒤쪽으로 내려가서 뻥 뚫린 뒷면을 통해 건물 쪽으로 다가가는 우리에게 햇살을 보내고 있었다.

우리는 릭의 집이 있는 땅과 비슷한 공터 위로 올라왔다.

여기에도 풀이 있지만 발목 높이로 잘려 있었다.(아마도 맥베인 씨가 잘랐을 것 같았다.) 풀을 기술적으로 베어서 구불구불 돌아가며 헛간 입구를 향해 가는 무늬가 만들어져 있었다. 해가 이제 헛간을 똑바로 통과하며 빛나고 있어 헛간 그림자가 우리 앞쪽 풀밭에 길게 뻗었다.

무례하게 느껴질 것 같았지만 나는 팔과 다리를 조이며 릭에게 다급하게 신호를 보냈다. "멈춰요!" 내가 릭의 귓가에 속삭였다. "여기서 내려 줘요!"

릭이 나를 조심스레 내려 줬고 우리는 같이 눈앞의 장면을 보았다. 이제는 헛간이 해가 쉬는 곳이 아니라는 사실을 받아들일 수밖에 없었지만, 그래도 한 가지 유망한 가능성에 기대를 걸어 보기로 했다. 해가 최종적으로 쉬러 가는 곳이 어디든, 맥베인 씨의 헛간이 해가 매일 저녁 마지막으로 들르는 곳임은 분명했다. 조시가 매일 밤 잠자리에 들기 전에 화장실에 들르는 것처럼.

"정말 고마워요." 야외에서 들리는 소음이 있는데도 나는 작은 목소리로 말했다. "하지만 릭은 돌아가고 여기부터 나혼자 가는 게 좋겠어요."

"좋을 대로 해. 난 여기에서 기다릴게. 얼마나 걸릴 것 같아?"

"릭은 집에 돌아가는 게 좋겠어요. 헬렌 씨가 걱정할 거예요."

"엄마는 괜찮아. 기다리는 게 나을 것 같아. 내가 오기 전에 너 어땠는지 알지? 게다가 돌아가는 길은 어두울 거야."

"어떻게든 해 봐야죠. 릭이 이미 너무 많이 도와줬어요. 그리고 혼자 가는 게 좋을 것 같아요. 여기에 이렇게 서 있는 것도 프라이버시를 너무 많이 침해하는 것일지 몰라요."

릭은 다시 맥베인 씨 헛간을 흘긋 보더니 어깨를 으쓱했다. "좋아. 그럼 난 갈게. 네가 하려는 게 뭔지는 몰라도."

"고마워요."

"잘되길 빌어, 클라라. 진심이야."

릭은 몸을 돌려 키 큰 풀 속으로 다시 들어갔고 곧 풀 속에 묻혀 보이지 않았다.

다시 혼자가 되자 나는 내가 직면한 과업에 최대로 정신을 집중했다. 5분 전에 여기 헛간 앞에 섰다면 헛간 뒤쪽으로 저녁 하늘과 계속 이어진 풀밭을 볼 수 있을 뿐 아니라 어둑한 헛간 내부도 더 잘 보였을 것 같았다. 그런데 지금은 해가 나에게 정통으로 빛을 보내고 있어 헛간 안에 상자 모양의 무언가가 쌓여 있는 것만 어렴풋이 보였다. 해가 매우 관대하기는 하나 내가 하려는 행동에는 위험성이 있으므로 최대한 집중해야 한다는 생각이 다시금 확실하게 들었다. 뒤쪽에서 풀밭을 훑는 바람 소리와 멀리에서 우는 새소리가 들렸다. 나는 생각을 정돈하면서 잘린 풀 위를 걸어 맥베인 씨의 헛간으로 갔다.

◆

헛간 안은 주황색 빛으로 가득했다. 공중에 건초 조각이 저녁 벌레들처럼 둥둥 떠다녔고 마룻바닥 위에 해의 무늬가 퍼져 있었다. 뒤쪽을 돌아보니 내 그림자가 바람에 곧 부러질 듯 가늘고 긴 나무처럼 보였다.

주위에 이상한 것들이 있었다. 헛간에 막 들어갔을 때는 빛과 어둠의 대조가 너무 강해서 바로 적응을 못 했다. 그래도 밖에서 본 상자 같은 것이 평평하게 쌓은 건초 더미라는 사실은 금세 파악했다. 건초 더미가 왼편에 내 어깨 높이 정도로 쌓여 있어서 그 위에 올라가서 누워 쉴 수도 있을 듯했다. 건초 더미와 그 뒤 벽 사이가 약간 떨어져 있었는데 아마 맥베인 씨가 그 사이로 다니려고 틈을 남겨 놓은 것 같았다. 건초 단 위쪽을 올려다보았더니 벽에 우리 가게에 있던 빨간 선반이 붙어 있는 것이 보였다. 뒤집힌 채로 나란히 놓인 도자기 커피잔까지 그대로 있었다.

반대쪽, 내 오른편은 아주 짙은 그림자에 덮여 있었는데 거기에 매장 앞쪽 벽감하고 거의 똑같은 공간이 있었다. 그쪽 그늘로 가면 (매니저는 아니라고 말하지만) 손님들 시선이 가장 먼저 닿을 자리에 자랑스럽게 서 있는 에이에프를 볼 수 있을 것만 같았다.

오른편 더 가까운 곳에는 가구라고 부를 만한 유일한 물건이 있었다. 조그만 철제 접이식 의자가 펼쳐진 채로 놓여 있었고 환하게 빛나는 부분과 어두운 부분이 대각선으로 나뉘어 있었다. 이 의자를 보니 매니저가 안쪽 방에 두다가 가끔 매장 안에서 펼치던 의자가 떠올랐다. 여기에 있는 의자는 페인트가 벗겨져서 아래 금속 재질이 드러나 보인다는 차이가 있었지만.

잠시 생각한 끝에 이 의자에 앉아서 해를 기다리는 게 무례한 일은 아닐 거라고 결론을 내렸다. 의자에 앉아 다른 각도에서 다시 보면 주위가 보정되어 보일 줄 알았는데 뜻밖에도 이제 사방이 조각조각 나뉘어 보였다. 평소처럼 상자로 나뉜 것도 아니고 부정형의 덩어리로 나뉘어 있었다. 어떤 덩어리 안에는 맥베인 씨의 농기구들 일부(삽 손잡이, 철제 사다리 아래쪽 반)가 보였다. 다른 부분에는 나란히 놓인 플라스틱 양동이 윗면이 있었는데 빛 조건이 복잡한 탓에 서로 교차하는 타원 두 개처럼 보였다.

나는 해가 아주 가까운 곳에 있다는 걸 알았다. 손님을 맞을 때처럼 일어서야 한다는 생각이 들기도 했지만 앉아 있어야 프라이버시를 덜 침해하고 분노를 유발할 가능성이 적을 것 같기도 했다. 그래서 내 몸의 모양을 최대한 접는 의자의 형상에 맞추어 앉아 가만히 기다렸다. 햇살이 점점 선명하고 진한 주황색으로 바뀌었다. 눈앞에 떠다니는 건초 조각 수가 훨씬 더 늘어서, 빛살이 건초 더미에서 건초 조각을 잘라 내어 공중에 띄우고 있나 하는 생각이 들 정도였다.

그때, 내 생각이 옳다면, 해가 지금 이 순간 맥베인 씨의 헛간을 통과해 진짜 휴식 장소로 가고 있으니 계속 예의만 차리고 있을 수는 없다는 생각이 들었다. 기회를 대담하게 잡지 않으면 내 노력 전부와 릭의 도움마저 수포로 돌아가고 말 것이었다. 그래서 생각을 가다듬어 말을 하기 시작했다. 실제 입 밖에 내어 말하지는 않았다. 해에게는 그런 언어가 필요하지 않다는 걸 알았기 때문이다. 하지만 최대한 확실하게 하고 싶어서 머릿속에서 단어를 조용히 빠르게 떠올렸다.

"조시가 좋아지게 해 주세요. 거지 아저씨한테 한 것처럼요."

나는 고개를 조금 들고 농기구와 건초 더미와 함께 신호등 일부, 릭의 드론 새의 날개 일부를 보았고 "그렇게 되지는 않을 거야."라고 말하는 매니저의 목소리, "너 정말 이기적이야, 클라라."라고 말하는 소년 에이에프 렉스의 목소리를 들었다. 나는 이렇게 말했다.

"하지만 조시는 아직 어리고 어떤 나쁜 짓도 하지 않았어요."

그때 모건 폭포 테이블 너머에서 나를 곰곰이 뜯어보던 어머니의 눈빛, 나한테는 자기 땅을 지날 자격이 없다고 말하는 듯 성난 눈으로 노려보던 황소가 떠올랐고 해가 쉬어야 할 때 이렇게 끼어들어 방해해서 해의 분노를 유발했을 수 있겠다는 생각이 더럭 들었다. 나는 마음속으로 사과의 말을 떠올렸지만 그림자가 이제 더 길어졌고, 내가 앞으로 손가락을 내밀면 손가락 그림자가 저 뒤쪽 헛간 입구까지 뻗을 듯했다. 해가 조시에 관해 어떤 약속도 하지 않으려 한다는 게 분명했다. 해가 인정이 많긴 해도 공해를 일으키고 배려할 줄 모르는 다른 인간들과 조시를 구분해서 보지 못하기 때문이었다. 해가 사람들에게 화가 나 있을 텐데 부탁을 하러 여기까지 온 내가 어리석게 여겨졌다. 헛간 안은 더욱 강렬한 주황빛으로 가득 찼고 고통스러운 표정으로 바닥에 주저앉아 앞으로 뻗은 다리를 잡으려고 손을 내미는 로사의 모습이 다시 보였다. 나는 고개를 숙이고 접이식 의자 위에서 몸을 최대한 작게 웅크렸다. 그때 호소할 기회가 지나고 있다는 사실을 다시 떠올리고는, 용기를 내어 순간

적으로 머릿속에서 말을 대충 만들어 밀어내듯 빌었다.

"제가 여기까지 온 게 얼마나 주제넘고 무례한 행동인지 압니다. 당신이 화를 내는 것도 당연하고 제 부탁을 고려하지 않겠다고 하시는 것도 이해합니다. 그렇지만, 당신에게 아주 넓은 마음이 있으니 한순간만 멈춰서 제 제안을 한번 들어 봐 달라고 부탁드려도 되지 않을까 생각했습니다. 만약 제가 당신을 기쁘게 할 무언가를 할 수 있다면요. 당신을 특별히 행복하게 만들 만한 일. 만약 제가 그런 일을 해낸다면 그때는 보답으로 조시에게 특별한 자비를 보여 주실 수 있을까요? 거지 아저씨와 개에게 그랬던 것처럼?"

머릿속에 이런 단어들이 떠오르는 동안 주위에서 무언가가 뚜렷하게 달라졌다. 헛간 안은 여전히 밀도 높은 붉은빛으로 가득했으나 이제 어떤 부드러운 느낌이 있었다. 그래서 사방이 아직 여러 부분으로 나뉘어 있긴 해도 부분 부분이 해의 마지막 빛줄기 속에서 둥둥 떠서 흐르는 것처럼 보였다. 나는 유리 진열대의 아랫부분이(진열대 다리 바퀴를 보고 알아보았다.) 천천히 떠올라 그 옆 칸 뒤쪽으로 들어가 흐릿해지는 것을 보았다. 고개를 들어 사방을 둘러보았지만 무시무시한 황소는 이제 흔적도 없이 사라지고 없었다. 그때 내가 유리한 입지를 얻었다는 걸 알았고 한순간도 놓치면 안 된다는 생각에 절박하게 밀어붙였다. 이제는 시간이 없다는 걸 알았으므로 단어를 만들고 고를 여유도 없었다.

"해가 공해를 얼마나 싫어하는지 알아요. 공해 때문에 얼마나 슬프고 화가 나는지요. 저는 공해를 만들어 내는 기계를 본 적 있어요. 제가 그 기계를 찾아내서 망가뜨린다면요. 공해를 더 만들지 못하게 끝을 낸다면요. 그런다면 그 보답으로 조시에게 특별한 도움을 줄 수 있나요?"

헛간 안쪽이 점점 어둑해지고 있었지만 다정한 어둠이었다. 이내 부분 부분 쪼개진 것들이 사라지더니 이제는 실내 공간이 나뉘어 보이지 않았다. 나는 해가 떠나갔음을 알았고, 그래서 접는 의자에서 일어나 처음으로 맥베인 씨 헛간 뒤쪽으로 걸어갔다. 거기에서 나무가 울타리처럼 죽 늘어서 있는 곳까지 펼쳐진 풀밭과, 해가 그 뒤로 피곤한 듯 이제 흐릿한 빛을 내며 땅으로 가라앉는 모습을 보았다. 하늘이 밤으로 물들며 별이 보이기 시작했고 나는 해가 쉬러 내려가면서 나를 향해 다정하게 미소 짓는 걸 느꼈다.

마음에 고마움과 존경이 솟아서 나는 그 자리에 그대로, 해의 마지막 빛이 땅 밑으로 사라질 때까지 서 있었다. 그러고는 어두컴컴한 맥베인 씨의 헛간을 통과해 내가 들어왔던 길로 다시 밖으로 나왔다.

◆

   풀밭에 다시 들어가자 키 큰 풀이 주위에서 부드럽게 일렁였다. 어둠 속에서 풀밭을 건너 돌아가기가 만만치 않을 테지만 방금 있었던 일에 용기가 솟아서 두려운 생각조차 들지 않았다. 그렇긴 해도 고르지 않은 땅을 밟자 위험했던 여정이 다시 떠올랐고, 그래서 어디선가 난데없이 릭의 목소리가 들리자 무척 반가웠다.

   "클라라, 너야?"

   "어디예요?"

   "이쪽이야. 너 오른쪽. 집에 가라는 네 말 안 들었어."

   목소리가 들리는 쪽으로 가자 풀이 사라지고 공터가 나왔다. 마치 진공청소기로 정리해 놓은 것 같은 작고 둥근 땅이었다. 여기도 풀이 발목 높이 정도였고 머리 위로 둥글게 베인 달 조각이 뜬 하늘이 보였다. 릭이 거기에 앉아 있었는데, 땅바닥 위인 줄 알았더니 가까이 가 보니 땅에 거의 묻힌 바위 위에 앉은 것이었다. 릭이 차분한 얼굴로 웃었다.

   "기다려 줘서 고마워요." 내가 말했다.

   "너 때문에 그런 거 아니야. 네가 여기서 못 나오고 망가지거나 하면 어떻게 해. 널 여기까지 데리고 온 내가 곤란해지겠지."

"릭이 친절한 마음에서 기다렸다고 생각해요. 정말 고마워요."

"거기서 찾으려던 거 찾았어?"

"아, 네. 적어도 전 찾았다고 생각해요. 이제 희망을 품을 근거가 있다고 생각해요. 조시에 대한 희망이요. 조시가 나아질 거라는. 하지만 먼저 어떤 일을 해야 해요."

"어떤 일인데? 내가 도울 수 있을지도."

"미안하지만 릭과 의논할 수는 없을 것 같아요. 오늘 어떤 이해가 이루어졌다고 생각해요. 계약 같은 거요. 하지만 조심성 없이 입에 올리면 위험해질 수도 있을 것 같아요."

"알았어. 위험하게 만들고 싶진 않으니까. 어쨌든 뭔가 내가 할 수 있는 일이 있으면……."

"솔직히 말하면요, 릭이 할 수 있는 가장 중요한 일은 애틀러스 브루킹스 대학에 가기 위해 열심히 노력하는 거라고 생각해요. 그러면 조시와 릭이 같이 있을 수 있고 친절한 그림에 담긴 소망이 이루어질 수도 있을 거예요."

"아, 클라라, 엄마한테 넘어갔구나. 엄마는 아주 간단한 일인 것처럼 말하지. 하지만 나 같은 사람이 그런 데 들어가기가 얼마나 어려운지 넌 몰라. 게다가 만약 내가 들어간다고 해도, 그러면 엄마는 어떻게 하고? 그냥 그렇게 혼자 내버려둬?"

"헬렌 씨는 릭이 생각하는 것보다 강할 수 있어요. 그리고 릭은 향상되지는 않았어도 특별한 재능이 있어요. 열심히 노력한다면 애틀러스 브루킹스 대학에 입학할 수 있을 거라고 생각해요. 게다가 헬렌 씨가 릭을 도와줄 비밀 무기가 있다고 말했어요."

"엄마 비밀 무기? 엄마가 아는 인간 중에 그 대학 운영자가 있다는 거야. 옛 애인이라나. 생각도 하기 싫어. 자, 클라라, 이제 가야겠다."

"그래요. 나온 지 오래됐어요. 헬렌 씨가 걱정하겠어요. 조시 어머니가 집에 오기 전에 돌아가면 곤란한 질문을 피할 수 있어요."

◆

다음 날 아침나절에 초인종이 울렸을 때 조시는 누가 왔는지 짐작이 가는지 얼른 침대에서 나와 계단 쪽으로 갔다. 나도 조시를 따라갔다. 릭이 가정부 멜라니아를 지나쳐 현관으로 들어서자 조시는 신이 난 표정으로 나를 돌아보았다. 하지만 바로 무표정한 얼굴을 하고는 계단으로 한 걸음 내려갔다.

"멜라니아, 그 이상한 애 아는 애야?" 조시가 외쳤다.

"안녕, 조시." 릭이 우리를 올려다보며 조심스럽게 웃음을 지었다. "우리가 다시 친구가 될 수 있다는 소문을 들었는데."

조시는 꼭대기 계단에 앉았다. 나는 조시 뒤에 있었지만 조시 얼굴에 다정한 웃음이 번져 있다는 걸 알았다.

"아, 정말? 이상한데. 누가 그런 소문을 냈지."

릭의 웃음이 더 확연해졌다. "그냥 헛소문이겠지. 그건 그렇고, 그 그림 정말 마음에 들었어. 어젯밤에 액자에 넣었어."

"진짜? 네가 만든 액자에?"

"솔직히 말하면 엄마 액자 하나를 썼어. 널려 있는 게 엄청 많거든. 얼룩말 사진을 꺼내고 대신 네 그림을 넣었지."

"잘 바꿨네."

가정부 멜라니아는 부엌으로 돌아갔고 릭과 조시는 계단 양 끝에서 마주 보며 웃었다. 그러다 조시가 신호를 주었는지 둘이 동시에 움직였다. 조시는 벌떡 일어나고 릭은 난간을 잡았다.

둘이 방으로 들어가길래 나도 가정부 멜라니아가 전에 한 지시를 떠올리고 따라 들어갔다. 그 뒤 한동안은 예전과 똑같았다. 나는 단추 소파에서 뒤쪽 창밖을 보았고, 릭과 조시는 실없는 소리를 주고받으며 웃었다. 그러다가 조시가 이렇게 말하는 게 들렸다.

"릭. 이거 이렇게 잡는 게 맞는 거야?" 창문에 조시가 아침 식사 때 남겨진 식탁용 나이프를 들고 있는 모습이 비쳤다. "아니면 이런 식으로 잡는 건가?"

"그걸 내가 어떻게 알아?"

"너는 알 줄 알았는데. 영국 사람이고 하니까. 화학 교수가 이렇게 잡아야 된대. 하지만 그 선생님이 그걸 어떻게 알겠어?"

"그럼 난 어떻게 알고? 그리고 왜 자꾸 내가 영국인이라고 그러는 거야? 영국에 살아 본 적도 없는 거 알잖아."

"네가 그랬잖아. 2, 3년 전쯤인가? 네가 영국인이라는 걸 자꾸 강조했었잖아."

"내가? 그럴 때가 있었나."

"그랬다니까. 몇 달 동안 그랬어. 말끝마다 부탁합니다, 실례합니다, 그러면서. 그래서 나이프에 대해서도 잘 알 줄 알았지."

"어쨌거나 왜 영국 사람이 다른 사람보다 더 잘 알아야 하지?"

몇 분 뒤에는 릭이 방에서 돌아다니다가 이렇게 말했다.

"내가 이 방을 좋아하는 이유 알아? 여기에서 너 냄새 나,

조시."

"뭐? 어떻게 그런 말을 해!"

"좋은 뜻으로 한 말이야."

"릭, 여자한테 그런 말을 하면 안 돼!"

"그냥 여자한테는 그런 말 안 해. 너한테 하는 말이야."

"뭐라고? 난 여자도 아니라고?"

"아니, 그냥 여자가 아니라고. 내가 하려던 말은, 내 말뜻은, 여기 한동안 안 왔더니 이 방이 어떻게 생겼는지, 어떤 냄새가 나는지 조금 잊어 버렸다는 거야."

"세상에, 정말 모욕적이다."

하지만 조시의 목소리에는 웃음기가 있었다. 잠시 말이 없다가 릭이 말했다.

"적어도 이제 서로 화난 건 없지. 그러니까 좋다."

잠시 또 침묵이 흐르다가 조시가 말했다. "나도. 나도 좋아." 그러고는 이런 말을 덧붙였다. "너희 엄마에 대해서 그런 말 해서 미안해. 어머니 좋은 분인데 진심이 아니었어. 그리고 날마다 아파서 미안해. 너한테 걱정 끼쳐서."

나는 유리창으로 릭이 조시에게 한 걸음 다가가 한 팔을 두르는 걸 보았다. 다음 순간에는 다른 팔도 둘렀다. 조시는 어머니와 작별 인사를 할 때처럼 팔을 들어 릭을 끌어안지는 않았지만 릭에게 안긴 채로 가만히 있었다.

"내 냄새 더 잘 맡으려고?" 잠시 뒤에 조시가 말했다.

릭은 이 말에 대답하지 않고 이렇게 말했다. "클라라? 너 거기 있어?"

내가 돌아보자 두 사람은 살짝 몸을 떼고 나를 쳐다보았다. "네?"

"아무래도 너 좀, 말이야. 네가 늘 말하듯이 프라이버시를 존중해 줘."

"아, 네."

두 사람은 내가 단추 소파에서 내려와 방 밖으로 나가는 것을 보고 있었다. 나는 문가에서 돌아서서 말했다.

"나는 늘 프라이버시를 존중해 주고 싶었어요. 다만 수작질에 대한 우려가 있어서 그랬어요." 두 아이가 어리둥절한 눈으로 쳐다보길래 내가 계속 말했다. "수작질을 방지하라는 지시를 받았어요. 그래서 말풍선 게임을 할 때도 늘 방에 남아 있었던 거예요."

"클라라. 릭하고 내가 섹스를 하려는 건 전혀 아냐, 알았지? 그냥 할 말이 좀 있어서 그래."

"네, 그럼요. 그럼 나가 볼게요."

그 말을 하고 나는 밖으로 나가 문을 닫았다.

그 뒤 며칠 동안 나는 틈만 나면 쿠팅스 머신 생각을 했고 어떻게 하면 그걸 찾아서 망가뜨릴 수 있을지 궁리했다. 어머니를 따라 시내에 가서 한동안 나 혼자 있을 다양한 핑곗거리를 머릿속에 떠올려 보았지만 설득력 있는 것은 없었다. 조시는 내가 자꾸 딴생각에 빠지는 걸 알아차리고 이렇게 말했다. "클라라, 너 또 멍해졌다. 태양광이 떨어졌나 봐." 어머니에게 터놓고 말해 볼까 하는 생각도 했지만, 그러면 해를 화나게 할 위험이 있을 뿐 아니라 어머니가 내가 해와 약속한 것을 이해하지도 믿지도 못할 것 같아서 그 방법은 포기했다. 그런데 내가 아무 행동도 취하지 않았는데 저절로 기회가 생겼다.

어느 날 저녁, 해가 쉬러 가고 한 시간이 지났을 즈음 나는 부엌 냉장고 옆에 서서 웅웅거리는 편안한 소리에 귀를 기울였다. 부엌 천장 등이 꺼진 상태라 현관 쪽에서 들어오는 흐릿한 빛만 나에게 닿았다. 어머니가 회사에서 늦게 돌아왔기 때문에 나는 어머니와 조시가 방에서 둘만의 시간을 갖게 하려고 부엌으로 내려와 있었다. 잠시 뒤에 어머니 발소리가 계단에서 들리더니 부엌 쪽으로 다가왔다. 어머니의 형상이 문가에 나타나자 부엌 안이 더 컴컴해졌다. 어머니가 말했다.

"클라라, 너한테 미리 알려 줄 게 있어. 너하고도 상관이 있으니까."

"무슨 일인가요?"

"다음 주 목요일에 휴가 냈어. 조시하고 시내에 가서 하룻밤 자고 올 거야. 방금 그 얘기 하고 왔어. 조시가 약속이 있어."

"약속이요?"

"너도 알겠지만 조시의 초상화를 그리는 작업이 진행 중이야. 조시가 너희 가게에 갔을 때도 그것 때문에 시내에 나갔던 거야. 건강 때문에 꽤 오래 쉬었는데 이제 조시가 다시 튼튼해졌으니 또 가서 모델을 했으면 해서. 카팔디 씨가 인내심 있게 기다려 주고 있어."

"알겠습니다. 그러면 조시가 오랫동안 앉아 있어야 하는 건가요?"

"카팔디 씨가 조시가 지치지 않도록 잘하고 있어. 사진을 찍어서 그걸로 작업해. 그렇긴 해도 조시가 가끔 직접 가야해. 이 이야기를 왜 하냐면, 네가 조시와 같이 갔으면 해서야. 조시도 같이 가고 싶어 할 거야."

"아 네. 저도 가고 싶어요."

어머니가 부엌으로 한 발 더 들어오자 이제는 현관 불빛을 받은 어머니 얼굴 한쪽 면만 보였다.

"조시가 카팔디 씨를 만나러 갈 때 너도 곁에 있으면 좋겠어. 사실 카팔디 씨가 너를 무척 보고 싶어 해. 에이에프에 특별한 관심이 있거든. 열정이라고 할까. 그래도 괜찮겠지?"

"그럼요. 카팔디 씨를 만나기를 고대할게요."

"너한테 몇 가지 질문을 할 수도 있을 거야. 연구에 필요해서. 말했듯이 에이에프한테 아주 관심이 많아. 괜찮겠니?"

"네, 그럼요. 조시가 이제 몸이 좀 좋아졌으니 시내로 나들이 가는 게 조시에게도 좋을 것 같아요."

"그래. 아, 그리고 다른 손님이 있을 것 같아. 차에 말이야. 이웃집 사람들이 차를 태워 달라고 해서."

"릭과 헬렌 씨요?"

"둘이 시내에 볼일이 있는데 헬렌은 이제 운전을 안 하거든. 걱정 마. 다 타기에 공간은 충분해. 트렁크에 탈 일은 없어."

그다음 돌아온 일요일 오후 이른 시간에 릭이 어머니와 같이 왔을 때 이 여행에 대해 좀 더 들을 기회가 있었다. 나는 이번에도 릭과 조시의 프라이버시를 존중해 주기 위해 방 밖으로 나왔다. 계단 난간 옆에 서서 현관 쪽을 내려다보자 부엌 쪽에서 어머니와 헬렌 씨의 웃음소리가 들렸다. 둘 중 한 사람이 큰 소리를 낼 때가 아니면 무슨 말인지 잘 알아들을 수는 없었다. 한번은 헬렌 씨가 "아 크리시! 정말 말도 안 돼!"라고 외치고는 웃었다. 잠시 뒤에는 어머니도 웃으며 큰 소리로 이렇게 말했다. "맞아, 맞다고, 맞다니까!"

알아들을 수 있는 말이 많지 않았고 어머니 표정도 볼 수 없어서 확실히 짐작하기는 어려웠지만 그때 어머니는 내가 지금까지 본 어느 때보다도 더 긴장이 풀려 있는 듯했다. 더 잘 들어 보려고 귀를 기울이는데 방문이 열리고 릭이 나왔다.

"조시는 화장실 갔어." 릭이 내 쪽으로 오며 말했다. "그동안 밖에 나와 있는 게 매너인 것 같아서."

"네, 사려 깊은 행동이네요."

릭은 난간 너머 내가 보던 곳을 보더니 어른들 목소리가 들리는 쪽으로 고갯짓을 하며 말했다.

"두 분이 죽이 잘 맞아. 조시 어머니가 우리 집에 자주 안 오셔서 아쉬워. 엄마도 저렇게 같이 이야기할 사람이 있어야 좋은데. 엄마는 조시 어머니와 같이 있으면 밝아져. 나도 최선을 다하지만 엄마가 저렇게 웃게 만들 수는 없어. 아마 아들 앞에서는 그렇게 풀어지기가 힘든 모양이야."

"릭은 헬렌 씨에게 아주 좋은 벗일 거예요. 하지만 보다시피 릭이 곁에 없더라도 어머니는 같이 웃고 이야기할 친구를 찾을 수 있을 거예요."

"모르겠다. 그럴지도." 그러더니 릭이 말했다. "저기, 생각해 봤는데. 네가 저번 날에 말한 거. 이제 그러기로 했어. 엄마한테 해 보겠다고 했어. 애틀러스 브루킹스에 들어가기 위해서 최선을, 할 수 있는 한 최선을 다하겠다고."

"정말 잘됐어요!"

릭이 소리를 더 잘 들으려고 그러는지 난간 밖으로 몸을 더 내밀어서 나는 키가 큰 릭이 앞으로 고꾸라지지는 않을까 걱정이 되었다. 하지만 릭은 곧 몸을 펴고 양손을 난간 위에 얹었다.

"심지어 그…… 남자도 만나겠다고 했어." 릭이 목소리를 낮춰 말했다. "엄마 옛 애인."

"비밀 무기 사람이요?"

"응. 엄마의 비밀 무기. 엄마는 그 사람이 나를 위해 영향력을 행사해 줄 수 있다고 생각해. 그것까지도 내가 하겠다고 했다니까."

"하지만 그게 최선의 결과를 가져올 수도 있어요. 조시의 친절한 그림에 담긴 소망이 현실에 더 가까워질 수 있어요."

"엄마들이 지금 저기서 그 이야기를 하는지도 모르겠다. 내가 그렇게 버티다가 결국 엄마 말을 듣기로 했다는 거. 그게 재미있어서 저렇게 웃는지 모르지."

"어머니들이 못된 마음으로 웃는다고는 생각하지 않아요.

릭이 약속했기 때문에 헬렌 씨는 틀림없이 행복할 거예요. 희망도 생겼고요.”

릭은 잠시 아래쪽에서 들려오는 목소리를 들으며 말이 없었다. 그러더니 이렇게 말했다. “조시 어머니 차를 얻어 타고 시내에 갈 거라고 하더라.”

“네, 들었어요. 나한테도 같이 가자고 하셨어요.”

“어, 잘됐네. 그러면 너랑 조시가 내 용기를 북돋워 줄 수 있겠다. 그 사람한테 도와 달라고 빌어야 한다니 정말 안 내키거든.”

갑자기 방 쪽에서 조시 목소리가 들렸다. “뭐야! 나만 남겨 두고 다 가 버린 거야!” 릭이 문 쪽으로 몸을 돌리자 조시가 말했다. “여, 클라라, 너도 들어와. 괜찮아. 우리 섹스 같은 거 하는 거 아니니까.”

◆

이틀 뒤에 이 시내 여행에 대해 또 듣게 되었는데 이번에 들은 것은 매우 뜻밖의 이야기였다.

아무도 찾아오지 않는 비 오는 날이었다. 조시는 점심을 먹고 오블롱 수업을 들으러 개방 공간으로 갔고, 나는 침실로 올라왔다. 주위에 잡지를 늘어놓고 바닥에 앉아 있었는데 가정부 멜라니아가 문간에 나타나 나를 내려다보았다. 친절한 얼굴은 아니었지만 찌푸린 얼굴도 아니었다. 나는 가정부 멜라니아가 수작질을 막으라고 지시했는데도 내가 릭과 조시 둘만 방에 둔 것에 대해 야단치러 왔다고 생각했다. 그런데 가정부 멜라니아는 방 안으로 성큼 들어오더니 거칠고 낮은 목소리로 말했다.

"에이에프. 조시 돕고 싶지?"

"네, 그럼요."

"그럼 잘 들어. 목요일에 부인이 조시를 시내에 데려가. 나도 같이 가고 싶다고 했는데 부인이 안 된대. 또 가겠다 했는데 그래도 안 된대. 내가 무슨 냄새를 맡은 걸 알고 안 된다는 거야. 대신 에이에프를 데려간대. 그러니 잘 들어. 시내에 가면 조시를 잘 봐. 알았어?"

"네, 가정부님." 조시가 우리 목소리를 들을 가능성은 없는데도 나도 작은 목소리로 말했다. "하지만 부디 더 설명해 주세요. 뭐가 걱정되어 그러시는데요?"

"잘 들어, 에이에프. 부인이 조시를 카팔디 씨한테 데려가. 초상화 그리는 사람. 그 카팔디 씨라는 변태 개새끼. 부인이 그러는데 너 관찰 잘한다며. 그러니까 개새끼 씨를 잘 관찰해. 조시를 돕고 싶지? 우리 같은 편이야." 가정부 멜라니아는 문 쪽을 돌아보았다. 조시가 올라오는 소리가 들린 것도 아닌데도.

"하지만 가정부님, 카팔디 씨는 조시의 초상화를 그리려고 하는 것 아닌가요?"

"초상화고 지랄이고. 에이에프, 개새끼 씨를 똑바로 관찰 안 하면 조시한테 나쁜 일이 일어나."

"그렇지만……." 나는 목소리를 더 낮추었다. "어머니가 그런 일이 일어나게……."

"부인은 조시를 사랑하지. 하지만 샐이 죽고 나서 제정신이 아니야. 알겠어, 에이에프?"

"네. 그러면 말씀하신 대로 자세히 관찰할게요. 특히 카팔디 씨를요. 그런데……."

"뭐가 또 그런데야?"

"만약 카팔디 씨가 말씀하신 대로 그렇다면요. 제가 그냥 관찰만 해도 충분할까요?"

가정부 멜라니아가 나를 노려보는 모습을 보았다면 모르는 사람은 나를 위협하고 있다고 생각했을 것이다. 하지만 나는 가정부 멜라니아 마음에 두려움이 가득하다는 걸 알았다.

"충분한지 내가 어떻게 알아? 내가 같이 가고 싶은데 부인이 안 된대. 에이에프를 대신 데려간다고. 나도 몰라. 조시 옆에 딱 붙어 있어. 특히 개새끼 씨가 가까이 있을 때. 최선을 다해, 에이에프. 우리 같은 편이야."

"가정부님. 저한테 계획이 있어요. 조시를 도울 특별한 계획이요. 터놓고 말할 수는 없어요. 하지만 제가 조시와 어머니와 같이 시내에 가면 계획을 실천할 기회가 있을지 몰라요."

"계획? 잘 들어, 에이에프. 네가 상황을 나쁘게 만들면 내가 널 분해할 거야."

"하지만 제 계획이 잘 이루어지면 조시는 튼튼하고 건강해질 거예요. 대학에 가고 어른이 될 수 있을 거예요. 안타깝게도 이 이상 말할 수는 없어요. 하지만 제가 시내에 가면 기회가 있을 거예요."

"알겠어. 중요한 건, 목요일에 시내에서 조시를 잘 지켜보는 거야. 들었어?"

"네, 가정부님."

"그리고 에이에프. 네 그 계획. 그게 조시를 더 나쁘게 만들면 내가 널 분해할 거야. 쓰레기통에 집어넣을 거야."

"가정부님." 나는 이 집에 온 이래로 처음으로 가정부 멜라니아를 보며 자신 있게 웃어 보였다. "이 이야기를 하고 경고를 해 주셔서 감사해요. 또 절 믿어 주셔서 감사해요. 조시를 보호하기 위해 최선을 다할게요."

"좋아, 에이에프. 우리 같은 편이야."

◆

시내에 가기 전 이 시기에 특별한 일이 한 가지 더 있었
다. 이 일로 나는 중요한 교훈을 얻기도 했다. 한밤중에 내
가 조시가 내는 소리에 깨어났을 때 일이다. 침실 안은 어두
웠지만 조시가 캄캄한 것을 싫어하기 때문에 앞쪽 창문 블
라인드를 3분의 1 정도 올려 놓아 달빛과 별빛이 벽과 바닥
에 무늬를 그리고 있었다. 침대 쪽을 보니 조시가 이불로 둥
근 언덕 모양을 만들었고 그 안에서 음음 하는 소리가 났
다. 다른 식구들을 깨우지 않으면서 어떤 노래를 기억해 내
려고 하는 것 같기도 했다.

나는 둥근 언덕으로 가까이 다가가 살짝 건드렸다. 그 순
간 둥근 언덕이 터지고 이불이 어둠 속으로 흩어지더니 방
안이 조시가 흐느끼는 소리로 가득 찼다.

"조시, 왜 그래요?" 나는 다급하면서도 낮은 목소리로 물
었다. "통증이 있어요?"

"아니! 통증 아냐! 근데 엄마가 필요해! 엄마 불러와! 지
금!"

조시의 목소리는 크기도 했지만 마치 반으로 접힌 것처럼, 음 높이가 살짝 다른 두 가지 목소리가 동시에 나는 듯 들렸다. 나는 조시가 이런 목소리를 내는 것을 한 번도 들어 본 적이 없었기 때문에 잠시 망설였다. 조시는 몸을 일으켜 무릎을 꿇은 자세를 했다. 이불이 흩어진 게 아니라 조시 뒤쪽에 뭉쳐 있는 게 보였다.

"엄마 불러!"

"하지만 어머니는 쉬셔야 해요." 나는 계속 소곤거리듯이 말했다. "내가 조시의 에이에프잖아요. 그래서 여기에 있는 거예요. 늘 옆에 있어요."

"너 말고. 엄마가 있어야 된다고!"

"하지만 조시……."

뒤쪽에서 어떤 움직임이 있었고 나는 거의 균형을 잃을 정도로 세게 옆으로 밀쳐졌다. 정신을 차리고 보니 침대 가장자리에 커다란 형체가 있었다. 어둠과 달빛이 그 위에서 움직여 파악하기가 더 까다로웠지만, 이윽고 그 형체가 어머니와 조시가 끌어안고 있는 것임을 알아차렸다. 어머니는 옅은 색 운동복 같은 것을 입었고 조시는 늘 입는 진청색 파자마 차림이었다. 두 사람이 팔다리뿐 아니라 머리카락도 서로 엉킨 채로 천천히 흔들렸다. 아침에 헤어질 때의 장면을 길게 늘인 것 같았다.

"나 죽고 싶지 않아, 엄마. 죽기 싫어."

"괜찮아, 괜찮아." 어머니 목소리는 아까 내 목소리만큼 작았다.

"죽기 싫어, 엄마."

"알아, 알아. 괜찮아."

나는 조용히 뒤로 물러서 문으로 나가 어두운 복도로 갔다. 난간 옆에 서서 천장과 아래쪽 현관에 생긴 기이한 밤의 무늬를 보면서 방금 일어난 일의 의미를 머릿속에서 곰곰이 되새겨 보았다.

잠시 뒤에 어머니가 조용히 방에서 나와 내 쪽은 쳐다보지 않고 자기 방으로 가는 짧은 복도의 어둠 속으로 들어갔다. 조시의 방문 안쪽은 조용했다. 내가 침실로 돌아가 보니 이불과 침대가 단정히 정돈되어 있고 조시는 다시 새근새근 숨을 쉬며 자고 있었다.

4부

'친구의 아파트'는 타운하우스 단지에 있었다. 거실 창문으로 내다보니 길 건너편에도 비슷하게 생긴 타운하우스들이 있었다. 여섯 채가 나란히 있는데 건물 전면이 저마다 살짝 다른 색의 페인트로 칠해져 있었다. 아마 거주자가 엉뚱한 계단으로 올라가 실수로 옆집에 들어가지 않게 하려고 그런 것 같았다.

내가 관찰한 이 사실을 그날 조시에게 말했다. 초상화를 그리는 카팔디 씨를 만나러 출발하기 40분 전이었다. 조시는 내 뒤쪽 가죽 소파에 누워 검은색 책장에서 꺼낸 페이퍼백을 읽고 있었다. 세운 무릎 위에 해의 무늬가 드리웠다. 조시는 책에 빠져 내 말에 불분명하게 웅얼거리는 소리로만 대꾸했다. 조금 전에만 해도 조시가 지나치게 긴장하며 기다리고 있었는데 다행이었다. 내가 세 칸짜리 창 앞에 서자, 조시는 아버지 택시가 집 밖에 멈추면 내가 바로 알려 주리라는 걸 알고 그제야 긴장을 풀었다.

어머니도 긴장 상태가 점점 심해졌는데 곧 카팔디 씨를 만나기 때문인지 곧 아버지가 오기 때문인지 알 수 없었다. 어머니는 조금 전에 거실에서 나갔는데 방 밖에서 전화 통화 하는 소리가 들렸다. 벽에 머리를 갖다 대면 어머니가 뭐라고 하는지 들을 수 있을 것 같았다. 전화하는 사람이 카팔디 씨일 가능성이 있으니 엿들어 볼까 하는 생각도 해 보았다. 그렇지만 그러면 조시가 더 초조해할 것 같았고, 게다가 어머니가 아버지에게 길을 알려 주느라 통화를 하고 있을 수도 있겠다 싶어 그러지 않기로 했다.

조시가 내가 아버지 택시가 오는지 보고 있기를 바란다는 사실을 알고 나는 친구의 아파트를 더 자세히 파악하려는 계획은 미뤄 두고 창문 밖 광경에 집중했다. 나로서는 전혀 아쉬울 것이 없었는데, 왜냐하면 언제라도 창밖으로 쿠팅스 머신이 지나갈 가능성이 있었고, 그런다고 내가 쫓아갈 수는 없지만 어디로 가는지 봐 두면 큰 도움이 될 것이기 때문이었다.

그러나 쿠팅스 머신이 친구의 아파트 앞을 지나갈 확률은 아주 적다는 사실을 곧 받아들이게 되었다. 아까 차를 타고 도시를 향해 오는 동안에는 기대감이 점점 자랐다. 아직 교외에 있는데도 인부들이 여럿 보였고, 인부들은 없더라도 공사장을 표시하는 방책이 도로 여기저기에 있었다. 그걸 보고 나는 금방이라도 쿠팅스 머신이 나타날 것 같다고 생각했다. 차에서는 내가 앉은 쪽 창문에서 눈을 떼지 않았고 다른 공사장 기계를 두 번 보기도 했지만 쿠팅스 머신은 보이지 않았다. 그러다가 차량 흐름이 느려지고 인부들도 잘 눈에 뜨이지 않게 됐다. 앞좌석에 앉은 어머니와 헬렌 씨는 평소처럼 편안하게 대화를 주고받았고, 내 옆에 앉은 조시와 릭은 창밖을 가리키며 작은 목소리로 이야기를 나누었다. 가끔은 한 아이가 다른 아이를 쿡 찔렀고 아무 말도 오가지 않았는데 같이 웃음을 터뜨리기도 했다. 우리는 분홍색 꽃이 핀 공원을 지나갔고 이어 '트럭 이외 정차 금지'라는 표지판이 있는 건물을 지나갔다. 앞좌석에서 헬렌 씨와 어머니도 웃었지만 두 사람 목소리에서는 경계심도 느껴졌다. "확실하게 말해, 크리시." 헬렌 씨가 말했다. 이어 중국어가 쓰인 간판, 기둥에 체인으로 묶여 있는 자전거가 보였고 해가 최선을 다하고 있는데도 비가 내리기 시작했다. 우산을 쓴 커플이 등장했고 머리 위에 잡지를 덮은 관광객, 그리고 아이와 함께 비를 피하려고 서둘러 걷는 에이에프가 보였다. "말도 안 돼, 릭." 조시가 말하더니 낄낄 웃었다. 건물이 너무 높아서 양쪽 인도가 다 그늘에 덮여 있는 거리에 들어서자 비가 그쳤다. 러닝셔츠 바람의 남자들이 현관 계단에 앉아 이야기를 나누며 지나가는 차를 구경했다. "크리시, 정말이야, 어디 아무 데나 내려 줘." 헬렌 씨가 말했다. "너무 멀리 돌아가잖아." 키가 다른 회색 빌딩 두 채가 나란히 서 있었는데 더 큰 쪽 건물의 옆 건물보다 더 위로 올라온 외벽에 누군가가 그라피티를 그려 놓았다. 높이 차이가 이상해 보이지 않게 하려고 그런 것 같았다. 견인 구역 표지판을 볼 때마다 내 마음에 행복감이 솟았다. 전부 우리 매장 밖에 있던 표지판하고는 미묘하게 달랐는데도. 조시가 몸을 앞으로 숙이고 재미있는 말을 하자 어른들이 웃었다. "그러면 내일 스시 집에서 봐." 어머니가 헬렌 씨에게 말했다. "극장 바로 옆에 있어. 쉽게 찾을 거야." 그러자 헬렌 씨가 말했다. "고마워, 크리시. 이 일이 나한테는 큰 도움이 될 거야. 릭한테도 그렇고." 우리 차는 분수 광장을 통과해 갔고 그 다음에 낙엽이 가득한 공원을 지나갔는데 여기에서 에이에프를 둘 더 보았다. 이어 높은 빌딩이 있는 복잡한 거리로 나왔다.

"아빠가 늦네." 조시가 소파에서 말했다. 책이 러그 위에 떨어지는 둔탁한 소리가 났다. "놀랄 일은 아니지만."

나는 조시가 농담으로 분위기를 풀려고 한다고 생각해서 웃은 다음에 이렇게 말했다. "아버지가 빨리 조시를 보고 싶어 무척 초조해하실 것 같아요. 여기 올 때 차가 아주 느리게 가던 것 기억나죠. 아마 아버지도 그래서 늦는 걸 거예요."

"아빠는 한 번도 제시간에 온 적이 없어. 엄마가 택시비를 주겠다고 했는데도. 좋아. 이제 아빠 생각은 잊고 있을래. 안달복달할 필요 전혀 없어."

조시가 땅에 떨어진 책에 손을 뻗길래 나는 세 칸 창문으로 다시 고개를 돌렸다. 친구 아파트에서 내다보는 거리 모습은 가게에서 보던 것과 아주 달랐다. 택시는 잘 보이지 않는 대신 온갖 크기와 모양, 색깔의 차가 빠른 속도로 지나쳐 갔고 왼쪽 멀찍이 있는 도로 위로 뻗은 신호등 앞에서 멈추기도 했다.

옆방에서 들리는 어머니 목소리가 점점 더 조급해졌는데 조시에게도 그 소리가 들릴 것 같았다. 하지만 조시는 책에 몰두하는 것처럼 보였다. 개를 끌고 가는 여자가 지나갔고 옆면에 '지오 커피숍 델리'라고 적힌 스테이션왜건이 지나갔다. 이어 택시 한 대가 속도를 줄이더니 바로 집 앞에 섰다. 거실이 인도보다 높이 있어서 택시 안이 들여다보이지는 않았지만 어머니 말소리가 멈추길래 나는 아버지가 도착했다고 확신했다.

"조시, 아버지가 왔어요."

조시는 처음에는 계속 책을 보고 있었다. 그러더니 깊이 숨을 들이마시고 일어나 앉으며 책을 다시 러그 위에 떨어뜨렸다. "아빠가 나사 빠진 사람이라고 생각할지도 모르겠네." 조시가 말했다. "그렇게 생각하는 사람도 있어. 하지만 사실 아빠는 정말 똑똑한 사람이야. 두고 보면 알 거야."

키가 크지만 구부정하고 회색 레인코트를 입은 사람이 종이 가방을 들고 택시에서 내리는 게 보였다. 우리가 있는 건물을 확신이 안 서는 듯 쳐다보았다. 우리 쪽에도 건너편처럼 비슷한 건물들이 늘어서 있어서 어떤 집인지 헷갈려하는 것 같았다. 아버지는 걷기 싫어하는 강아지를 안을 때처럼 종이 가방을 조심스레 품에 안고 건물로 이어지는 계단을 택해서 올라왔다. 나는 조시에게 알려 준 다음 창가에서 한 걸음 물러섰지만, 그래도 아버지가 나를 봤을 수도 있을 것 같았다. 나는 어머니가 거실로 올 거라고 생각했고, 마침 발소리도 들렸지만 어머니는 계속 현관에 머물렀다. 꽤 오래인 듯 느껴지는 시간 동안 조시와 나 그리고 현관에 있는 어머니는 조용히 기다렸다. 그러다 초인종이 울렸고 어머니의 발소리, 이어 두 사람의 목소리가 들렸다.

두 사람은 낮은 목소리로 대화를 나눴다. 현관과 거실 사이 문이 약간 열려 있었고 조시와 나는 방 한가운데에 서서 귀 기울이며 신호를 기다렸다. 그때 아버지가 들어왔다. 레인코트는 벗었지만 종이 가방은 아직 두 손으로 들고 있었다. 아버지는 꽤 등급이 높은 사무용 재킷을 입었지만 그 속은 낡은 갈색의 터틀넥 스웨터 차림이었다.

"여어, 조시! 내가 가장 좋아하는 야생동물!"

아버지는 조시와 포옹을 하고 싶어서 종이 가방을 내려놓을 곳을 찾으려고 주위를 둘러보았는데 조시가 앞으로 나와 종이 가방째로 아버지를 포옹했다. 아버지는 조시를 안으며 방 안을 둘러보다 나와 눈이 마주쳤다. 아버지는 고개를 돌리고 눈을 감더니 조시의 머리 위에 뺨을 댔다. 두 사람은 그 상태로 한참 움직이지 않고 있었다. 어머니와 조시가 가끔 아침에 헤어질 때 포옹하며 그러듯이 살살 몸을 흔들지조차 않았다.

어머니도 조금 떨어진 곳에서 꿈쩍 안 했다. 어깨 언저리에 양옆으로 검은색 책꽂이가 있었고 얼굴에는 웃음기가 없었다. 포옹이 계속되었고 나는 다시 어머니 쪽을 쳐다보았는데 방 전체가 상자로 나뉘어 보였다. 가늘게 뜬 어머니의 눈이 여러 상자에서 반복되었고, 어떤 상자에서는 어머니 눈이 조시와 아버지를 보고 있는데 어떤 상자에서는 나를 보고 있었다.

드디어 두 사람이 몸을 뗐다. 아버지는 웃으며 종이 가방에 산소를 공급해 줘야 한다는 듯 높이 들어 올렸다.

"자, 야생동물." 아버지가 조시에게 말했다. "내 최신작을 가져왔지."

아버지가 종이 가방 아랫부분을 받쳐 들며 조시의 손에 건넸고 두 사람은 소파에 나란히 앉아 안을 들여다보았다. 조시는 종이 가방에서 물건을 꺼내는 대신 가방 양옆을 찢어서 작은 받침대 위에 얹힌 작고 둥글고 조악해 보이는 거울의 모습을 드러냈다. 조시는 거울을 무릎 위에 얹은 채로 물었다. "이게 뭐야, 아빠? 화장할 때 쓰라고?"

"원한다면 그렇게 해. 그런데 자세히 안 본 것 같은데. 다시 잘 봐 봐."

"와! 이거 끝내준다. 어떻게 된 거야?"

"왜 다들 그냥 참고 사는지 이상하지 않아? 거울은 전부 뒤집힌 모양으로 보이잖아. 이건 실제 네 모습을 그대로 보여 주지. 보통 콤팩트 무게보다 더 무겁지도 않아."

"진짜 멋져! 아빠가 발명한 거야?"

"그렇다고 하고 싶지만 내 친구 벤저민의 공으로 돌려야겠지. 커뮤니티에 있는 사람이야. 벤저민이 아이디어를 냈는데 그걸 실제로 어떻게 구현할지는 몰랐어. 그래서 내가 만들었지. 세상에 갓 나온 거야. 바로 지난주에 만들었어. 어때, 조시?"

"와, 진짜 걸작이다. 이제 밖에 나가면 계속 거울 봐야겠다. 고마워! 아빠는 천재야. 이거 배터리로 작동하는 거야?"

그 뒤로 아버지와 조시는 거울에 대해 계속 이야기하면서 가끔은 마치 지금 막 만난 사람처럼 장난으로 인사를 주고받기도 했다. 두 사람의 어깨가 맞닿아 있었고 이야기를 나누면서 점점 더 몸이 밀착되는 것 같았다. 나는 방 한가운데에 선 채로 가만히 있었는데, 아버지가 가끔 내 쪽을 쳐다보길래 조시가 곧 우리를 소개해 줄 거라고 생각했다. 하지만 아버지가 와서 흥분했는지 조시는 계속 아버지에게 조잘조잘 말을 걸었고 이제 아버지는 내 쪽을 보지 않았다.

"아빠, 내 새 물리 선생님 있는데, 아빠 아는 거 절반도 모를 거야. 그리고 좀 이상해. 그렇게 철저하게 검증된 사람인 줄 몰랐다면 엄마한테 이 사람 체포해야 한다고 했을 거야. 아니, 아니, 그런 거 아냐. 부적절한 행동을 한다는 게 아니고. 자기 창고에서 있잖아, 세상을 날려 버릴 만한 뭘 만들고 있는 것 같다니까. 아, 무릎은 어때?"

"아, 좋아졌어. 고마워. 사실은 그냥 그럭저럭 버틸 만해."

"우리 지난번에 만났을 때 먹은 과자 생각나? 중국 대통령처럼 생긴 과자?"

조시가 빠르게 쉴 새 없이 말하고 있었지만 나는 조시가 말을 하기 전에 마음속으로 말을 고르고 있는 걸 느꼈다. 그때 현관으로 나갔던 어머니가 코트를 입고 다시 돌아왔다. 어머니는 손에 조시의 두꺼운 외투를 들고 있었다. 어머니는 조시와 아버지의 대화를 끊으며 말했다.

"폴, 클라라한테 인사 안 했지. 얘는 클라라야."

아버지와 조시는 말없이 둘 다 나를 쳐다보았다. 그때 아버지가 말했다. "안녕, 클라라." 아파트에 들어올 때부터 계속 보이던 미소가 사라지고 없었다.

"재촉해서 미안한데, 당신이 늦게 와서 그래. 우리 약속 있잖아." 어머니가 말했다.

아버지는 다시 얼굴에 웃음을 띠었지만 눈에는 노기가 있었다. "거의 석 달 동안 딸을 못 봤는데 5분도 이야기 못 해?"

"폴, 오늘 우리랑 같이 가겠다고 한 사람은 당신이잖아."

"나한테도 권리가 있다고 생각해."

"아무도 없다고 안 해. 약속에 늦게 만들지 말라고."

"그 사람이 그렇게 바쁘다면……."

"시간 끌지 마, 폴. 그리고 거기 가서도 예의 지켜."

아버지는 조시를 보며 어깨를 으쓱했다. "봤지? 또 혼났다." 아버지가 말하더니 웃었다. "가자, 야생동물. 출발하는 게 좋겠어."

"폴, 클라라한테 말도 안 걸었어." 어머니가 말했다.

"인사했는데."

"어서, 뭐라고 말 좀 해."

"우리 가족의 일원이다, 뭐 그런 거야?"

어머니는 폴을 빤히 쳐다보다가 마음을 바꾸고는 조시의 외투를 공중에서 흔들었다.

"자, 가자, 가야 해."

◆

집 밖에서 어머니가 차를 가져오기를 기다리는 동안 아버지(다시 레인코트를 입었다.)는 조시에게 팔을 두르고 있었다. 아버지와 조시는 인도 가장자리에 서고 나는 그 뒤에 좀 떨어져서 타운하우스 난간 가까이에 서 있었고 그 사이로 보행자들이 지나갔다. 거리가 좀 떨어진 데다 외부 소음이 있어서 두 사람의 대화를 잘 들을 수 없었다. 어느 시점에서 아버지가 나를 돌아보더니 조시에게 계속 말을 걸면서 눈으로는 나를 뜯어보았다. 그때 커다란 귀걸이를 한 짙은 색 피부의 여성이 우리 사이로 걸어갔고, 그 사람이 지나간 다음 아버지는 다시 나에게 등을 돌리고 있었다.

어머니의 차가 와서 조시와 나는 뒤에 탔다. 차가 출발한 다음 나는 조시와 눈을 마주치고 혹시라도 초상화를 위해 포즈를 취할 일 때문에 긴장해 있으면 기분을 풀어 주려고 했다. 그러나 조시는 자기 쪽 창밖만 내다보고 내 쪽은 돌아보지 않았다. 차가 많은 도로를 벗어났다 싶으면 또 다른 차들이 나타나 속도가 늦춰졌다. 우리는 문이 폐쇄되고 창문에 X자 모양이 그어진 빌딩들을 지나쳤다. 다시 비가 오기 시작했고, 우산을 쓴 커플이 나타나고, 개를 끌고 가는 사람들은 발걸음을 서둘렀다. 그때 내 쪽 창문으로(창문을 열면 손으로 만질 수 있을 정도로 가까이에) 축축이 젖은 벽에 만화 글씨로 적힌 성난 글귀가 보였다.

"그렇게 나쁘진 않아." 어머니가 아버지에게 말했다. "사람이 부족해서 그래. 광고 예산이 거의 40퍼센트 줄었어. 홍보부 사람들이랑 계속 싸워. 하지만 다른 건, 뭐 그래. 괜찮아."

"스티븐은 여전히 거들먹거리고?"

"그렇지. 늘 그랬듯 여전히 유쾌하지."

"있잖아, 크리시. 정말 이럴 가치가 있나 싶어. 당신이 이렇게 매달리고 있는 거 말이야."

"무슨 말인지 모르겠는데. 내가 뭐에 매달리는데?"

"굿윈스 말이야. 당신이 일하는 법률 부서. 이렇게…… 계속 일하는 거. 아침부터 밤까지 언젠가 한 계약에 매여서 살아야 하는 거."

"이 이야기는 이제 그만하자. 당신한테 있었던 일은 유감이야. 정말 안타깝고 아직도 화가 나. 하지만 나는 계속 당신 말대로 매달릴 거야. 내가 그만두는 날에는 조시의 세계가, 내 세계가 무너질 테니까."

"왜 그럴 거라고 확신하지? 그래, 생각을 바꾸기 힘든 건 알아. 난 그저 좀 더 깊이 생각해 보라는 거야. 새로운 관점에서 보라고."

"새로운 관점? 그러지 마, 폴. 이렇게 된 게 잘된 일이라고는 하지 마. 당신 그 능력. 경험 다 어쩌고."

"정말? 난 '대체'가 나한테 일어난 가장 좋은 일이라고 생각하는데. 거기에서 벗어났으니까."

"어떻게 그렇게 말할 수 있어? 당신은 최고였잖아. 누구보다 많이 알고 전문 기술도 있고. 그런 사람이 이렇게 놀고 있는 게 어떻게 좋은 일이야?"

"크리시, 그 일에 대해 당신이 나보다 더 열 내는 거 알아? 대체 덕에 나는 세상을 완전히 다른 눈으로 보게 됐어. 그래서 뭐가 중요하고 뭐가 그렇지 않은지 구분할 수 있게 됐다고 생각해. 그리고 내가 사는 데는 나하고 똑같이 생각하는 사람이 많아. 다들 같은 과정을 거쳐서 오게 됐고, 나보다 더 대단한 경력이 있는 사람도 있어. 다들 같은 생각이고 나도 우리가 스스로를 속이고 있다고는 생각 안 해. 그때보다 지금이 더 살기 좋아."

"정말? 다들 그렇게 생각한다고? 그 당신 친구, 밀워키에서 판사 했던 사람도 같은 생각이었나?"

"늘 좋기만 하다고 하진 않았어. 힘들 때도 있지. 하지만 예전하고 비교하면 마치…… 처음으로 삶을 사는 것 같은 기분이야."

"전남편한테 그런 이야기를 들으니 참 기분 좋네."

"미안. 자, 이 이야기는 그만하고. 궁금한 게 있어. 이 초상화라는 거 말이야."

"지금은 아니야, 폴. 나중에."

"으음. 알았어."

"아빠." 내 옆에서 조시가 외쳤다. "물어보고 싶은 거 있으면 물어봐. 난 안 듣고 있을게."

"네가 참 안 듣겠다." 아버지가 말하고는 웃었다.

"초상화에 대해서는 더 따지지 마, 폴. 당신 나한테 그 정도는 해 줘야 해."

"해 줘야 한다고? 왜 내가 당신한테 그래야 하는지 모르겠는데, 크리시."

"지금 여기서 이러지 마, 폴."

그때 나는 지금 지나쳐 간 견인 구역 표지판이 내가 아주 잘 아는 바로 그 표지판이라는 걸 깨달았다. 바로 그 순간 조시 쪽 창문에 RPO 빌딩이 나타났고 친숙한 택시들이 우리 주위에 깔렸다. 나는 흥분해서 우리 가게가 있는 쪽을 돌아보았지만 뭔가 이상했다.

물론 내가 바깥쪽에서 가게를 본 적은 없었다. 그렇지만 쇼윈도에 있어야 할 에이에프와 줄무늬 소파가 보이지 않았다. 대신 알록달록한 병이 진열되어 있고 '매입형 조명등'이라고 적힌 간판이 있었다. 내가 몸을 돌리며 더 잘 보려고 하는데 조시가 말했다.

"클라라, 여기가 어딘지 알아?"

"네, 알아요." 그러나 우리 차는 이미 횡단보도를 지나쳤고 나는 신호등 위에 새가 앉아 있는지도 보지 못했다. 사실 가게가 달라져서 너무 놀란 나머지 주위를 충분히 관찰할 수가 없었다. 그러다가 차는 이미 다른 구역에 들어섰고, 나는 몸을 돌려 뒤 유리창으로 RPO 빌딩이 점점 멀어지는 걸 보았다.

"내가 무슨 생각 했는지 알아?" 조시 목소리에 걱정이 어려 있었다. "네 가게가 이사 간 것 같아."

"네. 아마도요."

하지만 가게 생각을 더 할 겨를이 없었다. 그때 앞쪽 좌석 사이로 쿠팅스 머신이 보였기 때문이다. 차체에 적힌 이름이 보이기도 전에 알아봤다. 바로 거기에서 쿠팅스 머신이 전처럼 깔때기 굴뚝으로 공해를 분출하고 있었다. 당연히 분노를 느껴야 했지만 가게 때문에 놀란 직후에 쿠팅스 머신을 맞닥뜨리니 그 끔찍한 기계에 반가움 비슷한 마음마저 들었다. 우리 차는 곧 그 자리를 지나쳤고, 어머니와 아버지는 계속 날이 선 말을 주고받았고, 조시는 나에게 이렇게 말했다. "가게들이 하루아침에 바뀐다니까. 내가 너 찾으러 왔던 날도, 그래서 걱정했었어. 그 가게가 너랑 네 친구들 다 데리고 다른 데로 가 버렸을까 봐."

나는 조시를 보고 미소를 지었지만 아무 말도 하지 않았다. 앞쪽에서 어른들 목소리가 더 커졌다.

"폴, 벌써 다 끝낸 이야기잖아. 조시랑 클라라하고 내가 오늘 거기 갈 거고 계획한 대로 진행할 거야. 당신도 동의했잖아. 생각 안 나?"

"동의했으면 의견 제시도 못 해?"

"여기에서 하지 말라고! 빌어먹을, 지금 이 차 안에서 하지 마!"

조시는 계속 나한테 무슨 말을 하고 있었지만 자꾸 주의가 흐트러졌다. 어른들이 조용해지자, 조시가 말했다. "클라라, 네가 그러고 싶으면 내일 찾으러 갈 수 있을 거야. 시간만 있으면."

나는 순간 조시가 쿠팅스 머신 이야기를 하는 줄 알았으나 곧 매니저와 다른 에이에프들이 이사한 곳을 두고 하는 말임을 알아차렸다. 쇼윈도가 달라 보인다고 이사 간 게 분명하다고 생각하는 건 성급한 판단 같다고 말하려 했는데 조시가 몸을 어른들 쪽으로 숙이고 이렇게 말했다.

"엄마, 만약 내일 시간 있으면 말이야. 클라라가 옛날 가게 어떻게 됐는지 궁금해하는데 가 볼 수 있어?"

"그러고 싶으면 그렇게 해. 그러기로 했잖아. 오늘은 카팔디 씨한테 가서 카팔디 씨가 하라는 대로 하고. 내일은 너 하고 싶은 거 하기로."

아버지는 고개를 저으며 자기 쪽 창으로 머리를 돌렸지만 조시는 아버지 바로 뒤에 앉아 있어서 아버지 표정을 보지 못했다.

"걱정 마, 클라라." 조시는 손을 뻗어 내 팔을 잡았다. "내일 같이 찾아보자."

◆

차가 도로에서 나와 철망을 두른 작은 마당 안으로 들어갔다. 울타리에 주차 금지 표지판이 붙어 있었지만 어머니는 차를 표지판을 마주 보는 위치로 몰고 가 주차되어 있는 다른 차 옆에 세웠다. 차에서 내려 보니 바닥이 단단하고 여기저기 갈라져 있었다. 조시는 아버지 옆에서 조심조심 걸어 벽돌 건물을 향해 갔다. 땅이 울퉁불퉁하기 때문인지 아버지가 조시의 팔을 잡았다. 어머니는 차 옆에 서서 잠시 동안 움직이지 않고 그 모습을 보고 있었다. 그러더니 놀랍게도 어머니가 나한테 다가와 내 팔을 잡았고 우리는 마치 아버지와 조시를 흉내 내듯이 같이 걸었다.

다른 건물과 붙어 있지 않고 홀로 서 있는 빌딩이었는데, 내가 집이 아니라 빌딩이라고 생각한 까닭은 벽돌에 페인트를 칠하지 않았고 짙은 색 소방 계단이 지그재그 모양으로 붙어 있기 때문이었다. 5층 건물이고 꼭대기에는 평평한 옥상이 있었다. 무언가 불행한 일이 일어나서 인부들이 양옆 건물을 치워야 했고 그래서 이 건물만 홀로 남아 있는 게 아닐까 하는 생각이 들었다. 내가 갈라진 바닥 위를 밟으며 걷는데 어머니가 나에게 몸을 숙이고 조용히 말했다.

"클라라. 카팔디 씨가 너한테 질문을 하고 싶어 할 거야. 사실 질문이 꽤 많을 수 있어. 그냥 대답만 하면 돼. 알겠지, 아가?"

어머니가 나를 '아가'라고 부른 것은 처음이었다. 내가 "네, 그럼요."라고 대답하고 보니 벽돌 건물이 우리 바로 앞에 있었다. 창문마다 안쪽에 모눈종이 무늬가 있는 게 보였다.

땅바닥에 쓰레기통이 두 개 있고 그 옆에 문이 있었는데 조시와 아버지는 문 앞에 멈춰 서서 우리를 돌아보았다. 어머니가 앞장서야 한다는 듯이. 어머니는 내 팔을 놓고 혼자 문 앞으로 갔다. 그 자리에 잠시 서 있더니 초인종 버튼을 눌렀다.

"헨리, 우리 왔어요." 어머니가 스피커에 대고 말했다.

◆

카팔디 씨 집의 내부는 겉모습과 전혀 달랐다. 메인 룸의 바닥도 드넓은 벽도 흰색이었다. 천장에 달린 강한 집중 조명 장치가 빛을 쏟아붓고 있어 위쪽을 쳐다보면 눈이 부셨다. 공간이 무척 넓은데 가구는 거의 없었다. 커다란 검은 소파 하나가 있고, 그 앞에 낮은 테이블이 있고, 그 위에 카메라 두 대와 렌즈가 놓여 있었다. 낮은 테이블에는 우리 매장에 있던 유리 진열대처럼 바퀴가 달려 있어 바닥에서 움직일 수 있었다.

"헨리, 조시가 지치면 안 되니까, 바로 시작할까요?" 어머니가 말했다.

"그래요." 카팔디 씨는 방구석 쪽으로 손짓을 했는데 그쪽 벽에 차트 두 장이 나란히 붙어 있었다. 차트에는 여러 각도에서 교차하는 괘선이 여럿 그어져 있고, 차트 앞에는 가벼운 철제 의자와 삼각대에 얹힌 전등이 있었다. 삼각대 등이 꺼져 있어 그쪽 구석이 어둡고 쓸쓸하게 보였다. 조시와 어머니는 그쪽을 불안한 듯 쳐다보았다. 카팔디 씨도 느꼈는지 낮은 테이블 위 무언가를 건드려 삼각대 등에 불을 켰다. 삼각대 등이 켜지면서 그쪽이 환해졌지만 불빛 때문에 새로 그림자가 생겼다.

"아주 편안하게 할게요." 카팔디 씨가 말했다. 카팔디 씨는 머리가 벗어지고 있었고 수염이 입을 거의 다 가렸다. 나는 그를 52세로 추정했다. 내내 웃을 듯 말 듯한 표정을 짓고 있었다. "힘든 거 아니에요. 그럼 조시가 준비됐으면 시작하죠. 조시, 이쪽으로 와 줄래?"

"헨리, 잠깐만요." 어머니 목소리가 넓은 방 안에서 울렸다. "초상화를 먼저 좀 보고 싶은데요. 지금까지 얼마나 됐는지."

"그래요. 그런데 지금은 중간 단계라는 걸 알아야 해요. 천천히 단계적으로 완성되기 때문에 일반인들은 이해하기가 쉽지 않아요."

"어쨌든 보고 싶네요."

"그럼 보여 드리죠. 사실 나한테 허락을 구할 일도 아니죠. 나야 시키는 대로 하는 사람이니까."

"좀 무섭지만 저도 보고 싶어요." 조시가 말했다.

"어어, 아가. 너한테는 보여 주지 않기로 카팔디 씨하고 약속했어."

"그 편이 좋아요. 조시가 괜찮다면. 내 경험상 모델이 완성 전에 초상화를 보면 좀 복잡해져요. 모델이 자의식이 전혀 없는 상태로 있어야 좋아요."

"뭐에 대해 자의식이 없다는 거죠?" 아버지 목소리가 우렁우렁 울렸다. 아버지는 카팔디 씨가 외투를 현관문 안쪽 옷걸이에 걸라고 두 번이나 말했는데도 레인코트를 벗지 않았다. 아버지는 차트 앞으로 걸어가 얼굴을 찌푸리고 들여다보고 있었다.

"내 말은, 모델이, 그러니까 조시가 지나치게 의식하면 자연스러운 포즈가 안 나온다는 거죠. 그냥 그 뜻입니다."

아버지는 벽에 붙은 차트를 계속 노려보았다. 그러더니 차에서 그랬던 것과 똑같이 머리를 흔들었다.

"헨리? 이제 작업실로 가도 될까요? 지금까지 경과를 보게?" 어머니가 말했다.

"그럼요. 이쪽으로 오세요."

카팔디 씨는 어머니를 복층 발코니로 올라가는 철제 계

단으로 안내했다. 나는 계단 틈새로 두 사람의 발이 위로 올라가는 것을 보았다. 발코니 위에 올라서서 카팔디 씨가 보라색 문 옆에 있는 키패드를 누르자 웅 하는 소리가 났고 두 사람은 문을 열고 안으로 들어갔다.

보라색 문이 닫힌 뒤 나는 검은색 소파에 앉아 있는 조시에게 갔다. 조시의 긴장을 풀어 주기 위해 재미있는 말을 하고 싶었는데 그때 구석에 있던 아버지가 먼저 입을 열었다.

"야생동물, 아마 이 차트 앞에서 네 사진을 찍고 또 찍나 보지?" 아버지가 한 걸음 더 다가왔다. "이거 봐. 선마다 다 수치가 적혀 있어."

"아빠, 엄마는 오늘 아빠가 여기 오는 거 싫어하지 않을 거라고 했는데. 좋은 생각이 아니었나 봐. 다른 데서 만날 걸 그랬어. 뭔가 다른 걸 했으면 좋았을걸."

"걱정 마. 이따 다른 거 하자. 이거보다 나은 거." 그러더니 아버지는 몸을 돌려 조시를 보며 다정하게 웃었다. "이 초상화 말이야. 이게 완성된다고 해 봐. 유감스럽게도 나는 가질 수가 없겠지. 네 엄마가 갖고 싶어 할 테니까."

"아무 때나 와서 보면 되잖아." 조시가 말했다. "그걸 핑계로 더 자주 오면 되겠다."

"아, 조시, 미안해. 이렇게 돼서 미안하다. 너하고 더 많이 같이 있을 수 있으면 좋을 텐데. 훨씬 더 많이."

"괜찮아. 지금 다 잘 지내니까. 클라라, 우리 아빠 어때? 그렇게 이상한 사람은 아니지?"

"폴 씨를 만나게 되어 정말 기뻐요."

아버지는 내 말을 못 들은 것처럼 손가락으로 훑는 동작을 하면서 차트만 계속 보고 있었다. 그러다가 마침내 몸을 돌려 나를 쳐다보았는데 눈가에는 웃음기가 싹 가셔 있었다.

"나도 만나서 기쁘다." 아버지는 이렇게 말하고 조시를 쳐다보았다. "이렇게 하자, 야생동물. 이거 빨리 끝내고, 우리 둘이서만 어디 가서 맛있는 거 먹자. 네가 좋아할 만한 데가 있어."

"응, 좋아. 엄마하고 클라라만 좋다면."

조시는 뒤쪽을 돌아보았는데 바로 그 순간에 발코니의 보라색 문이 열리고 카팔디 씨가 나왔다. 카팔디 씨는 문가에서 작업실 안을 향해 말했다.

"있고 싶은 만큼 거기 있어요. 나는 조시한테 가 볼게요."

어머니가 무어라고 하는 소리가 들렸고 이어 어머니도 발코니로 나왔다. 어머니의 평소 꼿꼿한 자세가 무너져 있었다. 카팔디 씨는 어머니가 넘어지면 붙잡으려는 듯 손을 뻗었다.

"괜찮아요, 크리시?"

어머니는 카팔디 씨를 지나쳐 난간을 잡고 계단을 내려왔다. 중간쯤에 멈춰서 머리카락을 뒤로 넘긴 다음 다시 내려왔다.

"그래, 어땠어?" 조시가 불안한 눈으로 물었다.

"좋아." 어머니가 말했다. "좋아질 거야. 폴, 당신도 보고 싶으면 봐."

"조금 있다가." 아버지가 말했다. "카팔디, 오늘 빨리 끝내 주면 좋겠어요. 조시하고 커피하고 케이크 먹으러 가려고요."

"알겠어요, 폴. 아무 문제 없어요. 크리시, 정말 괜찮아요?"

"괜찮아요." 어머니는 이렇게 말했지만 서둘러 검은 소파 쪽으로 갔다.

"조시." 카팔디 씨가 말했다. "시작하기 전에, 여기 클라라 한테 작은 부탁 하나 하고 싶은데. 클라라한테 간단한 과제를 하나 주고 싶어. 우리 사진 찍는 동안 클라라는 그걸 하면 되지 않을까 싶은데. 괜찮겠니?"

"난 상관없어요. 하지만 클라라한테 물어보셔야 돼요." 조시가 말했다.

그러나 카팔디 씨는 아버지에게 말을 걸었다. "폴, 당신도 과학자니까 나하고 같은 생각일 거예요. 나는 에이에프가 현재 우리가 생각하는 것보다 훨씬 더 많은 걸 줄 수 있다고 생각해요. 에이에프의 지적 능력을 겁내지 말아야 해요. 에이에프한테서 배워야죠. 배울 게 정말 많아요."

"난 과학자가 아니라 공학자예요. 당신도 아는 줄 알았는데. 어쨌든 에이에프는 내 분야가 아니라서."

카팔디 씨는 어깨를 으쓱하더니 손을 턱수염에 갖다 대고 질감을 확인하는 것 같았다. 그러더니 나를 보며 말했다. "클라라, 간단한 검사 같은 걸 하나 만들었어. 설문지 같은 거야. 저기 화면에 띄워 놨어. 괜찮다면 좀 해 주면 고맙겠구나."

내가 대답하기 전에 어머니가 말했다. "좋은 생각이야, 클라라. 그러면 조시가 포즈 취하는 동안 심심하지 않겠다."

"네. 기꺼이 도울게요."

"고맙다! 전혀 어려운 거 아니야. 사실, 클라라, 최대한 노력을 안 했으면 좋겠어. 고민하지 않고 생각나는 대로 대답해야 결과가 가장 좋아."

"알겠습니다."

"질문이라고 할 것도 없는 것들이야. 일단 가서 보는 게 좋겠다. 여러분, 조시, 1분이면 됩니다. 클라라한테 어떻게 하는지 보여 주고 바로 내려올게요. 조시, 오늘은 컨디션이 아주 좋아 보이는구나. 클라라, 이쪽이야."

카팔디 씨가 나를 보라색 문으로 데려갈 줄 알았는데 방

반대쪽으로 가더니 다른 철제 계단으로 다른 발코니로 올라갔다. 카팔디 씨가 먼저 올라갔고, 나는 계단을 한 칸 한 칸 조심스레 밟으며 따라갔다. 아래를 돌아보니 조시, 어머니, 아버지가 모두 우리를 올려다보고 있었다. 어머니는 그대로 검은 소파에 앉아 있었다. 나는 조시에게 손을 흔들었지만 아래쪽에서는 아무도 꿈쩍도 하지 않았다. 그때 조시가 나를 불렀다. "잘해! 클라라."

"이쪽이야." 발코니는 계단과 똑같이 짙은 색 금속으로 되어 있고 비좁았다. 카팔디 씨가 유리문을 열었는데 조시의 화장실보다도 작은 방이 나왔다. 푹신한 사무용 의자 하나가 모니터를 마주 보고 있고 그게 전부였다. "여기 앉으렴. 준비 다 되어 있어."

내가 의자에 앉자 어깨가 하얀 벽에 거의 닿을 듯했다. 화면 아래에는 컨트롤 장치 세 개가 있는 좁은 선반이 있었다.

방이 작아서 카팔디 씨는 안에 들어올 수가 없었다. 그래서 유리문을 연 채로 방 밖에서 나에게 어떻게 하라고 지시를 하고 손을 뻗어 장치를 조종하기도 했다. 나는 아래층에서 어머니와 아버지가 다시 날이 선 목소리로 대화를 하는 걸 의식하면서도 카팔디 씨의 말을 유심히 들었다. 카팔디 씨 목소리 너머로 어머니가 하는 말이 들렸다. "마음에 안 들면 여기 있지 말고 그냥 가, 폴."

"일관성이 없어." 아버지가 말했다. "난 그냥 그 점을 지적한 거야."

"일관성 있으려고 이러는 거 아냐. 그냥 우리에게 도움 될 방법을 찾으려고 하는 거야. 왜 굳이 더 힘들게 만들어?"

옆에서 카팔디 씨가 웃더니 나에게 지시하던 것을 멈추고 이렇게 말했다. "이런. 내려가서 중재를 해야 할 것 같네! 어떻게 하는지 알겠니, 클라라?"

"명확히 알게 됐어요, 고맙습니다."

"고맙구나. 잘 모르겠으면 나를 불러."

카팔디 씨가 문을 닫자 문이 어깨에 닿았다. 유리문을 통해 카팔디 씨가 아래층으로 내려가는 모습이 보였다. 나는 눈을 들어 반대편 발코니와 아까 어머니가 들어갔다 나온 보라색 문을 보았다.

나는 카팔디 씨의 설문에 답하기 시작했다. 질문이 화면에 글로 나오기도 했다. 화면에서 도형이 움직이거나 화면이 어두워지고 여러 층으로 구성된 소리가 스피커에서 나올 때도 있었다. 조시, 어머니, 모르는 사람 등의 얼굴이 나타났다가 사라졌다. 처음에는 숫자와 부호 열두 개 정도로 짧게 답할 수 있었는데 질문이 점점 복잡해져 길게 답해야 했다. 숫자와 부호 100개를 넘는 응답도 있었다. 그러는 내내 아래쪽에서는 날카로운 말이 오갔지만 문이 닫혀 있어 무슨 말인지는 알아들을 수 없었다.

설문이 절반쯤 진행됐을 때 창밖에서 움직임이 느껴져 반대편 발코니를 보았는데 카팔디 씨가 아버지를 위로 데려가고 있었다. 나는 문제를 계속 풀었지만 핵심을 파악했기 때문에 집중할 필요가 없어서 아버지가 초조한 듯 레인코트 앞섶을 모으며 보라색 문으로 다가가는 모습을 볼 수 있었다. 아버지가 나에게 등을 돌린 채였고 유리창이 간유리라 확실히 알 수는 없었지만, 아버지가 난데없이 몸이 안 좋아진 것처럼 보였다.

그러나 카팔디 씨는 걱정이 안 되는지 아버지 옆에서 웃으며 가볍게 말을 건넸다. 그러더니 보라색 문 옆 키패드를 두드렸다. 내가 있는 방 안에서는 문이 열리는 소리를 못 들었는데, 다시 흘깃 보니 아버지는 안으로 들어갔고 카팔디 씨는 문간에 서서 무어라 말하고 있었다. 그러다가 카팔디 씨가 갑자기 뒤로 물러서고 아버지가 밖으로 나왔다. 간유리 때문에 확실하지는 않았지만 아버지는 이제 아프지 않고 기운을 차린 것처럼 보였다. 나오면서 카팔디 씨와 부딪혀 그를 거의 쓰러뜨릴 뻔했는데도 개의치 않고 조심성 없이 마구 철제 계단을 내려갔다. 카팔디 씨는 아버지를 보며 마치 아이가 가게에서 떼를 쓸 때 어른이 그러듯 고개를 흔들더니 보라색 문을 닫았다.

화면 위 이미지가 더 빨리 바뀌었지만 뭘 해야 하는지는 명확했다. 몇 분이 지난 뒤에 나는 문제를 풀면서 유리문을 살짝 열고 아래쪽에서 들리는 목소리에 귀를 기울였다.

"폴의 말은, 우리가 하는 일이 우리를 규정한다는 거군요." 카팔디 씨가 말했다. "그 이야기인 거죠? 그게 우리를 규정하기도 하지만 때로는 부당한 낙인을 찍기도 하죠."

"내 말을 아주 똑똑하게 잘못 이해했네요."

"폴, 그만해." 어머니가 말했다.

"무례하게 들렸다면 미안해요. 하지만 솔직히 말하면 내 말을 의도적으로 곡해하는 것 같은데요."

"아니죠, 폴. 당신이 잘 이해를 못 하고 있어요. 어떤 일이든 윤리적 선택이 개입하기 마련이죠. 그런다고 돈 한 푼 더 받는 건 아니지만 어쨌든 그건 사실이에요."

"그것 참 고마운 일이네요, 카팔디."

"폴, 왜 그래. 헨리는 그저 우리가 부탁한 일을 하는 것뿐이야. 딱 그것뿐이라고."

"카팔디 당신 같은 사람이 내 말을 이해 못 하는 게 놀랄 일은 아니겠지."

나는 바퀴 달린 의자를 뒤로 밀고 일어서서 유리문을 열고 발코니로 나왔다. 발코니가 사방 벽 위로 죽 이어진 구조라는 것을 이미 파악해 놓았다. 나는 뒤쪽 길을 통해 흰 벽에 바싹 붙은 채로 이동했다. 철망 위에서 발소리를 내거나 집중 조명 장치의 광선을 가로막아 아래쪽에 움직이는 그림 자를 만들지 않으려고 조심했다. 보라색 문 앞에 도착해 이미 두 번 본 비밀번호를 입력했다. 아까처럼 짧게 웅 하는 소리가 났지만 아래쪽에서는 아무도 눈치채지 못했다. 나는 카팔디 씨의 작업실 안으로 들어가 문을 닫았다.

이 방은 앞쪽이 L자 모양으로 옆으로 꺾여 건물 바깥쪽 공간으로 확장된 구조였다. 꺾이기 전 양쪽 벽에는 작업대 가 붙어 있고 그 위에 여러 부품, 천, 작은 칼과 공구 등이 널려 있었다. 여기 집중할 시간이 없었으므로 나는 꺾인 부분이 나올 때까지 계속 앞으로 갔다. 이 방도 바닥이 철망 이라 조심스럽게 발을 내디뎠다.

모퉁이를 돌자 거기에, 조시가 공중에 매달려 있었다. 조 시의 발이 내 어깨 높이 정도에 있었으니 아주 높이 있지는 않았지만, 손과 손가락을 죽 뻗고 몸을 앞으로 숙이고 있 어서 마치 떨어지는 도중에 얼어 버린 것처럼 보였다. 불빛 이 여러 각도에서 조시를 비추고 있어 어디로도 숨을 수 없 을 것처럼 보였다. 얼굴은 진짜 조시하고 매우 비슷했지만, 입꼬리는 치켜 올라갔는데 눈가에 친절한 웃음이 없는, 내 가 한 번도 보지 못한 표정이었다. 실망하기도 하고 두렵기 도 한 듯한 얼굴이었다. 조시가 입은 옷은 진짜 옷이 아니라

박엽지로 티셔츠와 헐렁한 반바지 비슷한 모양을 만들어 입힌 것이었다. 종이가 연노란색이고 반투명해서 환한 불빛 속에서 조시의 팔다리가 더더욱 연약하게 보였다. 머리카락은 진짜 조시가 아플 때 잘 그러듯이 뒤로 묶였는데, 이 부분만은 별로 그럴듯하지 않았다. 머리카락이 다른 어떤 에이에프에게서도 보지 못한 재질로 되어 있었는데, 여기 이 조시는 틀림없이 머리카락이 마음에 안 든다고 할 것 같았다.

나는 관찰을 마치고 자리를 비웠다는 사실을 들키기 전에 내가 있던 방으로 돌아갈 생각이었다. 작업대 두 개를 지나쳐 보라색 문을 살짝 열었다. 아까처럼 웅 하는 소리가 났지만 아래쪽에서 목소리가 계속 들리는 것으로 보아 아무도 알아차리지 못한 것 같았다. 분위기가 아까보다도 더 격앙되어 있었다.

"폴!" 어머니는 거의 소리를 질렀다. "당신은 처음부터 일을 어렵게 만들 생각이었어."

"가자, 조시." 아버지가 말했다. "가, 지금 당장."

"하지만 아빠……."

"조시, 지금 가는 거야. 내 말 믿어. 아빠가 옳아."

"나는 그렇게 생각 안 하는데." 어머니가 말하고 카팔디 씨도 말했다. "폴, 이러지 말고 좀 진정해요. 오해가 있었다면 다 내 책임이니 사과할게요."

"그건 그렇고 대체 얼마나 더 많은 정보가 필요해요?" 아버지는 거의 소리치듯이 물었다. 어쩌면 아버지가 방을 가로질러 나가고 있어서 목소리를 높인 것일 수도 있지만. "이러다가 조시 피까지 뽑겠다고 하겠어요."

"폴, 억지 부리지 마." 어머니가 말했다. 아버지와 조시가 동시에 무슨 말을 했는데 그때 카팔디 씨가 소리 높여 말을 막았다.

"괜찮아요, 크리시, 가라고 해요. 가도 상관없으니까."

"엄마? 나 지금 아빠랑 같이 갈게. 그러면 적어도 이제 소리는 안 지를 거 아냐. 여기 계속 있으면 점점 더할 것 같아."

"너한테 화내는 거 아냐, 아가. 네 아빠한테 화났지. 네 아빠가 어린애처럼 굴잖아."

"가자, 야생동물. 어서."

"엄마, 나중에 봐. 괜찮지? 카팔디 씨, 안녕히 계세요……."

"가라고 해요, 크리시. 그냥 보내요."

현관문이 닫히는 소리가 건물 전체에 울려 퍼졌다. 그때 우리가 어머니 차를 타고 왔다는 사실이 떠올랐고 아버지가 조시와 같이 가려는 데까지 택시 타고 갈 돈이 있을지 걱정이 되었다. 조시가 나를 데려갈 생각을 안 한 게 조금 이상하다는 생각이 들었지만, 어머니는 아직 남아 있었고 그래서 우리가 모건 폭포에 갔던 날이 생각났다.

나는 몸을 숨기거나 발소리를 죽이려고 굳이 애쓰지 않고 발코니로 걸어 나왔다. 철제 난간 너머로 몸을 기울이니 어머니가 아까 조시가 앉아 있던 자리, 차트 앞 철제 의자에 앉아 있는 게 보였다. 카팔디 씨는 방을 가로질러 내 바로 아래쪽으로 걸어왔다. 카팔디 씨의 벗어진 정수리는 보였지만 얼굴 표정은 안 보였다. 카팔디 씨는 느리게 다가가는 것으로 친절을 표현하는 듯이 아주 천천히 걸어 어머니 쪽으로 가서 삼각대 램프 옆에 섰다.

"의심이 들기 시작했군요." 카팔디 씨는 아까와 다르게 부드러운 목소리로 말했다. "전에도 이런 일 많이 겪어 봐서 알아요. 희망을 붙들고 믿음을 유지한 사람만 성공할 수 있죠."

"맞아요. 의심이 들어요."

"폴한테 흔들리면 안 돼요. 당신은 이 일을 철저하게 고민했고 폴은 안 그랬다는 걸 잊지 말아요. 폴은 당연히 혼란스럽겠죠."

"폴 때문이 아니에요. 폴이 뭐라든 상관없어요. 그거……저 초상화 때문에……."

이 말을 하면서 어머니가 내가 있는 쪽으로 눈을 돌렸고 드디어 나를 보았다. 어머니는 눈부신 천장 조명 속에서 나를 빤히 보았고 카팔디 씨도 몸을 돌려 나를 보았다. 그러더니 묻는 듯한 눈으로 어머니를 돌아보았다. 어머니는 손을 이마 위에 대고 계속 나를 보았다.

"좋아, 클라라." 어머니가 마침내 말했다. "이리 내려와."

철제 계단을 내려가면서 나는 어머니가 신기하게도 분노 대신 불안을 드러내는 것을 보았다. 나는 어머니 쪽으로 가다가 몇 걸음 앞에서 멈추었다. 카팔디 씨가 먼저 입을 열었다.

"어떠니, 클라라? 잘 만든 것 같니?"

"조시를 매우 정확하게 닮았습니다."

"잘 만들었다는 뜻으로 들을게. 그건 그렇고 설문은 어떻게 됐니?"

"다 마쳤습니다, 카팔디 씨."

"도와줘서 고맙구나. 안전하게 저장도 잘했고?"

"네, 카팔디 씨. 제 응답을 저장했습니다."

침묵이 흘렀고 어머니는 의자에 앉은 채로, 카팔디 씨는 삼각대 램프 옆에 선 채로 계속 나를 보고 있었다. 두 사람이 내가 무슨 말을 하기를 기다린다는 것을 깨닫고 나는 이렇게 말했다.

"조시와 아버지가 먼저 가서 안타까워요. 카팔디 씨의 초상화 작업이 일시적으로 지연되겠네요."

"괜찮아. 심각한 지장은 없어." 카팔디 씨가 말했다.

"말해 봐, 클라라." 어머니가 말했다. "네가 어떻게 생각하는지 듣고 싶어. 네가 본 것에 대해."

"허락 없이 초상화를 보아서 죄송합니다. 그렇지만 이 상황에서는 그렇게 하는 게 최선이라고 생각했습니다."

"좋아." 어머니가 말했고, 나는 지금도 어머니가 화를 내는 게 아니라 두려워한다고 느꼈다. "어떻게 느꼈는지 말해 줘. 아니, 저 위에서 네가 본 게 뭐라고 생각하는지부터 말해 봐."

"저는 얼마 전부터 카팔디 씨의 초상화가 그림이나 조각이 아니라 에이에프일 것이라고 생각했습니다. 제 추측이 맞는지 확인하러 들어갔습니다. 카팔디 씨는 조시의 외모를 정확히 포착했습니다. 골반이 조금 더 좁아야 할 것 같긴 합니다만."

"고맙다." 카팔디 씨가 말했다. "명심할게. 아직 완성된 건 아니니까."

어머니가 갑자기 고개를 숙여 손에 얼굴을 묻었고 머리카락이 앞으로 쏟아졌다. 카팔디 씨는 걱정스러운 얼굴로 어머니를 돌아보았지만 그 자리에서 움직이지는 않았다. 어머니는 그러나 울지 않았고 손에다 대고 불분명한 목소리로 말했다.

"폴의 말이 맞는지도 몰라. 이 모든 게 잘못이었을지 몰라."

"크리시. 믿음을 잃으면 안 돼요."

어머니는 고개를 들었고 이제는 눈에 분노가 서려 있었다. "믿음의 문제가 아녜요. 내가 저 위에 있는 에이에프를 받아들일 수 있을 거라고 어떻게 그렇게 확신해요? 아무리 당신이 잘 만든다고 하더라도, 샐 때는 실패했잖아요. 그런데 왜 조시는 될 거라는 거예요?"

"샐의 경우하고는 비교할 수가 없죠. 전에 다 이야기했잖아요. 샐을 가지고 만든 것은 인형이었어요. 애도 인형이죠. 그 이상도 그 이하도 아닌. 그 이후로 아주 많은 발전이 있었어요. 이걸 알아야 해요. 새로운 조시는 모조품이 아니에요. 진짜 조시가 될 거예요. 조시가 계속 이어지는 거라고요."

"나더러 그걸 믿으라고요? 당신은 믿어요?"

"물론 믿죠. 진심으로 믿어요. 클라라가 저 안에 들어가서 본 건 아주 잘된 일이에요. 클라라도 우리와 함께해야 하니까. 이미 오래전부터 그랬어야 하죠. 그 차이를 만드는 게 클라라니까. 이번에는 지난번하고 아주 절대적으로 다를 겁니다. 믿음을 가져야 해요, 크리시. 지금 와서 마음 약해지지 말고요."

"내가 그걸 믿을 수 있을까요? 그날이 오면. 내가 정말 그럴 수가 있을까?"

"끼어들어서 죄송합니다만," 내가 말했다. "새로운 조시가 필요 없을 가능성이 있다는 점을 말씀드리고 싶습니다. 기존의 조시가 건강해질 수도 있어요. 그럴 가능성이 크다고 생각합니다. 물론 그렇게 만들 기회가 필요하긴 합니다만. 하지만 너무 괴로워하시니까 지금 이 말씀을 드려야 할 것 같아요. 만약에 그런 슬픈 날이, 조시가 떠나야만 하는 날이 온다면 제가 할 수 있는 한 최선을 다하겠습니다. 카팔디 씨의 말이 맞습니다. 이번에는 제가 도울 테니 샐 때와는 다를 겁니다. 이제 왜 어머니가 조시를 관찰하고 배우라고 요청했는지 알겠습니다. 그 슬픈 날이 절대 오지 않기를 바라지만, 만약 그날이 온다면 제가 배운 것을 모두 동원해 저 위에 있는 새로운 조시가 이전의 조시와 최대한 비슷해지도록 훈련하겠습니다."

"클라라." 어머니가 준엄한 목소리로 불렀고, 갑자기 어머니가 여러 상자로 나뉘어 보였다. 아버지가 친구의 아파트로 처음 들어왔을 때보다도 상자가 더 많았다. 몇 군데에서는 어머니가 눈을 가늘게 떴고, 몇 군데에서는 커다랗게 뜨고 있었다. 어떤 상자는 나를 쳐다보는 안구 하나로 꽉 찼다. 몇몇 상자 가장자리에서 카팔디 씨의 일부가 보여서 카팔디 씨가 두 손을 공중으로 들어 올리는 모호한 동작을 하고 있음을 알 수 있었다.

"클라라." 어머니가 입을 열었다. "추론을 잘했구나. 방금 해 준 말 고맙다. 그런데 네가 알아야 할 게 있어."

"아니, 크리시, 아직은 아니에요."

"왜요? 왜 안 돼요? 당신이 조금 전에 클라라도 함께해야 한다고 했잖아요. 클라라가 차이를 만들 거라고 했잖아요."

잠시 침묵이 흐르더니 카팔디 씨가 말했다. "좋아요. 원한다면. 말해요."

"클라라. 우리가 오늘 여기 온 것은. 주된 이유는. 조시가 모델 서려고 온 게 아냐. 너 때문에 왔어."

"알겠어요. 제가 응답한 설문의 목적을 알 것 같아요. 제가 조시를 얼마나 잘 아는지를 검사하기 위한 거죠. 조시가 어떻게 결정을 내리고 왜 어떤 감정을 갖는지를 제가 얼마나 잘 이해하는지 보려고요. 설문 결과가 제가 저 위에 있는 조시를 잘 훈련할 수 있음을 보여 줄 것이라고 생각합니다. 하지만, 다시 말하지만 희망을 버리면 안 돼요."

"아직도 잘 이해를 못 하고 있어." 카팔디 씨가 말했다. 카팔디 씨가 내 앞에 서 있는데도 내 시야 가장자리에서 목소리가 들려오는 것 같았다. 여전히 나에게는 어머니의 눈밖에는 보이지 않았기 때문이다. "크리시, 내가 설명할게요. 그 편이 쉬울 것 같아. 클라라, 너한테 새 조시를 훈련하라는 게 아니야. 조시가 되라고 하는 거야. 저 위에 있는 조시는, 너도 알아차렸겠지만 속이 비어 있어. 그날이 오면, 그러지 않기를 바라지만 만약 그렇게 된다면, 네가 조시에 대한 모든 지식을 지닌 채로 저 위에 있는 조시 안에 들어가기를 바라."

"안에 들어가길 바란다고요?"

"크리시가 너를 고를 때도 그걸 염두에 두고 있었어. 크리시는 네가 조시를 배우기에 가장 적합하다고 생각했지. 외형뿐 아니라 내면까지 전체를. 첫 번째 조시와 두 번째 조시 사이에 아무 다른 점이 없어질 정도로 배울 수 있다고."

"헨리는 지금," 어머니가 말했고 이제는 더 이상 어머니는 나뉘어 보이지 않았다. "모든 걸 다 사전에 계획한 것처럼 말하는데, 그런 건 절대 아니었어. 이게 과연 될 거라고 내가 믿었는지조차 몰랐으니까. 어쩌면 잠깐 믿었던 것도 같다. 하지만 저 위에서 그 초상화를 보고 나니까 이제는 모르겠어."

"이제 너한테 뭘 기대하는지 알겠지, 클라라." 카팔디 씨가 말했다. "조시의 외적 행동만 흉내 낸다고 되는 게 아니야. 크리시를 위해 조시로서 계속 살아야 해. 또 조시를 사랑하는 다른 모든 사람을 위해서."

"하지만 그게 가능할까요? 쟤가 정말 나에게 조시가 될 수 있을까요?" 어머니가 말했다.

"네, 그럴 수 있어요." 카팔디 씨가 말했다. "클라라가 설문을 끝냈으니 그럴 수 있다는 과학적 근거를 보여 줄 수 있겠네요. 클라라가 이미 조시의 충동과 욕구에도 포괄적으로 접속할 수 있다는 증거요. 문제는, 크리시 당신이 나하고 비슷하다는 거예요. 우리는 감상적인 사람들이죠. 어쩔 수가 없어요. 우리 세대는 여전히 과거의 감정을 지니고 살죠. 마음 한편에서 그걸 붙들고 버리지 않으려고 해요. 우리 내면에 가닿을 수 없는 무언가가 있다고 계속 믿고 싶어 해요. 다른 사람에게 전달할 수 없는 고유한 무언가가 있다고. 하지만 그런 건 없어요. 누구나 아는 사실이죠. 당신도 알고요. 우리 세대 사람들은 무언가 있다는 생각을 놓기 힘들어요. 하지만 그 생각을 버려야 해요, 크리시. 이 안에는 아무것도 없어요. 조시 내면에 클라라가 계속 이어 나갈 수 없는 것은 아무것도 없어요. 두 번째 조시는 모조품이 아니에요. 정확히 똑같은 존재니까 당신이 지금 조시를 사랑하는 것과 똑같이 그 애를 사랑하는 게 당연한 거예요. 사실 믿음이 필요한 것도 아니에요. 합리적으로 생각하기만 하면 되죠. 나도 그렇게 해야 했고 쉽지는 않았지만 지금은 아주 좋아요. 당신도 그렇게 될 겁니다."

어머니가 일어서서 방 저편으로 가기 시작했다. "헨리, 당신 말이 맞을 수도 있겠죠. 지금은 피곤해서 더 생각을 못

하겠네요. 이제 클라라랑 이야기를 좀 해야겠어요. 둘이서. 오늘 소란을 일으켜서 미안해요." 어머니는 백이 걸려 있는 현관 입구 옷걸이 쪽으로 걸어갔다.

"클라라가 알아서 정말 다행이라고 생각해요. 솔직히 마음이 놓여요." 카팔디 씨는 혼자 남기 싫은 듯 어머니를 따라가면서 말했다. "클라라, 설문 결과를 보면 네가 좀 더 노력을 기울여야 하는 부분이 어디인지 알 수 있을 거야. 터놓고 이야기할 수 있으니 좋구나."

"자, 클라라. 가자."

"그러면 크리시. 이대로 가는 거지요?"

"그래요. 하지만 지금은 그만 생각하고 싶네요."

어머니는 카팔디 씨의 어깨를 잡았고 우리는 카팔디 씨가 얼른 열어 준 현관문을 통해 밖으로 나왔다. 카팔디 씨는 엘리베이터까지 따라와서 문이 닫힐 때 밝은 얼굴로 손을 흔들었다.

내려가는 길에 어머니는 가방에서 오블롱을 꺼내서 들여다보았다. 엘리베이터 문이 열리자 어머니는 오블롱을 다시 집어넣었고, 우리는 해가 철망 울타리를 통과해 저녁의 무늬를 깔아 놓은 갈라진 콘크리트 바닥 위를 걸었다. 조시와 아버지가 밖에서 우리를 기다리고 있을지도 모른다고 생각했는데 아무도 없었다. 나무 그림자 하나가 어머니의 차 위에 드리웠고 멀지 않은 곳에서 도시의 소리가 들렸다.

"클라라, 앞에 타."

우리는 앞 유리를 통해 주차 금지 표지판을 보며 차에 나란히 앉았다. 어머니는 차를 출발시키지 않고 가만히 있었다. 나는 카팔디 씨의 건물 벽과 비상계단에 생긴 해의 무늬를 보았고 건물 외관이 이렇게 더러울 수 있다니 이상하다는 생각을 했다. 어머니는 다시 오블롱을 들여다보았다.

"햄버거 가게에 갔대. 조시는 괜찮단다. 그 사람도 괜찮다고 하고."

"두 사람이 즐거운 시간 갖기를 바라요."

"너한테 할 말이 있어. 일단 다른 데로 가자."

건물 마당에서 나와 주택가를 지나가다가 바구니 달린 자전거를 탄 여자가 길을 건너도록 차를 멈췄다. 잠시 뒤에는 주위에 다른 차가 한 대도 없는데도 신호등 앞에서 멈췄다. 신호가 바뀐 뒤에 인도에서 뒤로 멀찍이 물러서 있는 커다란 갈색 건물을 지나쳤다. 창문은 하나도 없고 가운데 굵직한 굴뚝이 있었다. 그다음에는 다리 밑으로 들어갔는데 그늘, 웅덩이, 스케이트보드 점프대가 있었다. 다리 밑에서 나오자 '직원 모집' 표지판이 붙어 있는 건물 옆에 해의 무늬가 비쳤고, 곧 인도 위에 사람들이 나타나고 작은 나무도 보였다. 마침내 어머니가 속도를 줄이더니 '직접 생산한 소고기를 갑니다'라고 적힌 간판 옆에 차를 세웠다. 다른 차들이 빵빵거리며 우리를 지나쳐 갔지만 그래도 여기에는 주차금지 표지판은 없었다. 앞쪽에 또 다리 밑 구간이 보였는데 우리 옆으로 지나간 차들이 그 아래로 들어가려고 줄을 서고 있었다.

"여기가 거기야. 이 안에 있대. 폴의 말도 일리가 있어. 둘이 시간을 좀 보내야지. 단둘이서. 그런 시간이 필요해. 우리가 늘 같이 있으려고 하면 안 돼. 알겠니, 클라라?"

"그럼요."

"조시는 아빠가 보고 싶었을 거야. 당연한 일이야. 그러니여기 좀 더 앉아 있자."

앞쪽 신호등이 바뀌자 차들이 다리 아래 어둠 속으로 들어갔다.

"너한테 충격이었을 거야. 궁금한 것도 많겠지." 어머니가 말했다.

"알 것 같아요."

"그래? 안다고? 내가 너한테 뭘 요구하는지 알아? 이건내가 요구하는 거야. 카팔디나 폴이 아니라. 결국은 나야. 내일이라고. 내가 너한테 이게 될 수 있게 해 달라고 부탁한다고. 왜냐하면 그 일이 일어나면, 다시 그런 일이 있으면, 내가 살 길이 없어. 샐 때는 버텨 냈지만 다시는 그렇게 못 해.

그래서 너한테 부탁하는 거야. 나를 위해 최선을 다해 줘. 너희 가게에서 네가 대단하다고 했지. 내가 지금까지 널 보아 온 바로 그 말이 맞을지 모른다는 생각이 들어. 네가 전력을 다한다면 말이야. 될지도 몰라. 그러면 내가 널 사랑할 수 있을지도 몰라."

우리는 서로를 처다보지 않고 앞 유리만 보고 있었다. 내 창 쪽에 있는 '직접 생산한 소고기를 갑니다' 건물에서 앞치마를 두른 사람이 나와서 인도를 빗자루로 쓸었다.

"폴을 원망 안 해. 폴이 그런 감정을 느끼는 것도 당연해. 샐한테 그런 일이 있고 나서 폴은 위험을 무릅쓰지 말자고 했어. 조시를 향상 안 시키더라도 뭐 어떻냐고. 안 한 애들도 많은데. 하지만 나는 조시한테 그럴 수가 없었어. 조시에게 최고를 주고 싶었으니까. 조시가 좋은 삶을 살기를 바랐어. 이해하니, 클라라? 내가 다시 한번 걸어 보겠다 했는데, 그랬는데, 조시가 아파. 내가 내린 결정 때문에. 내가 어떤 심정일지 아니?"

"네. 안타깝습니다."

"너한테 안타까워하라고 하는 말이 아니야. 네가 할 수 있는 한 애써 달라는 말이야. 그게 너한테 어떤 의미일지도 생각해 봐. 너는 세상에서 그 누구보다도 더 사랑받을 거야. 언젠가는 내가 다른 남자를 만날지도 모르지. 앞일은 모르는 거니까. 하지만 혹여 그런 일이 있더라도 그 남자를 너보다 더 사랑할 일은 없을 거라고 약속할게. 너는 조시가 될 거고 나는 너를 평생 그 무엇보다 사랑할 거야. 그러니까 나를 위해서 그렇게 해 줘. 나를 위해서 그렇게 해 달라고 부탁할게. 나를 위해서 조시를 계속 이어 가 줘. 어서. 말 좀 해 봐."

"궁금한 게 있어요. 만약 제가 조시를 이어 간다면, 새로운 조시 안에 들어간다면, 그러면 이…… 이건 어떻게 되죠?" 나는 팔을 들어 올렸고 처음으로 어머니가 나를 쳐다보았다. 어머니는 내 얼굴을 보고 내 다리를 보았다. 그러더니 다시 고개를 돌리고 말했다.

"그게 뭐가 중요하겠니? 겉껍질일 뿐인데. 그리고 또 네가 생각해 볼 만한 게 있어. 어쩌면 내가 너를 사랑해 준다는 게 너한테는 별 의미 없을 수도 있지. 하지만 다른 것도 있어. 그 아이. 릭. 그 아이가 너한테 의미 있다는 거 알아. 아직, 잠깐, 내가 먼저 말할게. 내 말은 릭이 조시를 아주 좋아하고 옛날부터 그랬다는 거야. 네가 조시가 되면 나뿐 아니라 릭도 갖게 될 거야. 릭이 향상은 안 되었지만 무슨 상관이니? 우리가 같이 살 방법을 찾아보자. 멀리 떠나서. 거기에서, 이 모든 것 다 버리고 우리끼리 사는 거야. 너랑, 나랑, 릭이랑, 릭의 엄마도 원한다면 함께. 그럴 수 있을 거야. 그러려면 네가 그걸 해내야 해. 조시를 완전하게 배워야 해. 내 말 알아들었니, 아가?"

"오늘까지는, 방금까지는, 조시를 구하는 게, 조시를 낫게 하는 게 제 의무라고 생각했어요. 하지만 어쩌면 이게 더 나은 방법일 수도 있겠네요."

어머니가 천천히 몸을 돌리고 팔을 뻗더니 나를 끌어안았다. 우리 사이에 자동차 운전 장치가 있어서 어머니가 나를 완전히 안기는 힘들었다. 그러나 어머니는 조시를 안고 살살 흔들 때처럼 눈을 감고 있었고, 나는 어머니의 친절을 몸으로 느낄 수 있었다.

◆

다리 아래 길로 들어가고 싶어 하는 운전자들이 어머니 차 때문에 돌아가야 해서 화가 났다. 운전자들이 옆으로 지나쳐 가며 나를 불친절한 표정으로 노려보았다. 나는 그냥 승객일 뿐이라 내 책임이 아니라는 걸 알 텐데도.

하지만 내가 걱정한 것은 지나가는 차나 불친절한 운전자가 아니라 지금 '직접 생산한 소고기를 갑니다' 안에서 무슨 일이 일어나고 있나 하는 것이었다. 내가 어머니가 한 말과 포옹에 정신을 뺏기지 않았다면 어머니가 가게 안으로 들어가지 않게 설득할 수 있었을지도 모른다. 그러나 어머니는 포옹을 풀자마자 (조시와 아버지 둘만의 시간이 필요하다고 조금 전 자기 입으로 말했으면서) 바로 차에서 내려 차 문을 쾅 닫았다.

시간이 흐르자 카팔디 씨 건물에서 있었던 날카로운 순간이 떠올랐고, '직접 생산한 소고기를 갑니다' 안에서 조시를 불편하게 할 비슷한 상황이 벌어지고 있다면 예의 없는 행동이기는 하나 내가 들어가서 분위기를 바꾸는 게 좋지 않을까 고민이 되었다. 그러나 결정을 내리기 전에 아버지가 인도로 나와 내 창문 바깥쪽에 섰다. 아버지가 자동차 열쇠 장치를 차에 겨누었지만 아무 일도 일어나지 않자 다시 들여다보고 눌렀다. 이번에는 열리는 소리가 났다. (어머니가 나를 안에 두고 문을 잠근 거였다.) 아버지는 도로로 내려가 얼른 차에 올라탔다. 운전석에 앉았지만 내 쪽은 보지 않고 다리 아래로 들어가는 길만 보고 있었다. 그러더니 운전대에 손을 올리고 손가락으로 두들겼다.

"아직도 이 차를 타다니 놀랍네." 아버지가 말했다. "이거 고를 때 내가 도와줬지. 한동안 독일 차를 사고 싶어 했는데 내가 이게 더 믿음직하다고 했어. 내 말이 틀리지 않았지. 적어도 나보다는 오래 버텼으니."

"폴 씨가 전문 공학자이니까 차를 선택할 때도 좋은 조언을 해 줄 수 있었을 거라고 생각해요."

"그런 건 아냐. 자동차 엔진은 내 분야가 아니라." 아버지는 계속 운전대를 두들겼는데 지금은 슬픔이 조금 느껴졌다.

"조시와 어머니는 곧 나오나요?" 내가 물었다.

"뭐? 아 아냐. 안 나올 거야. 당분간은 안 나올 거야." 그러더니 이렇게 말했다. "사실은 크리시가 차를 몰고 어디 갔다 오라고 했어. 조시와 이야기할 동안 내가 멀리 가 있는 게 좋겠다고." 아버지는 카팔디 씨 건물에 있을 때보다 화가 많이 가라앉은 것처럼 보였다. 지금은 거의 몽롱한 듯 보일 정도였다. "솔직히 말하면 크리시가 와서 다행이었어. 방해당해서 기분 안 좋았을 줄 알았지. 그런데 사실은 조시하고 가볍게 이야기하고 있던 게 아니라 아주 진퇴양난 궁지에 몰린 상황이었어. 저기," 아버지가 그제야 나를 쳐다보았다. "내 태도가 좋지 않았다면 미안하다. 내가 무례하게 대한 것 같아."

"걱정하지 마세요. 폴 씨가 저를 따뜻하게 맞지 않은 이유를 지금은 아주 잘 이해해요."

"나는, 음, 너희를 대하는 데 익숙하지가 않아. 그러니 이해하렴. 그래, 난 크리시가 들이닥친 것에 전혀 유감이 없었어. 왜냐하면 조시가 아주 어려운 질문을 했는데 어떻게 대답해야 할지 도무지, 때려죽여도 모르겠더라고. 조시는 바보가 아니니까." 아버지는 다리 아래쪽을 다시 내다보면서 계속 운전대를 손가락으로 두드렸다. "거기서 그런 일이 있었으니 좀 편한 시간을 가졌으면 했지. 커피하고 또 뭐 좀 먹으면서. 그런데 조시가 이러는 거야. 아빠도 카팔디 씨가 우리를 돕는 거라고 하면서 왜 그렇게 그 사람을 싫어하냐고."

"폴 씨는 어떻게 대답하셨어요?"

"나는 조시한테 거짓말을 잘 못 해. 그래서 그러니까, 대충 얼버무렸지. 그런데 조시가 나를 훤히 꿰뚫어 보는 것 같더라고. 그때 크리시가 들어왔어."

"조시가 그…… 계획에 대해 의심하나요? 조시가 세상을 떠나야 하는 상황에 대비한 계획이요?"

"모르겠어. 짐작은 하지만 차마 직시하지는 못하는 걸 수도 있고. 조시는 바보가 아니야. 대답하기 어려운 질문만 하더라고. 왜 초상화 그리는 사람을 그렇게 못마땅해하냐고? 글쎄. 크리시더러 한번 대답해 보라고 하지." 아버지는 열쇠 장치를 점화 장치 슬롯에 넣었다. "우리는 잠시 꺼져 있으라고 하더라고. 정확히 언제까지냐면," 아버지가 시계를 보았다. "5시 45분까지. 그때 스시 식당에서 만나기로 했어. 우리 전부. 조시, 크리시, 이웃 사람들까지. 그러니까 한 시간 동안 주차된 차 안에 있기 싫다면 어딘가로 가는 게 좋겠다."

아버지가 시동을 걸었지만 신호를 기다리는 차의 줄이 너무 길어서 바로 움직일 수는 없었다. 나는 안전벨트를 채우고 기다렸다. 그때 신호등이 바뀌었고 차가 앞으로 나갔다.

◆

그림자와 빛의 무늬가 사방에서 지나갔고 우리는 곧 다리 아래 공간에서 나와 높은 갈색 건물이 늘어선 대로로 들어섰다. 다리가 여럿이고 눈도 많은 커다란 짐승 옆을 지나쳤는데, 내 눈앞에서 짐승이 둘로 쪼개어졌다. 나뉜 모습을 보니 서로 다른 두 사람이 하나로 합해져 보였던 것임을 알게 되었다. 조깅하는 사람과 개를 산책시키는 사람이 반대 방향에서 오다가 한순간 서로 스친 것이었다. '매장 내 식사 테이크아웃 가능'이라는 간판이 붙은 가게가 나왔고 도로 위에 누군가가 잃어버린 야구모자 하나가 있었다.

"어디 가고 싶은 데 있어?" 아버지가 물었다. "조시가 네 옛날 가게 이야기를 하던데. 오늘 그 앞을 지나쳐 왔다고."

이 말을 듣는 순간 나는 기회가 생겼다는 걸 깨닫고 어쩌면 너무 큰 소리로 외쳤다. "아, 네!" 그러고는 진정하고 더 작은 목소리로 말했다. "괜찮으시다면 거기로 가면 좋겠어요."

"조시가 지금은 없을 거라고 그랬어. 다른 데로 이사 갔을 수도 있다고."

"확실히 모르겠어요. 그렇더라도 폴 씨가 거기로 가 주신다면 무척 기쁘겠어요."

"그래. 어차피 할 일도 없으니."

다음 교차로에서 우회전을 하면서 아버지가 이렇게 말했다. "크리시가 어쩌고 있는지 모르겠네. 지금 무슨 이야기를 하고 있을까. 화제를 다른 데로 돌렸으려나."

차가 더 많아져서 다른 차 뒤를 따라 천천히 갔다. 이따금 해가 보였지만 이미 상당히 낮게 내려와 있어 높은 빌딩에 가릴 때가 많았다. 인도에는 일을 마치고 나온 사무 노동자들이 많았고 사다리 위에 올라가 '로티세리 치킨'이라고 적힌 반짝이는 빨간색 간판을 손보는 사람도 있었다. 횡단보도와 견인 구역 표지판을 지나쳤고 나는 우리 가게에 가까워졌다는 걸 알았다.

"뭐 좀 물어봐도 돼?" 아버지가 말했다.

"네, 그럼요."

"조시는 아직 확실히는 모르는 것 같아. 그런데 너는 어떤지 모르겠다. 얼마나 짐작하고 있었는지. 오늘 얼마나 알게 됐는지. 뭘 얼마나 아는지 말해 줄 수 있겠지."

"오늘 카팔디 씨를 만나기 전에 몇 가지는 의심했지만 몰랐던 것도 많았어요. 지금은 왜 폴 씨가 불편해하는지 이해할 수 있어요. 처음에 왜 저한테 차갑게 대하셨는지도 이해가 가고요."

"그 점은 다시 사과할게. 그래서. 너한테 다 설명해 줬구나. 네가 거기에서 어떤 역할을 하는지."

"네. 저한테 전부 말했다고 생각해요."

"그래 어떻게 생각하니? 네가 할 수 있을 것 같아? 그 역할을 해낼 수 있어?"

"쉽지는 않을 것 같아요. 하지만 계속 조시를 면밀하게 관찰하면 제 능력으로 가능할 거라고 생각해요."

"그러면 다른 것도 좀 물어보자. 이런 걸 묻고 싶어. 너는 인간의 마음이라는 걸 믿니? 신체 기관을 말하는 건 아냐. 시적인 의미에서 하는 말이야. 인간의 마음. 그런 게 존재한다고 생각해? 사람을 특별하고 개별적인 존재로 만드는 것? 만약에 정말 그런 게 있다면 말이야. 그렇다면 조시를 제대로 배우려면 조시의 습관이나 특징만 안다고 되는 게 아니라 내면 깊은 곳에 있는 걸 알아야 하지 않겠어? 조시의 마음을 배워야 하지 않아?"

"네, 그럼요."

"그게 어렵지 않겠니? 네 능력이 아무리 뛰어나더라도 그 건 능력 밖일 거야. 아무리 신통하게 해낸다 해도 흉내 내는 것만으로는 턱도 없을 테니까. 조시의 마음을 배워야, 그걸 완전히 알아야 하지, 아니면 너는 절대로 조시가 될 수 없 어."

시내버스가 버려진 과일 상자 옆에 멈춰 섰다. 아버지가 멈춘 버스를 돌아서 가려 하자 뒤에 있던 차가 화난 듯 빵빵 거렸다. 그리고 또 다른 빵빵거리는 소리가 들렸는데 우리한 테 화를 내는 건 아니고 멀리에서 나는 소리였다.

"말씀하신 마음이요." 내가 말했다. "그게 가장 배우기 어 려운 부분일 수 있을 것 같습니다. 방이 아주 많은 집하고 비슷할 것 같아요. 그렇긴 하지만 시간이 충분히 주어지고 에이에프가 열심히 노력한다면 이 방들을 전부 돌아다니면 서 차례로 신중하게 연구해서 자기 집처럼 익숙하게 만들 수 있을 겁니다."

아버지도 옆길에서 끼어들려고 하는 차에 경적을 울렸다.

"하지만 네가 그 방 중 하나에 들어갔는데, 그 안에 또 다 른 방이 있다고 해 봐. 그리고 그 방 안에는 또 다른 방이 있고. 방 안에 방이 있고 그 안에 또 있고 또 있고. 조시의 마음을 안다는 게 그런 식 아닐까? 아무리 오래 돌아다녀 도 아직 들어가 보지 않은 방이 또 있지 않겠어?"

나는 이 말을 잠시 생각해 본 다음 대답했다. "물론 인간의 마음은 복잡할 수밖에 없습니다. 하지만 어딘가에 한계가 있을 거예요. 폴 씨가 시적인 의미로 말씀하셨지만 그래도 배워야 할 것에는 끝이 있을 겁니다. 조시의 마음은 방 안에 또 방이 있는 이상한 집을 닮았을 수 있지요. 하지만 이게 조시를 구하는 가장 좋은 방법이라면 저는 최선을 다하겠어요. 제가 성공할 가능성이 충분히 있다고 생각합니다."

"흐음."

한동안 우리는 말없이 갔다. 그러다가 '네일 부티크'라는 건물과, 이어 낡아서 벗어지는 포스터가 죽 붙어 있는 벽을 지나자 아버지가 말했다. "조시 말에 따르면 네 옛 가게가 이 구역에 있다던데."

그런 것도 같았지만 주변이 낯설어 보였다. 내가 말했다. "폴 씨가 솔직하게 말해 주셨으니, 허락하신다면, 저도 솔직하게 말하고 싶습니다."

"해 봐."

"여기로 데려다 달라고 부탁한 진짜 이유는 예전 가게를 보고 싶어서가 아니었어요."

"그래?"

"아까 여기를 지나갈 때 가게에서 멀지 않은 곳에서 어떤 기계를 지나쳤어요. 공사장 인부가 사용하는 기계인데 끔찍한 공해를 만들어 내요."

"응. 그런데?"

"설명하기가 쉽지는 않아요. 하지만 폴 씨께서 제가 하려는 말을 믿어 주셔야 해요. 이 기계를 반드시 파괴해야 해요. 그래서 여기로 데려다 달라고 부탁드린 거예요. 근처 어디에 있을 거예요. 차체에 쿠팅스라고 적혀 있어서 쉽게 알아볼 수 있어요. 깔때기 굴뚝이 세 개 있고 거기에서 끔찍한 공해를 배출해요."

"그래서 그 기계를 지금 찾고 싶다고?"

"네. 그리고 파괴해야 해요."

"공해를 분출하기 때문에."

"아주 끔찍한 기계예요." 나는 몸을 앞으로 숙이고 왼쪽 오른쪽을 돌아보았다.

"그래 정확히 어떻게 파괴할 생각인데?"

"잘 모르겠어요. 그래서 폴 씨에게 솔직하게 말한 거예요. 폴 씨의 도움을 부탁드려요. 폴 씨는 어른이기도 하지만 전문 공학자이니까요."

"남의 사유 재산을 파손하려면 어떻게 해야 하냐고 나한테 묻는 거야?"

"일단은 그걸 찾아야 해요. 그러니까 이 길을 다시 돌아갈 수 있을까요?"

"여기서는 돌 수 없어. 일방통행로야. 나도 너만큼 공해를 싫어하지만 이건 좀 지나친 거 아니니?"

"더 설명하기는 힘들어요. 하지만 폴 씨가 저를 믿어 주셔야 해요. 조시를 위해서 아주 중요한 일이에요. 조시의 건강을 위해서요."

"그게 어떻게 조시한테 도움이 된다는 거야?"

"죄송합니다. 설명할 수가 없어요. 폴 씨는 제 말을 믿으셔야 해요. 저는 쿠팅스 머신을 찾아서 파괴할 수만 있다면 조시가 완전히 회복할 거라고 생각해요. 그러면 카팔디 씨나 초상화나 제가 조시를 얼마나 잘 배울 수 있나 하는 것들은 문제가 되지 않아요."

아버지는 이 말을 잠시 생각하더니 마침내 이렇게 말했다. "좋아. 한번 시도라도 해 보자. 그러니까 그 기계를 마지막으로 어디에서 봤다고?"

우리는 계속 앞으로 갔고 그러자 RPO 빌딩과 그 옆 비상 계단 건물이 우리 쪽으로 빠르게 다가왔다. 해가 그 뒤로 익숙한 모습으로 내려가고 있었고 그때 그 가게 앞을 지나쳤다. 쇼윈도에 진열된 알록달록한 병과 매입형 조명등이라는 간판이 보였지만 쿠팅스 머신을 놓칠까 봐 자세히 볼 겨를이 없었다. 횡단보도를 통과할 때 아버지가 말했다. "이 도로는 택시만 들어올 수 있는 건가. 저기 봐 봐. 택시밖에 없어."

"여기에서 돌면 될 것 같아요. 가능하면 그렇게 해 주세요."

아까 쿠팅스 머신을 보았던 자리에는 아무것도 없었다. 거리가 다시 낯설어졌고 나는 사방을 둘러보았다. 이따금 해가 건물 틈새로 빛났다. 해가 나를 격려하려는 건지 아니면 그냥 내가 잘하고 있나 지켜보는 건지 궁금했다. 다른 길로 들어섰으나 여기에도 쿠팅스 머신은 없었고 내가 점점 당황하는 게 눈에 보였는지 아버지는 지금까지 듣지 못한 부드러운 목소리로 말했다.

"너 이걸 진심으로 믿는구나? 조시한테 도움이 될 거라고."

"네. 네, 그렇게 믿어요."

아버지가 어쩐지 달라진 것 같았다. 아버지는 몸을 세우더니 나처럼 열심히 왼쪽 오른쪽을 둘러보았다.

"희망이란 게, 지겹게도 떨쳐 버려지질 않지." 아버지는 분한 듯이 고개를 흔들었지만 한편 새로 힘이 솟는 것도 같았다. "좋아. 공사 차량이라고 했지. 건설 노동자들이 쓰는."

"바퀴가 달려 있긴 하지만 보통 차와는 다른 것 같아요. 이동하려면 다른 차에 끌려가야 해요. 차체에 쿠팅스라고 적혀 있고 연노란색이에요."

아버지가 시계를 보았다. "지금 시간이, 건설 현장 일은 끝났을 것 같아. 다른 데서 찾아보자."

아버지는 더 노련하게 차를 몰기 시작했다. 다른 차들, 보행자, 상점이 있는 분주한 거리를 떠나 창문 없는 건물, 그라피티가 화려하게 그려진 넓은 벽이 있는 작은 길로 들어갔다. 그러다가 차를 멈추고 후진해서 철망 울타리 옆 좁은 공간으로 들어가 건물 뒤쪽 트럭과 더러운 차가 서 있는 곳으로 가기도 했다.

"뭐 보여?"

내가 고개를 저으면 아버지는 다시 자동차 속도를 높였고 그래서 나는 아버지가 차를 급하게 몰다가 소화전이나 건물 모퉁이에 부딪히지 않을까 걱정이 되었다. 야적장 여러 곳을 둘러보았고 심지어는 한쪽 문에 '출입 엄금'이라고 적힌 표지판이 붙어 있는데도 삐딱하게 열린 문 안으로 들어가 보기도 했다. 자동차가 여러 대 있고 나무 상자가 잔뜩 쌓여 있고 안쪽 깊은 곳에 크레인도 있었지만 여기에도 쿠팅스 머신은 없었다. 아버지가 이번에는 인도가 부서져 있고 행인이 드문 어두운 동네로 갔다. '전층 임대'라고 적힌 건물 옆 좁은 골목으로 들어가자 건물 뒤에 철망 울타리로 둘러싸인 야적장이 또 나왔다.

"저기요! 폴 씨, 저기 있어요!"

아버지가 차를 덜컹 세웠다. 야적장이 내 창문 쪽에 있어서 나는 창문에 머리를 갖다 댔다. 내 뒤쪽에서 아버지도 더 잘 보려고 고쳐 앉았다.

"저기 저거? 깔때기 같은 거 있는 거?"

"네. 찾았어요."

아버지가 천천히 차를 후진시키는 동안에도 나는 쿠팅스 머신에서 눈을 떼지 않았다. 다시 차가 멈췄다.

"입구가 쇠사슬로 잠겨 있어. 하지만 저기 옆쪽 출구는……" 아버지가 말했다.

"네, 작은 문이 열려 있네요. 걸어서 들어갈 수 있겠어요."

내가 안전벨트를 풀고 차에서 내리려고 했는데 아버지가 손으로 내 팔을 잡았다.

"나라면 확실히 어떻게 할지 결정을 한 다음에 나가겠어. 버려진 곳처럼 보이지만 그래도 혹시 모르니까. 경보기나 보안 장치가 있을 수도 있어. 고민할 시간이 없을 수도 있다고."

"네, 맞는 말이에요."

"저 기계가 확실히 맞아?"

"맞아요. 여기에서도 잘 보이는데 확실해요."

"그리고 저걸 망가뜨리면 조시한테 도움이 된다고?"

"네."

"그래서 어떻게 망가뜨릴 생각인데?"

나는 야적장 가운데에 다른 차들과 조금 떨어져 서 있는 쿠팅스 머신을 노려보았다. 멀찍이 컴컴한 그림자로 보이는 건물이 두 채 있고 그 사이로 해가 비쳤다. 그때 마침 해의 광선이 건물 틈새를 뚫고 안으로 들어와 주차된 차들의 가장자리가 반짝였다.

"제가 한심하게 느껴져요." 마침내 내가 말했다.

"음, 간단한 일은 아니겠지." 아버지가 말했다. "무엇보다도 네가 하겠다는 일은 범죄 행위에 속하니까."

"네. 그렇지만 만약 저기 높은 창문에서 사람들이 여기에서 일어나는 일을 본다고 하더라도, 쿠팅스 머신이 파괴되어 기뻐할 거라고 생각해요. 이 기계가 얼마나 끔찍한지 잘 알 테니까요."

"그럴지도 모르지. 그런데 어떻게 하려고?"

아버지는 이제 의자에 기대앉아 한 팔을 느긋하게 운전대에 얹고 있었다. 아버지가 이미 뭔가 방법을 생각해 냈는데 어떤 이유에서인지 말하지 않는다는 느낌이 들었다.

"폴 씨는 전문 공학자이시니까요, 무언가를 생각해 내실 수 있지 않을까 기대했어요." 나는 몸을 돌려 아버지를 똑바로 보며 말했다.

아버지는 앞 유리만 보고 있었다. "아까 카페에서, 조시한테 설명을 할 수가 없었어. 왜 그렇게 카팔디를 증오하는지 설명할 수가 없었어. 왜 점잖게 말이 안 나가는지. 하지만 클라라 너한테 한번 설명해 볼게. 너만 괜찮다면."

지금 다른 이야기를 꺼내다니 매우 달갑지 않은 일이었지만 나는 아버지의 호의를 잃고 싶지 않아 토 달지 않고 기다렸다.

"내가 카팔디를 미워하는 이유가, 마음 깊은 곳에 카팔디 말이 맞을지 모른다는 생각이 있기 때문인 것 같아. 카팔디의 주장이 실은 옳다고. 내 딸만의 고유한 무언가는 존재하지 않는다고, 현재 기술로 파악해 복사하고 전송할 수 없는 것은 없음을 과학이 확실하게 입증했다고. 사람들이 지금까지 수세기 동안 내내 서로 사랑하고 증오하며 함께 살았지만 모두 잘못된 가정에 근거해서 그랬던 거라고. 우리가 무지했기 때문에 일종의 미신 같은 것을 지니고 살아온 거지. 카팔디는 그렇게 생각해. 나도 마음 한구석에는 카팔디가 옳을지 모른다는 생각이 있어 두려운 거야. 하지만 크리시는 나하고 달라. 지금은 아니라고 생각할지 몰라도 절대로 설득이 안 될 사람이야. 만약 그 순간이 오면, 클라라, 네가 아무리 네 역할을 잘한다 하더라도, 그리고 크리시가 아무리 믿고 싶어 하더라도, 아마 크리시는 받아들이지 못할 거야. 크리시는 너무…… 구식이거든. 과학, 수학에서 말하는 것과 반대로 간다는 걸 알면서도 그게 안 되는 거야. 도무지 받아들일 수가 없는 거지. 나는 달라. 나는…… 크리시와 다르게 내면에 냉정함 같은 게 있어. 어쩌면 네 표현대로 내가 전문 공학자라서 그럴 수도 있겠지. 그래서 나는 카팔디 같은 사람을 참을 수가 없어. 그 사람들이 하는 행동, 하는 말이 내가 삶에서 가장 소중하게 여기는 것을 나한테서 빼앗아 가는 것 같은 느낌이 들어. 내 말이 이해가 가니?"

"네. 폴 씨의 감정을 이해해요." 나는 몇 초를 흘려보낸 다음에 말했다. "폴 씨의 말씀을 듣고 보니 더더욱 카팔디 씨가 제안하는 것을 시도할 필요가 없어야 할 것 같습니다. 조시가 건강해지도록 할 수 있다면 초상화도, 제가 조시를 학습하는 일도 불필요해지니까요. 그러니까 다시 부탁드려요. 쿠팅스 머신을 어떻게 하면 파괴할 수 있을지 조언해 주세요. 폴 씨한테 어떻게 하면 좋을지 아이디어가 있을 것 같아요."

"맞아, 방법 하나가 떠올랐어. 그런데 좀 더 나은 방법을 찾아보려던 참이었어. 안타깝게도 더 생각나는 게 없구나."

"말씀해 주세요. 갑자기 상황이 바뀌어서 기회를 놓칠 수도 있으니까요."

"좋아. 이런 거야. 저 기계 안에는 실베스터 광역 발전 장치가 들어 있을 거야. 중급 정도의 장치지. 에너지 효율과

내구성이 좋지만 취약한 데가 있어. 먼지, 연기, 비 같은 것은 얼마든지 버틸 수 있지. 하지만 아크릴아미드를 다량 함유한 물질이 안에 들어가면, 예를 들어 P-E-G 나인(Nine) 용액 같은 게 들어가면 문제가 돼. 경유 엔진에 휘발유를 넣는 것하고 비슷한데 결과가 훨씬 더 심각해. 안에 P-E-G 나인을 집어넣으면 급속도로 중합 반응이 일어날 거야. 복구하기 힘든 손상을 입을 가능성이 크지."

"P-E-G 나인 용액이요."

"그래."

"P-E-G 나인 용액을 급하게 구할 수 있는 방법을 아세요?"

"사실은 알아." 아버지가 나를 잠시 보고 있다가 말했다. "네 몸 안에 P-E-G 나인이 있어. 거기, 머리 안에."

"그렇군요."

"보통 작은 공간이 있어. 거기, 뒤통수하고 목이 만나는 부분쯤에. 내 전문 분야는 아니야. 카팔디는 훨씬 더 잘 알겠지. 어쨌든 너한테서 P-E-G 나인을 조금 뺀다고 해도 상태에 확연히 영향을 끼치지는 않을 것 같아."

"만약…… 그 용액을 제 몸에서 뺄 수 있다면, 그게 쿠팅스 머신을 파괴하기에 충분한 양일까요?"

"그건 정말 내 전문 분야가 아니라 잘 모르겠어. 그래도 내 생각에 너한테 대략 500밀리미터쯤은 있을 것 같아. 그 양의 절반이면 저런 중급 기계를 망가뜨리기에는 충분해. 하지만 이건 분명히 말해야겠다. 그렇게 하는 데 내가 찬성한다는 말은 아냐. 네 능력을 떨어뜨리면 카팔디의 계획에도 차질이 생기니까. 크리시가 원하지 않는 일이지."

마음속에 두려움이 가득 차기 시작했지만 나는 이렇게 말했다. "하지만 폴 씨는 그 용액을 빼 낸다면 쿠팅스 머신을 파괴할 수 있다고 생각하시는 거지요."

"내 생각은 그래. 맞아."

"폴 씨가 쿠팅스 머신을 파괴하는 한편 클라라도 망가뜨려서 카팔디 씨의 계획을 저지하기 위해 이 방법을 제안한 것일 수도 있을까요?"

"나도 그렇게 생각할 수 있겠단 생각을 했어. 하지만 내가 정말 너를 망가뜨리고 싶다면 더 간단한 방법도 있겠지. 사실, 너 때문에 다시 희망을 갖게 됐어. 네가 하는 말이 사실일지 모른다는 희망."

"어떻게 용액을 빼 내나요?"

"아주 조금 찢으면 돼. 귀 아랫부분을. 아무 쪽 귀나 상관없어. 도구가 필요한데, 뾰족하거나 날카로운 것. 바깥쪽 막만 뚫으면 돼. 그러면 거기 작은 밸브가 있을 텐데 손으로 풀었다가 다시 조일 수 있을 거야." 아버지는 이렇게 말하면서 어머니 차 조수석 앞쪽 서랍을 뒤지더니 플라스틱 물병 한 개를 꺼냈다. "됐다. 이걸로 용액을 받으면 돼. 또 완벽하진 않지만 작은 드라이버도 하나 있네. 이걸 좀 갈아서 날카롭게 만들면……." 아버지는 도구를 빛에 비추어 보며 말꼬리를 흐렸다. "그다음에는 저기로 가서 깔때기 안에 용액을 살살 흘려 넣으면 되겠지. 가운데 것에 넣어야 해. 그게 실베스터 장치랑 직접 연결되어 있을 거야."

"제 능력이 사라질까요?"

"말했듯이 전체적 기능에 큰 장애는 없을 거야. 내 분야가 아니라 확실하게는 말 못 하겠다. 인지 능력에 영향이 있을 수도 있어. 하지만 네 주된 에너지원은 태양광이니까 크게 영향을 받을 것 같진 않아."

아버지는 자기 쪽 창문을 열고 플라스틱 물병을 밖으로 내밀어 안에 든 물을 쏟아 버렸다.

"네가 정해, 클라라. 안 내키면 그냥 가면 돼. 보자, 다른 사람들하고 만나기로 한 시간까지 20분이 남았구나."

나는 철망 울타리를 통해 야적장 안을 보면서 두려움을 억누르려고 애썼다. 차에서는 시야가 상자로 나뉘지 않았다. 해는 컴컴한 두 건물 사이에서 여전히 우리를 지켜보고 있었다.

"있지, 클라라, 나는 대체 네가 뭘 하겠다는 건지도 몰라.

하지만 조시를 위해서라면 뭐든 하고 싶어. 너하고 똑같이. 그래서 기회가 있다면 뭐라도 잡고 싶다."

나는 아버지를 돌아보고 웃음을 지으며 고개를 끄덕였다. "네. 그럼 해 봐요." 내가 말했다.

◆

스시 식당 창가에 앉아 극장 바깥쪽 바닥에 생긴 그림자가 점점 길어지는 걸 보니 해가 특별한 자양분을 바로 이 창문으로 내 맞은편에 앉아 있는 조시에게 쏟아부을 수도 있다는 생각이 들었고 자꾸 마음이 들떴다. 하지만 하루 일을 마친 해가 지금 얼마나 피곤할까 하는 데 생각이 미치자 해가 그렇게 바로 반응을 보이길 기대한 게 불경하고 부당하다 싶었다. 그래도 마음속에 작은 기대가 남아 있어서 조시를 빈틈없이 관찰했지만, 곧 아무리 일러도 내일 아침이 되기 전에는 그런 일이 일어나지 않으리라는 사실을 받아들이게 됐다.

또 내가 스시 식당 창밖을 뚜렷하게 볼 수 없는 이유가 창문에 먼지가 끼고 더러워서이지 야적장에서 있었던 일 탓이 아니라는 것도 깨달았다. 왜냐하면 극장 입구 위에 걸린

현수막이 바람에 계속 흔들리는데도 "최고의 공연!"이라고 적힌 글자를 읽을 수 있었기 때문이다. 또 극장 바깥쪽에 사람들이 모여든다는 사실도 쉽게 파악했다. 사람이 더 올 때마다 누군가가 인사를 하거나 장난스럽게 뭐라고 외쳤다. 뭐라고 말하는지 잘 알아들을 수는 없었지만 두꺼운 유리로 가로막혀 있으니 그것도 현재 조건에서 이상한 일은 아니었다.

야적장에서 있었던 일 때문에 시간이 많이 지연되지는 않았지만 아버지와 내가 마침내 스시 식당을 발견했을 때 조시, 릭, 어머니와 헬렌 씨는 이미 몇 분 전에 와서 창가 자리에 앉아 있었다. 아버지는 카팔디 씨 건물에서 아무 일도 없었다는 듯 모두에게 쾌활하게 인사했다. 그러나 어머니는 잠시 뒤에 자리에서 일어나 밖으로 나가 귀에 오블롱을 갖다 댔다.

테이블 건너편에서 아버지는 릭의 노트를 넘겨 보면서 감탄하는 듯한 소리를 냈다. 그러나 나는 조시가 평소와 다르게 너무 조용해서 걱정이 되었다. 곧 아버지도 그 사실을 알아차렸다.

"야생동물, 괜찮니?"

"응, 괜찮아."

"오늘 많이 돌아다녔지. 아파트로 돌아가서 쉬고 싶어?"

"안 피곤해. 아프지도 않고. 나 괜찮아. 그냥 앉아 있을게."

조시 옆에서 릭도 걱정스러운 얼굴로 조시를 보고 있었다. "야, 조시, 이거 네가 마저 먹을래?" 릭은 조시의 귓가에 작은 소리로 말하면서 남은 당근 케이크를 조시 앞으로 밀어 놓았다. "먹으면 기운이 날 거야."

"기운 없지 않아. 괜찮아. 그냥 가만히 있고 싶어."

아버지는 조시를 유심히 보더니 릭의 노트로 눈을 돌렸다. "이거 정말 재밌구나, 릭."

"리키, 지금 생각났는데," 헬렌 씨가 말했다. "네 노트를 가져온 건 정말 잘한 것 같아. 하지만 밴스가 보여 달라고 하기 전에는 보여 주지 않는 게 좋을 것 같다."

"엄마, 그 얘기 이미 했잖아."

"좀 부적절한 것 같아서. 너무 매달리는 것처럼 보인달까. 그냥 사교적인 만남이니까. 그냥 자연스럽게 만나는 거야."

"엄마, 이렇게 철저하게 계획하고 이것 때문에 일부러 왔는데 어떻게 자연스러운 만남이야?"

"내 말은, 자연스러운 만남인 것처럼 행동해야 한다는 거야. 그래야 가장 좋아. 혹시 만약에 밴스가 네 작업을 보고 싶다고 하면, 그때……."

"알겠어. 걱정 마."

릭이 긴장한 것처럼 보여서 안심시켜 주고 싶었지만 내가 테이블 반대편에 앉았기 때문에 릭의 팔이나 어깨를 두드려 줄 수가 없었다. 아버지는 다시 조시에게 신경을 쓰고 있었지만 내가 보기에 조시는 몸이 안 좋은 게 아니고 생각에 빠져 있는 것 같았다.

"드론은 내 분야가 아니라서," 아버지가 잠시 뒤에 말했다. "하지만 릭, 이거 정말 대단하고 멋지다." 그러더니 헬렌 씨에게 말했다. "향상됐든 아니든 재능은 드러나기 마련이죠. 이 세상이 완전히 미친 게 아니라면."

"아저씨는 늘 저한테 도움을 많이 주셨어요." 릭이 말했다. "제가 처음 이 분야에 관심을 가졌을 때부터요. 그때 아저씨가 보여 주신 걸 토대로 이렇게 한 거예요."

"고맙다, 릭. 그런데 내가 도움을 줬다니 말도 안 돼. 드론 기술은 내가 전혀 모르는 분야라 너한테 별 도움이 안 됐을 거야. 어쨌든 그렇게 말해 주니 고맙다."

창문 밖 나비넥타이와 검은 정장 차림의 여자, 조끼를 입고 전단을 나눠 주는 극장 직원, 화려한 의상을 입은 커플, 작은 기타를 들고 사람들 사이로 돌아다니는 악사들 위에 해의 그날의 마지막 무늬가 드리웠다. 드문드문 노랫소리가 유리창을 넘어 들어왔다.

"여, 야생동물. 너희 엄마가 뭐 속상한 얘기 했니? 그렇게 조용히 있으니 너답지 않다."

"괜찮다니까. 내가 뭐 공연단도 아니잖아. 하루 종일 반짝거리고 방글거릴 수는 없다고. 가끔은 가만히 앉아서 좀 쉬고 싶어."

"폴, 당신이 없어서 그동안 섭섭했어요." 헬렌 씨가 말했다. "벌써 한 4년 됐나요? 아 저런, 사람들이 더 많이 몰려오네. 언제 입장시키려고 그러나. 이 길에 차는 못 들어오게 하니 그나마 다행이에요. 크리시는 어디 갔지? 아직도 밖에 있나?"

"여기서 보여, 엄마. 아직 통화 중이셔."

"오늘 우리랑 같이 있어 줘서 어찌나 좋은지. 크리시가 있으니 마음이 놓여요. 저한테는 정말 좋은 친구예요. 그리고 다들 이렇게 릭과 나를 응원해 주니 정말 고마워요." 헬렌 씨는 테이블을 둘러보았는데 특별히 나를 빼놓지 않고 시선에 담으려고 신경 쓰는 것 같았다. "태연한 척은 안 하려고. 중대한 순간이 임박했으니. 솔직히 말해서 릭 때문만은 아니에요. 제가 얘기했던가요? 우리가 만나려는 사람이요, 저하고 한때 뜨거운 사이였어요. 며칠 몇 달 동안이 아니라 몇 년 동안……."

"엄마, 좀……."

"만약 그 사람하고 폴이 이야기하게 되면 통하는 데가 있을 거 같아요. 이를테면 그 사람도 좀 파시스트 성향이 있거든요. 나는 모른 척했지만 늘 그랬어……."

"엄마, 제발요……."

"어, 헬렌, 잠깐만요. 그 말뜻은……." 아버지가 말했다.

"조금 전에 당신이 한 말 때문에 한 얘기예요. 당신네 커뮤니티 말이에요."

"아니, 헬렌, 그건 아니죠. 게다가 애들 앞에서. 아까 내가 한 이야기는 파시즘하고 아무 상관이 없는데요. 만일의 사태에 대비해 스스로를 방어할 준비를 해야 한다고 했을 뿐이지 공격적 목표 같은 건 전혀 없어요. 헬렌, 당신이 사는 곳에서는 아직 그런 걱정을 할 필요가 없을 테고 앞으로도 계속 그러기를 진심으로 빌지만, 제가 사는 곳은 달라요."

"그럼 아빠, 거기에서 나와야 하지 않아? 왜 폭력 집단하고 무기가 있는 곳에 살아?"

아버지는 조시가 마침내 대화에 끼어들어 반가운 것 같았다. "거기가 내가 속한 곳이니까. 그렇게 나쁜 곳은 아니야. 나는 거기가 좋아. 괜찮은 사람들과 같이 지낼 수 있고, 대부분 나하고 똑같은 길을 거쳐 온 사람들이야. 만족스럽고 충만하게 사는 방법은 여러 가지가 있다는 걸 확실히 알게 된 사람들이지."

"아빠, 그럼 일자리를 잃은 게 잘된 일이라는 말이야?"

"응, 여러 면에서 그래. 내가 진짜로 일자리를 잃은 거라고 할 수도 없어. 변화의 일부였으니까. 모든 사람이 다 새로운 삶의 방식을 찾아야 했으니."

"미안해요, 폴." 헬렌 씨가 말했다. "당신하고 친구들이 파시스트라는 식으로 말한 거요. 그렇게 말하면 안 되는데. 그저 거기 사람들이 다들 백인이고 이전에 전문직 엘리트였다길래 한 말이에요. 당신이 그렇게 말했잖아요. 또 다른 사람들에 맞서기 위해서 무장을 해야 한다고 하니까. 사실 좀 파시스트적으로 들리긴 해요⋯⋯."

"헬렌, 이건 아니죠. 조시는 그런 게 아니라는 걸 알지만 그래도 조시가 이런 말 듣는 것도 싫어요. 릭도 마찬가지고. 전혀 사실이 아니에요. 우리가 사는 곳에 그룹이 나뉘어 있다는 건 부인 안 해요. 내가 그러자고 한 것도 아니고 그냥 자연스럽게 그렇게 되었어요. 다른 그룹이 우리를 무시하고 우리가 가진 걸 넘보면 싸움을 피할 수 없다는 걸 알려 줘야겠죠."

"엄마는 지금 긴장해서 상태가 정상이 아니에요. 이해하세요." 릭이 말했다.

"괜찮아, 릭. 나랑 너희 엄마랑 알고 지낸 지 아주 오래된 사이니까 걱정 안 해도 돼."

"그 사람 이름이 밴스예요." 헬렌 씨가 말했다. "우리가 만나기로 한 사람. 다들 이렇게 우릴 격려하러 와 줘서 정말 고마워요. 이제부터는 우리끼리 어떻게 해 봐야겠죠. 사실 말이에요, 폴, 한때는 밴스가 나한테 푹 빠져 있었어요. 릭, 그런 표정 짓지 마. 아주 오래전 일이라, 릭은 그 사람을 만나 본 적도 없죠. 아, 한 번 만난 적 있긴 하지만 스쳐 지나가면서 본 거라. 폴 당신이 그 사람을 보면 대체 어디에서 매력을 느꼈나 의아할걸요. 하지만 그 사람도 한때는 당신보다도 더 잘생겼었어요. 이상하게도 잘나가게 되면서 외모는 점점 망가지더라고. 지금은 돈 많고 영향력 있지만 외모는 처참하죠. 그래도 겹겹이 쌓인 살 속에서 한때 잘생겼던 젊은이의 모습을 찾아보려고요. 그 사람도 나를 보고 그러려는지 모르겠네요."

"야생동물, 저기 무슨 일이야? 엄마 보이니?"

"아직도 통화 중이야."

"나한테 화났나 보다. 내가 여기 앉아 있는 한은 안 돌아올 모양이야."

아버지는 누군가가 아니라고 말하기를 기대했을 것도 같은데 아무도 아무 말이 없었다. 헬렌 씨는 눈썹을 치키며 짤막한 웃음소리를 냈다. 그러더니 이렇게 말했다.

"시간이 거의 다 됐구나, 릭. 이제 나가야 할 것 같아."

이 말을 듣자 마음에 두려움이 솟았다. 시간이 흐르면서 야적장에서 있었던 일의 영향이 뚜렷해지지 않았을지, 식당 밖으로 나가 익숙하지 않은 공간을 돌아다니다 보면 내 달라진 상태가 확연히 드러나지는 않을지 불안했다.

"밴스는 극장에 공연이 있고 사람들이 모이리라는 걸 알고도 왜 극장 앞에서 만나자고 한 걸까. 일단 밖으로 나가야겠다. 밴스가 일찍 올 수도 있고 그러면 사람들 때문에 찾기가 힘들 테니까." 헬렌 씨가 말했다.

릭은 조시의 어깨에 손을 얹고 조용히 물었다. "정말 괜찮은 거야?"

"정말 괜찮아. 그러니까 걱정 말고 너나 최선을 다해. 지금 나한테는 그게 가장 간절한 거야."

"맞아." 아버지가 말했다. "그리고 잊지 마라. 너한테는 재능이 있다는 거. 이제 다 같이 나가자."

아버지가 자리에서 일어나며 나를 쳐다보았는데 비정상적으로 길게 찬찬히 보았다. 나는 다른 사람들이 아버지의 시선을 알아차릴까 봐 겁이 났다. 피부를 절개한 자리는 머리카락으로 가려서 보이지 않을 테지만. 그때 아버지가 다시 조시한테로 눈길을 돌렸다.

"야생동물, 이제 숙소로 가는 게 좋겠다. 나가서 엄마 찾아보자."

◆

　스시 식당에서 나왔을 때 해는 그날의 마지막 무늬를 만들고 있었고 나는 남아 있는 짧은 시간 동안이라도 해가 특별한 도움을 보내 줄지 모른다는 희망을 이제 접었다. 밖으로 나오니 극장 사람들 목소리와 음악 소리가 크게 들렸고 극장 입구 쪽에 있는 가로등 불빛이 사람들 위로 쏟아졌다. 한순간 나는 극장 사람들이 미리 정해진 대형을 이루며 가로등 주위를 돌려는 줄 알았다. 그러나 곧 대형이 흐트러졌고 사람들이 무작위로 움직인다는 걸 알게 되었다.

　아버지와 헬렌 씨는 나보다 몇 걸음 앞에서 사람들이 모여 있는 쪽을 향해 걸었고, 릭과 조시는 만약 내가 갑자기 걸음을 멈추면 나와 충돌할 정도로 뒤에 바짝 붙어 따라왔다. 조시의 말이 들렸다.

　"아냐, 릭. 나중에. 나중에 말해 줄게. 그냥 오늘이 엄마가 유달리 이상한 날이라는 것만 알아 둬."

　"엄마가 뭐라고 했는데? 무슨 일 있어?"

　"아니, 리키, 지금 중요한 건 그게 아냐. 네가 만날 사람한테 네가 뭐라고 말할지가 중요하지."

　"하지만 네가 화난 것처럼 보여서……."

　"화 안 났어. 하지만 네가 오늘 집중해서 최선을 다하지 않으면 정말, 정말 화날 거야. 이거 중요한 일이야. 너한테도 우리한테도 중요해."

극장 사람들을 유리창을 통해서 보는 대신 직접 보면 더 뚜렷하게 보일 거라고 생각했다. 그런데 사람들 사이로 오니 사람들 모습이 매끈한 판지로 만든 원뿔이나 원통으로 이루어진 것처럼 단순화되어 보였다. 옷에는 접히거나 주름진 데가 없고 가로등 아래 얼굴도 마치 등고선처럼 평평한 판을 쌓아 만든 모양으로 보였다.

우리는 왁자한 소리 한가운데로 걸어갔다. 어느 시점에 나는 걸음을 멈추고 조시의 팔을 잡으려고 팔을 뻗었는데 조시가 내 뒤에 없었다. 조시가 릭에게 "저기 엄마 있다."라고 하는 소리가 들려서 그쪽을 돌아보았지만 조시도 릭도 없고 대신 매끈한 이마만 내 얼굴을 향해 다가오는 게 보였다. 누군가가 내 등을 밀었는데 거친 손길은 아니었다. 그때 아버지 목소리가 들렸고 다시 돌아보니 아버지와 헬렌 씨가 서 있고 그 옆에 낯선 사람의 팔꿈치가 있었다. 아버지가 하는 말이 들렸다.

"애들 앞에서는 하고 싶지 않아서 안 한 이야기인데, 헬렌, 들어 봐요. 나더러 파시스트라고 해도 좋아. 뭐라고 부르든 상관없어요. 하지만 당신 사는 곳도 계속 그렇게 평화롭지만은 않을 수도 있어요. 지난주에 여기 시내에서 무슨 일이 있었는지 들었어요? 아직은 괜찮겠지만 그래도 만일을 대비할 필요가 있어요. 크리시한테 이런 말을 하면 그냥 어깨나 으쓱하고 말아요. 하지만 생각해 봐야 해요. 릭을 위해서도 그렇고, 앞일을 생각해 봐요."

"어, 하지만 앞일을 생각하는데요. 안 그러면 왜 여기 와 있겠어요? 내가 뭣 때문에 오래전에 헤어진 애인을 찾느라 두리번두리번하고 있겠냐고요. 미리 생각하고 계획했고 내가 제대로 했다면 릭은 곧 다른 곳으로 가게 되겠죠. 그래도 무기로 장벽을 치고 있는 커뮤니티에는 가지 않길 바라요. 나는 릭이 잘 살기를 바라고 그러려면 밴스의 도움이 필요해요. 아니 대체 어디 있을까? 엉뚱한 극장에 간 거 아냐?"

"릭은 잘 자랐어요. 릭이 우리가 물려준 엉망진창 세상에서 자기 길을 꼭 찾기를 바라요. 하지만 만에 하나 일이 잘 안 풀리면, 당신이나 릭이나, 연락해요. 우리 커뮤니티 안에서 두 사람 자리를 찾아 줄 수 있을 테니까."

"정말 고마워요 폴. 아까 무례하게 들렸다면 미안해요. 이렇게 말하면 놀랄지 모르겠지만 사실 나는 이 상황에 화가 난다든가 그러진 않아요. 능력이 더 뛰어난 아이가 있다면 그 아이에게 기회가 더 많이 주어지는 게 지당한 일이죠. 책임도 마찬가지로 더 많이 주어져야 하고. 인정해요. 다만 나는 릭이 버젓하게 살 수 없다는 건 못 받아들이겠어요. 세상이 이렇게 냉혹해졌다는 사실을 인정하고 싶지 않아요. 향상되지 않았어도 릭은 계속 앞으로 나아가고 많은 걸 이룰 수 있어요."

"나도 물론 릭이 잘되길 바라요. 내 말은 잘 사는 방법엔 여러 가지가 있다는 것이었어요."

여러 얼굴이 주위 여기저기에서 불쑥불쑥 나타났다. 그러다가 새로운 얼굴 하나가 앞으로 나와 계속 가까워지더니 거의 내 얼굴에 부딪힐 정도로 바싹 다가왔다. 그제야 나는 릭을 알아보고 놀라서 아 하고 소리를 냈다.

"클라라, 조시한테 무슨 일 있었는지 알아? 아까 무슨 일 있었어?" 릭이 물었다.

"조시와 어머니가 무슨 이야기를 나누었는지는 모르겠어요." 내가 말했다. "하지만 아주 좋은 소식이 있어요. 릭이 맥베인 씨 헛간에 갈 수 있게 도와준 날 내가 받은 임무요. 그걸 오늘 완수했어요. 간절히 해내고 싶었는데 그동안은 어떻게 해야 할지 몰랐었어요. 그런데 진짜로 해냈어요."

"정말 잘됐다. 무슨 이야기를 하는 건지는 몰라도."

"아직 설명할 수는 없어요. 내가 뭘 포기해야 했었는데, 그건 괜찮아요. 이제 우리한테 다시 희망이 생겼으니까요."

내 주위 빈 공간으로 원뿔과 원기둥 혹은 그 파편이 계속 밀고 들어왔다. 그때 그 조각 가운데 하나, 릭의 자리를 대신해 들어온 어떤 형체가 조시라는 걸 알아차렸다. 일단 알아보고 나니 바로 또렷이 보였고, 그때부터는 조시를 머릿속에서 놓치지 않을 수 있었다.

"클라라, 이쪽은 신디야. 아까 우리 테이블 서빙해 준 거 기억하지? 신디가 네 옛날 가게를 안대."

누군가가 팔을 건드렸고 이런 목소리가 들렸다. "안녕, 나 너희 가게 진짜 좋아했었는데!" 목소리가 나는 쪽을 돌아보자 길쭉한 깔때기 두 개가 겹쳐 끼어 있고 위의 것이 살짝 내 앞으로 기울어진 것이 보였다. 내가 웃으면서 "안녕하세요?"라고 말하자 깔때기가 이렇게 말했다.

"여기 네 주인한테도 말했지만 지난 주말에 그 앞을 지나갔는데 가구점이 되었더라고. 아, 그래 맞아, 거기 쇼윈도에서 너 본 것 같아."

"클라라는 가게가 어디로 이사 갔는지 알고 싶대요. 혹시 아세요?"

"아. 이사를 갔는지는 잘 모르겠어……."

누군가가 내 팔을 잡아당겼고 이제는 너무 많은 조각이 보여 눈앞에 단단한 장벽이 생긴 것 같았다. 이 조각들 대부분이 삼차원이 아닌데 평평한 면에 음영을 그려 넣어 두께와 형체가 있는 듯한 착시 효과를 낸 게 아닌가 하는 생각마저 들었다. 그때 내 옆에서 나를 끌고 가는 사람이 어머니라는 걸 알아차렸다. 어머니는 입을 내 귀 가까이에 대고 이렇게 말했다.

"클라라, 아까 우리가 여러 이야길 했지. 차에서 말이야. 하지만 이걸 알아야 돼. 나는 보통 서너 가지를 동시에 생각하거든. 그러니까 내가 한 말 너무 심각하게 받아들이지 마. 알아들었니?"

"우리 둘만 차에 있을 때 말씀인가요? 다리 근처에 차를 세웠을 때요?"

"그래, 그때 말이야. 취소한다거나 그런다는 말은 아니야. 그냥 알아두라고, 알겠지? 모든 게 너무 복잡해졌어. 폴은 전혀 도움이 안 되고. 저 사람 좀 봐라. 지금은 대체 무슨 소리를 하고 있을까?"

멀지 않은 곳에서 아버지가 조시의 얼굴에 얼굴을 바싹 가져다 대고 무어라 열심히 말하고 있었다.

"저 사람 요즘 제정신이 아니야." 어머니가 말하더니 그쪽으로 가려고 했다. 그러나 그러기 전에 사람들 사이에서 팔이 나와서 어머니 손목을 잡았다.

"크리시." 헬렌 씨의 목소리가 말했다. "잠깐 둘이 있게 내 버려 둬. 요새는 같이 있을 기회가 별로 없잖아."

"폴이 이미 오늘 치 헛소리는 다 하고도 남았을 것 같은데." 어머니가 말했다. "저 봐. 이제 다투고 있네."

"다투는 거 아냐, 크리시. 확실히 아냐. 얘기 좀 하게 내버려 둬."

"헬렌, 자기가 해석 안 해 줘도 돼. 내 딸하고 남편은 내가 잘 알아."

"전남편이잖아, 크리시. '전'이 붙는 사람은 절대 속을 알 수 없는 거야. 지금도 그렇잖아. 밴스가 기다리게 하지 않겠다고 큰소리 쳤는데 이거 봐. 우리야 자기랑 폴처럼 결혼했던 사이는 아니니 씁쓸한 뒷맛이 좀 다른 종류긴 하겠다. 그래도 별거 아닌 관계는 절대 아니었어. 14년 동안 못 봤고 14년 전에도 우연히 스치듯 봤으니. 사람들 속에서 이미 지나쳤는데 서로 못 알아봤을 수도 있을까?"

"후회해? 헬렌?" 어머니가 느닷없이 물었다. "내 말 무슨 뜻인지 알지. 후회하느냐고. 릭한테 안 한 거 말이야."

잠시 헬렌 씨는 아버지와 조시 쪽만 보고 있었다. 그러더니 이렇게 말했다. "그래. 솔직히 말하면, 후회해. 자기한테 어떤 일이 있었는지 봤는데도. 나는…… 릭을 위해 최선을 다하지 않은 것 같다는 생각이 들어. 자기랑 폴처럼 철저하게 고민해 보지도 않은 것 같아. 그때 어딘가 다른 데 정신이 팔려 있어서 그 순간을 그냥 흘려보냈어. 그게 무엇보다도 후회스러워. 어느 쪽으로든 정말 고민해서 제대로 결정을 내릴 만큼 릭을 사랑하지 않은 게 아닌가 해서."

"괜찮아." 어머니가 헬렌 씨의 팔을 부드럽게 잡았다. "괜찮아. 어려운 결정이라는 거 나도 잘 알아."

"하지만 지금은 최선을 다하고 있어. 이번에는 최선을 다할 거야. 옛사랑이 나타나 주기만 하면 되는데. 아! 저기 있다. 밴스! 밴스! 실례합니다……."

"청원서에 서명해 주시겠어요?" 어머니 앞에 나타난 사람은 얼굴을 하얗게 칠했고 머리카락은 검었다. 어머니는 얼굴의 하얀 칠이 묻어날까 봐 걱정스러운 듯 얼른 뒤로 물러서면서 말했다. "무슨 청원인데요?"

"옥스퍼드 빌딩을 소개(疏開)하는 계획에 항의하는 서명 운동입니다. 현재 건물 안에 직장에서 대체된 사람 423명이 살고 있고 그중 86명은 어린이입니다. 현재 렉스델에서도 시에서도 적절한 이주 대책을 내놓지 않고 있습니다."

나는 흰색과 검은색 남자가 하는 말을 더는 듣지 못했는데 아버지가 내 앞에 나타나 어머니에게 이렇게 말했기 때문이다.

"아니, 크리시, 우리 딸한테 대체 뭐라고 한 거야?" 아버지는 목소리를 낮추려 했으나 그래도 화난 듯 들렸다. "조시가 아주 이상해. 설마 말한 거야?"

"안 했어. 아냐." 어머니 목소리는 평소와 다르게 자신감이 없었다. "적어도…… 전부는 말 안 했어."

"그래 정확히 뭐라고 한……."

"초상화에 대해 얘기했어. 그게 전부야. 아무 말도 안 할 수는 없잖아. 이미 이것저것 미심쩍어하는데 조금이라도 말해 주지 않으면 이제 우리 말을 아예 안 믿을 거야."

"초상화에 대해서 말했다고?"

"그게 그림이 아니라는 말만 했어. 조각상 같은 거라고. 조시는 샐의 인형을 기억해……."

"맙소사, 그러지 않기로 했잖아……."

"조시는 어린애가 아니야, 폴. 조시도 생각이 있어. 조시가 우리가 솔직히 말하길 기대하는 것도 당연하고."

"릭!" 뒤쪽에서 헬렌 씨의 목소리가 들렸다. "릭! 이리 오렴! 밴스가 왔어, 내가 찾았어. 와서 인사드려. 아, 크리시, 자기한테도 소개하고 싶어. 오래된 친구가 여기 왔어."

밴스 씨는 등급이 높은 양복과 하얀 셔츠, 파란 타이 차림이었다. 카팔디 씨처럼 대머리이고 헬렌 씨보다 키가 작았다. 밴스 씨는 어리둥절한 듯 주위를 둘러보았다.

"안녕하세요, 반갑습니다." 밴스 씨가 어머니에게 인사를 하고는 헬렌 씨에게 이렇게 물었다. "여기 무슨 일이라도 있는 거야? 다들 이 공연 보러 가는 건가?"

"릭하고 나는 여기에서 당신 기다리고 있었지. 당신이 그러라고 했잖아. 다시 만나니 정말 좋다! 하나도 안 변했네."

"당신도 좋아 보여. 그런데 대체 이게 무슨 일이야? 아들은 어디 있어?"

"리키! 이쪽이야!"

이제 조금 떨어진 곳에 서서 어머니에게 손을 들어 보이는 릭이 보였다. 릭이 조각처럼 보이는 것들을 헤치고 우리 쪽으로 걸어왔다. 밴스 씨가 릭 쪽을 보고 있긴 했지만 릭을 알아보았는지는 알 수 없었다. 그런데 그때 조끼를 입은 극장 직원이 다가와 밴스 씨와 릭 사이에 섰다.

"공연 표 구매하셨어요?" 조끼를 입은 직원이 물었다. "이미 구입하셨다면 혹시 업그레이드 원하십니까?"

밴스 씨는 말없이 그 사람을 빤히 보았다. 그때 릭이 조끼 입은 사람을 지나쳐서 다가왔고 밴스 씨가 말했다. "와! 이 친구가 당신 아들이야? 아주 잘생겼네."

"고마워, 밴스." 헬렌 씨가 조용히 말했다.

"안녕하세요, 선생님." 릭이 말했다. 릭은 조시의 교류 모임에 처음 와서 어른들한테 인사할 때하고 비슷한 미소를 띠고 있었다.

"안녕, 릭. 나는 밴스야. 네 엄마의 아주 오래, 오래전 친구지. 네 얘기 많이 들었다."

"오늘 만나 주셔서 감사합니다, 선생님."

"여기 있었구나!" 조시가 불쑥 내 앞 공간을 채웠다. 조시 옆에는 열여덟 살 정도로 보이는 여자가 있었는데 곧 그 사람이 웨이트리스 신디라는 것을 알아차렸다. 아까보다 훨씬 더 자세하게 보였다.

"응, 너희 가게가 이사 간 건 아닌 것 같아." 신디가 말했다. "그런데 딜랜시 안에 새 가게가 생겼거든. 네 가게에 있던 에이에프들 일부가 거기로 옮겨졌을 수도 있어."

"잠깐만." 46세 정도로 추정되는, 등급이 높은 파란색 드레스를 입은 여자가 내 앞에 나타났다. 그러더니 조시와 신디를 보며 말했다. "너희들 이 기계를 극장에 데리고 들어가려고 그러니?"

"에? 그런 말든 무슨 상관인데요?" 신디가 말했다.

"이 공연 표 구하기가 얼마나 힘든지 아니. 그런 좌석을 기계가 차지해선 안 돼. 이 기계를 극장 안으로 데려가겠다면 난 이의를 제기해야겠다."

"무슨 권리로 남의 일에 참견하는 건지 모르겠네요……."

"언니, 괜찮아요. 클라라는 공연 안 볼 거고 저도 아니에요……." 조시가 말했다.

"그게 문제가 아니야. 너무하잖아." 신디가 여자를 보면서 말했다. "저 알아요? 누구신데요? 갑자기 불쑥 나타나서 우리한테 이래라저래라……."

"그래, 이게 네 기계니?" 여자가 조시에게 물었다.

"클라라는 제 에이에프예요."

"처음에는 일자리를 빼앗아 가고. 이제는 극장 좌석까지 차지해?"

"클라라?" 아버지가 내 얼굴 앞에 얼굴을 들이밀었다. "괜찮니?"

"네, 괜찮아요."

"확실해?"

"아까는 좀 정신이 없었던 것 같아요. 하지만 지금은 괜찮아요."

"잘됐다. 저기, 난 이제 가야겠다. 그래서 혹시 지금 말해 줄 수 있나 하고. 우리가 거기에서 정확히 뭘 한 거니? 그 결과로 뭘 기대할 수 있는 거야?"

"폴 씨는 저를 믿어 주셨고 그래서 정말 굉장했어요. 하지만 안타깝게도 아까 말씀드렸듯이 더 말씀드리면 우리가 이뤄 낸 것이 위태로워질 수 있어요. 하지만 이제 진짜 희망이 생겼다고 믿어요. 좀 더 참고 좋은 소식을 기다려 주세요."

"그래, 알았다. 내일 아침에 조시한테 인사하러 아파트로 전화할 거야. 그때 보자."

내 뒤에서 어머니 목소리가 들렸다. "아파트로 돌아가서 이야기하자. 여기에서는 이야기하기 힘들어."

"내가 하고 싶은 말은 그게 전부야." 조시 목소리가 들렸다. "샐 때 그랬던 것처럼 가둬 버리지 말라고. 나는 클라라가 내 방을 혼자 쓰고 마음대로 왔다 갔다 할 수 있었으면 좋겠어."

"근데 대체 이 이야기를 왜 하는 거니? 너는 좋아질 거야, 아가. 그런 생각은 할 필요도 없어……."

"아, 클라라, 여기 있었구나." 헬렌 씨가 옆에서 나타났다. "클라라, 방금 크리시하고 이야기했어. 지금 우리하고 같이 가자."

"헬렌 씨하고요?"

"크리시가 조시를 아파트로 데려가서 단둘이 조용히 이야기하고 싶대. 그러니까 잠깐 우리하고 같이 있자. 30분 뒤에 크리시가 와서 데려갈 거야." 그러더니 몸을 숙이고 내 귓가에 이렇게 속삭였다. "보이니? 릭하고 밴스가 벌써 죽이 잘 맞는 거 봐! 그렇긴 해도 네가 곁에 있으면 릭이 기운을 많이 얻을 거야. 지금 속으로는 진땀 빼고 있을 테니까."

"네, 그럼요. 하지만 어머니가……."

"적당한 때에 와서 데려갈 테니까 걱정 마. 조시하고 둘이 몇 분만 있으면 된대."

"지금 이 인파에서 빠져나가는 게 무엇보다 시급한데." 밴스 씨가 웃으며 말하더니 우리 쪽으로 다가왔다. "저기 저 식당으로 가자고. 괜찮아 보이는데. 어디든 앉아서 마주 보고 얘기할 수 있는 데로 가지."

팔 두 개가 내 몸을 감쌌다. 나는 조시가 나를 끌어안았다는 사실을 깨달았다. 전에 가게에서 중대한 결정이 이뤄진 직후에 조시가 나를 안았을 때와 비슷했다. 이번에는 조시가 내 귓가에 나만 들을 수 있는 말을 속삭였다는 게 달랐다.

"걱정하지 마. 절대로 너한테 나쁜 일이 일어나지 않게 할 거야. 엄마하고 이야기할게. 그러니까 너는 일단 릭하고 같이 가. 날 믿어."

그러고는 조시가 나를 놓아주었고 헬렌 씨가 나를 살짝 당겼다.

"가자, 클라라."

우리는 극장 앞 인파에서 빠져나왔다. 밴스 씨가 앞장서서 식당을 향해 갔고 헬렌 씨는 밴스 씨를 따라잡으려고 종종걸음을 쳤다. 릭과 나는 몇 걸음 뒤에서 어른들을 따라갔다. 주위에 빈 공간이 생기고 차가운 공기가 통하자 공간 감각이 다시 돌아왔다. 나는 뒤를 돌아보았다가 가로등 아래 모여 있는 사람들만 빼면 거리가 무척 한산하고 어둡다는 사실을 알고 놀랐다. 방금 저 사람들 사이에 있을 때는 몰랐는데 조금 떨어져서 보니 사람들 무리가 저녁 들판에서 본 벌레 구름하고 비슷하게 보였다. 하늘을 배경으로 둥둥 떠서 더 좋은 자리를 찾으려는 듯 각기 계속 위치를 바꾸면서도 무리 전체가 만드는 형태의 경계 밖으로는 나가지 않았다. 나는 조시가 사람들 가장자리에서 얼떨떨한 표정으로 손을 흔드는 모습을 보았다. 어머니는 그 뒤에 서서 조시의 어깨에 양손을 얹고 우리를 공허한 눈으로 보고 있었다.

◆

　어둠이 짙어지고 극장 앞 군중이 내는 소리가 더 희미해졌지만, 앞쪽에 불이 켜진 식당이 보였기 때문에 내 관찰 능력이 심하게 저해되지는 않았다는 걸 알았다. 식당이 파이 조각처럼 생겼다는 것도 알 수 있었다. 뾰족한 부분이 우리 쪽을 향해 있고 식당 양쪽으로 길이 갈라져 있는데, 식당 창문이 갈라진 인도 양편으로 나 있어서 지나가는 사람이 어느 쪽 길로 가든 환하게 불이 밝혀진 식당 안을 볼 수 있었다. 반짝이는 가죽 의자, 반들거리는 테이블, 밝고 투명한 카운터에서 식당 매니저가 흰 앞치마와 흰 모자 차림으로 손님을 기다리는 모습이 보였다.

　오가는 차가 없고 근처 건물들도 캄캄했고 이 근방에서 빛을 내는 것은 이 식당 하나밖에 없었다. 식당 불빛이 인도 위에 기울어진 모양을 그렸다. 나는 밴스 씨가 갈라진 길에서 어느 쪽으로 갈까 궁금했는데, 가까이 다가가자 뾰족한 모퉁이에 문이 보였다. 내가 진작에 문을 발견하지 못한 까닭이 문이 창문하고 아주 비슷하게 생겨서일 뿐 다른 이유 때문은 아닐 거라고 생각했다. 문도 유리로 되어 있고 그 위에 글씨가 적혀 있었다. 밴스 씨가 문을 열고는 헬렌 씨가 먼저 들어가도록 옆으로 비켜섰다.

나는 잠시 뒤에 릭을 뒤따라 안으로 들어갔는데 조명이 너무 환하고 노란색이라 바로 적응하지는 못했다. 서서히, 식당하고 똑같은 모양의 과일 파이 조각이 투명한 카운터 안에 진열된 게 보였고, 그 뒤에 체격이 크고 피부색이 짙은 식당 매니저가 다른 쪽으로 고개를 돌리고 미동 없이 서 있는 모습이 보였다. 나는 식당 매니저가 밴스 씨와 헬렌 씨가 어떤 부스에 앉을지 정하고 그 자리에 서로 마주 보고 앉는 모습을 지켜보고 있다는 사실을 깨달았다.

릭이 반들거리는 바닥을 가로질러 어머니 옆에 앉았다. 그때 조시가 헤어질 때 했던 말이 다시 머릿속에 떠올랐고 어머니가 친구의 아파트에서 조시와 어떤 중요한 문제를 의논하려는 걸까, 왜 내가 그 자리에 있으면 안 되는 걸까 궁금했다.

내가 그쪽으로 걸어가는 내내 헬렌 씨와 밴스 씨는 말없이 서로를 쳐다보고 있었다. 내가 밴스 씨 옆자리에 앉을 만큼 그와 잘 아는 사이는 아니라는 생각이 들었다. 게다가 밴스 씨가 2인용 좌석 한가운데에 앉아 있었기 때문에, 밴스 씨에게 불편을 끼치지 않고 그 자리에 앉을 방법이 없었다. 그래서 나는 복도 건너편 테이블에 혼자 앉았다.

밴스 씨는 드디어 헬렌 씨에게서 눈길을 거두고 앉은 채로 몸을 돌리면서 식당 매니저에게 주문을 했다. 그때야 나는 식당에 손님이 우리밖에 없는데도 테이블이며 의자가 전부 누가 올 때에 대비해 준비되어 있다는 사실을 알아차렸다. 나는 이 식당 매니저가 외롭겠다고, 적어도 식당에 있을 때는 밤에 환한 불빛 아래 홀로 양쪽 길로 지나가는 사람들 가운데에서 외롭겠다고 생각했다.

"선생님, 저한테 시간을 내주셔서 정말 감사합니다. 또 저를 도와주실 생각도 하신다니 더욱 감사합니다." 릭이 말했다.

"그게, 릭," 밴스 씨가 생각에 빠진 듯 말했다. "너희 어머니를 아주 오랫동안 안 만났단다."

"네, 압니다. 제가 두 살 때인가 지나가면서 뵌 것 말고 저는 본 적도 없으시죠. 그런데도 이렇게 만나 주시니 정말 관대하시다고 생각합니다. 엄마가 늘 선생님이 정말 관대한 분이라고 말하기는 했지만요."

"네 어머니가 나에 대해 좋게 말했다니 다행이구나. 단점도 한두 가지는 말했겠지?"

"아뇨. 어머니는 좋은 이야기만 하셨어요."

"그래? 그런데 그동안 나는 내내…… 흠, 됐다. 헬렌, 당신 아들한테 감탄했어."

헬렌 씨는 밴스 씨를 주의 깊게 보고 있었다. "나도 얼마나 고마운지 모르겠어. 아무리 고맙다고 말해도 모자라겠지만 오늘은 릭에게 말할 기회를 주고 나는 물러나 있으려고."

"맞는 말이네. 그래, 릭. 무슨 말을 하고 싶은지 말해 보지 그래?"

"음, 어디에서부터 시작해야 할지 모르겠지만, 말씀드려 볼게요. 저는 드론 공학에 아주 관심이 많습니다. 열정이라고 할 수 있을 것 같아요. 제 시스템을 개발하고 있고 지금 드론 새 한 팀을 갖고 있는데……."

"잠깐만. '네 시스템'이라니 그러면 다른 사람들이 만들어 놓은 걸 넘어섰다는 뜻인가?"

릭의 얼굴에 공포가 스쳤고 릭이 내 쪽을 슬쩍 보았다. 나는 내 웃음이 나뿐 아니라 조시를 대신하는 것이기도 하다는 걸 전달하려고 애쓰면서 웃어 보였다. 릭이 그 뜻을 이해했는지는 알 수 없지만 그래도 용기를 얻는 것 같았다.

"아뇨, 그렇지는 않습니다." 릭이 살짝 웃으며 말했다. "제가 천재라고 주장하는 게 아니고요. 제 드론 시스템은 다른 사람 도움 없이 스스로 만들어 냈다는 걸 말씀드리고 싶어요. 인터넷을 뒤져 얻은 정보를 이용했습니다. 어머니도 비싼 책을 주문해 주시고 여러모로 지원해 주셨고요. 사실 궁금해하실 수도 있을 것 같아서 제가 그린 도면을 가져왔습니다. 여기요. 하지만 제가 뭐 획기적인 것을 만들어 냈다고 생각하지는 않고요, 전문가의 도움 없이는 그렇게 될 수 없다는 것도 압니다."

"무슨 말인지 알겠다. 그래서 좋은 대학에 가려고 그러는구나. 네 재능을 제대로 펼치기 위해서."

"어, 그런 셈입니다. 어머니와 저는 애틀러스 브루킹스가 개방적이고 관대한 대학이니까……."

"역량이 뛰어난 모든 학생을, 심지어 유전자 편집의 혜택을 받지 못한 학생까지도 받아들일 만큼 개방적이고 관대하지."

"그렇습니다, 선생님."

"그리고 또 릭, 너희 어머니가 말해 주었을 테니 내가 그 대학의 설립자 위원회 의장이라는 사실도 알겠구나. 장학금을 주관하는 협의체지."

"네, 선생님. 그렇게 들었습니다."

"자, 릭. 너희 어머니가 애틀러스 브루킹스의 선발 절차가 정실(情實)에 영향을 받는다고 너한테 말하지는 않았길 바란다.”

“저희 어머니도 저도 편의를 봐주시길 부탁드리는 게 아닙니다. 그저 제가 애틀러스 브루킹스에 들어갈 자격이 있다고 생각하신다면 도와주십사고 부탁드리는 겁니다.”

“말 잘하는구나. 좋아. 그러면 네가 가져온 걸 한번 보자.”

밴스 씨는 릭이 테이블 위에 올려놓은 노트를 펼쳤다. 펼쳐진 면에 있는 도면을 보더니, 책장을 넘겨 다른 도면을 하나 더 찾아 찬찬히 보는 듯했다. 밴스 씨는 노트를 슬슬 넘겨 보다가 다시 앞 장으로 돌아가기도 했다. 그러면서 고개를 들지 않은 채로 웅얼거리며 물었다.

“이것들은 다 나중에 만들려고 계획한 건가?”

“대부분은 그렇습니다. 그런데 몇 가지 디자인은 이미 실현했습니다. 그다음 쪽에 있는 것도 그렇고요.”

헬렌 씨는 말없이 얼굴에 잔잔한 미소를 띠고 밴스 씨와 릭의 노트를 번갈아 쳐다보았다. 그때 나는, 아주 짧은 순간이었으나 생생하게, 조시 아버지의 손이 내 머리를 적당한 각도로 기울이는 것을 느꼈고 아버지가 다른 손으로 내 얼굴 가까이에 댄 플라스틱 병에 쪼르륵 액체를 흘려 담는 소리를 들었다.

“그래, 릭.” 밴스 씨가 말했다. “사실 나는 이 분야는 전혀 몰라. 그래도 네 드론에 고도의 감시 능력이 있다는 건 알겠구나."

"이 새에 데이터 수집 기능이 있는 것은 사실입니다. 그렇다고 해서 프라이버시를 침해하는 활동에만 사용할 이유는 없습니다. 다른 활용 가능성이 많습니다. 경비용으로도 쓸 수 있고 심지어 아기를 보는 데도 쓸 수 있고요. 그런 한편 또 반드시 지켜보아야만 하는 사람들이 있는 것도 사실이고요."

"범죄자 같은 사람들 말이지."

"혹은 무장 단체요. 광신적 종교 집단이나."

"무슨 말인지 알겠다. 그래, 아주 흥미롭구나. 윤리적 문제는 없을 것 같니?"

"물론 여러 가지 윤리적 문제가 있을 수밖에 없습니다. 그렇지만 결국 이런 것들을 어떻게 규제할지를 정하는 것은 저 같은 사람이 아니라 입법자들이니까요. 지금 저로서는 최대한 많이 배우고 제 지식을 다음 단계로 확장하고 싶습니다."

"일리가 있구나." 밴스 씨가 고개를 끄덕이더니 릭의 노트를 계속 들여다보았다.

외로운 식당 매니저가 쟁반을 들고 다가와 헬렌 씨, 밴스 씨, 릭 앞에 음료를 놓았다. 각자 작은 목소리로 고맙다고 말했고 매니저는 다시 자기 자리로 갔다.

"그거 알아두렴, 릭. 너를 괴롭히려고 그러는 거 아니야. 그저 뭐랄까, 네가 어떤 앤지 보려고 조금 테스트하는 거라고 할 수 있지." 밴스 씨는 이번에는 헬렌 씨에게 이렇게 말했다. "지금까지 본 바로는 아주 훌륭한데."

"오, 밴스. 커피랑 같이 뭐 좀 먹을래요? 저기 있는 도넛 어때? 당신 늘 도넛을 좋아했잖아."

"고마워. 근데 저녁 약속이 있어서." 밴스 씨는 손목시계를 흘긋 보더니 릭에게 시선을 돌렸다. "이제 이걸 생각해 봐라, 릭. 애틀러스 브루킹스는 경제적인 이유나 여타 이유로 AGE의 혜택을 받지 않은 아이들 가운데에도 너처럼 재능이 있는 아이들이 많다고 믿어. 사회에서 이런 재능이 그냥 묻혀 버리게 한다면 중대한 잘못이라고 생각하기도 하고. 그렇지만 다른 대부분의 교육기관은 그렇게 생각하지 않지. 그래서 우리 학교엔 너 같은 아이들이 우리가 받아들일 수 있는 인원수보다 막대하게 많이 지원해. 보기에 가능성이 없는 사람은 가려내지만, 그다음에는 그야말로 복권 추첨이나 다름없어. 그런데 릭. 네가 조금 전에 편의를 봐주길 바라는 게 아니라고 했지. 그러면 이렇게 물어볼게. 정말 그렇다면 내가 지금 대체 왜 여기에 앉아 있는 거지?"

이 말과 함께 밴스 씨가 분위기를 너무나 급작스럽게 바꾸는 바람에 나는 놀라서 소리를 낼 뻔했다. 릭도 놀란 것 같았다. 헬렌 씨만은, 내내 걱정하던 일이 마침내 일어났다는 듯 태연했다. 헬렌 씨가 웃으며 이렇게 말했다.

"이건 내가 대답할게, 밴스. 맞아, 당신한테 청탁하는 거 맞아. 당신 능력으로 할 수 있는 일이라는 거 알아. 그래서 우릴 도와 달라고 부탁하는 거야. 다시 말할게. 내가, 도와 달라고 부탁하는 거야. 우리 아들이 세상에서 싸울 기회를 얻게 해 달라고 부탁할게."

"엄마……."

"아냐, 리키, 괜찮아. 밴스에게 부탁해야 할 사람은 네가 아니라 나야. 편의를 봐달라고 부탁하는 거지. 당연히 그렇고말고."

식당에 손님이 우리밖에 없다고 생각했던 것은 착각이었다. 내 자리에서 세 칸 떨어진 부스에 42세 여성이 혼자 앉아 있다는 사실을 이제 알게 되었다. 그 사람이 창문에 바싹 붙어 앉아 유리에 이마를 대고 어둠 속을 보고 있어서 지금까지는 알아차리지 못했다. 나는 식당 매니저도 못 보진 않았을지, 그래서 저 사람이 매니저가 자기를 의도적으로 무시한다고 생각하고 더 외로워지지는 않았을지 걱정이 되었다.

"그런데 헬렌," 밴스 씨가 말했다. "당신 전략이 좀 이상하네. 청탁은 다른 부정행위하고 마찬가지로 대놓고 인정하면 안 되는 거잖아. 그건 그렇다 치고." 밴스 씨가 몸을 앞으로 기울였다. "릭이 부탁을 한다고 생각했을 때는 또 다른 문제지. 릭은 똑똑하고 호감 가는 아이니까. 아주 잘하고 있기도 했고. 그런데 당신이 어떻게 했나 봐. 방금 당신은 내가 당신, 헬렌 당신한테 도움을 주는 거라고 했지. 이렇게 오랜 세월이 흐른 뒤에 말이야. 당신이 내 메시지에 응답하지 않은 오랜 세월이지. 내가 당신을 생각하며 보낸 허구한 세월이고."

"지금 그 말을 꼭 해야 해? 릭 앞에서?" 헬렌 씨는 여전히 잔잔한 미소를 띠고 있었지만 목소리는 흔들렸다.

"릭은 영리한 아이야. 결국 성공하거나 실패할 사람도 릭이고. 그런데 뭐 하러 감추려고 하지? 릭도 전체 그림을 봐야지. 이게 무슨 의미인지 알아야 한다고."

릭은 다시 복도 건너 나를 쳐다보았고, 나는 또 한 번 나와 조시 둘 다의 미소로 격려를 보내려고 애썼다.

"그럼 무슨 의미인데, 밴스?" 헬렌 씨가 물었다. "이게 그렇게 복잡한 일이야? 그저 당신한테 내 아들을 도와 달라고 부탁하는 것뿐이야. 당신한테 그럴 생각이 없다면 그냥 여기서 점잖게 헤어지면 되는 거고."

"언제 내가 릭을 돕고 싶지 않다고 했나? 나도 릭이 재능 있는 학생이라는 거 알겠어. 도면을 보니 가능성이 보여. 릭이 애틀러스 브루킹스에서 잘 해내지 못할 거라고 생각할 이유가 없어. 문제는, 당신이 나한테 부탁을 한다는 사실이야."

"그러면 내가 아무 말도 안 했어야 했네. 내가 입을 열기 전에는 괜찮았는데. 두 사람이 서로 말이 잘 통하고 릭이 당신한테 진심으로 존경을 담아 말하는 것도 봤어. 그런데 내가 끼어들어서 문제가 됐으니."

"당연히 문제가 있지. 27년 세월만큼의 문제가 있어. 당신이 나하고 대화하기를 거부했던 27년. 릭, 내가 그 세월 동안 네 어머니를 괴롭혔던 건 아니다. 그렇게 생각하지는 마. 글쎄 처음에는, 조금 감정적이었을 수도 있지. 하지만 절대로 괴롭히지 않았고 위협하지도 않았고 비난하지도 않았어. 빌기만 했지. 그렇지 않아, 헬렌? 내 말이 틀렸어?"

"맞아. 끈질기긴 했지만 불쾌하게 한 적은 없어. 하지만 애앞에서 그 이야기를 해야 해?"

"좋아. 받아들이겠어. 나는 그만 말하는 게 좋겠어. 대신 이제 당신이 말할 때가 된 것 같은데."

"선생님, 과거에 무슨 일이 있었는지는 모르겠지만 선생님께 이런 부탁을 드린 것이 부적절하다고 생각하신다면……."

"잠깐, 릭." 밴스 씨가 말했다. "난 너를 도와주고 싶어. 너희 어머니에게 해명할 기회를 주는 게 순리일 것 같다."

몇 초 동안 침묵이 흘렀다. 나는 식당 매니저가 대화를 듣고 있었는지 궁금해서 매니저를 쳐다보았는데, 매니저는 자기 쪽 창문 밖 어둠만 보고 있었고 관심이 가는 이야기를 들은 티는 전혀 내지 않았다.

"인정해." 헬렌 씨가 말했다. "당신한테 아주 몹쓸 짓을 했다는 거. 인정해. 하지만 그때 나는 나한테도 그랬고 다른 사람 전부한테 몹쓸 짓을 했어. 당신한테만 그런 게 아니야. 보편적으로 지독하게 굴었어."

"그랬을지도 모르지. 하지만 나는 그냥 아무나가 아니었어. 5년이나 만났잖아……."

"그래. 정말 진심으로 사과하고 싶어. 가끔 밴스, 그래, 릭, 너도 들어도 돼, 가끔은 내가 못되게 대한 사람들을 전부 줄 세우고 싶어. 긴 줄이 되겠지. 그런 다음 그 줄을 따라가는 거야. 국왕이 그러는 것처럼. 한 명 한 명씩 손을 붙들고 눈을 똑바로 보면서 정말 미안해요, 내가 정말 심했어요라고 말하고 싶어."

"대단하군. 그래 이제 나도 줄을 서야겠네. 여왕 폐하의 사과를 받는 영광을 누리려면."

"아, 세상에. 말이 잘못 나왔네. 그저 내가…… 어떤 기분인지 말하고 싶었는데. 당신이 그렇게 말하니까 정말 끔찍한 소리로 들린다. 하지만 지난날을 되돌아보면 너무 감당이 안 돼서, 그런 해결책이 있으면 좋겠다는 생각이 들어. 만약 내가 여왕이라면, 아, 그럼 그럴 수……."

"엄마, 무슨 말씀 하시려는지 알겠어요. 하지만 이게 좋은 방법일지……."

"한때 당신은 여왕이었지. 아름다운 여왕. 당신 내키는 대로 뭐든 대가 없이 할 수 있을 거라고 생각했지. 지금은 조금 슬프기도 하지만 기쁘기도 해. 당신이 아무렇지도 않게 빠져나올 수는 없었다는 게. 결국 발목을 잡혔고 대가를 치러야 했다는 게."

"내가 무슨 대가를 치렀지? 가난하다는 거 말이야? 왜냐하면, 사실 그건 별로 유감스럽게 생각하지 않거든."

"가난한 것에는 별 유감 없을 수도 있지. 하지만 당신은 약해졌어. 그건 훨씬 안타까울 것 같은데."

헬렌 씨는 몇 초 더 말이 없었고 밴스 씨는 큰 눈으로 헬렌 씨를 뚫어져라 보았다. 마침내 헬렌 씨가 입을 열었다. "그래, 당신 말이 맞아. 당신이 나를 알던 때에 비해 나는…… 약해졌어. 너무 약해서 바람만 불어도 산산조각이 나지. 하지만 밴스, 부탁인데 아주 조금만이라도 나를 용서해 줄 수 없어? 우리 아들을 도와줄 수 없어? 밴스. 나 당신한테 뭐든지, 뭐든 다 주고 싶은데 줄 수 있는 게 없어. 이렇게 비는 것 말고는 아무것도 할 수가 없네. 그래서 밴스, 이렇게 비는 거야. 우리 애를 도와 달라고."

"엄마, 제발. 그만해요. 이럴 필요 없어요……."

"내 문제가 뭔지 알겠지, 릭. 너희 엄마가 뭘 두고 하는 말인지 나는 모르겠다. 사과하고 싶다고는 하는데, 뭐에 대해서? 너무 애매하잖아. 헬렌, 이렇게 하면 좀 나을 것도 같네. 구체적인 이야기를 하면."

"방금 내 아들을 도와 달라고 부탁했잖아. 이것보다 더 구체적인 게 있어?"

"구체적인 일들. 예를 들면, 마일스 마틴 집에서 있었던 일. 내가 어떤 날 이야기하는지 알지."

"그래, 알아. 내가 사람들한테 당신이 젠킨스 리포트를 아직 안 읽었다고 말한 날……."

"나를 바보로 만들고 당신은 큰 웃음을 얻어 냈지. 당신도 다 알고 한 행동이었어……."

"그렇다면 밴스, 그 일에 대해 사과할게. 나는 적당한 선에서 멈출 줄을 몰랐고 악에 받쳐 있었어. 그러지 않았더라면……."

"또 다른 구체적인 거. 생각나는 대로 순서 없이 말하는 거야. 그 호텔에 당신이 남겨 둔 메시지. 오리건주 포틀랜드에서. 그게 상처가 안 되었을 것 같아?"

"상처 주는 말이었지. 비열한 말이었고 잊지 않았어.

나…… 지금도 머릿속에서 그 말을 들어. 전혀 생각 안 하고 있을 때 불쑥 떠올라. 혼자 조용히 있다 보면 어느새 머릿속에서 전화를 들어서 당신한테 그 메시지를 다시 남기고 있어. 다만 이번에는 다르게 남겨. 그렇게 끔찍하지 않게 고쳐서. 그 말을 들은 건 내가 아니니까, 내가 말하는 것만 들었으니까, 지금이라도 고칠 수 있다는 생각이 드는 거야. 나도 어쩔 수 없이 그런 착각을 일으키고 그러다 보면 다시 죽을 것처럼 괴로워. 정말이야, 밴스. 그 메시지 때문에 그동안 얼마나 괴로웠는지 몰라. 그리고 그건 알아줘. 그때 나는 메시지를 남긴 다음에 지우는 법을 몰랐어……."

"엄마, 그만해요. 선생님, 이 상황이 저희 어머니한테는 좋지 않을 것 같습니다. 요즘에는 많이 좋아지셨지만……."

헬렌 씨가 릭의 팔을 잡아 입을 다물게 만들었다. "밴스, 정말 미안해." 헬렌 씨가 말을 이었다. "이렇게 빌게. 당신한테 정말 나쁜 짓을 했어. 당신이 원한다면 당신 마음이 흡족할 때까지 달게 벌을 받겠다고 맹세해."

"엄마, 가요. 이러면 엄마한테 안 좋아요."

"원한다면 다시 만나도 좋아. 2년 뒤에 바로 이 자리에서 만나든가. 그러면 내가 약속을 지켰는지 확인할 수 있을 거야. 날 보면 내가 제대로 벌을 받고 있었는지 어쩐지 알겠지……."

"됐어, 헬렌. 릭만 없었으면 내가 어떻게 생각하는지 말해 줄 텐데."

"저기 선생님, 저는 선생님이 어떤 식으로든 절 돕기를 전혀 바라지 않습니다. 이제 됐으니 그만하셨으면 좋겠어요."

"아냐, 릭, 너는 가만히 있어." 헬렌 씨가 말했다. "쟤 말 듣지 마, 밴스."

밴스 씨가 일어서더니 말했다. "이제 가 봐야겠어."

"엄마, 진정해요. 이건 전혀 중요한 일 아니에요."

"릭, 너는 가만히 있으라니까! 밴스, 아직 가지 마. 이렇게 헤어질 순 없어. 도넛 좋아했었잖아. 좀 먹지그래?"

"릭 말이 맞아. 당신 건강에 안 좋아. 내가 가는 게 최선이겠어. 릭, 네가 그린 도면 마음에 들었고 너도 마음에 들었다. 잘 지내렴. 잘 있어, 헬렌."

밴스 씨는 부스 사이 복도를 걸어 내려가 뒤돌아보지 않고 유리문을 열고 어둠 속으로 나갔다. 헬렌 씨와 릭은 나란히 앉아 앞쪽 테이블 위 공간을 내려다보고 있었다. 그때 릭이 말했다. "클라라, 이리 와서 여기 앉아."

"모르겠다." 헬렌 씨가 말했다.

릭이 어머니에게 가까이 다가가 어깨 위에 팔을 두르며 물었다. "뭘 모르겠는데?"

"충분했는지 말이야. 밴스가 만족했을지."

"엄마, 진짜. 난 이거 절반만 될 줄 알았더라도 절대 절대 절대로 이 자리에 안 왔을 거야."

내가 밴스 씨가 앉았던 자리에 앉았지만 헬렌 씨도 릭도 눈을 들지 않았다. 나는 헬렌 씨를 보며 헬렌 씨와 밴스 씨가 한때는 서로 열렬했고 사랑했다는 사실에 대해 생각했다. 헬렌 씨와 밴스 씨도 지금 조시와 릭이 서로에게 그런 것처럼 다정했던 때가 있었을지 궁금했다. 또 언젠가는 조시와 릭도 서로에게 저렇게 매정해질 수도 있을까 궁금했다. 그러자 아버지가 차에서 인간의 마음이 얼마나 복잡한지 말하던 게 떠올랐고, 아버지가 야적장에서 나지막한 해 바로 앞에 서 있는 모습, 아버지의 몸과 긴 그림자가 하나의 길쭉한 형체로 이어지고 아버지가 손을 뻗어 쿠팅스 머신 분출구의 뚜껑을 돌려 열고 나는 그 옆에 소중한 용액이 든 플라스틱 생수병을 들고 초조하게 서 있는 모습이 보였다.

"방금 무슨 일이 있었던 거지?" 헬렌 씨가 물었다. "밴스가 어떻게 하려나? 도와주겠다는 건가? 어떻게 하겠다는 건지 말해 줄 수는 있었잖아."

"제가 생각하기에는," 내가 말했다. "근거 없는 희망을 불러일으키고 싶지는 않지만요, 제가 관찰한 바로는 밴스 씨가 릭을 돕기로 결정할 것 같습니다."

"정말 그렇게 생각하니? 왜?" 헬렌 씨가 물었다.

"제가 착각했을 수도 있어요. 하지만 저는 밴스 씨가 아직도 헬렌 씨를 아주 좋아하고 그래서 릭을 돕기로 결정할 것 같아요."

"아 정말 사랑스러운 로봇이야! 네 말이 정말 맞았으면 좋겠다. 내가 이 이상 어떻게 했어야 하는지 모르겠어."

"엄마, 그 사람은 꺼지라고 해요. 난 아무 관심 없어요."

"내 생각만큼 못생기진 않았더라." 헬렌 씨가 말하며 어둡고 텅 빈 거리를 내다보았다. "솔직히 전혀 못생기지 않았어. 그래도 가타부타 말은 해 주고 갈 것이지."

◆

어머니가 식당 옆 도로에 차를 세웠다. 어머니는 우리가 앉은 자리가 훤히 보였을 테고 밴스 씨가 갔다는 걸 알 텐데도 헤드라이트 불빛을 약하게 낮추고 차에 그대로 앉아 있었는데, 방해하지 않으려고 그러는 것도 같았다.

우리가 식당 밖으로 나와 차에 올라타고 어둠 속으로 출발한 다음 나는 어머니가 조시를 친구의 아파트에 혼자 두고 와서 불안해하고 있으며 나를 최대한 빨리 아파트에 데려다 놓고 릭과 헬렌 씨를 두 사람이 묵는 합리적인 호텔에 데려다주려 한다는 걸 알았다. 처음 차에 탔을 때 어머니가 "어떻게 됐어?"라고 물었지만, 헬렌 씨가 "잘 안 됐어. 두고 봐야 될 거 같아."라고 대답한 뒤에는 대화가 더 이어지지 않았고 어른들은 각자 생각에 빠졌다.

밤이라 친구의 아파트를 이웃집과 구분하기가 더 어려웠다. 어머니가 나를 정확한 계단으로 데려갔다. 나는 계단 꼭대기에 올라가 가로등 아래에 서 있는 차를 돌아보았다. 차 안에 있는 헬렌 씨와 릭의 모습을 보고 두 사람만 남겨졌으니 서로 무슨 말을 할지 생각했다.

친구의 아파트는 카팔디 씨 집으로 출발하기 전의 모습 그대로였다. 캄캄하다는 것만 달랐다. 현관에서 거실이 보였는데 조시가 아버지가 오길 기다리며 누워 있던 소파 위에 밤의 무늬가 드리워 있었다. 조시의 책이 러그 위 떨어뜨린 자리에 그대로 놓여 있고 책 한쪽 귀퉁이가 희미한 빛을 받고 있었다.

어머니는 현관 안쪽을 가리키며 작은 소리로 말했다. "지금쯤 잠들어 있을 테니까 조용히 들어가. 혹시 무슨 일 있으면 전화해. 20분이면 돌아올 거야."

어머니가 다시 나가려고 했다. 나는 릭과 헬렌 씨가 합리적인 호텔로 돌아가는 걸 늦추고 싶지는 않았지만 그래도 작은 소리로 이렇게 말했다.

"이제 희망을 가질 수 있어요."

"무슨 말이니?"

"아침에 해가 뜨면요. 이제 희망을 가질 수 있어요."

"알았어. 넌 항상 낙관적이라서 좋구나." 어머니가 문고리에 손을 올렸다. "불 켜지 마. 조시가 깰 수도 있으니까. 방안에 있긴 해도." 그러더니 어머니가 어둠 속에서 현관문에 거의 코가 닿을 정도로 가까이 선 채로 이상하게도 꼼짝도 하지 않았다. 어머니는 돌아보지 않고 말했다. "아까 조시하고 이야기했어. 하다 보니 이야기가 이상하게 흘러갔어. 우리 둘 다 피곤했나 봐. 조시가 깨서 너한테 이상한 소리를 하더라도 너무 신경 쓰지 마. 아, 그리고 이 체인은 걸지 마. 안 그러면 내가 못 들어와. 잘 자라."

◆

나는 두 번째 침실에 조용히 들어가서 조시가 깊이 잠들어 있는 것을 보았다. 집에 있는 방보다 폭은 더 좁은데 천장은 더 높았다. 조시가 블라인드를 반쯤 올려놔서 옷장과 그 옆 벽에 무늬가 생겼다. 나는 창문으로 가서 어두운 바깥을 내다보며 다음 날 아침에 해가 어떤 길로 올지, 해가 방 안을 들여다보기 쉬울지를 가늠해 보았다. 방 모양처럼 창문도 좁고 길었다. 큰 건물 두 채의 뒷면이 놀라울 정도로 가까이에 있어서 수직으로 올라가는 하수관, 줄지어 있는 창문(대부분이 캄캄하거나 블라인드로 가려져 있었다.)이 보였다. 두 건물 사이로 그 너머 도로가 보였고 아침이 되면 그 길이 복잡해질 것 같았다. 지금도 차가 끊임없이 지나가며 건물 사이 빈틈을 메웠다. 도로 위쪽으로 밤하늘이 긴 기둥 모양으로 뻗어 있었다. 그 공간이 좁긴 해도 해가 특별한 자양분을 쏟아붓기에는 어려움이 없으리라고 생각했다. 반드시 정신을 바짝 차리고 준비하고 있다가 기미가 보일 때 블라인드를 활짝 열어야 했다.

"클라라?" 뒤쪽에서 조시가 뒤척였다. "엄마도 왔어?"

"곧 오실 거예요. 릭과 헬렌 씨를 호텔에 데려다주러 가셨어요."

조시는 다시 잠이 드는 것 같았다. 그런데 잠시 뒤에 이불이 부스럭거리는 소리가 들렸다.

"절대 너한테 나쁜 일이 일어나지 않게 할 거야." 조시의 숨소리가 길어져서 나는 조시가 다시 잠이 들었다고 생각했다. 그런데 더 또렷한 목소리가 들렸다. "달라지는 건 없을 거야."

조시가 잠이 좀 깬 것 같길래 내가 물었다. "어머니가 무슨 이야기를 하셨어요?"

"글쎄, 난 말이 안 되는 이야기라고 생각해. 엄마한테 그런 일은 없을 거라고 말했어."

"어머니가 무슨 말을 하셨는지 궁금해요."

"너한테 말 안 했어? 별거 아니야. 엄마 머릿속에 떠도는 막연한 생각이야."

조시가 더 이야기를 할지 안 할지 알 수 없었다. 그때 이불이 다시 들썩였다.

"뭔가를…… 제안하려는 것 같았어. 직장을 그만두고 종일 나랑 같이 있을 수 있대. 내가 원한다면. 자기가 하루 종일 내 옆에 붙어 있을 수 있대. 내가 정말 원한다면 그렇게 하겠다고, 직장 그만두고 그렇게 하겠다고, 그래서 내가 말했지. 그러면 클라라는 어떡하고? 그랬더니 엄마가 자기가 계속 내 옆에 있을 테니 클라라는 필요 없을 거라는 거야. 엄마가 진짜 생각해 보고 하는 말은 아닌 것 같았어. 그런데 엄마는 내가 결정해야 하는 문제인 것처럼 계속 물어보는 거야. 그래서 내가 말했지, 엄마, 그건 아닌 것 같아. 엄마는 직장을 포기하고 싶지 않고 나는 클라라를 포기하고 싶지 않아. 그런 얘기였어. 그렇게 되진 않을 거고 엄마도 동의했어."

그 뒤 잠시 동안 우리는 말없이 있었다. 조시는 어둠 속에 묻혀 있었고 나는 창가에 서 있었다.

 "어쩌면," 마침내 내가 입을 열었다. "어머니가 조시와 종일 같이 있으면 조시가 덜 외로울 거라고 생각하셨을지도 모르겠어요."

 "내가 언제 외롭대?"

 "만약 그게 사실이라면, 조시가 어머니하고 같이 있으면 덜 외로울 수 있다면, 나는 기쁘게 떠나겠어요."

 "근데 내가 언제 외롭다고 했나고? 나 안 외로워."

 "어쩌면 인간은 전부 외로운 것 같아요. 적어도 잠재적으로는요."

 "저기, 클라라, 이건 그냥 엄마가 했던 말도 안 되는 생각인 거야. 엄마한테 초상화에 대해 캐물었더니 난처해하면서 아이디어랍시고 그 말을 꺼낸 거야. 아이디어도 아니고 말도 안 되지만. 그러니까 이제 이 일은 잊자, 응?"

 조시가 다시 조용해졌고 곧 잠이 들었다. 나는 조시가 다시 깨면 아침에 일어날 수도 있을 일에 조시가 대비하도록 뭔가 말을 해야겠다고 생각했다. 적어도 해의 특별한 도움을 저지하는 행동은 하지 않게 해야 했다. 그렇지만 내가 옆에 있어서인지 조시는 점점 깊이 잠에 빠져들었다. 나는 창가를 떠나 옷장 옆에 섰다. 해가 돌아오면 가장 먼저 볼 수 있는 위치였다.

돌아가는 길에도 같은 자리에 앉았다. 좌석 등받이 때문에 운전석에 앉은 어머니는 일부밖에 안 보였고, 헬렌 씨는 자기 말을 강조하려고 우리 쪽으로 몸을 돌릴 때가 아니면 아예 볼 수가 없었다. 우리 차가 아직 도시의 출근길 교통 체증에서 못 벗어나고 있을 때 헬렌 씨가 몸을 돌리고 이렇게 말했다.

"아냐, 리키. 그 사람에 대해 나쁘게 말하지 마. 넌 그 사람을 잘 모르니까 이해 못 할 거야. 네가 어떻게 알겠니?" 그러더니 헬렌 씨의 얼굴이 제자리로 돌아갔는데 목소리는 계속되었다. "어젯밤에 내가 이런저런 말을 많이 하긴 했지. 근데 오늘 아침에 생각하니 부당하다는 생각이 들더라. 내가 무슨 자격으로 그 사람한테서 다른 걸 기대하겠어?"

헬렌 씨의 마지막 질문은 어머니에게 한 말처럼 들렸는데, 어머니는 생각이 멀리 가 있는 것 같았다. 그다음 교차로를 통과하며 어머니가 중얼거렸다. "폴이 그렇게 잘못한 건 없어. 내가 너무 심한 것 같기도 해. 나쁜 사람 아니야. 오늘은 미안한 생각이 드네."

"이상한 일이지." 헬렌 씨가 말했다. "그런데 오늘 아침에는 기대감이 생기더라고. 밴스가 도와줄 가능성이 여전히 있는 것 같아. 밴스가 어젯밤에는 상당히 흥분했지만 마음을 가라앉히고 돌아보다 보면 괜찮은 사람이 되어야겠다는 생각이 들 수도 있잖아. 자기가 꽤 괜찮은 사람이라고 생각하기를 좋아하거든."

내 옆에서 릭이 들썩거렸다. "엄마, 말했잖아. 그 사람하고 엮이기 싫다고. 엄마도 안 그랬으면 좋겠어."

"헬렌." 어머니가 말했다. "이러는 게 소용이 있어? 계속 곱씹고 곱씹는 거? 그냥 기다려 봐. 무엇 때문에 자길 고문해? 두 사람 다 최선을 다했잖아."

릭을 가운데 두고 나와 떨어져 앉은 조시가 릭의 손을 잡고 깍지를 꼈다. 조시는 용기를 북돋는 웃음을 지었지만 조금 슬픈 듯 보이기도 했다. 릭도 웃음을 받았고 나는 둘이 눈빛으로 비밀 메시지를 주고받고 있을까 생각했다.

나는 내 쪽 창문으로 고개를 돌려 유리에 이마를 댔다. 동이 막 트려는 순간부터 계속 지켜보며 기다렸다. 하지만, 해의 첫 햇살이 건물 사이 틈을 통과해 방 안으로 똑바로 들어오긴 했지만, 한순간도 그게 특별한 자양분이라는 생각은 안 들었다. 그래도 당연히 고마워해야 한다는 건 알았으나 실망을 억누를 수가 없었다. 그 뒤로 일찍 아침 식사를 하고 짐을 챙기고 어머니가 친구의 아파트를 돌아보며 문단속을 하는 동안에도 나는 계속 해를 보면서 기다렸다. 지금 몸을 숙여 릭과 조시 너머를 보니 해가 아직도 위로 올라가는 길이었고, 방금 지나친 높은 건물 사이에서 빛나고 있었다. 그때 아버지가 바로 이 차 문을 닫은 다음 내 뒤쪽 야적장과 쿠팅스 머신을 보면서 말하던 게 생각났다. "안심해. 소리를 들었어. 치지직거리는 소리. 그 소리를 들었으니 확실하지. 저 괴물은 다시는 일어나지 못할 거야." 그러고 나서 잠시 뒤에 아버지 얼굴이 내 얼굴 앞으로 다가오며 이렇게 물었다. "괜찮니? 내 손가락 보여? 손가락 몇 개 보이니?" 그러자 오늘 아침 내내 그랬던 것처럼, 해가 맥베인 씨의 헛간에서 한 약속을 지키지 않을지도 모른다는 불안이 다시 나를 덮쳐 왔다.

"릭, 있잖아." 어머니가 말했다. "어젯밤에 있었던 다른 일은 다 잊고, 네 작업, **포트폴리오**가 크게 칭찬받았다는 것만 기억해. 거기에서 자신감을 가져야 해. 자신을 가질 이유가 더 생긴 거야."

"엄마, 제발," 조시가 말했다. "지금 릭한테 설교할 때가 아니야." 어른들 시선이 닿지 않는 곳에서 조시는 릭의 손을 더 꼬옥 잡고 다시 릭에게 웃음을 지었다. 릭도 조시를 보더니 어머니에게 이렇게 말했다.

"고맙습니다. 항상 저한테 친절하게 해 주셔서 감사해요."

"모르는 일이야." 헬렌 씨가 말했다. "밴스가 어쩔지는 모르는 일이라고.”

나는 내 쪽으로 다가오는 높은 건물을 보고 있었다. RPO 빌딩하고 비슷하게 생겼는데 더 높아 보였다. 자동차 속도가 느려져서 그 건물을 자세히 볼 수 있었다. 전면에 해가 빛을 쏘고 있었는데 건물 한 부분이 해의 거울처럼 아침 햇살을 강력하게 반사했다. 건물에 무수히 많은 유리창이 가로세로로 질서 있게 줄줄이 이어져 있는데도 줄 간격이 비뚤비뚤하거나 줄이 서로 겹쳐져 보이는 등 혼란스러웠다. 어떤 창문 안에서는 사무 노동자가 지나가는 게 보였고, 어떤 사람은 창가로 다가와 거리를 내려다보기도 했다. 회색 안개로 덮여 내부가 안 보이는 창문이 더 많았다. 바로 그 순간, 어머니가 차를 앞으로 조금 더 이동시킨 순간, 옆 차선에 있는 차들 사이 틈으로, 공사장 방책으로 다른 차가 들어오지 못하게 막아 둔 공간 안에서 그 기계를 보았다. 기계는 깔때기 세 개로 공해를 뿜어내고 있었고 이름의 첫 글자 ‘쿠’가 보였다. 실망이 차갑게 덮쳐 왔지만 그래도 이 기계가 아버지와 내가 야적장에서 파괴한 그 기계가 아니라는 건 알 수 있었다. 차체의 색이 조금 다른 색조의 노란색이었고 크기도 살짝 컸다. 공해를 생산하는 능력은 첫 번째 쿠팅스 머신보다 한 수 위였다.

“그냥 기다려 봐, 헬렌.” 어머니가 말했다. “릭한테 다른 선택지가 있을 수도 있고." 우리가 새로운 쿠팅스 머신을 지나쳐 갈 때 회색 연기가 차 앞 유리로 날아오자 어머니가 그걸 보고는 웅얼거렸다. "저것 좀 봐. 어떻게 저런 걸 그냥 두지?"

"만약 그런 데가 있다고 해도, 엄마." 조시가 말했다. "그 학교에 내가 간다고 하면 보낼 거야?"

"왜 꼭 릭하고 같은 대학에 가야 한다는 건지 모르겠다. 너희 둘이 뭐 결혼이라도 했니? 각기 길을 가고 그러면서도 다 연락하고 지낼 수 있어."

"엄마, 지금 그런 얘기 해야 해? 릭이 그럴 기분이 아니잖아."

나는 몸을 돌려 차 뒤쪽 유리창을 봤다. 높은 빌딩은 보였지만 새로운 쿠팅스 머신은 다른 차에 가려 보이지 않았다. 이제 왜 해가 아무 조치도 취하지 않았는지 알았다. 내가 순간 머리를 떨구고 몸을 축 늘어뜨렸던 것도 같다. 조시가 몸을 숙여 나를 쳐다보았다.

"봐, 엄마." 조시가 말했다. "클라라도 속상해하잖아. 안 그래도 가게가 이사 가서 속상한데. 이제 즐거운 이야기 좀 하자."

5부

도시에 다녀오고 11일 뒤에 조시는 기운을 잃기 시작했다. 처음에는 전에 몸이 약해졌을 때하고 다르지 않아 보였는데 이윽고 새로운 징후가 나타났다. 호흡 소리가 이상해지기도 했고, 아침에 반쯤 잠에서 깨어 눈을 떴는데 눈이 멍할 때도 있었다. 이럴 때 내가 말을 걸면 조시는 대답하지 않았다. 어머니는 매일 아침 일찍 조시 방으로 올라오기 시작했다. 조시가 반쯤 깬 상태일 때면 어머니는 침대 옆에 서서 마치 외우려는 노래의 일부를 반복하듯이 낮은 소리로 "조시, 조시, 조시," 하고 중얼거렸다.

조시가 상태가 좀 좋아져서 침대에 앉아 이야기도 하고 오블롱으로 수업도 받는 날도 있었지만, 종일 잠만 자는 날도 있었다. 라이언 박사가 날마다 왔는데 이제는 표정에 웃음기가 없었다. 어머니는 아침에 점점 늦게 출근했고 개방 공간에서 미닫이문을 닫고 라이언 박사와 한참 이야기를 나누곤 했다.

도시에 다녀오고 난 직후, 조시가 나빠지기 전에, 내가 릭의 공부를 도와주기로 합의가 이루어져서 그 기간 동안에는 릭이 자주 집으로 왔다. 그런데 조시 상태가 나빠지자 릭은 공부에 흥미를 잃고 어머니나 가정부 멜라니아가 침실로 불러 주길 기다리며 현관에 서성이고 있었다. 부름을 받더라도 몇 분 동안 침실 문간에 서서 조시의 자는 모습을 지켜보는 게 전부였다. 한번은 릭이 이렇게 보고 있는데 조시가 눈을 뜨고 미소를 지었다.

"안녕, 릭. 미안. 오늘은 너무 피곤해서 그림 못 그리겠다."

"괜찮아. 푹 쉬면 좋아질 거야."

"새들은 어때?"

"새들 좋아. 잘되고 있어."

더 이야기를 나누지 못하고 조시는 다시 눈을 감았다.

그날 릭이 너무 기운이 없어 보여서 나는 릭을 따라 계단을 내려가서 현관문 밖까지 나갔다. 우리는 자갈돌 구역에 서서 함께 회색 하늘을 올려다보았다. 릭이 할 말이 있다는 게 느껴졌지만, 침실에서 우리가 하는 말이 들린다는 걸 의식해서인지 릭은 말없이 운동화 코를 자갈 사이로 밀어 넣고만 있었다. 그래서 내가 "릭, 나하고 조금 걸을까요?"라고 물으면서 액자 모양 문 쪽을 가리켰다.

첫 번째 풀밭 안으로 들어갔는데 지난번 우리가 맥베인 씨 헛간에 갔을 때보다 풀이 더 누렇다. 우리는 비공식 오솔길을 따라 천천히 걸었고 이따금 바람이 불어와 풀을 갈라 놓으면 멀리 릭의 집이 언뜻 보였다.

비공식 오솔길이 넓어져 생긴 풀숲 속에 있는 방 같은 곳에 도착하자 릭이 걸음을 멈추고 나를 돌아보았다. 우리 둘레에서 풀이 스스슥 흔들렸다.

"조시가 이렇게 안 좋았던 적은 없어." 릭이 땅바닥을 내려다보며 말했다. "너는 계속 희망을 가져도 된다고 했었잖아. 희망을 가질 특별한 이유가 있는 것처럼 말했었어. 그래서 나도 기대하게 됐다고."

"미안해요. 릭이 화가 났을 것 같아요. 사실은 나도 실망했어요. 하지만 그래도 나는 아직도 희망을 품을 이유가 있다고 생각해요."

"그만해, 클라라. 점점 나빠지고 있어. 의사나 조시 어머니를 봐도 알 수 있잖아. 어른들도 희망을 버렸어."

"그렇더라도 나는 아직 희망이 있다고 생각해요. 어른들이 생각해 보지 않은 곳에서 도움이 올 수 있다고 믿어요.

하지만 빨리 움직여야만 해요."

"무슨 말을 하는 건지 모르겠어, 클라라. 네가 아무한테 도 말할 수 없다고 하는 그 대단한 뭔가하고 상관있는 거겠 지."

"솔직히 말하면 도시에 갔다 온 뒤로 내내 확신을 못 했 어요. 그래도 특별한 도움이 오지 않을까 기다리면서 망설 이고 있었어요. 하지만 지금은 다시 돌아가서 해명하는 게 유일한 방법이라고 생각해요. 특별히 호소하면⋯⋯. 더 이야 기하면 안 되지만요. 릭이 한 번만 더 나를 믿어 줬으면 좋 겠어요. 맥베인 씨 헛간에 다시 가야 해요."

"그래, 거길 다시 데려가 달라고?"

"최대한 빨리 다시 가야 해요. 릭이 도울 수 없다면 혼자 해 보겠어요."

"어어, 그러지 마. 당연히 도와줄게. 조시한테 무슨 도움이 되는지는 모르지만 네가 도움이 될 거라고 하니 지푸라기라 도 잡아야지."

"고마워요! 그러면 더 지체하지 말고 오늘 저녁에 가요. 지난번처럼 해가 막 쉬러 갈 때에 맞춰 도착해야 해요. 릭이 여기 이 자리에서 오늘 저녁 7시 15분에 날 만나야 해요. 그 렇게 해 주겠어요?"

"백 퍼센트 확실히 그렇게 할게."

"고마워요. 한 가지 할 말이 더 있어요. 헛간에 가면 사과를 할 생각이에요. 제 착오로 과제를 과소평가했으니까요. 그런데 그것 말고 뭔가 다른 것, 추가로 무언가가 있어야 호소를 해 볼 수 있어요. 그래서 릭의 프라이버시를 침해하는 일이 될 수 있지만 그래도 물어봐야 해요. 릭과 조시 사이의 사랑이 진실한지, 사라지지 않는 진짜 사랑인지 말해 줘요. 그걸 알아야 해요. 만약 그렇다면 도시에서 있었던 일과 상관없이 내놓을 수 있는 다른 게 생기니까요. 그러니까 신중하게 생각하고 사실을 말해 줘요."

"생각할 필요도 없어. 조시하고 나는 같이 자랐고 한 몸이나 다름없어. 우리 계획도 있고. 그러니 당연히 진정하고 영원한 사랑이야. 누가 향상됐고 안 됐고하고는 상관없이. 그게 내 답이고 다른 답은 없을 것 같다."

"고마워요. 이제 아주 특별한 무언가가 생겼어요. 그러니까 잊지 말아 줘요. 여기에서 7시 15분에 다시 만나요. 지금 이 자리에서."

◆

이제 릭에게 업히는 데 더 익숙해졌으므로 가끔 한 손을 뻗어 풀을 옆으로 젖히기도 했다. 풀이 지난번보다 더 누레지기도 했지만 더 부드럽고 유순하기도 했고 저녁 벌레 떼도 내 얼굴 앞에서 친절하게 흩어졌다. 이번에는 풀밭이 상자로 나뉘어 보이지 않았고 세 번째 액자 모양 문을 지나자 앞쪽으로 맥베인 씨의 헛간과 그 위 주황색 하늘이 또렷이 보였다. 해는 벌써 헛간 지붕 삼각형 꼭대기 가까이에 와 있었다.

풀이 깎인 구역 안으로 들어온 다음에 릭에게 내려 달라고 했다. 우리가 해가 기우는 걸 보고 있자 헛간 그림자가 지난번처럼 풀밭을 가로질러 우리를 향해 점점 길게 뻗었다. 해가 헛간 지붕 뒤로 넘어갔을 때 나는 필요 이상으로 프라이버시를 침해하면 안 된다는 걸 떠올리고 릭에게 가 달라고 부탁했다.

"저 안에서 무슨 일이 있는 거야?" 릭이 묻더니 내가 대꾸하기 전에 내 어깨를 다정하게 두드리며 말했다. "기다릴게. 지난번 그 자리에서."

그러고 릭은 떠났고 나는 혼자서 해가 지붕 아래로 내려가 마지막 빛을 헛간을 통과해 나에게 보내 주기를 기다렸다. 내가 도시에서 일을 제대로 하지 못해 해가 화가 나 있을 수도 있다는 생각이 드는 한편, 이게 특별한 도움을 간청할 마지막 기회라는 생각도 들었다. 만약 내가 실패하면 조시는 어떻게 될까 하는 생각도 했다. 마음에 두려움이 번지기 시작했지만 나는 해의 인자함을 다시 떠올리며 더 망설이지 않고 맥베인 씨의 헛간 안으로 들어갔다.

◆

지난번처럼 헛간 안이 주황색 빛으로 가득해 처음에는 주위가 눈에 잘 안 들어왔다. 하지만 곧 왼쪽에 쌓인 건초 더미를 구분해 냈고 건초 더미의 높이가 더 낮아졌다는 것도 알았다. 이번에도 해의 빛살에 갇힌 건초 입자들이 보였는데, 공중에 둥둥 떠다니는 게 아니라 동요하듯 마구 움직이고 있었다. 건초 더미 하나가 방금 전 단단한 마룻바닥에 부딪혀 산산이 부서지기라도 한 것 같은 모습이었다. 움직이는 입자를 잡으려고 손을 뻗자 내 손가락이 헛간 입구까지 이어지는 긴 그림자를 그렸다.

건초 더미 너머에 헛간 벽이 있는데 그 위에 우리 옛날 가게의 빨간 선반이 여전히 있는 것을 보고 기뻤다. 오늘 저녁에는 비뚜름하게 헛간 뒤쪽을 향해 기울어진 모양새이기는 했다. 도자기 커피잔은 여전히 일렬로 정돈되어 있었지만 여기에도 혼란의 징후가 있었다. 같은 칸 한쪽 구석에 가정부 멜라니아의 믹서기가 분명한 물건이 보였다.

지난번 해를 기다릴 때 접이식 철제 의자에 앉았던 기억이 나서 반대편을 돌아보았다. 의자뿐 아니라 우리 가게의 앞쪽 벽감도 보이고 어쩌면 벽감 안에 뿌듯한 기색으로 서 있는 에이에프도 볼 수 있을 거라는 기대가 있었는데, 앞쪽에서 햇빛이 쏟아져 들어오는 것밖에 안 보였다. 햇빛이 헛간 뒤쪽부터 앞쪽까지 거의 수평으로 곧게 뻗어 있었다. 혼잡한 거리에서 지나가는 차들을 보고 있는 느낌이었다. 시선을 먼 쪽으로 옮겼는데, 그쪽은 크기가 고르지 않은 상자 여러 개로 나뉘어 보였다. 몇 초가 지난 다음에야 접이식 철제 의자를 발견했고(여러 상자에 조각조각 나뉘어 보이긴 했지만) 지난번에 거기 앉아 편안함을 느꼈던 걸 떠올리며 그쪽으로 걸음을 뗐다. 그러나 해의 빛살 안으로 걸음을 내딛는 순간 해가 떠나기 전에 관심을 끌려면 바로 행동에 나서야 한다는 생각이 들었다. 그래서 그 자리에서 강렬한 빛에 갇힌 채로 마음속으로 단어들을 떠올리기 시작했다.

"지금 무척 지쳐 있을 텐데 방해해서 정말 죄송합니다. 여름에 제가 온 적이 있고 그때 인자하게도 몇 분 시간을 내어 주신 거 기억하시죠. 같은 중대한 문제를 다시 논의하기 위해 오늘 감히 찾아왔습니다."

이 단어들이 떠오르기가 무섭게 조시의 교류 모임에서 어떤 화난 어머니가 개방 공간으로 들어오며 소리치던 기억이 떠올랐다. "대니 말이 맞아! 너는 여기 있으면 안 돼!" 동시에 오른쪽에 있는 상자 하나에 도시에서 차를 타고 갈 때 봤던, 만화 글씨로 적힌 성난 낙서가 비쳤다. 나는 무시하고 다음 단어들이 머릿속을 스치게 했다.

"제가 여기에 이렇게 올 자격이 없다는 거 압니다. 해가 저한테 화가 났으리라는 것도 압니다. 공해를 완전히 멈추지 못해서 해를 실망시켰으니까요. 공해를 계속 생산할 끔찍한 기계가 또 있을 가능성을 고려하지 않았다니 얼마나 어리석었는지 지금은 압니다. 하지만 해가 그날 야적장에서 우리를 보고 있었으니 제가 열심히 노력했고 희생을 하기도 했다는 사실을 알 겁니다. 제 능력을 감소시킬 수 있는 일이었지만 오직 기쁘게 그렇게 했습니다. 아버지도, 해의 인자한 약속에 대해 아무것도 모르면서도 제 희망을 보고 거기에 믿음을 걸었기 때문에 저를 도와서 최선을 다하는 걸 보셨을 겁니다. 과제를 과소평가한 것에 대해서는 진심으로 사과합니다. 다른 누구도 아닌 제 착오이고 해가 저한테 화가 나는 것도 당연하지만 조시는 아무 잘못도 없다는 걸 알아주시길 부탁드립니다. 아버지처럼 조시도 해와 저의 약속에 대해서는 몰랐고 지금도 마찬가지입니다. 그런데 지금 조시가 하루하루 점점 약해지고 있어요. 제가 오늘 여기 이렇게 온 까닭은 해가 얼마나 인자한지 기억하기 때문이에요. 해가 거지 아저씨와 개에게 그랬던 것처럼 큰 연민을 보여 주시기만 한다면요. 조시에게 너무나 간절히 필요한 특별한 자양분을 보내 주시기만 한다면요."

이 말들이 머릿속에서 흘러갈 때 나는 모건 폭포에 가는 길에 본 끔찍한 황소를 생각했다. 황소의 뿔과 차가운 눈, 저렇게 분노로 가득한 짐승이 햇볕이 드는 풀밭 위에 묶이지도 않은 채 있을 수 있다니 심각한 오류라고 생각했던 것이 떠올랐다. 내 뒤쪽 어딘가에서 어머니가 이렇게 외치는 소리가 들렸다. "여기에서 하지 말라고! 빌어먹을, 지금 이 차 안에서 하지 마!" 그리고 밴스 씨와 같이 간 식당에서 혼자 앉아 있던, 식당 매니저조차 존재를 모르던 외로운 여자가 창문에 이마를 대고 바깥 쪽 어두운 거리를 바라보는 모습이 보였다. 그때 그 여자가 로사를 얼마나 닮았는지를 깨달았다. 하지만 지금 정신을 흐트러뜨리면 안 된다는 생각이 들었다. 해가 언제라도 떠나 버릴 수 있었다. 그래서 더 많은 생각들을 떠올렸고 단어로 만들 새도 없이 흘려보냈다.

"소중한 용액을 잃은 건 아무렇지도 않아요. 해가 조시에게 특별한 도움을 주기만 한다면 더 내줄 수도, 전부 다 내놓을 수도 있어요. 아시겠지만 지난번 여기 왔던 때 이후로 조시를 구할 다른 방법도 있다는 걸 알게 되었어요. 만약 그게 유일한 방법이라면 최선을 다할 생각입니다. 하지만 제가 아무리 노력하더라도 그 방법이 잘 안 될 수 있을 것 같습니다. 그래서 지금 저는 해가 다시 한번 관대함을 보여 주시길 간절하게 바랍니다."

햇빛을 가로질러 건너오면서 앞으로 뻗었던 손이 무언가 단단한 것에 닿았고, 내가 접이식 철제 의자를 잡았음을 깨달았다. 다시 의자를 찾았다는 사실에 행복감을 느꼈지만 불경하게 보일까 봐 앉지는 않았다. 대신 의자 뒤에서 중심을 잡고 두 손으로 등받이를 잡았다.

헛간 뒤쪽에서 들어오는 햇빛이 너무 강렬해서 똑바로 쳐다볼 수가 없었기 때문에, 무례해 보일 수도 있었지만 오른쪽에 둥둥 떠다니는 형체로 눈을 돌렸다. 식당 부스에 외로이 앉아 있는 로사를 다시 보고 싶은 생각도 있었다. 그때 해의 무늬가 앞쪽 벽감에 드리워 일시적으로 그쪽이 밝아졌는데 그 자리에는 에이에프 대신 커다란 타원형의 사진이 붙어 있었다. 해가 비치는 녹색 들판 위에 양 떼가 있는 사진이었는데, 사진 앞쪽에 내가 모건 폭포에서 돌아올 때 어머니 차에서 보았던 특별히 상냥한 양 네 마리가 있었다. 내가 기억하는 것보다도 더 온순하게 보이는 양들이 일렬로 서서 풀을 먹으려고 고개를 숙이고 있었다. 그날 이 양들이 끔찍한 황소의 기억을 지워 주고 행복한 마음이 들게 해 주었기 때문에 타원형 사진을 통해서나마 다시 보게 되어 반가웠다. 그런데 뭔가가 잘못되어 있었다. 양들이 내가 차에서 보았던 것과 똑같이 일렬로 있긴 했는데 이상하게도 땅 위에 있는 게 아니라 공중에 떠 있는 것처럼 보였다. 그래서 풀을 먹으려고 목을 뻗었지만 풀에 입이 닿지 않았다. 그래서 그날 그렇게 행복해 보였던 양이 지금은 슬프게 느껴졌다.

"아직 가지 마세요." 내가 말했다. "잠깐만 더 저한테 시간을 내주세요. 도시에서 약속했던 일을 해내지 못했으니 더 부탁드릴 자격이 없다는 거 알아요. 하지만 커피잔 아주머니와 레인코트 아저씨가 만난 날 해가 얼마나 기뻐했는지 기억해요. 기쁨을 감출 수가 없었죠. 그래서 저는 서로 사랑하는 사람들이 오랜 세월이 지난 뒤에라도 다시 만나는 걸 해가 얼마나 중요하게 생각하는지 알아요. 그들이 잘되길 바라고 어쩌면 서로 만날 수 있게 돕기도 한다는 걸요. 그러니까 제발 조시와 릭을 생각해 주세요. 이 아이들은 아직 어려요. 조시가 세상을 뜬다면 둘은 영영 헤어지게 돼요. 해가 거지 아저씨와 개에게 주었던 것 같은 특별한 자양분을 조시에게 주기만 하면 조시와 릭은 친절한 그림에서처럼 같이 어른이 될 수 있어요. 둘의 사랑이 단단하고 영원하다는 걸 제가 보증할 수 있어요. 커피잔 아주머니와 레인코트 아저씨처럼요."

그때 벽감에서 몇 걸음 떨어진 곳 바닥에 있는 작은 삼각형 물체가 눈에 들어왔다. 한순간은 식당 매니저가 투명 카운터 안에 진열해 놓은 뾰족한 파이 조각인 줄 알았다. 그런데 그때 밴스 씨의 친절하지 않은 목소리가 기억났다. "편의를 봐주길 바라는 게 아니라면, 내가 지금 대체 왜 여기에 앉아 있는 거지?" 헬렌 씨가 다급히 대답하는 소리도 떠올랐다. "편의를 봐달라고 부탁하는 거지. 당연히 그렇고말고." 그때야 바닥의 삼각형 물체가 파이 조각이 아니라 조시가 친구의 아파트에서 아버지를 기다리다가 소파에서 떨어뜨린 책 귀퉁이라는 걸 알았다. 사실 삼각형은 아니지만 한 귀퉁이만 그림자 밖으로 나와 있어 그렇게 보인 것이었다. 앞쪽 벽감 왼쪽에서는 상자가 저녁 바람을 맞은 것처럼 떠다니며 서로 겹쳐졌다. 그 상자 가운데 몇 개에서 환한 색깔들이 언뜻 보였고, 가게의 새로운 쇼윈도에 진열된 유리병들이 배경에 있다는 사실을 알아차렸다. 유리병이 대조적인 색깔로 빛났고, 어떤 상자에는 '매입형 조명등'이라고 적힌 간판 일부도 보였다. 그때 시간이 얼마 남지 않았음을 깨닫고 나는 얼른 말을 이었다.

"편의를 봐달라는 게 바람직하지 않은 일이라는 것 압니다. 하지만 해가 특별히 봐주시겠다면 평생 서로 사랑할 젊은이들을 봐주시는 게 가장 타당할 거예요. '그걸 어떻게 확신하지? 어린아이들이 진정한 사랑에 대해 뭘 알지?'라고 해가 물으실 수도 있을 것 같아요. 하지만 저는 그 아이들을 신중히 관찰했고 진심이라고 확신해요. 함께 자랐고 서로 한 몸이나 다름없어요. 릭이 바로 오늘 저한테 그렇게 말했어요. 제가 도시에서 실패했다는 건 알지만 한 번만 더 인자함을 베풀어 조시에게 특별한 도움을 주세요. 내일이나, 아니면 그다음 날이라도 조시를 들여다보고 거지 아저씨에게 주었던 자양분을 주세요. 이게 편의를 봐달라는 것일 수도 있겠지만, 그리고 제가 임무에 실패하긴 했지만, 그래도 이렇게 부탁드립니다."

해의 저녁 빛이 흐릿해지기 시작하며 헛간 속에 어둠이 번졌다. 나는 햇빛이 들어오는 헛간 뒤쪽에서 고개를 돌리지 않으려고 애쓰고 있었지만, 조금 전부터 내 오른 어깨 뒤쪽에서 다른 빛이 생겨난 게 느껴졌다. 처음에는 알록달록한 유리병이 또 나타난 줄 알았는데, 해의 빛이 헛간에서 물러갈수록 다른 빛이 더 뚜렷하게 느껴지길래 몸을 돌려서 그쪽을 봤다. 그런데 해가 떠난 게 아니라 맥베인 씨의 헛간 안으로 들어와 앞쪽 벽감과 헛간 앞문 사이 바닥 언저리에 자리 잡은 것을 보고 깜짝 놀랐다. 뜻밖인 데다가 헛간 구석에서 빛나는 해의 존재가 너무 눈이 부셔서 한순간 나는 중심을 잃을 뻔했다. 그러다가 다시 시야가 안정되었고,

정신을 가다듬자 해가 헛간 안에 들어온 게 아니라 헛간 안에 우연히 놓인 어떤 물건이 해가 떠나기 직전 마지막 순간의 빛을 반사하고 있는 것임을 깨달았다. 다시 말해 무언가가 RPO 빌딩이나 다른 빌딩들이 그러듯이 해의 거울 역할을 하고 있는 것이었다. 빛을 내는 표면에 가까이 다가가자 빛의 세기는 좀 수그러들었지만 그래도 붉은빛이 계속 그늘 속에서 뿜어져 나왔다.

그 앞에 서자 빛나는 물체가 무엇인지 알게 되었다. 맥베인 씨나 혹은 맥베인 씨의 친구가 직사각형 유리판 몇 장을 겹쳐서 여기 벽에 기대어 놓은 것이었다. 어쩌면 맥베인 씨가 이제 헛간 앞뒤 벽을 만들고 유리도 끼우려고 하는 것일 수도 있었다. 어쨌거나 유리 직사각형(거의 수직으로 세워진 유리판이 일곱 장 있었다.) 안에 해의 저녁 얼굴이 비친 것이 보였다. 나는 더 가까이 다가가서 거의 소리가 날 정도로 입에 단어들을 담았다.

"제발 조시에게 특별한 친절함을 보여 주세요."

나는 유리판을 보았다. 반사된 해가 여전히 진한 주황색으로 빛나고 있었지만, 이제는 눈이 부시지 않아서 가장 바깥쪽 직사각형 안에 있는 해의 얼굴을 더 자세히 살펴볼 수 있었는데, 해의 이미지가 하나가 아니고 각 유리 표면마다 조금씩 다른 얼굴이 있다는 걸 알았다. 내가 유리판의 첫

장부터 마지막까지 꿰뚫어 보아서 한 개의 이미지로 보였지만 사실은 일곱 개가 포개진 것이었다. 가장 바깥쪽 유리 위에 있는 얼굴은 준엄하고 냉담해 보이고 그다음 유리에 있는 것은 더욱 거리감 있게 느껴졌지만, 그 뒤의 둘은 더 부드럽고 친절해 보였다. 그 뒤 세 장은 멀리에 있어서 잘 안 보였으나 기분 좋고 친절한 얼굴이리라고 추측하는 게 합당했다. 각 유리판 위의 이미지가 어떻든 한 번에 보면 얼굴 하나로 보였지만, 그래도 형태와 감정이 다양한 얼굴이었다.

나는 계속 열심히 보았다. 그러다가 해의 얼굴들이 다 함께 사라지기 시작했고, 맥베인 씨 헛간 안의 빛도 흐릿해져서 이제 조시 책의 삼각형 귀퉁이나 닿지 않는 풀을 향해 입을 뻗는 양들도 보이지 않았다. 나는 이렇게 말했다. "다시 절 받아 주셔서 감사합니다. 약속했던 일을 해내지 못해 정말 미안합니다. 제 부탁을 꼭 들어주세요." 그렇지만 나는 해가 이미 떠났다는 것을 알았기 때문에 마음속으로 떠올리는 단어인데도 조용조용히 말했다.

◆

그 후 며칠 동안 라이언 박사와 어머니는 개방 공간에서 조시가 병원에 가야 할지 말지를 두고 언쟁을 했다. 두 사람의 목소리가 부딪혔지만(미닫이문 너머로 목소리가 들려왔다.) 그래도 결국에는 병원에 가면 조시가 더 괴롭기만 할 거라고 의견이 모이는 듯했다. 이렇게 합의를 해 놓고도 다음 날 라이언 박사가 오면 또 개방 공간으로 가서 처음부터 다시 언쟁을 시작했다.

릭이 날마다 와서 어머니와 가정부 멜라니아가 쉬는 동안 침실에서 조시 옆을 지켰다. 두 어른 다 이 무렵에는 일과 시간을 따르지 않았고 너무 피곤해 더 버틸 수 없을 때만 잠을 잤다. 어른들은 내가 쓸모 있다고 인정하면서도 어째서인지 나 혼자서는 조시를 돌볼 수 없다고 생각하는 것 같았다. 내가 누구보다 빨리 징후를 포착한다는 걸 어머니도 알았지만. 그러나 하루하루 지나면서 어머니와 가정부 멜라니아는 지쳐 갔고 두 사람의 움직임에서 누적된 피로가 느껴졌다.

내가 맥베인 씨의 헛간에 두 번째로 갔다 오고 엿새째 되던 날, 아침 식사 이후에 하늘이 평소와 다르게 컴컴해졌다. '아침 식사 이후'라고 하긴 했지만 사실 그때는 일과 시간이 다 흐트러져서 아침 식사든 다른 어떤 식사든 제때 하는 일이 없었다. 그날 아침에는 하늘까지 어두컴컴해서 지금이 어느 때인지 시간 감각이 더욱 혼란스러웠다. 릭이 왔기 때문에 그나마 지금이 밤이 아니라는 걸 알 수 있었다.

시간이 지나면서 하늘이 점점 어두워지고, 구름은 더욱 두꺼워지고, 바람이 아주 거세졌다. 집 건물 뒤쪽 어딘가 헐거워진 데가 바람에 덜컹거렸고, 침실 앞쪽 창문으로 보이는 오르막길 위의 나무들이 휘어지고 출렁이고 있었다.

그러나 조시는 아무것도 모른 채 얕고 밭은 숨소리를 내며 잠만 잤다. 어두운 오전이 절반쯤 지났을 무렵, 릭과 내가 같이 조시를 보고 있을 때 가정부 멜라니아가 들어와서 피로로 눈이 반쯤 감긴 상태로 이제 자기 차례라고 말했다. 나는 릭을 따라 계단으로 갔는데, 릭이 슬픈 듯 어깨를 늘어뜨리고 계단을 내려가더니 마지막 칸에 주저앉는 모습이 보였다. 나는 릭에게 혼자 있을 시간을 주기 위해 릭을 지나쳐 현관 쪽으로 갔는데 그때 어머니가 개방 공간에서 나왔다. 어머니는 밤새 입고 있던 얇은 검은색 가운 차림이라 가는 목 언저리가 훤히 드러났다. 어머니는 커피를 원하는지 빠른 걸음으로 지나쳐 갔다. 그러나 부엌 문간에서 걸음을 멈추고 몸을 돌리더니 계단 마지막 칸에 앉아 있는 릭을 빤히 보았다. 릭은 어머니가 자길 보고 있는 줄 모르다가 잠시 뒤에 알아차리고는 기운을 북돋아 웃음을 지었다.

"안녕하세요."

어머니는 계속 릭을 보고 있었다. 그러더니 이렇게 말했다. "이리 들어와." 그러고는 부엌으로 들어갔다. 릭은 나에게 어리둥절한 눈길을 보내며 자리에서 일어났다. 어머니가 나한테는 오라고 하지 않았지만 나는 릭을 따라가는 게 좋겠다고 생각했다.

창밖 하늘이 어두워서 부엌도 다르게 보였다. 어머니는 불을 켜지 않았다. 부엌에 들어가 보니 어머니는 큰 창문으로 평소에 출근할 때 차를 타고 가는 길 쪽을 내다보고 있었다. 릭은 아일랜드 식탁 근처에서 머뭇거리듯 멈췄고, 나는 프라이버시를 침해하지 않으려고 냉장고 옆에 섰다. 그 자리에서 큰 창문이 보였는데 어머니 형체 너머 창밖 멀리에서 오르막길과 출렁이는 나무가 보였다.

"너한테 묻고 싶은 게 있어." 어머니가 말했다. "물어봐도 되지, 릭?"

"네, 물어보세요."

"지금 네가 승자라고 생각하고 있지 않을지 궁금했어. 네가 이겼다고."

"무슨 말씀인지 모르겠어요."

"난 늘 너한테 잘했지, 안 그러니, 릭? 그랬기를 바란다."

"당연하죠. 늘 잘해 주셨어요. 저희 어머니한테 좋은 친구가 되어 주시기도 했고요."

"그러니까 물어볼게. 릭, 네가 승자가 됐다고 생각하느냐고. 조시는 도박을 했어. 그래, 내가 주사위를 던졌지. 이기거나 질 사람은 내가 아니라 조시였지만. 조시는 크게 걸었는데 라이언 박사 말이 맞는다면 곧 지게 될 모양이다. 하지만 너는 안전하게 갔지. 그래서 너한테 묻는 거야. 지금 넌 기분이 어떠니? 네가 정말 승자라고 생각해?"

어머니는 이 말을 하는 동안 계속 어두운 하늘을 보고 있다가, 이제는 고개를 돌려 릭을 마주 보았다.

"네가 이겼다고 생각한다면 말이야, 이거 한번 생각해 보라고. 첫째. 네가 이겨서 얻은 게 정확히 뭐지? 왜냐하면 조시는, 내가 처음 그 애를 안은 순간부터, 나는 조시가 온몸으로 삶을 갈구하고 있다는 걸 알았거든. 조시에게는 온 세상이 경탄의 대상이었지. 그래서 나는 처음부터 조시에게 기회를 안 줄 수는 없다고 생각했어. 조시가 자기 정신에 걸맞은 미래를 요구하고 있었으니까. 그래서 크게 걸었다고 하는 거야. 그런데 넌 어떠니, 릭? 네가 정말 그렇게 똑똑하다고 생각해? 너희 둘 중에서 승자는 너라고 생각해? 만약 그렇다면 너 자신한테 이렇게 물어봐. 네가 뭘 얻었는지. 한번 봐. 네 미래를 보라고." 어머니는 창문 쪽으로 한 손을 흔들었다. "너는 안전하게 갔고, 그래서 네가 얻어 낸 건 작고 보잘것없어. 지금은 꽤 우쭐한 기분이겠지. 하지만 네가 그렇게 느낄 이유는 없다고 내가 말해 주마. 우쭐해할 이유가 전혀 없다고."

어머니가 말하는 동안 릭의 얼굴에서 무언가 위험한 것이 탁 하고 켜졌다. 릭의 얼굴이 교류 모임에서 나를 던지려고 했던 남자아이들에게 도전할 때와 매우 비슷하게 바뀌었다. 릭은 어머니 쪽으로 한 걸음 다가갔고, 그러자 어머니도 불현듯 경계심을 느끼는 것 같았다.

"아주머니, 최근에 제가 올 때마다 거의 늘 조시는 말할 기운이 없었어요. 하지만 지난 목요일에는 조시 상태가 좋아서, 저는 한마디도 놓치지 않으려고 침대 옆에 바싹 붙어 앉았어요. 그런데 조시가 저한테 메시지를 하나 전해 달라고 했어요. 아주머니께 하고 싶은 말인데, 아직은 듣지 않으셨으면 하는 메시지였어요. 조시가 저한테 알맞은 때가 되기 전에는 메시지를 전하지 말고 저만 알고 있으라고 했어요. 그런데 지금이 바로 그때인 것 같네요."

어머니의 눈이 커지고 두려움으로 가득 찼지만 어머니는 아무 말도 하지 않았다.

"조시의 메시지는 이런 거였어요. 무슨 일이 일어나든 간에, 어떻게 되든 간에, 조시는 엄마를 사랑한다고, 영원히 사랑할 거라고 했어요. 엄마가 자기 엄마여서 정말 고맙고 단 한순간도 아니길 바란 적이 없었다고. 이렇게 말했어요. 그리고 한 가지가 더 있어요. 향상을 택한 것에 대해서요. 다른 선택을 했더라면 했던 적은 한 번도 없다는 걸 어머니가 아셨으면 좋겠다고 했어요. 다시 선택할 수 있다고 해도, 이번에는 자기가 선택할 수 있다고 하더라도, 어머니가 했던 것하고 똑같이 할 거라고 했고 어머니는 자기가 바랄 수 있는 최고의 엄마라고 했어요. 그런 말이었어요. 말씀드렸듯이 조시가 알맞은 때가 되기 전에는 전하지 말라고 했는데, 지금 말씀드리기로 한 것이 옳은 판단이었으면 좋겠네요."

어머니는 무표정하게 릭을 보고 있었다. 그런데 릭이 이야기하는 동안에 나는 무언가, 아주 중요한 것일지도 모를 무언가를 어머니 뒤쪽 큰 창에서 보았다. 그래서 그때 릭이 말을 멈춘 순간 얼른 손을 들었다. 어머니는 나를 무시하고 릭만 계속 보고 있었다.

"굉장한 메시지구나." 어머니가 드디어 입을 열었다.

"잠시만요." 내가 말했다.

"세상에." 어머니가 말하더니 조용히 한숨을 내쉬었다. "굉장한 메시지야."

"잠시만요!" 이번에는 내가 거의 소리를 지르다시피 해서 어머니와 릭 둘 다 나를 돌아보았다. "방해해서 죄송합니다. 하지만 밖에서 무슨 일이 일어나고 있어요. 해가 나오고 있어요!"

어머니는 큰 창을 쳐다보더니 다시 나를 돌아보았다. "그래. 그게 뭐? 왜 그러니?"

"위층으로 가야 해요. 지금 당장 조시한테 가야 해요!"

내가 이렇게 말하자 어리둥절한 표정으로 나를 보던 어머니와 릭의 얼굴에 두려움이 떠올랐다. 내가 현관 쪽으로 가려는데 어머니와 릭이 나를 지나쳐 달려갔다. 나는 두 사람 뒤를 따라 계단을 허겁지겁 올라갔다.

두 사람은 내가 왜 소리를 질렀는지 아마 몰랐을 테고 그래서 아마도 조시가 위급해졌다고 생각했을 것 같다. 그래서 방으로 뛰어 들어갔을 때 조시가 아까처럼 고른 숨을 쉬면서 잠들어 있어 안심했을 것이다. 조시는 종종 그러듯 옆으로 누워 있었고, 머리카락이 앞으로 쏟아져 얼굴을 거의다 가렸다. 조시는 전혀 달라진 게 없었지만, 방 안은 아니었다. 해의 무늬가 벽, 바닥, 천장 여기저기에 평소와 달리 강렬하게 나타났다. 서랍장 위에는 진한 주황색 삼각형이, 단추 소파에는 눈부신 곡선이, 카펫 위에는 빛나는 막대들이 길게 그어졌다. 그렇지만 침대 위의 조시는 방 다른 부분과 마찬가지로 그늘 안에 있었다. 그때 그림자가 움직이는 게 보였고, 시각이 적응된 다음에 다시 보았더니 가정부 멜라니아가 앞쪽 창문에서 블라인드와 커튼을 당기면서 그림자를 만들고 있었다. 가정부 멜라니아가 블라인드를 이미 완전히 내린 데다가 커튼까지 쳐서 창을 두 겹으로 가리려고 커튼을 블라인드 위로 당기고 있는데도, 가장자리 틈새로 빛이 뚫고 들어와 방에 무늬를 만든 것이었다.

"빌어먹을 햇빛!" 가정부 멜라니아가 외쳤다. "저리 가라! 빌어먹을 해!"

"안 돼요, 안 돼!" 나는 얼른 가정부 멜라니아에게로 갔다. "열어야 해요. 전부 열어요! 해가 최선을 다하도록 해야 해요!"

나는 커튼을 가정부 멜라니아에게서 뺏으려고 했다. 가정부 멜라니아는 처음에는 놓지 않으려 했으나 결국은 놀란 얼굴로 손을 놓았다. 그때 릭이 내 옆에 왔고 직관적으로 알아차린 것처럼 손을 뻗어 블라인드를 올리고 커튼을 젖혔다.

그러자 해의 자양분이 엄청난 양으로 방으로 쏟아져 들어와 릭과 나는 거의 균형을 잃고 뒤로 휘청거릴 지경이었다. 가정부 멜라니아는 손으로 얼굴을 가리며 다시 말했다. "빌어먹을 해!" 그렇지만 해의 자양분을 막으려는 시도는 더 하지 않았다.

나는 창문에서 물러섰지만 창밖에서 바람이 여전히 강하게 몰아치는 게 보였다. 나무들이 계속 휘청일 뿐 아니라 샤프펜슬로 그린 것 같은 작은 깔때기들과 피라미드들이 하늘을 가로질러 날아가고 있었다. 그렇지만 해는 짙은 구름을 뚫었고, 방 안에 있던 우리 모두 비밀스러운 메시지를 받기라도 한 것처럼 동시에 조시를 돌아보았다.

해가 조시를, 침대 전체를, 격렬한 주황색 반원으로 비추어서 침대에 가장 가까이 있던 어머니는 손을 들어 얼굴을 가려야 했다. 릭은 이제 무슨 일이 일어나는지 알아차린 것 같았고, 또 신기하게도 어머니와 가정부 멜라니아도 핵심을 파악한 것처럼 보였다. 그래서 우리 모두 꿈쩍하지 않고 그렇게 서 있었고, 해는 조시에게 더욱 눈부신 빛을 집중했다. 우리는 지켜보면서 기다렸다. 한순간 주황색 반원이 마치 불이 붙을 것처럼 타올랐는데도 아무도 아무 조치도 하지 않았다. 그때 조시가 부스스 깨어나더니 눈을 가늘게 뜨고 손 하나를 허공에 들어 올렸다.

"와. 왜 이렇게 눈부셔?" 조시가 말했다.

해는 계속 빛을 가차 없이 조시에게 쏟아부었다. 조시는 뒤척거리더니 몸을 돌려 베개와 침대 머리판에 머리를 기댔다.

"무슨 일이야?"

"좀 어떠니, 아가?" 어머니가 두려움이 어린 눈빛으로 조시를 보며 조용히 물었다.

조시는 베개에 다시 머리를 대고 거의 천장을 바라보며 누웠다. 하지만 조시의 몸놀림에서 새로 솟은 기운이 뚜렷하게 느껴졌다.

"뭐야. 블라인드 고장 났어?" 조시가 말했다.

집 뒤쪽 헐거워진 데가 계속 덜컹거렸고, 창밖을 보니 다시 어둠이 하늘 위로 번지고 있었다. 그러더니 우리가 보고 있는 와중에 해의 무늬가 조시에게서 물러났고, 조시는 다시 구름 낀 오전의 어둑한 방 안에 누워 있었다.

"조시?" 어머니가 물었다. "기분이 어때?"

조시는 지친 표정으로 어머니를 보더니 우리를 더 잘 보려고 몸을 움직였다. 어머니는 그걸 보고 다시 조시를 눕히려는 듯이 한 걸음 다가갔다. 그런데 조시 옆에 가자 마음이 바뀌었는지, 조시가 더 편한 자세로 앉을 수 있게 거들어 주었다.

"좋아 보인다." 어머니가 말했다.

"그런데 대체 무슨 일이야?" 조시가 물었다. "왜 다들 여기 이러고 있어? 뭘 보고 있는 거야?"

"안녕, 조시." 릭이 갑자기 입을 열었다. 목소리가 들떠 있었다. "너 상태가 엉망이다."

"고마워. 너도 참 좋아 보인다." 그러더니 이렇게 말했다. "근데 사실 좀 좋아졌어. 조금 어지럽긴 하지만."

"다행이다." 어머니가 말했다. "무리하지는 마. 뭐 좀 마시고 싶니?"

"물 마실까?"

"그래, 조급하게 생각하지 말자." 어머니가 말했다. "한 번에 한 걸음씩 해야지."

해의 특별한 자양분은 거지 아저씨에게 그랬던 것만큼 조시에게도 효과적이었다. 오전에 하늘이 어두컴컴해졌던 날 이후, 조시는 점점 튼튼해졌을 뿐 아니라 아이에서 어른으로 자라났다.

계절이 지나고 해가 지나갔고, 맥베인 씨의 농기계가 풀을 전부 베어서 풀밭 세 곳이 옅은 갈색 들판이 되었다. 이제 헛간이 더 높고 더 뚜렷하게 보였지만, 맥베인 씨가 아직도 앞뒤 벽을 만들지는 않았기 때문에 구름이 없는 저녁에는 해가 휴식 장소로 갈 때 헛간 저편 뚫린 쪽에서 차츰 가라앉아 땅 밑으로 사라지는 모습을 볼 수 있었다.

조시는 수업을 열심히 들었고, 조시가 어느 대학에 진학

할지를 두고 자주 논쟁이 벌어졌다. 조시와 어머니 저마다 그 문제에 대해 강력한 의견이 있었지만 애틀러스 브루킹스를 (이제 릭이 그곳에 가려는 마음을 접었으므로) 거론하는 일은 거의 없었다. 아버지는 조시의 의견에도 어머니의 의견에도 동의하지 않는 것 같았고, 한번은 집에 와서 자기 생각을 더 확실하게 직접 밝혔다. 아버지가 집에 온 것은 그때가 유일했다. 나는 다시 아버지를 만나서 기뻤지만, 그래도 아버지의 이런 행동이 어떤 규칙을 위반한 것임은 알았다.

이 기간에는 조시가 집을 떠나 있을 때가 많았다. 다른 청소년의 집에 가거나 휴양지에 가서 며칠씩 집에 안 올 때도 있었다. 나는 이런 여행이 대학 진학의 중요한 준비 과정이라는 것은 알았지만 조시가 돌아와서도 여행 이야기를 거의 하지 않았기 때문에 그 밖에 자세한 것은 잘 몰랐다.

릭은 조시가 회복되고 난 후 한동안은 꼬박꼬박 찾아왔지만, 그 후 시간이 흐르고 맥베인 씨가 풀을 베었을 무렵부터는 확연히 뜸하게 왔다. 조시가 집에 없을 때가 많아서이기도 했지만, 릭도 자기 프로젝트 때문에 바빠졌다. 릭은 차를 사서 '고물'이라고 이름을 붙이고는 그 차를 타고 도시로 가서 새 친구들을 만났다. 릭은 고물을 자갈돌 구역에 세워 놓곤 했는데 자기 집 앞의 좁고 구불구불한 길을 차로 오가기보다 그 편이 더 쉽기 때문이라고 했다. 그래서 릭이 우리에게 오는 까닭은 조시 때문이 아니라 고물 때문일 때가 더 많았다. 내가 릭과 마지막 대화를 나눈 곳도 그 자갈돌 구역 위에서였다.

그날 오전에는 조시와 어머니 둘 다 집에 없었기 때문에 집 밖에서 릭의 발소리를 듣고 나는 망설임 없이 인사를 하러 나갔다. 릭이 여느 때처럼 급하지 않아서 몇 분 동안 서서 이야기를 나눴다. 산들바람이 우리 위쪽으로 지나갔고, 릭은 고물차 차체에 기대고 나는 조금 떨어진 곳에 서 있었다. 하늘이 구름으로 뒤덮인 날이었는데 그래서인지 릭이 그날 일을 떠올렸다.

"기억나니, 클라라." 릭이 물었다. "오전 내내 날씨가 정말 이상하다가 조시 방에 햇빛이 똑바로 들어온 날?"

"그럼요. 그날 일은 절대 잊지 못할 거예요."

"요새도 가끔 생각해. 꼭 조시가 그때부터 좋아진 것처럼 보였어. 착각일 수도 있지만. 그런데 돌아보면 마치 그랬던 것 같은 생각이 들어서."

"네. 저도 그렇게 생각해요."

"그날 생각나? 우리 다 엄청 지쳐 있었잖아. 절망 상태였달까. 그러다가 그때부터 백팔십도 달라졌어. 늘 너한테 물어보고 싶었는데 네가 그 이야기를 안 하려고 해서. 그날 있었던 일, 이상한 날씨나 그런 게 다른 일과 상관이 있는지

419

묻고 싶었어. 있잖아. 내가 너 업고 풀밭으로 가고, 너는 비밀 거래 같은 거 하고 그런 거. 그때는 그게 뭐냐, 에이에프 미신 같은 거라고만 생각했어. 행운을 부르는 행위 같은 거. 그런데 요새는 그것만이 아니라 뭔가가 더 있었던 걸까 하는 생각이 자꾸 들어서."

릭이 나를 찬찬히 보고 있었지만 나는 잠시 아무 말도 하지 않았다. 그러다 마침내 입을 열었다.

"안타깝지만 아직까지도 그 일에 대해 함부로 말하기는 어려워요. 아주 특별한 호의였기 때문에 다른 사람에게, 릭한테조차 말하면 안 될 것 같아요. 조시가 받은 도움이 거둬들여질까 봐 겁이 나요."

"그럼 그만두자. 아무 말도 하지 마. 조시가 다시 아파질 가능성을 티끌만큼이라도 늘리고 싶진 않으니까. 그런데 의사들은 조시가 겪은 단계를 일단 넘어서면 그다음에는 안전하다고 하긴 해."

"그렇긴 해도 신중해야 해요. 조시는 아주 특별한 케이스였으니까요. 아무튼 릭이 말을 꺼낸 김에 그것과 관련해서 걱정스러운 점에 대해 말하고 싶어요."

"그게 뭔데?"

"릭과 조시가 여전히 서로에게 친절하긴 해요. 그렇지만 지금 다른 미래를 준비하고 있어서요."

릭이 오르막길 쪽을 돌아보며 고물의 옆 거울을 손으로 만지작거렸다. "무슨 얘기 하는지 알겠어. 그날, 두 번째로 헛간에 갔던 날 네가 한 말 기억나. 가기 전에 엄청 진지해져서는 우리 사랑이 진짜냐고 물었지. 나하고 조시가. 그리고 내가 진짜라고 대답했던 것 같아. 진짜고 영원하다고. 그래서 그것 때문에 걱정하는 거지."

"릭 말이 맞아요. 릭과 조시가 각각의 계획을 세운 걸 보니 불안해져요."

릭은 발끝으로 자기 앞쪽 자갈을 살살 찼다. 그러더니 말했다. "클라라. 네가 조시의 건강을 위험하게 할 말을 할 필요는 없고, 이 말만 할게. 네가 우리가 진정으로 서로 사랑한다고 전했을 때는 그게 진실이었어. 네가 속였다거나 오해를 일으켰다고 할 사람은 없어. 하지만 이제 우리는 어린애가 아니니까. 서로 잘되길 빌어 주고 각자의 길을 가야 해. 내가 대학에 가서 향상된 애들하고 경쟁한다는 건 애초에 말이 안 되는 일이었어. 지금은 나도 나름의 계획이 있고 그게 최선이야. 그래도 그건 거짓말이 아니었어. 그리고 이상한 이야기지만 지금도 거짓이 아니야."

"그 말이 무슨 뜻인지 궁금해요."

"그러니까 내 말은, 조시와 내가 각자 세상에 나가서 서로 안 만나고 산다 해도 어떤 부분은, 마음속 어딘가에서는 늘 같이 있을 거라는 거야. 조시는 어떨지 모르겠다. 어쨌든 나는 세상에 나가면 항상 꼭 조시 같은 누구를 찾으려고 할 거야. 그러니까 절대로 속임수가 아니었어. 거기에서 네가 누구랑 거래를 했는지는 모르겠지만 그 사람들도 내 마음속, 조시 마음속을 들여다본다면 네가 속이려고 한 게 아니라는 걸 알겠지."

그러고 우리는 자갈돌 구역 위에 잠시 동안 말없이 서 있었다. 이제 금세라도 릭이 몸을 일으켜 고물에 올라탈 것 같았다. 그런데 릭이 가벼운 목소리로 이렇게 물었다.

"멜라니아 소식 들었어? 인디애나로 갔다고 그러던데."

"캘리포니아에 있을 거예요. 마지막으로 소식을 들었을 때 캘리포니아에 있는 커뮤니티에 들어가길 기대한다고 했어요."

"그 아줌마 정말 무서웠었는데. 그런데 그러다가 익숙해진 것 같아. 잘 지내셨으면 좋겠어. 안전한 곳도 찾으셨으면 좋겠고. 넌 어때, 클라라? 괜찮겠어? 그러니까, 조시가 대학에 가면 말이야."

"어머니가 늘 저한테 친절하게 대해 주세요."

"있잖아, 혹시라도 내 도움이 필요하면 말해. 알았지?"

"네. 고마워요."

이곳 딱딱한 땅에 앉아서 그날 오전에 릭이 한 말을 다시 생각해 봤는데 그 말이 옳다는 확신이 든다. 이제는 해가 속았다고 생각하거나 보복을 하지 않을까 하는 걱정은 안 든다. 사실 내가 해에게 호소하고 있을 때도 해는 조시와 릭이 각자의 길을 갈 수밖에 없다는 것, 그럼에도 둘의 사랑이 지속되리라는 것을 알았을 수 있다. 해가 나한테 사랑이 뭔지 아이들이 과연 알겠냐는 질문을 던졌을 때도, 해는 답을 알면서 나더러 한번 생각해 보라고 질문을 꺼낸 것이리라고 생각한다. 어쩌면 그때 해는 커피잔 아주머니와 레인코트 아저씨 생각을 했을 수도 있었을 것이다. 그 조금 전에 내가 두 사람 이야기를 꺼내기도 했으니까. 어쩌면 해는 세월이 지나고, 많은 것들이 달라진 다음에, 커피잔 아주머니와 레인코트 아저씨가 만난 것처럼 조시와 릭도 다시 만날 수 있을 거라고 생각했을지 모른다.

◆

조시가 대학교로 떠날 날이 가까워지면서 집에 다른 청소년들이 자주 찾아왔다. 여자들이었고 보통 한 명씩 왔지만 가끔은 두 명이 오기도 했다. 운전기사가 데려오기도 했고 스스로 운전을 해서 오기도 했는데, 이제는 부모와 같이 오는 경우는 없었다. 오면 보통 이틀 밤이나 사흘 밤을 묵고 갔다. 새로 온 가정부가 손님이 오기 하루 이틀 전에 간이침대를 조시 침실로 옮기는 걸 보고 나는 곧 누가 방문하리라는 걸 알았다.

청소년 손님들 때문에 다용도실을 발견하게 되었다. 손님이 오면 조시 방에 나까지 있어도 될 만큼 공간이 여유롭지 않았고, 또 이제는 예전과 다르게 내가 방에 계속 있는 게 부적절하다는 것도 알았다. 가정부 멜라니아가 있었다면 내가 어디로 가야 할지 알려 주었을 것 같다. 대신 나 스스로 계단 꼭대기에서 그 방을 발견했다. "숨을 필요 없어." 조시가 말하긴 했지만 그렇다고 다른 방법을 알려 주지도 않아서 나는 그냥 다용도실 안에 있게 되었다.

바쁜 몇 주였다. 손님이 없을 때도 조시가 집 안에서 바삐 돌아다니며 어머니나 새 가정부에게 소리 지르는 소리가 들렸다. 그러다가 어느 날 오후에 다용도실 문이 열리더니 조시가 나를 보고 웃었다.

"여기에서 놀고 있었구나. 잘 지내고 있어?"

"잘 지내요. 고마워요."

조시는 팔을 뻗어서 문틀 양쪽에 손을 하나씩 올렸다. 기울어진 천장에 머리를 부딪힐까 봐 겁나는지 고개를 숙이고 방 안을 들여다보았다. 조시의 시선이 방 안에 쌓여 있는 물건을 재빨리 훑더니 방에 딱 하나 있는 작은 창문에 멈췄다.

"저기로 밖을 내다봐?" 조시가 물었다.

"아쉽지만 너무 높아요. 밖을 보기 위한 게 아니라 환기를 위한 창인가 봐요."

"그건 모르는 일이지."

조시가 고개를 숙인 채로 방 안으로 들어오며 안을 둘러보았다. 그러더니 물건을 들어 올리고 밀고 쌓기 시작했다. 나는 조시의 빠른 움직임을 미처 예측하지 못해 조시와 부딪힐 뻔하기도 했다. 그러자 조시가 웃음을 터뜨렸다.

"클라라! 그냥 거기 서 있어. 저쪽에. 내가 뭐 좀 하려고 하잖아."

곧 조시는 작은 창문 바로 아래쪽을 깨끗이 치우고 그 자리에 나무 궤짝을 밀어 넣었다. 그다음에 딱 맞는 뚜껑이 있는 플라스틱 상자를 가져와 궤짝 위에 올렸다.

"됐다." 조시는 한 걸음 물러서며 자기가 만든 것이 만족스러운 듯 말했다. 방 안 나머지 부분이 엉망으로 어질러졌는데도. "한번 올라가 봐. 조심해. 두 번째 계단은 좀 높다. 자, 한번 해 봐."

나는 구석에서 나와 조시가 만든 계단 두 단을 어렵지 않게 올라가 플라스틱 상자 덮개 위에 섰다.

"걱정하지 마. 이거 꽤 튼튼해. 그냥 바닥하고 똑같다고 생각해. 믿어도 돼. 안전해."

조시가 다시 웃으며 나를 쳐다보아서 나도 웃음을 짓고는 작은 창문 밖을 내다보았다. 두 층 아래에 있는 조시 방 뒤쪽 창문에서 보던 광경하고 비슷했다. 물론 각도는 달랐고 시야의 오른쪽에 지붕 일부가 보였다. 그래도 회색 하늘이 풀 베인 들판 위로 맥베인 씨의 헛간까지 죽 뻗어 있는 게 보였다.

"진작 말하지 그랬어." 조시가 말했다. "네가 바깥 구경하는 거 얼마나 좋아하는지 아는데."

"고마워요. 정말 고마워요."

한동안 우리는 엷은 웃음을 띠고 서로 마주 보았다. 그러다가 조시가 바닥에 늘어진 물건들을 보며 말했다.

"에구, 엉망이 됐네! 내가 나중에 꼭 치울게. 그런데 지금은 할 일이 있어서. 네가 치우려고 하지 마. 내가 나중에 할게. 알았지?"

◆

어머니도 조시처럼 그 기간에는 나에게 별 볼일이 없었

다. 때로는 집에서 나를 마주쳐도 눈길을 주지 않을 때도 있었다. 어머니도 바빠서일 수도 있고, 나를 보면 힘겹던 시기가 떠오르기 때문일 수도 있을 것 같았다. 그런데 어머니가 나에게 특별한 관심을 쏟은 때가 한 번 있었다.

그날 조시는 집에 없었지만 주말이라 어머니는 집에 있었다. 나는 오전 내내 다용도실에 올라가 있었는데, 아래쪽에서 목소리가 들리길래 밖으로 나왔다. 나는 현관에서 어머니와 이야기를 나누는 사람이 카팔디 씨라는 사실을 금세 알아차렸다.

꽤 오랫동안 카팔디 씨가 대화에 오르내린 적이 없었는데 뜻밖이었다. 카팔디 씨와 어머니는 느긋한 목소리로 대화를 했지만 대화가 진행되면서 어머니 목소리가 팽팽해지는 게 느껴졌다. 그러더니 어머니 발소리가 들렸고 계단 아래에서 나를 올려다보는 어머니가 보였다.

"클라라." 어머니가 불렀다. "카팔디 씨가 왔어. 기억하지. 내려와서 인사하렴."

내가 조심스레 계단을 내려가는 동안 어머니 목소리가 들렸다. "말한 거랑 다르잖아요, 헨리. 그런 얘기는 없었잖아요."

이 말에 카팔디 씨는 이렇게 대답했다. "그냥 한번 물어만 볼게요. 그거면 돼요."

카팔디 씨는 지난번 보았을 때보다 몸이 더 커졌고 귓가 머리카락은 더 밝은 회색이 되었다. 카팔디 씨는 나에게 밝게 인사를 하고 나를 개방 공간으로 데려가면서 이렇게 말했다. "클라라, 너한테 몇 가지 물어보고 싶어. 네가 우리한테 큰 도움을 줄 수 있거든."

어머니는 아무 말 없이 우리를 따라 들어왔다. 카팔디 씨는 모듈형 소파 위에 앉아 쿠션에 몸을 기댄 편한 자세를 취했고, 그 모습을 보니 교류 모임에서 그 소파에 앉아 다리를 뻗고 있던 대니라는 소년이 생각났다. 카팔디 씨의 태도와 대조적으로 어머니는 방 한가운데에 매우 꼿꼿한 자세로 서 있었다. 카팔디 씨가 나에게 앉으라고 하자 어머니가 말했다.

"클라라는 서 있는 게 더 편할 것 같네요. 할 얘기 있으면 얼른 끝내요, 헨리."

"크리시, 왜 그래요. 그렇게 심각하게 생각할 일 아녜요."

그러더니 카팔디 씨는 느긋한 자세를 풀고 내 쪽으로 몸을 숙였다.

"클라라, 내가 에이에프한테 아주 관심이 많다는 거 기억하지. 나는 너희를 늘 친구로 생각했단다. 지식과 깨달음의 원천이기도 하고. 하지만 너도 알다시피 너희들을 불안한 눈으로 보는 사람들이 있어. 두려워하고 미워하는 사람들."

"헨리. 본론을 얘기해요." 어머니가 말했다.

"좋아요, 그러죠. 클라라, 사실 지금 에이에프에 대한 우려가 점점 커지고 있어. 에이에프가 너무 똑똑해졌다고들 하지. 에이에프의 머릿속에서 무슨 일이 일어나는지 파악할 수 없어지면서 두려움이 생겨났다고 할 수 있어. 우리가 너희가 어떻게 하는지는 볼 수 있지. 너희의 판단이나 제안이 믿을 만하고 적절하고 거의 늘 정확하다는 것도 알고. 그런데 어떻게 그런 결론에 도달하는지를 몰라서 불편한 거야. 그래서 사람들이 에이에프에 적개심과 편견을 갖게 됐어. 우린 그것에 맞서야 해. 사람들한테 이렇게 말하자는 거야. 에이에프가 어떻게 사고하는지를 모르기 때문에 걱정이 된다는 거죠, 좋아요, 그러면 안을 들여다봐요. 역행 분석을 해보는 거지. 밀봉된 블랙박스가 불만이라면, 좋다, 열어 보자는 거야. 안을 들여다보면 이제 두렵지도 않을 테고 또 많은 걸 배울 수 있을 거야. 새롭고 놀라운 것들을. 그래서 네가 필요해. 네 편에 있는 우리 같은 사람들은 도움을, 자원자를 구하고 있어. 이미 블랙박스 몇 개를 열었는데 그보다 훨씬 더 많은 수가 필요해. 너희들 에이에프는 정말 대단해. 이런 일이 가능하리라고 상상 못 했던 것들이 속속 드러나고 있어. 그래서 오늘 내가 여기 온 거야. 클라라, 너를 잊지 않고 있었단다. 네가 우리에게 특별한 도움이 되리란 걸 알아. 그러니 도와주겠니?"

카팔디 씨가 나를 빤히 보길래 나는 이렇게 말했다. "조시나 어머니에게 불편을 끼치는 일만 아니라면 저는 돕고 싶습니다……."

"잠깐." 어머니가 순식간에 커피 테이블을 돌아 내 옆에 와서 섰다. "전화 통화 할 때는 이런 이야기가 아니었잖아요."

"그냥 클라라 의견을 물어보고 싶어서요. 클라라가 중대한 공헌을 할 수 있는 기회이니까……."

"클라라는 그것보다 더 나은 걸 누릴 자격이 있어요."

"당신 말이 맞을 수도 있죠. 내가 판단을 잘못했을 수도 있고. 그렇긴 하지만 이왕 이렇게 왔고 클라라가 이 자리에 있으니 클라라 의견을 한번 물어봐도 될까요?"

"아뇨, 헨리, 안 돼요. 클라라는 더 나은 대접을 받아야 해요. 서서히 꺼질 수 있게 하는 게 마땅해요."

"하지만 우리의 의무가 있잖아요. 반발하는 사람들에게 맞서야 해요……."

"그러면 다른 곳에 가서 맞서요. 다른 블랙박스를 찾아서 열어요. 클라라는 내버려 둬요. 서서히 꺼질 수 있게 해요."

어머니가 나를 카팔디 씨로부터 보호하려는 듯 내 앞으로 와서 섰다. 어머니가 화가 나서 성급하게 움직이는 바람에 어머니 어깨 뒤쪽이 내 얼굴에 거의 닿을 뻔했다. 그래서 나는 어머니가 입은 짙은 색 스웨터의 매끈한 조직을 아주 잘 볼 수 있었을 뿐 아니라, '직접 생산한 소고기를 갑니다' 식당 옆에 차를 세웠을 때 차 앞자리에서 어머니가 팔을 뻗어 나를 끌어안았던 순간도 다시 떠올렸다. 어머니 등 너머로 카팔디 씨가 고개를 가로젓더니 다시 쿠션에 몸을 기대는 모습이 보였다.

"아직도 나한테 화가 난 것 같네요. 아주 오랫동안 나한테 화를 내고 있어요. 솔직히 억울해요. 그때 당신이 나를 찾아왔던 거잖아요. 기억하죠? 난 당신을 도우려고 최선을 다했다고요. 결국 조시가 건강해졌으니 정말 잘됐고 나도 진심으로 기뻐요. 하지만 그렇다고 당신이 나한테 화를 낼 이유는 없잖아요."

◆

조시가 집을 떠나기 전 며칠 동안은 집 안에 긴장과 흥분이 넘쳤다. 가정부 멜라니아가 있었다면 훨씬 더 차분하게 보낼 수 있었을 것이다. 그러나 새 가정부는 마지막 순간까지 해야 할 일을 안 하고 있다가 여러 가지를 동시에 하려

하면서 집 안 분위기를 한층 어수선하게 만들었다. 나는 방해가 되지 않아야 한다고 생각해서 오래오래 다용도실에 있으면서 조시가 만들어 준 단 위에 올라가 작은 창으로 들판을 내다보며 집 안에서 들리는 소리에 귀를 기울였다. 그러다가 출발 이틀 전날 오후에, 조시가 계단을 올라오는 소리가 들렸다. 곧 문간에 조시가 나타났다.

"안녕, 클라라. 잠깐 내 방으로 내려올래. 바쁘지 않다면 말이야."

그래서 나는 조시와 같이 내려가 예전에 지내던 방에 다시 갔다. 달라진 게 많았다. 조시의 침대 말고 손님이 올 때를 대비해 간이침대 하나를 더 놓고 단추 소파는 치웠다. 그 밖에도 사소하게 달라진 게 많았는데, 예를 들면 조시의 책상 의자가 바퀴가 달린 것으로 바뀌어서 이제 조시가 앉은 채로 방 안을 돌아다닐 수 있었다. 하지만 벽에 생긴 해의 무늬는 우리가 같이 보낸 무수한 오후에 보았던 것하고 똑같았다. 나는 조시의 침대 가장자리에 앉았고 우리는 잠시 행복하게 대화를 나누었다. 그러다가 조시가 이런 말을 했다.

"다들 대학에 가는 게 하나도 겁이 안 난다는 거야. 그런데 실제로는 얼마나 덜덜 떨고 있는지 알면 황당할걸. 나도 좀 겁이 나긴 하는데, 아무렇지도 않은 척하지는 않으려고.

하지만 겁난다고 쫄지는 않을 거야. 나 자신하고 진지하게 약속을 했어. 아, 내가 전에 이야기했던가? 다들 공식 목표를 정하게 되어 있거든. 다섯 가지 분야에서 각각 두 개씩. 양식에다가 써넣게 되어 있었는데 나는 속임수를 좀 썼지. 왜냐하면 내 비밀 목표는 그 양식에는 쓸 수가 없거든. 내 진짜 목표를 보면 다들 뭐라고 할까! 엄마한테도 절대로 말 못 해!" 조시가 즐거운 듯 웃음을 터뜨렸다. "클라라 너한테도. 내 비밀 목표는 너한테도 말 안 할 거야. 하지만 크리스마스 때 내가 집에 왔을 때도 네가 여기 있으면 그때는 내가 목표를 얼마나 이뤘는지 말해 줄게."

이 기간에 조시가 나 자신도 집을 떠나게 될 가능성에 대해 몇 번 언뜻 말했는데 이때가 그중 하나였다. 그러고 나서 조시가 드디어 집을 떠나는 날 아침, 어머니와 같이 차를 타고 가기 전에 또 그 이야기를 했다.

조시는 릭이 배웅하러 오기를 기대했지만, 릭은 그날 새 친구들과 잠행 데이터 수집 장비에 대해 이야기를 나누러 멀리 가 있었다. 그래서 자갈돌 구역 위에 나하고 새 가정부만 서서 조시와 어머니가 마지막 짐을 차에 싣는 것을 보고 있었다.

그때, 어머니가 운전석에 타자 조시는 다시 나에게 왔다. 조시는 여전히 걸음걸이가 조심스러워서 한 걸음씩 내디딜 때마다 자갈 위에서 자박자박 소리가 났다. 조시는 들떠 보였고 강인해 보였다. 조시는 나에게 오기 전에 최대한 크게 Y자 모양을 만들듯이 팔을 쫙 펼쳤다. 그러더니 나를 안고는 한참 동안 있었다. 조시는 이제 나보다 키가 커져서 약간 몸을 구부려서 내 왼쪽 어깨에 턱을 대었고 조시의 길고 풍성한 머리카락이 내 시야를 일부 가렸다. 몸을 떼었을 때 조시는 웃고 있었지만 나는 슬픔도 조금 볼 수 있었다. 그때 조시가 이렇게 말했다.

"내가 다시 왔을 때는 네가 여기 없겠지. 넌 정말 최고였어, 클라라. 정말로."

"고마워요." 내가 말했다. "나를 선택해 줘서 고마워요."

"당연한 선택이었지." 그러더니 조시는 다시 나를 안았다. 이번에는 짧게 안았다가 다시 몸을 세웠다. "잘 있어, 클라라. 잘 지내."

"잘 가요, 조시."

조시는 차에 올라타면서 다시 명랑하게 손을 흔들었다. 새 가정부 쪽보다는 나를 향한 손짓이었다. 차는 오르막길을 따라 올라가서 바람에 흔들리는 나무를 지나쳐 언덕을 넘어갔다. 조시와 내가 전에 수도 없이 같이 지켜보았던 것처럼, 차는 그렇게 사라졌다.

◆

며칠 전부터 내 기억 일부가 이상한 방식으로 겹치기 시작했다. 이를테면 해가 조시를 구해 준 날의 어둑한 하늘, 모건 폭포 여행, 밴스 씨가 데려간 불빛이 환한 식당이 머릿속에서 하나로 합해진다. 어머니는 나에게 등을 돌리고 서서 폭포에서 뿜어져 나오는 물안개를 보고 있다. 하지만 나는 나무 의자가 아니라 밴스 씨와 같이 갔던 식당 부스에서 어머니를 보고 있다. 밴스 씨는 보이지 않지만 밴스 씨의 냉정한 말이 복도 너머에서 들려온다. 그런 한편 어머니와 폭포 위쪽에 어두운 구름이, 해가 조시를 구해 준 날 하늘을 뒤덮었던 것 같은 짙은 색 구름이 모여 바람에 날리는 원통과 피라미드 모양을 만든다.

내 정신이 혼란스러워져서 그런 것은 아니다. 원한다면 기억들을 서로 구분해서 원래 맥락에 다시 가져다 놓을 수 있기 때문이다. 게다가 이렇게 기억이 합쳐져 떠오를 때 각 기억의 거친 가장자리도 보인다. 성질 급한 아이가 가위로 자르지 않고 손으로 찢어 낸 것처럼 고르지 않은 가장자리가, 폭포의 어머니와 식당의 부스 사이를 나누어 놓는다. 어두운 구름도 자세히 들여다보면 그게 어머니나 폭포와 비교했을 때 비례가 맞지 않는다는 걸 알 수 있다. 그렇긴 해도 합성된 기억이 때로 내 머릿속을 너무 생생하게 채워서 내가 실제로는 이곳 야적장 단단한 바닥에 앉아 있다는 사실을 한참 동안 잊기도 한다.

야적장은 아주 드넓고, 내가 있는 이 특별한 자리에서는 멀리 있는 건설용 크레인 말고 키 큰 물체가 아예 보이지 않아 하늘이 아주 넓어 보인다. 릭과 내가 다시 맥베인 씨의 들판을 가로지른다면, 맥베인 씨가 풀을 베었기 때문에 이제는 하늘이 이렇게 보일 것이다. 하늘이 탁 트여서 해가 지나가는 모습을 가리는 데 없이 볼 수 있다. 구름 낀 날에도 나는 해가 어디쯤 있는지 안다.

내가 처음 여기 왔을 때는 야적장이 정돈이 안 되어 있다고 생각했는데, 지금은 여기에 질서가 있다는 걸 안다. 그런 첫인상을 받은 까닭은 이곳에 있는 물건들이 주로 단정하지 못한 상태이기 때문이었다. 잘린 전선이 튀어나와 있거나 쇠창살 판이 찌그러져 있거나. 그런데 찬찬히 보면 일꾼들이 기계 조각, 상자, 꾸러미 등을 각각 질서 있게 일렬로 배치하려고 애를 쓴다는 걸 알 수 있다. 이렇게 물건을 쌓아 긴 통로를 만들었기 때문에 방문객이 이 길을 따라 걸으면서 (막대기나 철사 등에 발이 걸리지 않게 조심해야 하긴 하지만) 물건을 하나하나씩 수집할 수 있다.

하늘이 탁 트여 있고 키 큰 물체가 없어서 야적장에 방문객이 오면 나는 금세 알아차린다. 아주 멀리에서 길을 따라 이동하고 있어 작은 형체로만 보일 때도 안다. 하지만 방문객은 드물고, 사람 목소리가 들리더라도 대개는 일꾼들이 서로를 부르는 소리일 때가 많다.

가끔은 하늘에서 새가 내려오지만, 곧 이 야적장에는 흥미로운 게 별로 없다는 걸 안다. 얼마 전에는 검은 새 한 무리가 우아한 대형을 이루며 내려와 내 앞쪽 멀지 않은 곳에 있는 기계 위에 내려앉았다. 한순간 나는 릭의 새가 나를 보러 온 것일지도 모른다고 생각했다. 하지만 당연히 릭의 새가 아니었고 진짜 새였다. 새들은 한동안 기계 위에 조용히, 바람이 깃털을 곤두세우는데도 꿈쩍 않고 앉아 있더니 일시에 푸드득 날아가 버렸다.

그 무렵에 친절한 일꾼이 내 앞에서 걸음을 멈추더니 남쪽 구역에 에이에프가 셋 있고 둥근 마당에도 두 대가 있다고 말해 주었다. 내가 원한다면 둘 중 한 곳으로 데려다주겠다고 했다. 내가 이 특별한 자리에 만족한다고 말하자, 일꾼은 고개를 끄덕이고는 갈 길을 갔다.

그리고 며칠 뒤에, 아주 특별한 일이 있었다.

나는 이동을 할 수는 없지만 머리를 돌려서 주위를 둘러보는 것은 쉽게 할 수 있다. 그래서 긴 코트를 입은 방문객이 내 쪽을 향해 걸어온다는 사실을 조금 전부터 인식하고 있었다. 내가 돌아보았을 때 이 사람이 중간 정도 와 있었는데 여자이며 긴 끈이 달린 작은 주머니 같은 가방을 메고 있다는 걸 알았다. 방문객이 바닥에 놓인 어떤 물건을 자세히 보려고 몸을 숙일 때마다 가방이 앞으로 획 떨어졌다. 방문객이 뒤쪽에 있었기 때문에 계속 쳐다볼 수는 없었다. 그러다가 다른 기억이 떠올랐었는지 나는 한동안 그 사람의 존재를 잊고 생각에 빠져 있었다. 그런데 그때 무슨 소리가 들렸고 긴 코트를 입은 방문객이 바로 내 앞에 서 있었다. 여자가 몸을 숙여 내 얼굴을 들여다보기도 전에 나는 매니저를 알아보았고, 가슴에 행복이 가득 찼다.

"클라라. 클라라구나. 맞지?"

"네, 맞아요." 나는 웃으며 매니저를 올려다보았다.

"클라라. 정말 반갑다. 잠깐만. 깔고 앉을 만한 걸 가져올게."

매니저는 흙바닥 위에서 시끄러운 소리를 내면서 조그만 철제 상자를 끌고 돌아왔다. 매니저가 내 앞에 상자를 놓고 그 위에 앉자, 매니저 뒤에 드넓은 하늘이 있었는데도 매니저의 얼굴을 또렷하게 볼 수 있었다.

"여기에서 찾을 수 있지 않을까 기대했어. 전에, 아, 거의 1년 전에 여기에서 뭔가를 찾았는데 처음엔 넌 줄 알았어. 그런데 아니었지. 하지만 이번엔 정말 네가 맞구나. 정말 기뻐."

"매니저님을 다시 만나서 행복해요."

매니저는 계속해서 웃으며 나를 보고 있었다. 그러더니 이렇게 말했다. "네가 지금 무슨 생각을 할지 모르겠다. 그 오랜 시간이 지난 뒤에 나를 다시 봤으니. 혼란스러울 것 같아."

"매니저님을 다시 봐서 행복하기만 해요."

"그럼 얘기 좀 해 주렴. 너 그동안, 그러니까 여기 오기 전까지 내내, 가게에서 너를 데려간 사람들하고 같이 있었니? 이런 걸 물어보려니 미안한데 나는 이제 그런 정보들을 잘 얻을 수가 없거든."

"네, 그럼요. 내내 조시와 함께 있었어요. 조시가 대학에 갈 때까지요."

"그래, 그럼 성공적이었던 거구나. 집을 잘 찾았어."

"네. 제가 서비스를 잘했고 조시가 외로워지지 않도록 방지했다고 생각해요."

"당연히 그랬을 거야. 네가 거기 있는 동안 그 아이는 외로운 게 뭔지도 몰랐을 거야."

"그랬기를 바라요."

"알지, 클라라. 내가 돌봤던 에이에프들 중에서도 너는 정말 놀라운 아이였어. 특별한 통찰력이 있었지. 관찰력도 뛰어나고. 나는 바로 알아봤어. 잘되었다니 정말 기쁘다. 아무리 너처럼 뛰어난 능력이 있다고 해도 잘될지 안 될지는 모르는 일이거든.”

“매니저님은 지금도 에이에프들을 돌보세요?”

“아니. 아니야. 그만둔 지 꽤 됐어.” 매니저는 야적장을 슥 둘러보더니 다시 나를 보고 웃음을 지었다. “그래서 가끔 여기에 온단다. 메모리얼 브리지에 있는 야적장에도 가고. 하지만 여기가 가장 좋아.”

“매니저님은…… 가게에 있었던 에이에프들을 찾으러 오는 건가요?”

“꼭 그것만은 아니야. 작은 기념품을 수집하는 게 좋아서.” 매니저는 주머니 가방을 가리켰다. “큰 거는 못 가져가게 해. 하지만 작은 것들은 신경 안 쓰지. 여기 사람들이 날 알아. 어쨌든 네 말이 맞아. 여기 올 때마다 옛날 내 에이에프들을 만날 수 있지 않을까 기대하면서 와.”

“로사를 만난 적 있으세요?”

“로사? 응, 사실 만났어. 여기에서 찾았지. 아, 2년도 더 지난 것 같아. 로사는 너처럼 잘되지는 않았어.”

“로사는 자기 아이를 좋아하지 않았나요?”

“그런 건 아니었고. 하지만 넌 걱정 마. 로사는 신경 쓰지 말고 네 얘기를 해 줘. 넌 특별한 능력이 있었잖아. 네 아이도 그걸 알아줬어야 할 텐데."

"그랬던 것 같아요. 집안사람들 전부 저에게 아주 친절했어요. 아주 많은 것을 배울 수 있었어요."

"그 사람들이 가게에 와서 너를 골랐던 날 생각나. 어머니가 너를 테스트한다고 딸처럼 걸어 보라고 했지. 그래서 걱정이 됐었어. 네가 떠난 다음에도 계속 생각이 나더라."

"매니저님이 걱정할 필요가 없었어요. 저에게 최고의 집이었어요. 조시는 최고의 아이였고요."

매니저는 한동안 말없이 웃음 띤 얼굴로 보고만 있었다. 그래서 내가 계속 말을 했다.

"조시를 위해서 제가 할 수 있는 것은 다 했어요. 지금까지 그 일에 대해서 많이 생각해 봤어요. 만약 그래야만 했다면 제가 조시를 계속 이어 갈 수도 있었을 거라고 생각해요. 하지만 이렇게 되어서 훨씬 잘되었어요. 릭과 조시가 함께하지는 않지만."

"네 말이 틀림없이 맞을 거야. 클라라. 그런데 '조시를 계속 이어 간다'라는 게 무슨 뜻이야? 무슨 소리지?"

"저는 조시를 배우기 위해서 최선을 다했고, 그래야만 했다면 최선을 다해서 그렇게 했을 거예요. 하지만 잘되었을 것 같지는 않아요. 제가 정확하게 하지 못해서가 아니라요. 제가 아무리 노력해도 할 수 없는 무언가가 있었을 거라고 생각해요. 어머니, 릭, 가정부 멜라니아, 아버지. 그 사람들이 가슴속에서 조시에 대해 느끼는 감정에는 다가갈 수가 없었을 거예요. 지금은 그걸 확실하게 알아요."

"그래, 클라라. 일이 잘 풀렸다고 생각한다니 다행이다."

"카팔디 씨는 조시 안에 제가 계속 이어 갈 수 없는 특별한 건 없다고 생각했어요. 어머니에게 계속 찾고 찾아봤지만 그런 것은 없더라고 말했어요. 하지만 저는 카팔디 씨가 잘못된 곳을 찾았다고 생각해요. 아주 특별한 무언가가 분명히 있지만 조시 안에 있는 게 아니었어요. 조시를 사랑하는 사람들 안에 있었어요. 그래서 저는 카팔디 씨가 틀렸고 제가 성공하지 못했을 거라고 생각해요. 그래서 제가 결정한 대로 하길 잘했다고 생각해요."

"네 말이 맞을 거야, 클라라. 내 에이에프를 다시 만났을 때 나는 바로 그런 말을 듣고 싶단다. 잘되어서 기쁘다는 말. 후회가 없다는 말. 너 저쪽 먼 쪽에 B3들 있는 거 아니? 우리 가게에 있던 아이들은 아니지만, 네가 같이 있고 싶다면 사람들한테 너를 옮겨 달라고 부탁할 수 있을 거야."

"아뇨, 괜찮습니다, 매니저님. 여전히 친절하세요. 하지만 저는 이 자리가 좋아요. 그리고 되돌아보고 순서대로 배열할 기억들이 있어서 괜찮아요."

"그게 현명한 것 같다. 가게에서는 그런 말은 안 했지만 난 B3한테는 너희 세대한테 느낀 것 같은 감정을 가질 수가 없었어. 고객들도 비슷한 걸 느낀 게 아닌가 싶어. B3가 기술적으로는 아주 진보했지만 사람들이 B3를 진심으로 좋아하게 되지는 않았어. 오늘 널 만나서 정말 기쁘다. 네 생각 정말 자주 했어. 너는 내 에이에프들 중에서도 손꼽을 만큼 훌륭했어."

매니저가 자리에서 일어났고 가방이 앞쪽에서 흔들렸다.

"가시기 전에 한 가지 더 말씀드려야겠어요. 해가 저한테 아주 친절했어요. 처음부터 늘 친절했지만 조시와 같이 있을 때는 특별히 더 친절했어요. 매니저님도 알아주셨으면 좋겠어요."

"그래. 해가 늘 너한테 친절했을 거라고 믿어, 클라라."

매니저는 이렇게 말하며 뒤쪽 넓은 하늘을 돌아보며 한 손을 눈가로 올렸다. 한동안 우리는 같이 해를 보고 있었다. 그러더니 매니저는 다시 나를 돌아보며 말했다. "이제 가야겠다. 클라라. 잘 있어."

"안녕히 가세요, 매니저님. 고맙습니다."

매니저는 의자로 썼던 철제 상자를 다시 시끄러운 소리를 내며 원래 위치로 끌어다 놓았다. 그러더니 쌓인 물건들 사이 긴 통로를 따라 걸어갔다. 나는 매니저가 가게에서와 다른 걸음걸이로 걷는다는 것을 알았다. 두 번째 걸음을 디딜 때마다 몸이 왼쪽으로 기울어서 긴 코트 자락이 흙바닥에 닿지 않을까 걱정이 되었다. 중간쯤 갔을 때 매니저가 걸음을 멈추고 돌아보았다. 나는 매니저가 마지막으로 나를 쳐다보려는 줄 알았다. 하지만 매니저는 저 먼 곳, 지평선 근처 건설용 크레인이 있는 방향을 바라보았다. 그러더니 다시 가던 길을 갔다.

옮긴이 홍한별

글을 읽고 쓰고 옮기면서 살려고 한다. 옮긴 책으로 『온 컬러』, 『도시를 걷는 여자들』, 『하틀랜드』, 『우먼 월드』, 『먹보 여왕』, 『밀크맨』, 『달빛 마신 소녀』, 『나는 가해자의 엄마입니다』, 『나는 불안과 함께 살아간다』, 『바다 사이 등대』, 『페이퍼 엘레지』, 『몬스터 콜스』, 『가든 파티』 등이 있다. 『밀크맨』으로 제14회 유영 번역상을 수상했다.

클라라와 태양

1판 1쇄 펴냄 2021년 3월 29일
1판 12쇄 펴냄 2024년 8월 9일

지은이   가즈오 이시구로
옮긴이   홍한별
발행인   박근섭·박상준
펴낸곳   (주)민음사

출판등록 1966. 5. 19. 제16-490호
주소   서울특별시 강남구 도산대로1길 62(신사동)
          강남출판문화센터 5층 (우편번호 06027)
대표전화 02-515-2000 | 팩시밀리 02-515-2007
홈페이지   www.minumsa.com

한국어 판 ⓒ 민음사, 2021. Printed in Seoul, Korea

ISBN 978-89-374-1756-6 (03840)